Editado por Harlequin Ibérica.
Una división de HarperCollins Ibérica, S.A.
Núñez de Balboa, 56
28001 Madrid

© 2005 Heather Graham Pozzessere. Todos los derechos reservados.
SOMBRAS EN EL DESIERTO, Nº 26
Título original: Reckless
Publicada originalmente por HQN Books.
Traducido por Victoria Horrillo Ledesma

Todos los derechos están reservados incluidos los de reproducción, total o parcial. Esta edición ha sido publicada con permiso de Harlequin Enterprises II BV.
Todos los personajes de este libro son ficticios. Cualquier parecido con alguna persona, viva o muerta, es pura coincidencia.
™ TOP NOVEL es marca registrada por Harlequin Enterprises Ltd.
®™ son marcas registradas por Harlequin Enterprises Limited y sus filiales, utilizadas con licencia. Las marcas que lleven ™ están registradas en la Oficina Española de Patentes y Marcas y en otros países.

I.S.B.N.: 84-671-3924-2

A Jane Havens Beem, con mi más hondo agradecimiento por el cariño que le dio a Vickie y el ánimo que siempre me ha dado a mí.

1

–¡Dios mío! ¡Ha caído al agua!

Katherine Adair, Kat para sus amigos y seres queridos, inhaló bruscamente y se levantó de un salto. Apenas unos segundos antes estaba sentada en la cubierta del b arco de su padre, que llevaba el desafortunado nombre de *La promesa*, leyendo y soñando despierta. El día había transcurrido como muchos otros domingos pasados en compañía de su pequeña familia a bordo del barco, en aguas del Támesis. A menudo, mientras contemplaban a la flor y nata en sus veleros, muchos más hermosos, Kat sonreía a su hermana Eliza e imitaba las maneras de la alta sociedad; luego cantaban alguna vieja tonada marinera a la que, si su padre no rondaba por allí, añadían unos cuantos versos picantes.

Pero había veces, claro está, en que se conformaba con deleitarse soñando despierta... con el hombre al que una ola acababa de arrancar de la cubierta del Refugio Interior, un hermoso yate de recreo.

David. David Turnberry, hijo menor del barón Rothchild Turnberry, brillante estudiante de Oxford y ávido marino y aventurero.

—¡Kat! ¡Siéntate! Vas a hacer que se tambalee este viejo lanchón y nos vamos a caer nosotras también —la reprendió Eliza—. No te preocupes. Ya le pescará uno de sus amigos de Oxford —dijo con un bufido un tanto desdeñoso.

Pero ninguno de ellos le pescó. El río estaba revuelto ese día, cosa que le venía de perlas al padre de Kat, quien aprovechaba las turbulencias en beneficio de su trabajo, pero resultaba fatal para el entretenimiento. Los jóvenes que acompañaban a David en la travesía se aferraban a las jarcias, escudriñaban las olas y gritaban... ¡pero ninguno de ellos saltaba al agua en su auxilio! Kat conocía a uno: Robert Stewart, guapo, rico y encantador, además de ser el mejor amigo de David. ¿Por qué no se lanzaba al agua? Y estaba allí también otro amigo suyo... Kat no recordaba su nombre... Allan no sé cuántos.

¡Los muy idiotas! Ni siquiera le habían lanzado un salvavidas, y David estaba tan lejos de La Promesa que cualquier intento por parte de Kat sería inútil.

No deberían haber salido con tan mal tiempo. Se creían avezados marinos, y eran tan jóvenes, tan inexpertos... El río estaba demasiado encrespado, sólo era para pescadores y necios. Y, pensó Kat de mala gana, para su padre.

¡Pero habían perdido a David! Y aun así no había nadie a bordo lo bastante valiente como para lanzarse en su auxilio.

Las olas eran altas, a decir verdad. Kat comprendía bien el nerviosismo de aquellos jóvenes. Pero su corazón le gritaba lo contrario. David era bello, un joven espléndido. Ningún hombre en toda Inglaterra, ni sin duda más allá, poseía semejante sonrisa. Además, ella nunca había oído a un caballero de su posición hablar tan amablemente con los que se veían forzados a ganarse el pan en el mar. Le había observado tan a menudo...

—¡No van a ir a por él! —exclamó.

—Que sí.

—¡Pero se ahogará! —Kat miró a su alrededor rápidamente. Su padre había arriado las velas; el lanchón flotaba mansamente sobre las olas.

En realidad, su querido padre no estaba trabajando ni le prestaba la menor atención Kat. Lady Daws los había acompañado y se estaba riendo —su risa se parecía al graznido de una bruja, pensó Kat con tristeza, aunque su padre no parecía notarlo—, lo cual llenaba de gozo al hombre sobre el que tenía puestas sus miras.

Kat miró el río con ansiedad. Quizá lo que a ella le había parecido una eternidad no habían sido más que unos pocos segundos. Quizá los amigos de David habían necesitado un momento para hacer acopio de valor. Pero no... El tiempo pasaba y ninguno de los jóvenes a bordo del lujoso velero hacía el más leve intento de acudir en su rescate.

—¡Kat! No pongas esa cara de pasmo. Vamos, vamos... Seguro que sabe nadar. La playa todavía hace furor entre los ricos, aunque ahora los pobres puedan llegar en tren. Aunque, naturalmente, dicen que la flor y nata prefiere retozar en el Mediterráneo.

Aunque Eliza hablaba de los ricos con desdén, cada vez que salían a navegar, cuando la travesía casi había tocado a su fin y la tarde declinaba, tenía siempre la nariz metida entre las páginas del *Godey's Lady's Book*. Le encantaba la moda. Y era capaz de confeccionar fantásticos vestidos con materiales tan extraños como la loneta o las velas desechadas.

Kat apenas le prestaba atención. Parecía tener el corazón alojado en la garganta. Ni siquiera veía ya la cabeza del joven asomando entre las olas.

¡Ah, allí estaba! ¡Qué lejos de su elegante velero!

—¡El agua está muy picada! —exclamó con un susurro—. ¡Morirá!

—Tú no puedes hacer nada. Te ahogarías —la advirtió Eliza con vehemencia.

—Ah, pero moriría por él. ¡Vendería mi alma por él! —repuso Kat.

—¡Kat, pero qué...! —exclamó Eliza, horrorizada.

Demasiado tarde.

A veces, ser pobre tenía sus ventajas. Kat se quitó sus pesados, sólidos y serios zapatos y se bajó hasta el suelo la falda de algodón. En cuestión de segundos se había despojado también de la chaqueta de segunda mano. No tenía corsé, ni miriñaque, ni sombrerito que quitarse, de modo que, a pesar de las protestas de su hermana, se lanzó en camisa al agua turbia.

El frío la golpeó con violencia.

Y las olas la embistieron cruelmente.

Pero se había pasado la vida en el mar. Así que tomó una buena bocanada de aire, se sumergió y comenzó a nadar con ímpetu.

Asomó la cabeza por primera vez cerca del hermoso yate. Oía los gritos de los del barco; sus voces le parecieron desesperadas.

—¿Lo veis?

—Su cabeza... Ha vuelto a hundirse. ¡Dios mío! ¡Se va a ahogar! ¡Virad, virad! ¡Hay que encontrar a David!

—¡Ya no lo veo!

Kat tomó aire de nuevo y volvió a hundirse bajo la superficie. Mantenía los ojos abiertos y se esforzaba por ver entre el agua lóbrega. Y allí...

Allí estaba. A la derecha, a unos pocos metros de ella.

¿Muerto?

¡Cielo santo, no! Rezó con todas sus fuerzas mientras

intentaba acercarse a él. David. David el hermoso, el espléndido. Los ojos cerrados... el cuerpo hundiéndose...

Lo agarró como su padre la había enseñado a agarrar a un pescador que hubiera caído por la borda, sujetándolo con la palma de la mano por debajo de la barbilla y arrastrando su cabeza hasta la superficie mientras con el torso, las piernas y un solo brazo lo llevaba hacia la orilla.

¡Ah! La distancia...

¡No lo lograría!

Parecía que tanto el yate de recreo como el barco de pesca de su padre se habían alejado aún más hacia el mar. Las demás embarcaciones, tanto las ancladas como las que navegaban por el río, se veían aún más lejos. Tenía que llegar a la orilla.

Pataleaba, intentando conservar la calma y recordar que no debía malgastar sus fuerzas batallando contra el oleaje; que debía dejarse llevar por él, permitir que la marejada la llevara en volandas hacia la orilla.

Intentaba sostener la cabeza de David por encima del agua, se esforzaba por seguir respirando y moviéndose contra las olas coronadas de espuma blanca, gris y marrón y que, como seres vivos, parecían ansiosas por arrastrarla a las profundidades. Qué manso parecía a veces el río, pero ¡cuán grande era su poder!

Y, sin embargo, helada y desesperada como estaba, de pronto la asaltó una idea.

David estaba en sus brazos. ¡Santo cielo! Podía morir en sus brazos.

Y ella gustosamente moriría en los suyos.

—¡Por Dios! ¡Mira a esos necios! —Hunter MacDonald miraba fijamente a los jóvenes que corrían como atolondrados por la cubierta del yate. Habían perdido a un compañero, y sin embargo ninguno hacía nada al respecto.

Hunter los maldijo con violencia y llamó luego a Ethan Grayson, su compañero en el mar, sirviente y amigo.

—¡Recoge velas! Voy a por el chico.

—¡Pero sir Hunter! —Ethan, un hombre curtido, fuerte y demasiado sensato como para haber llegado muy lejos, protestó con vehemencia—. ¡Se ahogará!

—No, Ethan, no me ahogaré —se quitó apresuradamente los zapatos, la chaqueta y los pantalones y le dedicó a Ethan una mueca—. Amigo mío, he escapado a cocodrilos en el Nilo. Una tormenta inglesa de tres al cuarto no me matará.

Y así, cubierto sólo con los calzones y la camisa, se lanzó limpiamente al agua, hacia el lugar en el que había atisbado por última vez la cabeza del muchacho. Mientras caía, oyó cómo le reprendía Ethan, enfadado.

—¡Ser un sir no le hace a uno sensato, no, claro que no! ¡Sobrevive al hambre, a la guerra y a la maldad de los hombres, pero se tira al agua como el idiota al que va a salvar!

Demasiado tarde, pensó Hunter. El Támesis se iba cerrando a su alrededor a medida que hendía las olas, nadando vigorosamente para entrar en calor.

El agua estaba helada.

Había sido más fácil nadar entre los cocodrilos del Nilo, admitió a regañadientes para sus adentros.

¡Por fin! Kat casi había alcanzado la orilla con su carga. Estaba lejos de los muelles, más cerca de Richmond que de la ciudad de Londres. Caía una llovizna brumosa mientras se esforzaba con denuedo por recorrer los últimos metros de agua. Al fin tocaba el barro con los pies, barro y Dios sabía qué más, quizá cacharros rotos que se le clavaban en las plantas. Pero apenas lo notaba. Al fin había llevado a David a tierra. Exhausta, casi avanzando a gatas, arrastró el peso muerto de David por la tierra embarrada, entre una maraña de hierbas, no muy lejos de la carretera; cerca de allí se veían casas, comercios y hasta barcos amarrados. Al principio cayó de lado y respiró; ¡ah, no hizo otra cosa que respirar! Luego, llenos ya sus pulmones, miró el rostro de David y se asustó. Se incorporó bruscamente y se inclinó luego sobre su pecho, empujando con fuerza, decidida a extraer el agua de sus pulmones. Él tosió, y de sus labios azulados salió un hilillo de agua. Después tosió y tosió...

Y finalmente guardó silencio, roto sólo por su respiración lenta y rasposa.

Kat lo miraba fijamente, temblando. Estaba vivo.

–Gracias, Dios mío –musitó con fervor y, al ver cómo sus largas pestañas rozaban su noble rostro, añadió–: Eres tan hermoso...

Él abrió sus ojos color ámbar. La miró con fijeza.

Y Kat se horrorizó, porque no estaba precisamente en su mejor momento. Su pelo, por regla general liso y bonito, si bien de un rojo algo chillón, colgaba en mechones gruesos como sogas y empapados. Sus ojos, normalmente de un extraño tono entre verde y castaño, a veces casi del color de la hierba y otras casi dorados, debían de estar sumamente enrojecidos. Y sus labios se veían sin duda tan azules como los de David. La camisa de hilo, empapada, se le pegaba al cuerpo, y temblaba incontrolablemente. Que él tuviera que verla así, cuando ella vivía aún en un mundo de ensueños, cuando las convenciones sociales no permitían que la hija de un humilde y esforzado artista, irlandés para más señas, osara siquiera imaginar una vida entre la flor y nata, era lo peor que alcanzaba a imaginar.

Él movió una mano. Le tocó con los dedos la cara. Por un momento, la angustia ensombreció su semblante, como si intentara averiguar dónde estaba y por qué.

—Íbamos a favor del viento, escuchábamos... reíamos... el aire arrastraba una canción, como si las sirenas nos llamaran y luego... me empujaron —murmuró—. Dios mío, juro que me empujaron. Pero ¿por qué...?

Sus ojos se fijaron en ella. Y una sonrisa asomó a sus labios.

—Sí, sí, sentí unas manos en la espalda, empujándome..., pero ¿quién diablos...? Y luego... el frío... y la oscuridad... Después... ¡tú! ¿Estoy delirando? ¡Eres un ángel! —musitó—. Un ángel del mar... un ángel, ¡y te amo! —se echó a reír—. No, una sirena, ¡y estoy vivo!

Sus dedos... ¡sobre su cara!

¡Y las palabras que había dicho!

Ah, Kat podría haber muerto en ese instante y haber subido al cielo envuelta en una nube de pura dicha.

David cerró los ojos. El temor se apoderó de ella. Pero lo veía respirar, veía cómo subía y bajaba su pecho, y notaba su calor.

De pronto sonaron voces. Levantó la mirada y vio que un grupo de personas se acercaba por el camino de grava que bajaba hacia la orilla. Se levantó de un salto, consciente de que estaba semidesnuda, con la camisa impúdicamente pegada al cuerpo. Y tenía tanto frío que aquella impudicia resultaba mucho más visible. Se rodeó con los brazos.

—Sí, le están buscando, pero yo... ¡yo he visto algo! —era una voz de mujer, dulce y casi sollozante.

—Vamos, vamos, ese muchacho sabe nadar, Margaret —repuso una voz de hombre—. No le pasará nada.

Kat divisó a una joven muy guapa, delgada y elegante, ataviada con un vestido de entretiempo, un vistoso sombrerito ladeado y una sombrilla en las manos. Al andar sobre sus delicados tacones, su miriñaque oscilaba. Su cabello era de un rubio suave y ceniciento, y sus ojos tan azules como el mar. Junto a ella iba un caballero de más edad, con un traje resplandeciente, capa y sombrero de copa. Ambos se acercaban cada vez más.

A Kat pareció parársele el corazón. En su ofuscación, veía solamente el contraste entre aquella elegante señorita y ella misma, y sabía que tenía que escapar. Enseguida.

Al darse la vuelta para volver a arrojarse al agua, a unos diez metros de donde estaba, un hombre surgió de entre las olas.

Era alto, delgado y fibroso; su musculatura resultaba bien visible pues él también iba semidesnudo, salvo por la camisa abierta y los calzones. Llevaba el pelo, muy negro, pegado al cráneo, y su rostro, semejante al de una estatua clásica, presentaba un pronunciado ceño.

—¡Señorita! —gritó.

Y eso fue todo. Kat dejó escapar un leve grito, corrió hasta el borde embarrado del agua y se lanzó a ella, se sumergió en cuanto pudo y echó a nadar con todas sus fuerzas, como nunca antes, ajena al frío y al dolor de sus miembros y sus pulmones.

Emergió, sin saber dónde, justo cuando empezaba a llover.

—¡Margaret!

David parpadeó y levantó la mirada entre la neblina

lluviosa. Y allí estaba la bella hija de lord Avery, la muy encantadora y rica lady Margaret, con las mejillas mojadas por una sustancia mucho más densa que la lluvia, mirándolo fijamente. Ajena al barro, se había sentado sobre la orilla y sostenía su cabeza sobre el regazo.

A David le dio un vuelco el corazón. Aunque con frecuencia Margaret parecía sentir un profundo afecto por él, estaba convencido de que, en la carrera por conseguir su mano, Robert Stewart y Allan Beckensdale le llevaban la delantera.

Y sin embargo ahora... ¡cuán dulce ver su rostro!

Quedó aturdido un momento. Durante un fugaz instante creía haber visto a otra persona. Un rostro distinto. Bello y gentil, con ojos con un extraño fuego verde y el pelo de un rojo abrasador. ¿Un ángel? ¿Tan cerca había estado de la muerte? No. Entonces quizá fuera una sirena, un hada del mar, o, mejor dicho, del río.

¿Se la habría imaginado?

¿Y habría imaginado también, entre el tumulto de la travesía y el bamboleo del barco, aquellas manos en su espalda, empujándolo, lanzándolo al agua?

—¡David! David, por favor, háblame otra vez. ¿Estás bien? —preguntó Margaret ansiosamente.

—Yo... ¡Ah, mi queridísima Margaret! Sí, estoy... ¡estoy bien! —no era cierto. Tenía mucho frío, pero eso no importaba lo más mínimo mientras aquella bella y perseguida dama se mostrara tan dulce con él.

¡Esos ojos, tan brillantes y azules, empañados por las lágrimas!

Pero...

—Me has salvado —dijo, todavía aturdido.

—Bueno —murmuró ella—, te he arrastrado hasta la orilla y te he abrazado con ternura sobre mi regazo.

—Sobrevivirá —aquellas palabras sonaron secas, ásperas e impacientes. Y un chorro de agua gélida cayó sobre él.

—¿Sir Hunter? —dijo David débilmente, mirando hacia el lugar de donde procedía la voz. Y, en efecto, allí estaba el renombrado marino, soldado, arqueólogo y aventurero; el hombre más admirado de la alta sociedad londinense, de pie sobre él, ceñudo y furioso.

Y empapado.

—Ahora está a salvo en sus manos, lord Avery —le dijo Hunter con sorna al padre de Margaret, que estaba a unos pasos de allí, mirándolos con preocupación—. Yo debo encontrar a la muchacha.

—¿La muchacha? —repitió David, parpadeando de nuevo.

—La que le salvó la vida —dijo sir Hunter en tono cortante, y David oyó el «idiota» que el otro no llegó a pronunciar.

—Cielo santo, sir Hunter, ¿no pensará volver a arrojarse al...? —comenzó a decir lord Avery.

—Pues claro que sí —dijo Hunter—. Si no, se ahogará.

—¡Pero el que se ahogará será usted! —exclamó lord Avery—. Si hay alguna muchacha, los barqueros o los pescadores la encontrarán.

Las protestas de lord Avery cayeron en saco roto, pues Hunter dio media vuelta y volvió a meterse en el agua.

—No le pasará nada, padre —dijo Margaret, y añadió, con un deje de admiración que produjo una punzada en el corazón de David—: Sir Hunter MacDonald puede afrontar cualquier adversidad.

«Sir Hunter», pensó David, «siempre el héroe, fuerte, valiente, invencible. Y yo aquí, entre el barro, jadeando, medio muerto...

¡Pero en sus brazos!».

—Espero que tengas razón, querida —dijo lord Avery y, arrodillándose junto a David, se quitó la fina chaqueta y lo envolvió con ella—. Gracias a Dios que estás vivo, muchacho. ¿Puedes levantarte? Vamos a llevarte a la carretera y luego a casa antes de que pilles un resfriado de muerte.

David, que seguía intentando distinguir qué era real y qué fruto de su imaginación, preguntó:

—¿De veras había una muchacha? —miró a Margaret.

—Sí... ¡o eso, o una criatura marina! —respondió ella.

—Nos aseguraremos de que reciba una recompensa, si es que sir Hunter logra encontrarla. Qué extraño que volviera a lanzarse al río. Debe de estar loca. O puede que sea una dama de buena familia y temiera que la vieran así —masculló lord Avery—. Pero sólo con conjeturas, David. Ahora mismo, lo importante es hacerte entrar en calor. ¡Ese condenado río! ¡Siempre tan traicionero!

—Sí, claro —murmuró David—. Gracias. Pero si había una muchacha... una muchacha fuerte, rica o pobre, tenemos que asegurarnos de que sea recompensada.

Recordó de nuevo, ¿o quizá lo imaginó?, que le habían empujado al río. Había sido un acto de pura maldad, un intento perverso.

Quienquiera que hubiera sido, pretendía acabar con su vida.

Pero ¿por qué?

¿Por Margaret? ¿Para eliminarlo de la competición por conseguir su mano?

¿O se trataba de algo enteramente distinto?

De pronto sintió miedo, un miedo profundo, aunque no se atrevía a demostrarlo. Las ideas se agolpaban en su cabeza. Había salido con sus amigos a pasar un día de recreo en el mar. Alfred Daws, Robert Stewart, Allan Beckensdale, Sydney Myers. A todos ellos los conocía bien.

Habían sido compañeros de estudios, jugaban al cricket juntos, confiaba en ellos...

Tenía que estar en un error.

Y, pese a todo, de no haber sido por la chica que...

—¿David?

¡Con qué ansiedad decía Margaret su nombre! Y olía deliciosamente a rosas, y lo rodeaba con los brazos mientras lo ayudaba a ponerse en pie.

—Esa muchacha te salvó la vida —dijo Margaret—. Tu preciosa vida.

Él se olvidó de lord Avery, se olvidó de sus temores respecto a sus amigos, se olvidó de todo mientras contemplaba el cielo azul de sus ojos. Sentía la necesidad de asegurar su porvenir. Quería convertirse en el yerno de lord Avery.

—Ah, pero nosotros sabemos la verdad. Tú me has salvado la vida —declaró—. Tú, con tus tiernos cuidados. Tú me has hecho volver en mí. Podría haber muerto aquí, en esta orilla. Y habría muerto si al abrir los ojos no hubiera visto tu hermoso rostro.

Las mejillas de Margaret se tiñeron de un delicioso tono rosado, y él se atrevió a decir sin apenas proyectar la voz:

—¡Te quiero tanto...!

Ella no contestó, pero el rubor de sus mejillas se hizo más intenso.

—Mi padre, David —le recordó en voz baja.

Sí, pensó él, Margaret era sin duda hermosa. Y dulce. Y muy rica. Sería la esposa perfecta para él.

Juró en aquel mismo instante que sería su marido.

Salvar al objeto de sus más íntimos deseos había sido difícil, pero en ningún momento durante aquel largo y frío forcejeo para llevarlo hasta la orilla había temido por su propia vida.

Ahora, de pronto, temía morir.

¡Qué necia había sido por tirarse de nuevo al agua! Cierto, su triste indumentaria quizá hubiera causado algunas risas, y casi con toda certeza habría sido motivo de escándalo. Pero ¿qué era eso comparado con perder la vida?

Desorientada, presa del frío y del cansancio, luchaba por conservar las fuerzas, por alzarse lo suficiente entre el creciente fragor del río como para ver la orilla o algún barco, lujoso o destartalado, que se atreviera a navegar por el Támesis a pesar del temporal. Pero, a pesar de que la lluvia no caía en una densa cortina, como parecía augurar el cielo, había formado una espesa bruma sobre las aguas tumultuosas del río. Estaba a la deriva en un frío mar de grisura en el que parecía hallarse completamente sola.

Braceaba y se volvía hacia un lado y hacia el otro, intentando distinguir algo entre la niebla. Sabía que debía mantenerse en movimiento si no quería que el frío la envolviera como una mortaja. La euforia que había sentido tras el rescate se había disipado por completo, junto con sus fuerzas. No lamentaba haber salvado a David, ¿acaso no valía mucho más su vida que la de ella?, pero se arrepentía de haber cometido la estupidez de huir a nado. Luchaba por darse ánimos para seguir adelante. A fin de cuentas, era hija de su padre. Una criatura del mar, una parte de aquel mundo húmedo y lóbrego.

Al fin logró calmarse y se dejó flotar de espaldas sobre el agua; después comenzó a mover las piernas de lado, a estilo rana, dejándose llevar por la corriente. Pero al relajarse un nuevo miedo (el miedo a la oscuridad, a la conciencia de que el Támesis era poco menos que una cloaca) se apoderó de ella al ver que algo se movía. Una idea ridícula cruzó su cabeza. ¡Serpientes! No, allí no podía haber serpientes. Qué bobada. ¿Tiburones? ¿Del mar? ¿Allí? ¿En el Támesis? Cielo santo, no, pero aun así... ¡Dios bendito, había algo en el agua!

Dejó escapar un grito y, al abatirse una ola sobre ella, tragó agua. Tosió, desesperada, apenas capaz de respirar, y comenzó a batir las piernas de nuevo.

¡Algo la había tocado!

Algo... contra su piernas desnudas, y luego sobre su cadera. Pataleó con más fuerza para alejarse. Entonces lo sintió de nuevo. Algo suave, fuerte, resbaladizo...

—¡No! —chilló. No moriría así... ¡y menos aún el día que David le había dicho que la amaba! No moriría en el agua. El agua era su hogar, era lo que mejor conocía, y no quería, no podía, darse por vencida.

Cuando aquella cosa se levantó a su lado, le dio un puñetazo con todas sus fuerzas.

—¡Por Dios, muchacha! ¿Se puede saber qué te pasa? ¡Estoy intentando salvarte la vida!

Era un hombre. Sólo un hombre. Kat apenas podía distinguirle entre las olas, pero su voz era hermosa, profunda y autoritaria. Entonces recordó que un hombre había salido del agua cuando estaba junto a David; que su aparición, junto a la de aquella elegante joven, la había impulsado a volver a lanzarse a las temibles aguas del río.

—¡Salvarme la vida! ¡Usted es la razón por la que estoy a punto de perderla! —replicó.

—Mi barco está cincuenta metros al sur, niña.

Una ola se elevó y se abatió sobre ella. Kat no estaba preparada; tragó agua, comenzó a toser, a jadear.

Y allí estaba él, un muro de acero, agarrándola con un

brazo por debajo de los pechos, apretándola impúdicamente contra su cuerpo. Kat se debatió.

–¡Maldita sea, estate quieta! ¿Cómo demonios quieres que te salve?

–¡No necesito que nadie me salve!

–¡Claro que sí!

–¡Si dejara de intentar ahogarme, me las apañaría muy bien!

Pero sabía que estaba mintiendo. Se sentía agotada. Cada vez le costaba más mantenerse a flote y luchar con las olas.

Él, sin embargo, la soltó, como era natural.

Y, como era también natural, otra ola se precipitó sobre ella cuando todavía estaba intentando recuperarse de la primera. Y se hundió.

Un fuerte puntapié la devolvió a la superficie y a los brazos de aquel hombre.

–¡Estate quieta! –le espetó él–. ¡O te dejaré inconsciente de un bofetón, a ver si así puedo salvarte la vida, condenada! –el aguijón de sus palabras era mucho peor que un bofetón.

–¡Le estoy diciendo...!

–¡No me digas!

–Pero...

–¡Por Dios, mujer, quieres callarte de una vez!

Kat tuvo que callarse a la fuerza, pues de nuevo se le llenó la boca de agua y se atragantó. Sintió aquella fortaleza de acero cercándola de nuevo y, a pesar del frío, sus brazos eran cálidos. A pesar de su furia, el cansancio la iba venciendo. Tenía la impresión de que la oscuridad iba cayendo sobre la luz parda y grisácea del día y sobre el río, y súbitamente le parecía bien cerrar los ojos, darse por vencida...

Él era muy fuerte; Kat ya no se movía, y sin embargo se sentía elevada, como si se deslizara a ras del agua. Su cabeza y su nariz permanecían por encima de la superficie.

Luego se oyeron voces, voces de hombres, y comprendió que habían llegado a un barco, a un barco muy bonito.

—¡Ethan!

Sobresaltada al oír aquel grito, se apartó bruscamente. Se golpeó la cabeza contra la proa del barco y dejó escapar un gemido de dolor.

Las estrellas estallaron, brillantes, ante sus ojos.

Y luego... la oscuridad.

—¡Dios bendito! —exclamó Ethan mientras con sus recios brazos tomaba a la esbelta criatura que Hunter había rescatado del agua, levantándola como si fuera un juguete. La sujetó con delicadeza y miró a Hunter un momento antes de bajar apresuradamente a la cabina.

El yate viró bruscamente y Hunter se acercó tambaleándose al timón y tomó el control de la nave mientras el viento se agitaba a su alrededor. Ignorando el hecho de que estaba empapado y helado hasta los huesos, comenzó a lanzar improperios al tiempo que luchaba a brazo partido con una perversa racha de viento. Plegó las velas él solo e hizo virar por completo la embarcación. A fin de cuentas, era un deportista, ¿no? Pero, aun así, no tenía previsto hacer tanto ejercicio ese día.

Ethan regresó a cubierta llevando una manta y una taza de coñac caliente. Hunter le dio las gracias inclinando un poco la cabeza y tomó la taza primero, la apuró de un trago y sintió que el calor retornaba a su cuerpo.

Agarró la manta y se la echó sobre los hombros mientras Ethan se hacía cargo del timón.

—¿Está bien? —preguntó Hunter, gritando para que lo oyera.

—Se ha dado un buen golpe en la cabeza —contestó Ethan a voces—. Pero ha abierto los ojos. La he envuelto en varias mantas y le he dado un sorbo de coñac. Creo que aguantará mientras llegamos a la orilla. ¿Dónde la llevamos? ¿Al hospital?

Hunter frunció el ceño y sacudió la cabeza.

—Dicen que esos sitios están mejorando, pero ni a un perro llevaría yo allí. Iremos a casa. ¿Seguro que está bien? Se ha resistido como una loca...

—Le ruego me disculpe, sir Hunter, pero creo que, al alcanzar el barco, se ha golpeado la cabeza contra el casco.

Ethan había visto gran número de heridas, puesto que había servido con Hunter en el ejército y en distintos países. Se le daba bien arreglar huesos, y también administrar medicamentos. Reconocía una herida mortal cuando la veía, y aquélla no lo era, desde luego.

—¿Quién es? —preguntó.

—No tengo ni la menor idea —contestó Hunter—. Por lo visto se lanzó al agua para salvar a David, pero no sé desde dónde —hizo una pausa y se quedó pensando. ¿La había visto alguna vez? No estaba entre el plantel de jovencitas que se habían presentado en sociedad esa última estación, de eso estaba seguro. De ser así, se acordaría de ella. Incluso mojada y sucia era preciosa.

Tenía, al parecer, la habilidad de un pez en el agua, y estaba convencida de que no necesitaba que nadie la rescatase. Su cabello... ¡qué color! Hasta mojado era como el fuego. Y sus ojos, cuando los tenía abiertos, lanzaban llamaradas que hacían juego con su cabello.

Sólo un ciego habría pasado por alto la perfección de su figura. No era ninguna flor de invernadero, sino una muchacha fuerte y fibrosa, de piernas largas, caderas estrechas y... hermosos pechos. Firmes y llenos, se apretaban contra la tela estirada.

Hunter hizo una mueca, molesto por aquellos pensamientos lascivos. Pero, a fin de cuentas, él no era ciego. No podía obviar todas aquellas cosas.

—¡Qué muchacha tan valiente! —dijo Ethan—. Lanzarse al agua cuando ninguno de esos jóvenes se atrevió.

Eso también era cierto.

Claro, que Hunter había visto cómo miraba a David en la orilla. Completamente extasiada. Aquella muchacha no se había lanzado al agua por un extraño. Había en su mirada algo que rara vez conseguía un hombre o una mujer, y que sin embargo todo el mundo ansiaba. En efecto, aquella muchacha habría entregado de buen grado su vida para salvar a David.

«Está enamorada», pensó Hunter.

—¿Cree que es amiga del muchacho? —preguntó Ethan.

—Nunca la había visto —dijo Hunter—. Claro, que no conozco a todas las amistades de David. En realidad, a él sólo lo conozco porque va a participar en la próxima campaña de excavación en el Nilo. Y porque a su padre le interesa financiar los trabajos, claro.

—¡Cielo santo! ¿No creerá que es una...?

—¿Una mantenida? —Hunter ladeó la cabeza, divertido—. No —dijo al cabo de un momento—. No tiene pinta de eso. No hay dureza en sus ojos. Aún, al menos. Pero, sea quien sea, dentro de poco será más rica que antes, porque lord Avery está empeñado en darle una recompensa. Entre tanto, ocupémonos de su bienestar, ¿de acuerdo?

Media hora después, el yate había atracado. Hunter tomó a la muchacha en brazos, envuelta en las mantas que le había procurado Ethan, mientras éste iba en busca del carruaje. Aunque unas horas antes reinaba el ajetreo en la zona de los muelles, los marineros de agua dulce se habían dado cuenta de que un día semejante no era propicio para el deporte, y no había ni un alma en el puerto.

No estaba allí el joven David, desde luego, ni ninguno de sus amigos. Aunque Hunter sabía que lord Avery cumpliría su palabra y recompensaría a la muchacha, estaba también seguro de que no se preocuparía particularmente por ella. Su principal desvelo era David.

Y Margaret, naturalmente.

Ethan refrenó a los dos hermosos caballos de tiro, que se quedaron quietos, esperando su carga. Hunter entró en el carruaje con la muchacha en brazos sin apenas necesitar ayuda.

—A casa entonces, y rápido —dijo Ethan, cerrando las puertas, y subió al pescante para tomar las riendas.

Mientras avanzaban, Hunter contempló la cara de la muchacha. Era realmente bella. Su piel, aunque levemente bronceada, era tersa como el alabastro. Su nariz era recta, y sus labios quizás un poco anchos y carnosos para los gustos de la época. Sus pómulos eran altos, sus ojos grandes y sus pestañas largas y oscuras.

Ella se removió.

Una dulce sonrisa asomó a sus labios.

Parecía dormir y soñar, y fuera lo que fuese lo que soñaba, era dulce.

Sus largas pestañas se movieron y un instante después se alzaron.

Sus ojos se fijaron en él, y frunció el ceño.

—Estás con nosotros —dijo él con suavidad.

Ella movió los labios. Parecía haber perdido la voz.

—¿Qué? —preguntó él.

Había algo en ella en ese instante que despertó en él una profunda ternura. Quería protegerla. Rodearla de calor y de afecto.

Sus labios se movieron otra vez.

Hunter se inclinó hacia ella para escuchar su susurro.

—¡Usted! —musitó ella.

Él sintió su intenso desaliento. Apretó los dientes y compuso una sonrisa. Y recordó cómo había mirado ella a David.

—Pues sí, querida niña. Y te pido disculpas. Debí dejarte en el agua.

Ella cerró los ojos de nuevo. Al parecer, todavía no había comprendido dónde estaba.

Hunter sintió la tentación de arrojarla de su regazo, pero se refrenó. Ni siquiera en sus peores momentos era tan grosero.

—Bueno, está bien, ¿quién eres? Y, para cuando te devolvamos sana y salva a casa, ¿dónde vives?

Ella abrió de nuevo los ojos y lo miró con algo semejante a la ira. Por todos los dioses, eran unos ojos realmente magníficos; su extraño color parecía arder. Desde tan cerca, Hunter pudo examinarlos detenidamente. Los bordes de sus pupilas eran verdeazulados; después, su color se difuminaba hasta hacerse verde, y se convertía luego en oro. Extraordinarios. Mmm, era sin duda pelirroja, pero no tenía el pelo color zanahoria, sino más bien como una llama de color profundo e intenso. Y esas pestañas tan oscuras...

Viniera de donde viniese, seguramente tenía muy mal genio y su pobre padre, hermano o enamorado se alegrarían de librarse por un tiempo de su lengua.

Ella seguía mirándolo, cada vez más perpleja.
—¿Y bien? ¿Quién eres? —preguntó Hunter.
Ella cerró los párpados.
—Yo...
—¡Cielo santo, contéstame!
—¡No lo sé! —exclamó ella.
Y, diciendo esto, se apartó de él y se irguió con porte regio... hasta que cayó en la cuenta de que había perdido las mantas. Se sonrojó, le lanzó una mirada furiosa y, recogiendo las mantas, se sentó en medio de un digno silencio.

Hunter la miró largo y tendido. Después, una sonrisa afloró lentamente a sus labios.

–Eres una embustera –le dijo con calma.

–¡Cómo se atreve! –exclamó ella.

Él sacudió la cabeza.

–Sencillamente, no me creo que te dieras un golpe tan fuerte en la cabeza.

Ella se puso a mirar por la ventanilla del carruaje, por la que iban pasando las bulliciosas calles de Londres. Luego bajó los ojos, y aquellas densas pestañas taparon sus pensamientos. Sus manos, que mostraban leves indicios de un arduo trabajo, permanecían apoyadas sobre la fina tapicería del asiento. Hunter notó que le agradaba el suave tacto de la tela.

Ella volvió a mirarlo.

–Me duele muchísimo la cabeza –dijo.

Hunter tuvo que sonreír de nuevo.

–Pero estás viva –dijo.

–Me las estaba apañando muy bien sin usted.

Él no se molestó en responder.

Ella frunció aún más el ceño y lo miró con recelo mientras se ceñía las mantas alrededor del cuello.

—¿Quién es usted? —le preguntó.

—Hunter MacDonald —inclinó la cabeza con gesto irónico—. A sus pies.

Creyó ver que sus ojos se agrandaban un poco, pero ella se apresuró a ocultar cualquier signo de que había reconocido su nombre, si así era, en efecto. ¿Lo habría reconocido? Hunter sabía que sus hazañas aparecían a menudo en la prensa, cosa en la que raramente pensaba. Con frecuencia se mencionaba también su nombre en las páginas de sociedad, normalmente con una nota de malicia: un toque de escándalo siempre agradaba a los lectores.

Francamente, y sobre todo desde hacía algún tiempo, él no se merecía la mayor parte de aquellos escandalosos chismorreos, pero había decidido tiempo atrás que, hiciera lo que hiciese, resultaba imposible estar a la altura de los patrones establecidos para un hombre como él. Por fortuna, era capaz de reírse de las invenciones que le salían al paso.

Su pasajera no parecía asustada ante la idea de hallarse en compañía de un sujeto con tan mala reputación. En realidad, parecía estar cavilando.

—¿Adónde vamos? —preguntó.

—A mi casa, por supuesto —le dijo él.

Vio con placer que un ligero destello de alarma cruzaba su semblante.

—Puede que no sepa quién soy —dijo—, pero estoy segura de que... —su voz se apagó como si le faltaran las palabras adecuadas.

—¿De que qué? —insistió él.

Ella bajó la cabeza.

—Si pudiera llevarme otra vez al mar, creo que podría reconocer algo... o a alguien.

—¿El mar?

Ella se sonrojó.

—La zona junto al río.

Hunter la calibró de nuevo tanto con la mente como con la libido. Estaba cada vez más fascinado. La muchacha hablaba bien, extremadamente bien, como si hubiera recibido una educación decente. Pero Hunter sospechaba que, pese a todo, pertenecía a los barrios bajos de la orilla del río.

A una clase de la sociedad victoriana en la que jamás encontraría a su amado David, como no fuera en extrañas circunstancias.

Hunter se descubrió apartando la mirada. Sentía una desazón de lo más extraña, como si deseara ser él el objeto del profundo afecto que, obviamente, sentía la muchacha por el hijo menor del barón de Turnberry. No importaba que David no fuera a heredar el título paterno, no había uno o dos hermanos varones por delante de él, ¡sino cinco!. Sin duda, para aquella muchacha, era una especie de estrella fulgurante.

¿Y si sintiera aquel afecto por él?

Ah, en fin. En parte se merecía su reputación. Pero nunca había tonteado con un miembro del bello sexo que fuera de veras joven e inocente, además de tierna de corazón.

Claro que ¿qué le hacía creer que era de veras inocente? Se había arrojado al Támesis medio desnuda. Por un hombre.

—Creo que está a punto de comprometerse —dijo Hunter con aspereza.

Ella fingía muy bien.

—¿Quién?

—David Turnberry, querida.

—¿Y a mí qué más me da?

—Disculpa, lo olvidaba. No sabes quién eres, así que ¿cómo vas a saber quién es el señor Turnberry?

Ella lo miró fijamente. Los rojos mechones de su pelo, ya casi secos, le caían suavemente sobre la cara.

—¿Cómo es que conoce las relaciones de ese... ese hombre al que se refiere? —preguntó.

—Frecuentamos los mismos círculos —respondió—. De hecho, el hombre al que salvaste —«estoy seguro de que recuerdas que sacaste a un hombre del agua, ¿no es cierto?»—, pronto se marchará a Egipto a pasar una temporada trabajando en una excavación arqueológica. Cuando regrese, creo que se casará.

—¿Está oficialmente comprometido?

—No —admitió Hunter—. Pero durante algún tiempo ha tenido un rival en la lucha por la mano de lady Margaret, y creo que hoy, tras este drama y habiendo temido por su vida, puede que ella decida que el elegido sea él.

Ella se giró rápidamente, como si estuviera angustiada y no quisiera que la viera. Luego bajó la cabeza y murmuró:

—Por favor, le agradecería mucho que me llevara al río. Estoy segura de que allí averiguaré quién soy y adónde pertenezco.

Hunter se inclinó hacia delante y posó distraídamente una mano sobre su rodilla mientras hablaba.

—Pero, querida niña, el señor Turnberry está ansioso por darte las gracias por haberle salvado la vida. Debemos permitir que lo haga.

Ella se acobardó visiblemente.

—¿Tal como estoy? Preferiría volver al mar.

—Al río.

—¡Al río! —replicó ella.

Se movió. Hunter se dio cuenta de que seguía tocándola... y de que su contacto le turbaba mucho más a él que a ella. Retiró la mano.

—Casi hemos llegado a mi casa. Mi hermana pasa mucho tiempo allí. Estoy seguro de que encontraremos algo apropiado que puedas ponerte.

—¡Señor, no puedo ir sola a su casa!

—Descuida —dijo él con una sonrisa—, tengo el ama de llaves más recta que pueda encontrarse. Estarás en las mejores manos.

Llegaron al fin a la casa, con sus elegantes verjas de hierro forjado y su césped pulcramente segado. Hunter se preguntó si aquella joven no habría llamado antes su atención porque, de alguna extraña manera, le recordaba a sí mismo. En sus años de juventud, había comprendido lo que era y lo que no era. Y se había dado cuenta de que debía mejorar su suerte, lo cual había conseguido con creces, primero en el ejército, luego encandilando a la reina y posteriormente gracias a su sincera fascinación por todo lo egipcio. Había escrito un puñado de libros contando sus experiencias, y ganado así una buena suma de dinero, y, si bien sus propios esfuerzos no le habían hecho rico, la muerte de su querida y adinerada madrina había mejorado notablemente su posición. Aquél había sido un inesperado golpe de suerte, porque la encantadora anciana, que había sido a su vez una verdadera aventurera, y con la que solía enzarzarse en ácidas conversaciones, se había fingido siempre pobre y había aceptado agradecida sus muchos presentes.

El carruaje atravesó la verja y se dirigió a la cochera que había junto a la puerta lateral. La puerta se abrió al tiempo que Hunter saltaba del carruaje y se volvía para ayudar a apearse a su invitada. Ella vaciló, pero al fin aceptó su mano. Por lo visto, había decidido que sería una grosería rechazarla.

—¡Dios mío! —exclamó la señora Emma Johnson, su ama de llaves. Miró a Hunter con enfado, como si hubiera cometido un crimen—. ¡Hunter! ¿Se puede saber qué ha pasado? ¡Pobre chiquilla! ¡Venga, entre, yo me ocupo de usted! ¿Saben sus padres dónde está? Hunter, ¿has llevado a esta jovencita a navegar con este día y se ha caído al río? ¡Ay, niña, menos mal que estás bien! Enseguida me ocupo de ti —deslizó un brazo alrededor de aquella sirena de pelo rojo y miró a Hunter con enojo—. En fin, Hunter, no es asunto mío, pero...

—¡No, Emma, no lo es! —dijo él, pero sonrió. Emma le era muy querida. Siendo él muy joven, cuando luchaba por salir adelante, su ama de llaves había pasado más de una semana sin cobrar y hasta le decía que ya le pagaría cuando... en fin, cuando pudiera. Él había hecho todo lo posible por recompensarla por sus muchos años de trabajo, durante los cuales sólo la lealtad la había mantenido a su servicio.

Ella entornó sus ojos grises, enfadada, y él tuvo que sonreír otra vez.

—Emma, no he hecho nada terrible, te lo aseguro. Se estaba ahogando...

—No fue hasta que intentó ayudarme cuando empecé a ahogarme —protestó la muchacha.

—Es asombroso lo que pareces recordar —murmuró Hunter.

—¡Cielo santo! ¿Qué ha pasado? —preguntó Emma.

—Supongo que debemos dejar que la joven se explique —dijo él.

—Muchacha, ¿cómo te llamas, querida? —preguntó Emma.

—Sí, querida, ¿cómo te llamas? —repitió Hunter, y vio

que ella enrojecía–. ¡Ah! Cielos, ¿cómo he podido olvidarlo otra vez? Se dio un golpe en la cabeza y lo ha olvidado todo. ¿Te imaginas, Emma?

El ama de llaves pareció horrorizada.

–Hunter, ¿qué has hecho?

–¡Soy inocente, te lo juro! –repuso él.

–Sí, mamá, esta vez es inocente, te doy mi palabra –dijo Ethan, que había guardado los caballos y el carruaje en la cochera–. Sir Hunter vio que un amigo caía de la cubierta de otro barco, y se lanzó a rescatarlo. Parece que, venga de donde venga, esta muchacha tuvo la misma idea.

Emma la miró con estupor.

–¡Pero chiquilla! ¿Te tiraste al Támesis? ¡Pero si está lleno de porquería, por más que digan que lo sanearon durante el reinado de la reina Victoria!

–Ya me había metido otras veces en el río –murmuró la muchacha. Se sonrojó de nuevo al ver la mirada de Hunter–. Bueno... creo. Quiero decir que... puede que me haya metido en el agua con frecuencia... al menos, eso creo...

Emma miró de nuevo a Hunter con enojo.

–¡Pero mírate! ¡En calzones y con una manta! –sacudió un dedo hacia él–. Puede que tú tengas mala reputación, pero no voy a permitir que manches la mía. Yo me encargaré de que nuestra pobre invitada se dé un buen baño y se sienta a gusto. ¡Ethan! Tienes que ir a buscar al doctor inmediatamente...

–¡Al doctor! –exclamó la muchacha.

–¡Claro! Has perdido la memoria. Y, estando aquí el dueño de la casa, no queremos que, además de la memoria, pierdas la razón. No, no, hay que ocuparse de esto a toda prisa.

—Emma, no es probable que yo vaya a seducir a la muchacha estando bajo mi propio techo —murmuró Hunter con sorna.

—En efecto, es muy improbable —masculló la muchacha.

—Que Ethan me ayude a quitarme la ropa mojada, Emma. Tú ocúpate de la señorita. En casa de lord Avery les interesará la noticia. Fue David Turnberry quien se cayó al río, y querrá darle las gracias como se merece a nuestra misteriosa muchacha. Llamaré a la mansión —eso, suponiendo que el maldito teléfono funcionara—, para decirles que está aquí.

—Pero creo que deberíamos llamar al médico... —comenzó a decir Emma.

—¡Estoy bien! —le aseguró la muchacha.

—Mmm —masculló Emma.

—Veamos, quizá deberíamos esperar hasta mañana y ver cómo se encuentra entonces. Emma, estoy seguro de que tendrás una hermosa habitación lista en algún lugar de la casa, ¿no es cierto? —dijo Hunter.

—Un baño y un poco de descanso. Sola. Si puede ser. Eso sería estupendo —dijo la chica—. Y, si por la mañana me encuentro mal, juro que iré a ver al médico.

—Está bien, entonces. Hunter, tú vete arriba. A ti, jovencita, voy a prepararte un buen baño caliente. Ya verás cómo entras en calor en un periquete. Y tú, Hunter, ni se te ocurra acercarte.

—Por Dios, confía en mí, ¡eso pienso hacer! —le aseguró a Emma. No pudo evitar guiñarle un ojo a su invitada antes de pasar a su lado. Sus zapatos chirriaban y empezaba a sentirse helado, a pesar de que llevaba una manta sobre los hombros.

Ethan lo siguió hasta su habitación y sacó la tina del baño.

—Déjalo, amigo mío —dijo Hunter—. Yo mismo me calentaré el agua. Ocúpate de que haya alguna moneda en la cómoda del cuarto azul..., que es sin duda donde Emma llevará a nuestra invitada. Ah, y cuida también de que haya suficientes monedas en el bolsillo del vestido que Emma elija para ella.

Ethan enarcó una ceja.

—Créeme, amigo mío —dijo Hunter—. Es por el bien de la chica.

—¿Quiere que se escape?

—Va a volver al río. Recuerda lo que te digo. Pero no te preocupes. Iré tras ella. ¡Ah, Ethan! Por favor, haz lo que te he dicho.

Ethan refunfuñó un poco, pero fue a cumplir sus órdenes.

Kat, cuya memoria estaba intacta, descubrió que resultaba fácil y agradable hablar con la señora Johnson, o Emma, como ella prefería que la llamaran. Era tan amable y cariñosa... Kat no creía haberse dado nunca un baño tan delicioso y con el agua tan caliente. La casa y los muebles eran exquisitos. Kat nunca había visto tanto lujo.

Emma charlaba sobre el barrio. Era encantador, lo adoraba, llevaban allí casi una década. Y, además, se podía ir de acá para allá de una manera asombrosa: ¡en tren, por un túnel subterráneo!

—Aunque eso ya estaba cuando yo era niña —declaró.

Pero hablaba sobre todo de sir Hunter MacDonald, quien por lo visto era el amor de su vida.

Kat hubiera deseado que la llevaran a casa de David Turnberry, pues estaba segura de que allí su ama de llaves le habría contado toda clase de anécdotas deliciosas acerca de su vida. Pero no podía ser. Debía recordar dónde estaba. Y por qué.

Y mostrarse agradecida. Así que intentaba prestar atención. Sir Hunter había sido un famoso soldado, elevado a la nobleza por sus servicios a la patria. ¡Le habían llamado tantas veces para que sirviera de embajador a la reina...!, decía Emma con arrobo. Tenía su reputación, naturalmente, pero sólo porque había muchas viudas, y hasta alguna divorciada, que no entendían que debían guardar luto y llorar a sus maridos, como hacía su amada reina. ¡Y los americanos! Esos formaban una raza aparte. Eran todos, ellos y ellas, unos aventureros. Y luego estaba, naturalmente, la obsesión de sir Hunter por las antigüedades egipcias. Sí, había habido cierto revuelo en el museo hacía un año. Unos tejemanejes vergonzosos, pero al final todo se había arreglado, los malos habían desaparecido de escena y los demás involucrados pronto zarparían otra vez para seguir aprendiendo y engrandecer de ese modo la gloria de Imperio Británico.

«Sí, sí, sí», pensaba Kat. Pero ¿cuánto tiempo podría seguir oyendo hablar de un tipo que había estado a punto de ahogarla? De acuerdo, era cierto que no había sido a propósito y que la había acogido en su hermosa casa. Así que Kat refrenó la lengua mientras el ama de llaves le lavaba el pelo con un jabón de olor delicioso y seguía hablando por los codos. No le quedaba más remedio.

—Pero, naturalmente, habrás leído muchas cosas sobre él, estoy segura —prosiguió Emma—. Ha sido un auténtico ídolo nacional muchas veces. ¡Ay, lo olvidaba! Pobrecilla, has perdido la memoria. Pero, si algo se agita en la penumbra, déjame que te asegure que, a pesar de su reputación de donjuán, sir Hunter es un caballero, un auténtico caballero —parecía empeñada en convencerla de ello. A regañadientes, añadió–: Lamento decir que, en mi opinión, muchos de esos rumores son ciertos, pero, tal y como te he dicho, Hunter sólo se entiende con viudas y divorciadas, mujeres adultas y maduras que saben lo que hacen. No creo que frecuente casas de mala fama. O, por lo menos, no las de baja estofa. Pero que sepas que tiene un corazón de oro. ¡Y es tan valiente...! Ha luchado mil veces al servicio de la reina, y ha cumplido con su deber hasta cuando creía que no tenía derecho a estar allí... ¡Santo cielo, chiquilla! No repitas eso en ninguna parte. Sir Hunter es un súbdito leal de la reina, de la cabeza a los pies. Y luego está, claro, su búsqueda constante de antigüedades egipcias.

–¿Se refiere a tesoros?

Emma Johnson soltó un bufido desdeñoso.

–¿Tesoros? No como nosotras los entendemos. Para sir Hunter, tesoros son las reliquias del pasado, cuanto más antiguas y astrosas, mejor. Claro, que ahora eso está en boga entre la aristocracia inglesa. Eso, y el mesmerismo –dijo resoplando–. Pero, aun así, sir Hunter podría preferir pasar una temporada en la Riviera o en Italia. Bueno, le gusta parar en Roma y esas cosas, pero a él lo que de verdad le entusiasma es Egipto. Colabora con el museo, ¿sabes? Y siempre consigue la mejor excavación, o que le concedan la mejor localización a través de nuestras embajadas y de los egipcios, que son los que mandan. Bueno, decimos que los egipcios son los que mandan, pero todavía sigue siendo nuestra influencia la que marca el rumbo. Y bien que les alegra la intervención inglesa.

–El dinero inglés, diría yo –murmuró Kat suavemente.

Emma se echó a reír de buena gana.

–Pues sí, llevas razón. Pero los turcos también estuvieron allí mucho tiempo, y a los egipcios les alegra contar con nuestra protección, hazme caso. Y, naturalmente, los franceses andan siempre por allí cerca. Pero de todos modos a mí me gustaría que sir Hunter pasara algún otoño en una hermosa ciudad europea.

–Eso suena... fascinante. De veras –Kat se echó hacia atrás–. Yo siempre he soñado con el antiguo Egipto –volvió a incorporarse–. David Turnberry también va a ir a Egipto, ¿verdad?

–Ya te he dicho que van muchos. Porque has de saber que ahora es cuando comienza la temporada arqueológica. ¡En verano hace demasiado calor! El final del otoño, el principio del invierno... En fin, que dentro de una semana zarparán hacia los misterios del pasado.

«¡Una semana!», pensó Kat. «Una semana. Una semana en su país y luego...».

David Turnberry iría a Egipto. Cuando regresara, ¿se casaría?

Kat exhaló un suave suspiro. Era una locura pensar que pudiera fijarse en ella sólo porque la hubiera mirado tras salvarle la vida y hubiera dicho «te amo». Estaba a punto de prometerse en matrimonio. Con una elegante señorita de su rango.

«No puede amar a su prometida. ¡No, si me ha dicho a mí esas palabras!».

Pero ella había huido, aterrorizada. En parte por culpa de Hunter MacDonald. Pero ahora... Hunter pensaba presentárselo. Iba a conocer formalmente a David Turnberry.

–Ya está, levántate, niña –dijo Emma–. Tengo un vestido precioso para ti. Lady Francesca, la hermana de sir Hunter, que está casada con lord Hathaway, se deja aquí mucha ropa, y estará encantada de ayudar a una muchacha sacada del río y dispuesta a arriesgar su vida para salvar otra.

Al oír aquel elogio, Kat se sintió de pronto terriblemente incómoda. No le quedó más remedio que preguntarse si se habría lanzado al rescate de no ser David Turnberry quien hubiera caído al agua. Aquella idea la inquietaba, y apenas reparó en la fina seda de las polainas que se puso, ni en la sencilla elegancia del vestido que Emma le pasó por la cabeza, cuyo corpiño era de exquisito encaje.

—¡Ay, querida! Si una noche de sueño no te ayuda a recuperar la memoria, habrá que hacer algo —dijo Emma de repente—. Seguro que en alguna parte hay algún joven terriblemente preocupado por ti. Aunque no llevas anillo.

A Kat pareció detenérsele el corazón en el pecho. No, no había ningún joven preocupado por ella. Pero su padre lo estaría. Y también su hermana, y sus muchos amigos.

¿Cuánto se había alejado? ¿Cómo iba a volver? Si tenía que ir a pie...

Bajó la cabeza y se mordió el labio inferior. Seguramente un hombre como Hunter MacDonald habría dejado unas cuentas monedas por ahí. ¡No pensaba robar! Se aseguraría de devolvérselas. El transporte público funcionaba cada vez mejor, y ella conocía bien Londres.

Como la hija de un hombre pobre, la golfilla que era.

—Sí, desde luego —logró decir con pesadumbre—. Estoy segura de que mañana me encontraré bien. Creo que, cuando me despierte, lo recordaré todo —mintió. Luego bostezó—. Perdóneme. Estoy agotada —levantó las manos y las dejó caer. Entonces oyó un tintineo entre los pliegues del vestido. Pasó los dedos discretamente sobre los bolsillos. Sintió tal alivio que estuvo a punto de desmayarse. ¡Monedas!

—¡Y cómo no vas a estarlo con el día que te has dado! Vamos, siéntate delante del fuego mientras te peino. Te llevaré arriba, a dormir, en un periquete.

Kat apenas podía mantenerse erguida mientras el ama de llaves le secaba delicadamente el pelo delante del fuego y le desenredaba la larga melena. Cuando hubo acabado, su cabello era tan suave como la seda, mucho más suave que antes. Pero Kat se sentía tan culpable por la partida apresurada que planeaba, que tuvo que hacer un esfuerzo por calmarse para darle las gracias a Emma.

Esa misma culpa le impedía disfrutar de la discreta elegancia de la casa y de los pequeños detalles que hacían única la residencia de sir Hunter MacDonald. Las antigüedades colocadas sobre los postes de la escalera, los jeroglíficos que adornaban las paredes. Las bellas pinturas al óleo, algunas de paisajes campestres ingleses, otras del antiguo Egipto. Una de ellas mostraba la Esfinge al atardecer, y era tan hermosa que Kat aminoró el paso al pasar a su lado.

—Puedo enseñarte la casa, querida —se ofreció Emma.

—Gracias, me gustaría... más tarde. Pero, se lo ruego, ahora necesito descansar un par de horas.

—¡Desde luego!

Y así fue conducida por la espléndida escalera hasta una alcoba que parecía pensada para acoger a invitadas del sexo femenino, pues los muebles eran de una preciosa madera de color claro, y el dosel y la colcha de la cama de cuatro postes eran blancos y azules, colores que realzaban los tonos de la alfombra oriental.

—Que descanses bien, querida. Me ocuparé de que nadie te moleste —prometió Emma.

—Muchísimas gracias otra vez.

La puerta se cerró. Kat se acercó a la cama, se tumbó sobre la colcha y se quedó quieta unos segundos.

Luego se levantó. Se encaminó hacia la puerta, pero reparó en unas monedas que había sobre la cómoda. Se las guardó en el bolsillo, junto con las otras, y se detuvo un momento a buscar papel y lápiz en la linda mesita oriental que había junto a la cama.

Devolveré el vestido y las monedas, escribió. Pero aquellas palabras le parecieron frías y toscas. Vaciló y luego añadió: *Muchísimas gracias*. No, no bastaba con eso. Pero el tiempo pasaba. Se retrató como una esfinge sonriente y, como hacían los caricaturistas, añadió un pequeño globo junto a sus labios en el que escribió: *¡Gracias!*.

Con eso bastaría. Tenía que irse, llegar hasta casa, regresar allí antes de que la echaran en falta y prepararse para que David Turnberry le diera las gracias por haberle salvado la vida.

Corrió a la puerta y salió al pasillo. Allí se quedó escuchando. No se oía nada, salvo el tictac del reloj de pared del recibidor.

Bajó corriendo las escaleras hasta la entrada. La puerta de la calle no estaba cerrada con llave. En ese momento, al menos. ¿Lo estaría cuando volviera? Quizás entonces estuviera echada la llave; se estaba haciendo de noche.

En fin, de eso se preocuparía cuando volviera. Ahora, tenía que ir cuanto antes a ver a su padre y su hermana.

¡Quizá no pudiera volver!

Salió a la calle y, al llegar al final de la manzana, se detuvo a recobrar el aliento.

Estaba fuera. Había salido con toda facilidad.

Pero la cuestión era ¿podría volver a entrar?

—¡El pájaro ha volado! —comentó Hunter.

Montado a lomos de Alexander, su caballo, se ocultaba

tras la pequeña arboleda del estrecho patio lateral de la casa. Ethan, que permanecía a su lado, montado sobre Anthony, lo miró y su semblante se contrajo inquisitivamente.

—Vamos tras ella —dijo Hunter.

Estaba claro que la muchacha sabía dónde iba. Recorrió velozmente las calles vecinas a Hyde Park buscando una parada de ómnibus.

Allí, se montó a bordo.

Seguir el ómnibus, arrastrado por corpulentos caballos de tiro, resultaba bastante fácil. Las calles estaban atestadas, y los viandantes eran a menudo descuidados, de modo que el vehículo avanzaba lentamente.

Su pelirroja cambió de ómnibus y se dirigió, como Hunter sospechaba, hacia el río. Y allí, como cabía esperar, les resultó más difícil ocultarse. Hunter desmontó, le entregó a Ethan las riendas de Alexander y le dijo que esperara allí con los caballos.

—No sé qué están tramando ustedes —gruñó Ethan.

Hunter se echó a reír.

—Ni yo mismo lo sé.

Se marchó a toda prisa, pues, tras bajarse del ómnibus, la muchacha comenzó a avanzar rápidamente por las calles, moviéndose entre prietas filas de casas y aceras y callejones saturados de gente. Hunter observó el vecindario.

No era el barrio más pobre de la metrópolis, pero sí de la vieja Ciudad de Londres propiamente dicha, donde quedaban algunos vestigios de la arquitectura de fines del siglo XVII, viviendas sencillas construidas poco después de que el Gran Fuego arrasara la ciudad. La mayoría de los pobladores eran humildes comerciantes, aunque aquella zona atraía también a estudiantes, músicos y artistas. Las calles, aunque no eran espléndidas, estaban limpias.

—¡Demontre! —exclamó una mujer mayor que estaba barriendo la acera—. ¡Pero sí es Kat!

—Chist, señora Mahoney, por favor —dijo la muchacha, y pasó a toda prisa por su lado—. ¿Está mi padre en casa?

—¡Llorando a lágrima viva está! —respondió la mujer—. ¡Hasta ha hecho que unos amigos suyos de la policía salgan a buscarte, chiquilla! Corría el rumor de que te habían sacado del agua, pero nadie sabía quién te había rescatado, ni dónde estabas.

—¡Oh, no! —exclamó la muchacha.

—¿Y qué es lo que llevas puesto, Kat? —preguntó la mujer.

—Tengo que ver a mi padre —dijo ella, y se dirigió a toda prisa a una casita pintada y adornada con bonitas chambranas de filigrana. Parecía datar de los tiempos de los tejedores flamencos, pensó Hunter.

Decidido a eludir la conversación con la mujer mayor, Hunter se deslizó rápidamente contra una pared. Había un estrecho callejón que llevaba a un patio trasero. Lo recorrió avanzando de lado. Pero no tuvo que ir muy lejos.

Una ventana abierta cuyas cortinas estaban descorridas le ofrecía un panorama excelente de lo que ocurría dentro de la casa. Allí estaba la muchacha a la que la mujer había llamado Kat, abrazaba a un hombre alto y patilludo. A su lado había otra joven, también pelirroja aunque con el pelo más claro. La joven abrazó a Kat y luego se apartó y el hombre, mayor y de aspecto digno, volvió a estrechar a Kat en sus brazos.

Cuando al fin cesaron los abrazos, la otra chica, ¿su hermana?, dijo:

—¡Katherine Mary! ¿Se puede saber qué llevas puesto? Dios mío, ¿de dónde has sacado ese vestido tan elegante?

—Ya te lo explicaré —dijo Kat.

—¡Desde luego que vas a explicarte! —respondió con enfado el hombre—. Me estaba volviendo loco de preocupación y de pena. Eliza me contó lo que te proponías, y yo intentaba convencerme de que volverías, de que no estabas en el fondo del Támesis. Te está buscando la policía, jovencita. Eliza, dile a Maggie que vaya a informar a la policía de que mi hija ha vuelto. Ya no hace falta que draguen el río.

Estaba realmente furioso y, sin embargo, saltaba a la vista que se sentía profundamente aliviado. Hunter se sintió culpable, y comprendió que la chica debía sentir lo mismo. Parecía angustiada, como si hasta ese instante no se hubiera dado cuenta de lo dolorosa que había sido su ausencia para sus seres queridos.

Eliza, la otra muchacha, salió corriendo de la habitación para ir en busca de Maggie, alguna sirvienta, supuso Hunter, a pesar de que la casa parecía bastante pobre, pero, como no estaba dispuesta a perderse nada, regresó enseguida.

—Papá —dijo Kat, intentando calmarle—, pobre papá, lo siento muchísimo, no imaginaba que hubiera armado este lío. ¿Por qué mandaste a la policía a buscarme? Ya sabes que nado mejor que un pez.

—Sí, lo sé —dijo su padre con orgullo—, pero te lanzaste detrás de ese estudiantillo y desapareciste. ¿Qué voy a hacer contigo? ¡Si tu pobre madre levantara la cabeza...!

—Kat, ¿de dónde has sacado ese vestido? —preguntó de nuevo su hermana.

—Me lo han prestado. Papá, por favor, no ha pasado nada. Verás, me ayudó un caballero después de que yo ayudara al primer caballero. He estado en un sitio precioso, te doy mi palabra. Voy a conocer a David Turnberry, el caballero al que salvé, que pronto va a prometerse con la hija de lord Avery, y debo...

—¡Lord Avery! —exclamó Eliza. Miró hacia el otro lado de la habitación—. Papá, seguro que le dan una recompensa. Una buena recompensa.

—Yo no quería ninguna recompensa —dijo Kat.

—Pues a mí alegraría que te la dieran —respondió Eliza—. Así podremos poner en la mesa algo más que pescado.

—¡Eliza! —exclamó su padre con tristeza, sacudiendo la cabeza.

Eliza se apresuró a disculparse.

—Papá, tú te ganas muy bien la vida. Lamento haberme quejado. Pero... ¡Kat! ¡Ese vestido! Es precioso. ¿De dónde es? ¡Oh, Dios mío! Debería vestirme. Tengo que ir contigo y...

—No —dijo con firmeza el padre—. Nadie va a ir a ninguna parte.

—Pero esto hay que pensarlo detenidamente —le rogó Eliza.

—Katherine Mary, eres mi hija. Mi hija. Y no vas a irte con ningún jovenzuelo, ni que sea pobre como un mendigo, ni que sea rico como el rey Midas, sin la debida compañía. ¡Sin mí! —gritó.

—¡Oh, papá, por favor! Tengo que ir sola. No me ocurrirá nada, te lo aseguro. Hay una mujer maravillosa llamada Emma Johnson que es como mi ángel guardián.

—¿Has estado en casa de una señora? —inquirió su padre—. ¿Y por qué no te ha acompañado a casa esa gente?

—Papá..., perdóname, pero he fingido que había perdido la memoria. Les he dicho que no sé quién soy.

Su padre se dejó caer en un sillón.

—Te avergüenzas de nosotros —dijo en voz baja.

—¡No, papá, nada de eso! —exclamó ella.

Él la miró con tristeza.

—No necesitamos caridad de nadie. Yo trabajo duro, todos trabajamos duro. Y nos ganamos la vida, aunque sea pobremente. Soy un hombre honesto, y hago un trabajo honesto. No aceptarás ninguna recompensa.

—¡Papá! —protestó Eliza—. Papá, de verdad, tú eres un gran artista. Pero te lanzas a trabajar para personas que prometen pagar y no pagan.

—Son los modelos más interesantes —murmuró el padre.

—Y luego, cuando aparece un ricachón, te niegas a cobrarle lo que vale tu trabajo. Yo diría que más de un rico está en deuda contigo. Y, si se supiera lo que haces de verdad, papá, ¡tendrían que hacerte caballero! Así que nada de lo que nos den será caridad, sino lo que mereces —afirmó Eliza.

Él volvió a sacudir la cabeza.

—La vida de un hombre vale mucho más que cualquier suma de dinero. Kat no aceptará ninguna recompensa.

Eliza se dio la vuelta, enfurruñada.

Kat se puso de rodillas y apoyó las manos sobre las rodillas de su padre.

—Papá, no aceptaré la recompensa. Pero ¿puedo volver a casa de la señora Johnson, sólo para conocer a esas personas? Te doy mi palabra de que rechazaré la recompensa. Pero quisiera... me encantaría... sólo por esta vez... conocer a esas personas, dejar que me den las gracias. ¡Por favor, papá!

—Ahí fuera hay un mundo muy duro, muchacha. Nosotros no tenemos dinero, pero tenemos dignidad. Y tú no tienes una gran dote, pero tienes tu virtud.

—Mi virtud no corre ningún peligro, papá —respondió ella con seriedad.

—Me da miedo perderte de vista —dijo su padre.

—Está enamo... —comenzó a decir Eliza, pero Kat se levantó de un salto y se giró hacia ella.

—Quizá, como lo han desechado, papá permita que conserve el vestido, y así podrás quedártelo tú —dijo, mirándola al mismo tiempo con una expresión de súplica y de advertencia.

—¿Qué clase de padre sería si te dejara ir?

—¿Un padre amable y confiado? —sugirió Kat.

—¡No!

—¡Por favor, papá! Es sólo un sueño, un sueño estúpido, tener por una vez la oportunidad de que me den las gracias y me agasajen. Y conozco las calles, cómo se comportan ricos y pobres. Nos has enseñado muy bien. Empleaste lo que tanto esfuerzo te costaba conseguir para que Eliza y yo recibiéramos una buena educación. Nos enseñaste a distinguir entre el bien y el mal. Por favor, confía en mí, papá —sus ruegos parecieron conmover al fin el corazón de su padre, pues se levantó y la tomó de las manos.

—Confío en ti y lamento mucho que no puedas tener tu momento de gloria. Soy pobre, pero no venderé mi orgullo, ni mis responsabilidades.

—Pero papá...

—Ódiame si quieres, muchacha, maldíceme. Pero no te dejaré marchar.

—Papá, yo jamás podría odiarte —Kat estaba de nuevo en sus brazos. Se sentía querida, pero también desanimada.

Desde su puesto más allá de la ventana, Hunter veía su rostro mientras abrazaba con fuerza a su padre. Saltaba a la vista que lo quería, pero era obstinada y temeraria. Y estaba tramando algo. Se había topado con un callejón sin salida y pensaba descubrir un modo de rodearlo.

¿Qué haría?, se preguntaba Hunter. De pronto se dio cuenta de que mientras escuchaba había contenido el aliento. Exhaló lentamente mientras cavilaba.

Se preguntaba si la perversa pelirroja sabía que tenía ya mucho más que dinero, un título o la mitad de las cosas que los miembros de la así llamada alta sociedad, el mundo que habitaba su amado David, consideraba importantes.

Su padre se apartó.

—Debes devolver el vestido, muchacha. ¿De dónde lo sacaste?

—Pertenece a lady Francesca Hathaway —contestó Kat con pesar.

—¡Pero esa señora no vive en Londres! —dijo su padre.

—La casa de su hermano no está tan lejos.

Eliza dejó escapar un gemido de sorpresa.

—¿Estuviste en casa de... de sir Hunter MacDonald?

—¡Hunter MacDonald! —bramó su padre.

Hunter dio un respingo. Por lo visto era muy conocido.

—Papá —dijo Eliza, sorprendida por la reacción de su padre—, ese hombre es uno de los favoritos de la reina.

—Sí, y todo por su fama de aventurero. Siempre anda por el extranjero, metido en líos. Me atrevería a decir que la reina disfruta escuchando los relatos de sus escapadas... y los halagos que sin duda le prodiga.

—¡Pero dicen que es un hombre brillante! —exclamó Eliza con emoción—. Y muy atractivo. Se dice que ha tenido aventuras con damas de las más altas esferas —su padre y su hermana la miraron con horror—. No, por favor

—insistió Eliza—. No ha manchado la reputación de ninguna. Sencillamente... bueno... ¡cielos! ¿Cómo lo diría? Es un truhán entre truhanes.

Hunter sacudió la cabeza. Las cosas se ponían cada vez peor. Y aunque no tenía ni la menor idea de lo que iba a hacer, decidió que había llegado el momento de llamar a la puerta.

Se dirigía hacia allí cuando Kat dijo:

—Sir Hunter no es para tanto, padre, te lo aseguro. Te doy mi palabra de que mi virtud no corre ningún peligro con él. Pero... podría haber conocido a lord Avery, padre.

—Y a su adorado David —murmuró Eliza.

—¿Qué has dicho? —preguntó su padre con el ceño fruncido.

—Que habría disfrutado de una cena excelente, papá, nada más —dijo Eliza—. Ya sabes, se habría codeado con la flor y nata.

—Eso es absurdo —dijo él—. Completamente absurdo, y debes creer y aceptar esto como un mal menor. ¿Lo entiendes, Katherine Mary?

Kat bajó los ojos.

—Me inclino ante tu sabiduría, papá —contestó. Y a continuación bostezó—. Me voy a la cama.

—Eso está mejor, mi niña —dijo él con ternura—. Mañana devolverás el vestido.

—Mañana —convino ella, y se dirigió a la estrecha escalera. Luego se volvió—. Te quiero, papá —dijo.

—Sí, niña, yo también a ti.

Kat sonrió, vaciló un momento y siguió subiendo las escaleras.

Fuera, Hunter se inclinó pensativamente contra la pared. Después miró de nuevo por la ventana, y un ceño frunció su frente. De pronto cayó en la cuenta de que conocía al padre de la muchacha. Su ceño se disipó, sustituido por una tenue sonrisa.

Por fin se alejó de allí, convencido de la necesidad de volver cuanto antes a casa.

Sabía que Kat pronto se pondría en camino.

Una nota había llegado a la casa en ausencia de Hunter. Lord Avery le pedía disculpas; el día había sido muy ajetreado, y deseaba retirarse temprano. Le pedía, sin embargo, una cita para la mañana siguiente, y le preguntaba si llevaría a la joven a su mansión, o si debían ir ellos a su casa.

Podía haber intentado llamar por teléfono, pero lord Avery nunca parecía escuchar lo que se le decía, de modo que Hunter mandó a Ethan con la respuesta, pidiéndole a lord Avery y a sus acompañantes que asistieran a un almuerzo en su casa a la mañana siguiente.

Subió al piso de arriba con intención de entrar en el cuarto azul, a pesar de que Emma le había suplicado que no lo hiciera.

—¡No quiere que la molesten! —dijo su ama de llaves con firmeza.

Hunter se echó a reír.

—Me juego la cabeza a que no está ahí.

—¡Se juega la cabeza! Qué lenguaje tan callejero, Hunter —resopló Emma.

—¿Quieres apostar?

—¡Por Dios, Hunter, una señora respetable no hace apuestas!

—Mejor, porque la chica no está ahí —repuso él, y abrió la puerta. Emma miró dentro y frunció el ceño.

—Pero si estaba agotada.

—Pues ya se ha espabilado —murmuró Hunter.

Emma cuadró los hombros con la frente fruncida.

—¿Ha huido?

—Creo que sólo necesitaba... tomar un poco el aire —contestó él.

—Espero que vuelva. Una muchacha tan bonita... En toda mi vida he visto unos ojos como ésos, Hunter. Y es tan amable... Una verdadera delicia. Yo no soy quién para decirlo, pero comparada con algunas que han pasado por aquí... Ay, perdona. Y, además, estoy preparando una cena tan rica... Bueno, no es que no quiera que tú disfrutes de una buena cena, pero...

—Creo que volverá enseguida, Emma —dijo Hunter—. Ve a acabar de preparar la cena.

Cuando Emma se hubo ido, vio la nota que había sobre la cómoda. Al leerla sintió un leve hormigueo de emoción que le sorprendió.

Y, luego, allí estaba el boceto. Una maravillosa reproducción de la Esfinge.

Su padre.

Resultaba extraordinario que se hubiera dado cuenta de quién era aquel hombre espiando por su ventana. Pero, cosa rara, apenas una semana antes había estado en el campo, en casa de sus amigos los condes de Carlyle, y allí había visto por primera vez una de las inquietantes marinas que pintaba William Adair. Brian no sabía nada del artista. Sencillamente, se había enamorado de la atmósfera marítima, tempestuosa y salvaje, del cuadro.

—Me dijeron que era un pintor de Londres, aunque el dueño de la galería no sabía gran cosa sobre él, porque había comprado el cuadro a través de un intermediario. Debo descubrir dónde vive cuanto antes. El cuadro es magnífico, pero lo compré por una miseria en Sloane Street.

Hunter había contemplado extasiado el cuadro durante largo rato. La firma era pequeña, pero firme y perfectamente legible. William Adair. Y, al seguir a Kat y ver por la ventana los cuadros que colgaban en la pequeña estancia, se había percatado de que óleos tan llenos de vigor y emoción sólo podían ser obra del mismo artista.

De modo que su sirena era hija de aquel pintor. Y su pequeño boceto demostraba un asombroso talento en bruto.

Devolvió la nota a su sitio y salió de la habitación, dejándola tal y como la había encontrado.

Luego aguardó en el patio con el propósito de sorprender a su invitada cuando intentara entrar sin que nadie la viera. Se preguntaba cuánto habría tardado en salir de su casa. Le habría llevado algún tiempo, pues habría tenido que convencer a su hermana para que tomara parte en su treta. Kat imaginaba que lo único que tenía que hacer era engañar a su padre una noche. Su noche mágica. No sabía que ese día no habría modo de ver a lord Avery, ni a David.

Por fin la vio. Apostado tras un pilar del porche, la divisó bajando por la calle. Ella aminoró el paso al acercarse a la casa, y pareció dudar al verlo fuera. Se quedó junto a un seto, convencida de que él entraría en la casa sin tardar mucho.

Pero no fue así.

Al fin ella se acercó, ensortijando un mechón de pelo entre sus dedos.

—Sir Hunter —dijo educadamente, fingiéndose sorprendida.

—Mi querida niña —contestó él en el mismo tono—, ¿dónde has estado?

—Oh, no muy lejos —mintió ella con dulzura—. Sólo he salido a... tomar un poco el aire.

—Ah. ¿Y te ha ayudado? —inquirió él.

—¿Ayudarme a qué?

—A recuperar la memoria, desde luego.

—¡Ah! Pues... no, lo siento. Creía que dar un paseo me ayudaría a recordar quién soy, claro, pero... me temo que no ha sido así.

—Oh, vaya —dijo Hunter compasivamente.

—¿Vamos... vamos a ir a ver a lord Avery y a David Turnberry esta noche? —preguntó.

—Me temo que no.

—¿Qué? —pareció atónita. Y bastante enojada.

Lo cual era comprensible, dadas las circunstancias.

Él sonrió.

—Lord Avery está un poco achacoso, querida mía. El corazón, ya sabe. Necesita descansar. Vendrá mañana.

—Entiendo —bajó la cabeza rápidamente para ocultar su desilusión. Y para intentar idear una nueva estratagema, supuso Hunter.

—Lamento desilusionarte. Sin embargo, nos espera una cena deliciosa, si te apetece.

—Qué amable de su parte. Yo... ¿podría cenar en mi habitación? Creo que tanto ajetreo me ha dejado agotada.

—Pero ¿es que has dado un paseo muy largo? Tenía la impresión de que habías echado una larga siesta esta tarde, cuando volvimos.

—Bueno, sí, claro, pero estar a punto de ahogarse puede ser agotador.

—La señora Johnson ya tiene preparada la cena. Sólo estábamos esperando a que te levantaras. No queríamos molestarte, pero ya estabas despierta y andando por ahí.
—Sí. Figúrese —murmuró ella—. Pero estoy tan cansada...
—Debes cenar conmigo.
Ella levantó la mano y sonrió, sin duda rechinando los dientes, a pesar de que no sabía cómo eludir su insistencia.
—Como desee.
—Como desees tú —repuso él, pero su tono dejaba bien claro que cenarían juntos. Se acercó a la puerta, la abrió y le indicó que pasara delante de él. Ella así lo hizo. Hunter sintió un dulce olor a agua de rosas.
Entró tras ella y le mostró el elegante comedor, situado a la derecha del recibidor, junto a la cocina. El fuego ardía alegremente y la mesa estaba puesta con todo esmero. Hunter le apartó la silla y la ayudó a sentarse. Ella estaba cabizbaja. Cuando Hunter se sentó, levantó la mirada y murmuró:
—Todo esto es precioso. Gracias.
Hunter notó que miraba el reloj de la repisa de la chimenea. ¿Pensaba acaso regresar a su casa esa misma noche? ¿O había decidido dormir allí y volver antes de que su padre descubriera su cama vacía por la mañana?
Él agitó una mano con indiferencia.
—A Emma le encanta cocinar. Pero no tiene muchas ocasiones de hacerlo.
—¿Es que usted no come? —preguntó ella con forzada cortesía.
—Suelo estar en mi club, discutiendo con alguien —reconoció él—. Cuando estoy en Londres.
—Ah, sí. Rara vez está en el país.

—¿Lo sabías? —preguntó él.

—Claro. Su nombre aparece a menudo en los periódicos.

—Ah. Entonces recuerdas haber leído los periódicos.

Ella se sonrojó, pero se repuso admirablemente.

—Pues sí.

Entonces entró Emma llevando una gran bandeja de plata cargada con finas lonchas de ternera y faisán y generosos platos de patatas gratinadas y judías verdes. Ethan, ataviado con una hermosa librea, iba a su lado, listo para servir.

Hunter notó que su invitada se enderezaba, saboreando el aroma de la comida. Se preguntó cuándo habría comido por última vez.

—Niña... —dijo Emma—. ¡Ay, qué difícil es esto! ¡Habrá que llamarte de algún modo!

—Mmm, cierto —murmuró Hunter—. Parece una grosería referirse a ella como «muchacha» o «niña» —la observó mientras les servían, les dio las gracias a Ethan y Emma y después se recostó en su silla sin dejar de mirar a su invitada—. En fin, pronto descubriremos tu verdadero nombre —dijo, y sonrió—. Pero de momento...

—Puede que se llame Jane —sugirió Emma.

—Posiblemente. O Eleanor —dijo Hunter.

Ethan llenó de vino las copas y levantó la mirada.

—O tal vez Anne. Es un nombre muy popular.

—Un nombre muy bonito —dijo Hunter, levantando su copa, y aguardó educadamente a que la muchacha se diera cuenta de que ella también debía levantar la suya. Ella así lo hizo; Hunter bebió un sorbo de vino y se quedó pensando otra vez—. Un nombre... un nombre... Adriana, porque viene del mar. Aunque entra y sale del mar, como una criatura con muchas vidas. Ya lo tengo... ¡Kat!

Tal y como esperaba, ella se atragantó con el vino.

Pero de nuevo se recuperó espléndidamente.

—¿Kat? —preguntó. Lo miró con fijeza—. Vaya, qué extraño, señor. Me resulta muy familiar.

—¿Kat? —dijo Emma.

—Kat, Kathy... Katherine —dijo Hunter—. En cualquier caso, querida, siempre serás nuestra pequeña Kat. Y puede que, como un gato, tengas siete vidas —ella levantó la copa y lo observó con frialdad—. Un gato —repitió él—. Ah, sí, la más astuta de las criaturas. Y, sin embargo, célebre por morir de curiosidad. Y, mmm, un gato... un dulce animalillo que se enrosca en el sofá por las noches, y también uno de esos grandes felinos que merodean por la jungla, buscando una presa.

La frialdad de sus ojos se convirtió en fuego. ¡Cómo ardían, mirándolo!

—Señorita Kat —murmuró Emma—. ¿Te parece bien, querida? ¿Hasta que sepamos tu verdadero nombre?

—Es encantador —le aseguró ella.

Emma asintió con la cabeza, complacida, y salió del comedor entre un susurro de enaguas. Ethan se encogió de hombros y se fue tras ella.

—Encantador —murmuró Hunter, listo para ponerse a comer.

—Encantador —repitió ella con voz baja y dulcemente peligrosa. Hunter levantó la mirada y vio que lo observaba con furia—. ¡Maldito bribón! —gritó ella.

—¡Cielo santo! —los ojos de Hunter se agrandaron en una burlona mueca de horror—. Qué lenguaje para una señorita.

—Debería pudrirse en el infierno —afirmó ella con vehemencia—. ¡Me ha seguido!

—Sí —le informó él lisa y llanamente.

—¡No tenía derecho! —exclamó ella, desalentada.

—Tenía todo el derecho. Podría haber estado alimentando una víbora en mi propia casa.

Ella hizo amago de levantarse.

—Sir Hunter, estoy segura de que ha alimentado usted a más de un víbora en esta casa, y con el mayor placer. Yo no le pedí que me rescatara. Usted decidió hacerlo. Recordará sin duda que me desperté en su carruaje y que por su culpa me di un golpe en la cabeza. Y ahora será usted quien... quien...

Pareció quedarse sin palabras.

—¿Quién qué? —preguntó él con repentino enfado—. ¿Quién te traicionará? No, lo que quiero saber no tengo por qué decírselo a nadie. Puedes representar mañana tu pequeña farsa ante lord Avery y tu adorado David, muchacha. Yo no te delataré.

—¿Por qué no? —preguntó con recelo, todavía rígida, a medias sentada, a medias levantada.

—Siéntate, Kat. Así es como te llaman, ¿me equivoco?

—Kat... Katherine. Estoy segura de que tiene usted un oído excelente —masculló.

—Siéntate. Emma se ha esforzado mucho haciendo la cena. Y vas a disfrutarla por ella.

Ella volvió a tomar asiento, envarada.

Luego dio un respingo.

—¿De veras va a dejar que vea a David y a lord Avery como si... como si fuera...?

—¿Su igual? —sugirió él—. Oh, desde luego. Dado que sientes esa necesidad.

El rubor delató la punzada de vergüenza que empezaba a sentir ella.

—Mi padre es un buen hombre.

—De eso estoy seguro. Y con mucho talento, además.

—¡Tiene mucho talento! ¡No se atreva a burlarse de él!
—No me estoy burlando de él.
—Entonces no me trate con condescendencia. Usted no sabe nada de él.
—Aunque te extrañe, algo sé. Creo sinceramente que es un pintor de increíble talento y que, como suele decirse, su luz ha permanecido oculta demasiado tiempo. Y es evidente que se preocupa mucho por ti. Es un buen hombre. Y no hay nada de malo en tu casa, ni en el hecho de que tu padre sea pintor. Así que ¿por qué fingir?

Ella se puso de inmediato a la defensiva.

—Todo el mundo necesita llevar a veces una vida ligeramente distinta.
—Si tú lo dices...
—¡Usted la lleva!
—¿Yo?
—Viaja por todo el mundo, anda siempre por ahí —dijo—, escarbando en vidas ajenas. En las vidas de los antiguos.
—Eso es distinto.
—No lo es.
—Yo no finjo ser otro.
—Bueno..., usted, señor, tiene más oportunidades que la mayoría de la gente —repuso débilmente.

Hunter sacudió la cabeza.

—¿Quién pretendes ser tú? ¿Y por qué? Estás jugando a un juego peligroso, Kat.

Ella sacudió la cabeza.

—¡No es verdad! Sólo quiero...

Él suspiró.

—Santo cielo, ¿de veras crees que ese botarate, tu querido David, se olvidará de su novia, una joven rica y noble, sólo con verte a ti? ¿De veras crees que viviréis felices para siempre?

Ella no contestó; se recostó en la silla y permaneció en obstinado silencio. Hunter sacudió la cabeza.

—David se marcha a Egipto dentro de una semana. Supongo que no hay nada de malo en presentaros como es debido.

Ella dejó escapar un suave suspiro.

—Gracias —dijo con asombrosa dignidad.

Se puso a jugar con la carne de su plato; luego empezó a comer con apetito, y al rato se refrenó, como si creyera que estaba comiendo con demasiada ansia. Miró a Hunter y su tenedor quedó suspendido en el aire.

—Dígame —inquirió—, ¿la novia de David irá a Egipto con él? ¿Lo acompaña a usted la señora Johnson?

—El Cairo puede ser un lugar delicioso, y vienen muchas mujeres. Pero las excavaciones son duras, muy difíciles para las mujeres, y pocas asisten, aunque hay algunas estudiosas muy notables siempre dispuestas a excavar y a aceptar las duras condiciones de alojamiento que hay que soportar en el desierto. Creo que lady Margaret hará el viaje, pero no creo que vaya a la excavación. Hay un hotel maravilloso que los ingleses frecuentan en todas las campañas. El Shepheard's. Todos nos alojamos allí antes de partir en distintas direcciones. Arthur Doyle va de camino, si no está allí ya. Su mujer se encuentra enferma. El clima seco es excelente para su salud.

—¿Arthur Doyle? —repitió ella.

—Sí. El escritor.

—¿Lo conoce usted?

Hunter enarcó una ceja.

—Yo también he escrito un poco, y frecuento los círculos literarios.

Ella no parecía muy impresionada.

—¿Es el que nos dio a Sherlock Holmes? —preguntó.

—Sí.
—¿Y luego mató a su héroe?
Él se echó a reír.
—Mire, la última vez que escribió algo, fue para quejarse de que el público estuviera tan preocupado por Holmes, quien a fin de cuentas no es más que un producto de su imaginación, mientras su querida esposa está luchando por su vida. El hotel, como le decía, es una maravilla. Así que, mientras su adorado David excava en el desierto, lady Margaret le esperará rodeada de comodidades. A él, y a los demás. Incluido su padre, desde luego.
—¡Cuánta gente va cada año! —murmuró ella—. ¿Y la señora Johnson?
—Emma prefiere Londres —explicó Hunter—. O la costa francesa. A veces viene, pero por lo general suele excusarse.
Kat suspiró de nuevo.
—Yo no pertenezco a ese mundo —musitó. Y, por un instante, sus ojos parecieron desprovistos de fingimiento y de astucia, y su cabello, que reflejaba la luz del fuego, refulgió. Estaba tan hermosa y parecía, sin embargo, tan perdida e indefensa, que Hunter deseó tocarla, sintió la tentación de levantarse y rodearle los hombros con el brazo para reconfortarla.
Pero sabía que aquel gato tenía garras.
Ella se levantó de nuevo, esta vez con impecable dignidad.
—Dado que me ha seguido y conoce mi casa y a mi familia, comprenderá que debo regresar esta noche. Tenía la esperanza de... Pero no puede ser. Me iré a casa para no darle a mi padre más motivos de preocupación. Conozco el camino, pero le quedaría muy agradecida si su criado pudiera acompañarme.

—Me ocuparé de ello —le aseguró Hunter.

—Gracias.

—Tal vez... —comenzó a decir, y se detuvo, pues se preguntaba por qué estaba dispuesto a tomarse tantas molestias para cerciorarse de que aquella bribonzuela conociera al objeto de sus ridículos desvelos. Inhaló y exhaló—. Tal vez pueda hacerse algo todavía.

—Usted no conoce a mi padre, señor —cuadró los hombros—. Aunque posee un gran talento, es... Bueno, a decir verdad casi siempre debemos el alquiler. Mi padre es muy bueno, pero... Le encanta el mar, así que tenemos un barquito. Pinta de maravilla, pero vende sus marinas por casi nada y se gana la vida haciendo retratos. A menudo encuentra a alguna vieja sentada en un umbral que llama su atención y... En fin, esas obras no se venden. Aun así, es un hombre muy orgulloso, y no permitirá que cobre una recompensa. Como tal vez sepa usted, era de buena familia, y, dado que cree firmemente en la educación, se empeñó en que mi hermana y yo fuéramos a la escuela. Pero no me dejará salir mañana por la mañana, porque cree que es una deshonra cobrar por haber salvado una vida, dado que la vida humana es un tesoro que ni se compra ni se vende.

Hunter se sintió de nuevo conmovido y deseó tocarla. Pero se encogió de hombros. El orgullo y la honradez de Katherine, tan sencillos, poseían un extraño atractivo.

—Aun así... en fin, ya veremos.

El rubor se extendió por las mejillas de Kat. Y la esperanza brilló en sus ojos.

—Gracias —dijo con aparente sinceridad. Luego, una sonrisa desganada curvó sus labios—. ¿Por qué es tan amable conmigo?

Él inclinó la cabeza gravemente.

—Puede que no te esté haciendo ningún favor —contestó.

—No es cierto.

—Ícaro quería volar... y el sol derritió sus alas —le recordó él—. La caída a tierra es dura —añadió.

—No pienso estrellarme —le aseguró ella.

Hunter siguió mirándola con fijeza al tiempo que hacía sonar la campanilla que había a un lado de la mesa. Un momento después, Ethan estaba allí.

—La señorita necesita que la acompañes a casa, amigo mío.

—Sí, sir Hunter —dijo Ethan con expresión impasible.

—Muchísimas gracias —le dijo Kat, y se volvió hacia Hunter—. Buenas noches, sir Hunter —su sonrisa se intensificó, se tornó suave, tierna y melancólica—. Y, pase lo que pase, gracias. De veras. Desde el fondo de mi corazón.

Se dio la vuelta y salió elegantemente de la habitación. Hunter contuvo el aliento.

Ethan lo miraba con fijeza, esperando. Hunter inclinó la cabeza y Ethan desapareció tras la muchacha.

Todos los músculos de Hunter parecían arder y crisparse.

¡Qué locura!

Se levantó, sacó un purito de la caja de cedro que había sobre la repisa de la chimenea y lo encendió.

Santo cielo, él era Hunter MacDonald, no un jovenzuelo enamorado.

Se puso a pasear por la habitación. «Déjalo», se decía. La muchacha estaría a buen recaudo con su familia. No necesitaba ver con sus propios ojos que sus sueños nunca se cumplirían. Y sin embargo...

¡Ejercía sobre él una atracción tan extraña...! En ciertos sentidos, parecía tan cándida, y en otros, sin embargo, era astuta como un zorro. Cuando no pretendía seducir ni mostrarse sensual, sus ojos la desmentían.

Y él le parecía tan... en fin, ¡tan insignificante...!

Se quedó mirando el fuego con una sonrisa, sacudiendo la cabeza, y comprendió de pronto qué era lo que le intrigaba. Aquella muchacha se parecía mucho a él. Era una aventurera, estaba dispuesta a arriesgarse, a lanzarse en cuerpo y alma a la búsqueda de sus deseos. Era fresca y brillante, y muy distinta de cualquier otra mujer que él hubiera conocido.

Así pues...

Se dio cuenta de que ahora era él quien estaba tramando algo.

Miró el reloj del rincón. Se estaba haciendo tarde. Aun así cruzó la casa, ansioso por ensillar a Alexander y salir a cabalgar.

No podía remediar que fuera tan tarde.

Lord Avery tendría que entenderlo. Y lo entendería. Era un buen tipo.

Ethan no tuvo dificultad alguna en comprender que Kat pretendía volver a entrar en su casa a hurtadillas.

—Me quedaré aquí para asegurarme de que está a salvo, y no hay más que hablar, señorita.

Ella le sonrió desde la acera.

—Gracias. Pero me temo que su carruaje llamará mucho la atención en esta calle.

Él asintió con la cabeza, muy serio.

—Entonces debería darse prisa, señorita —señaló con la cabeza hacia el este—. No hace mucho que Jack el Destripador andaba todavía haciendo de las suyas no muy lejos de aquí, y bien sabe Dios que nunca le echaron el guante a ese tipejo, aunque nadie quiera reconocerlo, así que... por favor, váyase ya, señorita. No me iré hasta que la vea entrar.

—Gracias otra vez, Ethan —dijo y, tras saludarlo con la mano, corrió hacia el lateral de la casa, por cuya espaldera podía trepar hasta su cuarto en el primer piso. Mientras trepaba, temía que, al entrar por la ventana, su padre estuviera esperándola en la habitación, hecho una furia.

Se encaramó a la ventana, entró en el cuarto a oscuras y estuvo a punto de gritar al ver que una silueta se alzaba en la cama.

—¡Kat!

—¡Eliza!

Kat se llevó la mano al cuello y luego exhaló bruscamente. Pensó que le palpitaba tan fuerte el corazón que podría despertar a los muertos con sus latidos. Pero su corazón fue calmándose a medida que sus ojos se acostumbraban a la falta de luz. Eliza se había sentado en la cama y la miraba con los ojos como platos, nerviosa y rebosante de preguntas.

—¿Lo has visto? ¿Viste a lord Avery? —preguntó.

Kat negó con la cabeza y se sentó en la cama, junto a su hermana.

—Me temo que no. El ajetreo del día fue demasiado para él —exhaló un profundo suspiro lleno de desaliento—. Por lo menos no me descubrieron saliendo a escondidas de la casa. En cuanto a lord Avery... y a David... les hubiera conocido mañana.

—¿Dónde has estado, entonces?

—Bah, sir Hunter tenía preparada la cena —dijo agitando con desdén la mano.

—¡Sir Hunter! ¿Has cenado a solas con él? ¿Un *tête-à-tête*?

–¡No! Comí y eso fue todo. Fue... supongo que fue una cena agradable. A su ama de llaves le gusta cocinar.

Eliza se bajó de la cama y se puso a danzar con elegancia por la habitación.

–Una cena privada... ¡con sir Hunter MacDonald!

–No hubo nada de privado en ella –protestó Kat.

–Pero ese hombre es extraordinariamente apuesto...

–¿Ah, sí?

Eliza se detuvo y la miró con estupor?

–¿Eres boba, Kat? He visto dibujos de él... y las fotografías que salen en los periódicos. Además, ¡es una auténtica leyenda! Ha sido embajador de la reina en la India. Ha descendido por el Nilo con sus viejos camaradas del ejército. Ha ganado en un montón de regatas. ¡Oh, Kat!

–¡Basta ya, Eliza! La verdad es que es bastante agradable, pero es que me he pasado todo el santo día oyendo a su ama de llaves ponerle por las nubes. Además... ¿es que no lo ves? Para mí, David es el hombre perfecto –dijo. Y miró a su hermana con tristeza–. Y ahora nunca lo conoceré. A menos que se me ocurra... algo –su expresión cambió–. ¿Papá no sabe que he salido?

–No –dijo Eliza con cierto fastidio.

–¿Qué pasa?

Eliza arrugó la nariz.

–Lady Daws ha estado aquí otra vez. Por unos minutos temí que te pillaran, porque la condenada insistía en verte para echarte un buen rapapolvo. Te advierto que, según ella, eres una criatura infame por haber causado tanto revuelo, haber hecho salir a la policía y, naturalmente, asustar de ese modo al pobre papá. Por suerte, papá insistió en que había que dejarte descansar. ¡Madre mía! ¡Todavía la oigo! Estaba ya en mitad de la escalera cuando papá la detuvo.

—Me he librado por los pelos —murmuró Kat—. Pero no subió. Gracias por guardarme el secreto, Eliza.

Su hermana se echó a reír.

—Hermanita, a veces parece que somos tú y yo contra el mundo entero. Y esa horrible mujer va a hacernos la vida imposible.

—Bueno —dijo Kat—, a papá le hace feliz hasta cierto punto.

Eliza soltó un bufido muy poco femenino.

—¡No hace más que halagarlo! Luego se lleva su trabajo y él no consigue más que unos pocos chelines y...

—¿Y qué? —preguntó Kat.

—Anda tras él —dijo Eliza.

—¿Tras él? Pero si papá es un artista pobre.

—Y un hombre muy guapo. Y con mucho talento, como tú y yo sabemos. Pero a menudo el genio de los artistas no se reconoce hasta que llevan mucho tiempo muertos. No sé por qué, Kat, pero no me fío de esa mujer. Hoy no vino con nosotros cuando atracamos el barco, y luego se presenta aquí esta noche, fingiéndose preocupada por ti. Yo me quedé aquí arriba, claro, haciendo como que nos habíamos quedado dormidas enseguida, pero apliqué el oído. Creo que quiere librarse de nosotras. Te digo que pretende casarse con él.

—Eso no tiene sentido —dijo Kat—. A fin de cuentas, es lady Daws. Y papá sólo es un pintor. Un pintor excepcional, pero pobre.

—En ocasiones, los hombres con gran talento artístico se hacen célebres en vida y obtienen grandes recompensas por ello —repuso Eliza—. Y te garantizo que eso es lo que ve esa tal lady Daws en papá. Además, el que sea lady Daws no significa que no pase apuros. Creo que sólo finge tener dinero propio.

—A veces he pensado que gana mucho más dinero vendiendo los cuadros de papá de lo que le da a él —dijo Kat, preocupada—. Ella dice que trabaja por nada, claro, por una comisión ridícula...

—Eso mismo pienso. Esa mujer le está robando descaradamente.

—Pero no puede estar en tan mala situación. A fin de cuentas, es lady Daws. Estuvo casada con lord Daws.

—Pero lord Daws tenía un hijo de su primera mujer. El hijo lo heredó todo, y seguramente desprecia a su madrastra. ¡Yo la despreciaría!

—¿Eso lo sabes a ciencia cierta? —preguntó Kat.

—No, pero apuesto a que es verdad. El hijo, Byron Daws, va a la universidad con tu adorado David.

—¿Ah, sí?

—Sí. Pero nunca lo he visto navegando —dijo Eliza, pensativa.

—Puede que odie el agua.

—Puede. O que le interesen otras cosas —repuso Eliza, y se encogió de hombros—. Hay algo en esa mujer que... que me da miedo. Al principio no le di importancia. Parecía que sólo quería ser amable. Al principio, nos pareció a todos admirable. Pero luego... Yo cada vez veo más claro lo que pretende con papá. ¿Y sabes lo que he oído?

—No, ¿qué?

—Que hubo cierto escándalo en su juventud. Que a lord Daws estuvo a punto de repudiarlo su familia cuando se casó con ella. Pero su padre murió antes de poder desheredarlo.

—¿Dónde has oído eso?

—En una tienda de telas —dijo Eliza.

—¡Chismorreos! —protestó Kat.

—Ah, pero cuando el río suena...

—Mi querida hermana, creo que debemos afrontar el hecho de que no nos gusta, ni nosotros le gustamos a ella, pero las tres debemos fingir que todo va bien por el bien de papá. Y, fuera lo que fuese lo que pasó en su juventud, sabe de arte, aunque no sea una artista. Busca y vende la obra de otros —dijo Kat—. Se gana la vida, y a nosotros nos va mejor que cuando papá tenía que salir a vender sus cuadros por su cuenta.

—Yo no creo que esté satisfecha con los beneficios que está sacando. Esa mujer es capaz de robarles hasta la camisa a artistas como papá —repuso Eliza.

—Bueno —dijo Kat con pragmatismo—, a mí tampoco me cae muy bien. Pero las dos somos adultas. Y pronto nos iremos, ya sea para ganarnos la vida por nuestra cuenta o para casarnos. Así que, aunque no nos fiemos de ella y no nos guste, si a papá le hace feliz...

—Es mala —insistió Eliza.

—¡Mala! —exclamó Kat, riendo.

—Sí, mala —Eliza parecía sinceramente disgustada—. Papá no es consciente de su propio talento. Jamás intentará que las galerías reconozcan su trabajo. Esa mujer le hace creer que sólo ella puede convertirlo en un verdadero artista. Lo cual es un disparate. Además, siempre está diciendo que papá podría permitirse mandarnos a una escuela por ahí... a Francia, o a Alemania, sitios donde las hijas de hombres como él pueden trabajar para pagarse los estudios y el sustento. Francamente, Kat, creo que pretende librarse de nosotras. Esta noche, por ejemplo, le estaba hablando a papá de una escuela para señoritas en Suiza donde podría mandarte a ti porque las estudiantes se pagan los estudios limpiando y fregando y cosas así. Creo que nos odia a las dos, pero a ti más, porque yo siempre he sido la más obediente y la más callada, la que menos problemas daba. Debes tener cuidado, Kat, porque quiere que te vayas —Eliza suspiró—. Ojalá...

—¿Ojalá fuera más dócil con ella o me casara con un hombre de su agrado? —preguntó Kat con sorna. Suspiró y sacudió la cabeza—. Eso no es más que un sueño... En fin, da igual. Y descuida. No me da miedo lady Daws. ¡A mí no me pondrá la mano encima! Y en cuanto a lo demás... Seguiré soñando —añadió. Eliza seguía mirándola con tal angustia que Kat la abrazó con fuerza—. Me encuentro bien, aunque estoy muy cansada. Vamos a dormir, ¿quieres?

—Pero, Kat, ¿es que no lo ves? —dijo Eliza—. Esta noche se ha roto tu sueño. Papá está furioso. No vivimos en el mismo mundo que David Turnberry.

Kat soltó un bufido.

—¡Lady Daws vive en sus márgenes!

—Pero no en el buen sentido, creo yo —murmuró Eliza—. ¡Ah, querida hermana! Tú sigues soñando mientras yo... —se echó a reír—. Yo ya habría vivido un sueño si hubiera cenado con un caballero tan eminente como Hunter MacDonald.

—Eminente también en el escándalo.

—En cierto sentido, sí, pero no hace nada a escondidas. No se anda con secretos, a menos que esté protegiendo el honor de una dama. Mientras que lady Daws...

—Todos vemos y oímos, y hasta creemos, lo que queremos —dijo Kat con pesar—. En todo caso, es hora de irse a dormir. Y estoy segura de que podrás ir con papá a devolver el vestido. Quiero decir que debes ir con papá. No creo que Hunter me traicione, pero tienes que estar allí para salir en mi defensa si sale a relucir el episodio de esta noche.

Eliza se echó a reír.

—Desde luego que sí. Así conoceré a ese hombre tan fascinante.

—Y yo... me quedaré en casa. Y seguiré soñando —dijo Kat.

—¿Sí? —preguntó Eliza—. Te conozco. Te quedarás pensando en otro modo de acercarte a tu David.

—Ése es un sueño improbable. ¡Vamos a dormir!

Pero intentar dormir y quedarse dormida eran dos cosas bien distintas.

Primero, Kat se permitió derramar un par de lágrimas en silencio, apoyada en su almohada. Había estado tan cerca...

Y luego se dio la vuelta y se quedó mirando el techo.

Eliza tenía razón. La conocía muy bien. No podía sencillamente olvidarse de aquello.

No podía darse por vencida. No lo permitiría. David iba a tomar un barco para emprender un largo viaje y pasar una temporada en las arenas del desierto. Su hermosa prometida no estaría todo el tiempo a su lado. Y no se casarían hasta que volvieran a Inglaterra.

Entre tanto, podían pasar montones de cosas.

Cuando al fin se quedó dormida, había decidido ya que, pasara lo que pasase, cuando David zarpara de Inglaterra, ella no andaría muy lejos.

Kat se sentía incómoda y no sabía por qué. Al abrir los ojos, parpadeando, vio borrosa la habitación. Luego logró enfocar la vista y en ese instante comprendió a qué se debía su incomodidad.

Lady Isabella Daws la estaba mirando fijamente.

—Eres una jovencita terriblemente cruel y desconsiderada, Katherine Adair —afirmó lady Daws con voz baja y cultivada, pero tan cargada de malicia que Kat sintió frío. Le avergonzaba pensar en la preocupación que le había causado a su padre, pero eso no era asunto de aquella mujer.

—Vaya, buenos días, lady Daws —se sentó, tapándose con cuidado el pecho con la manta. Miró a su alrededor—. Es extraño, querida señora, porque ésta parece ser mi habitación. Mi alcoba privada en nuestra casa, por humilde que sea.

—Levántate, Kat —había ahora un filo en su voz.

—Ayer hablé con mi padre de lo que hice, lady Daws. Y le pedí perdón por la angustia que le había causado. A usted no le debo explicaciones.

La mujer sonrió.

—Claro que no, querida —su sonrisa era gélida—. Aún —añadió con dulzura. Luego acercó la cara a la de Kat—. Pero tu comportamiento me parece intolerable. En mi opinión, habría que mandarte muy lejos, a una escuela donde enseñen a señoritas como tú a obedecer y dar las gracias... y a aceptar cuál es su lugar en el mundo.

—Mi lugar está en esta casa —replicó Kat con ligereza.

Lady Daws se irguió y cruzó los brazos. Kat estaba segura de que, bajo las faldas, estaba dando furiosos golpecitos con el pie en el suelo.

—Pues ayer parecías ansiosa por irte, ¿no es cierto?

Kat la miró fijamente. A decir verdad, era bastante atractiva. Su cara era estrecha y de rasgos finos, y sus ojos eran grandes y de un marrón muy intenso que hacía juego con su densa cabellera ondulada. Pero su porte era tan envarado y regio que a Kat le gustaba imaginar que llevaba un palo de escoba bajo las enaguas.

—Querida lady Daws, sea tan amable de decir lo que tenga que decir. Y luego haga el favor de dejarme a solas en mi habitación. Quisiera levantarme.

—Sí, vas a levantarte, y deprisa. Tenemos visita.

—¿*Tenemos* visita?

Isabella Daws prefirió ignorar su deje de sorna, o bien ni siquiera contemplaba la idea de que Kat no considerara que aquella fuera también su casa.

—Tu absurda zambullida ha salido en los periódicos. Por lo visto, sir Hunter le habló de tu... hazaña a un reportero y ahora tu pobre padre está al mismo tiempo orgulloso y preocupado.

—¿He salido en los periódicos? —preguntó Kat, y se dio cuenta de que debía darle de nuevo las gracias a sir Hunter, por hosco y condescendiente que fuera aquel hombre—. ¿Y mi padre está... contento? ¿Quién ha venido?

Empezó a levantarse. Para su asombro, Isabella la empujó hacia atrás.

—No tan deprisa.

Kat soltó un bufido de irritación.

—¡Acaba de decirme que me levante!

—Ten cuidado, niña. Puede que tu futuro esté en mis manos.

Kat entornó los ojos y la miró con recelo. Quizá fuera de verdad malvada. En todo caso, era cierto que ejercía gran influencia sobre su padre.

—¿De veras? —preguntó con cuidado.

Isabella le dedicó una tensa sonrisa.

—En mi opinión, habría que mandarte a un colegio muy estricto...

—Sí, lady Daws, eso ya lo sé. Eliza me ha contado lo preocupada que estaba por nosotras anoche.

—Os vendría muy bien proseguir vuestra educación en un sitio así. Para una joven como tú, no hay más salida que un empleo remunerado o el matrimonio con un obrero. Pero, para serte franca, eres un terrible peso para tu padre. Le dejas exhausto, agotas su talento.

—¿Cómo dice...?

—No he acabado.

—¡Yo sí! —Kat hizo amago de levantarse.

Pero, esta vez, fueron las palabras de lady Daws lo que la detuvo.

—Entonces no conocerás a lord Avery y al joven David Turnberry.

Kat se quedó paralizada por el asombro.

Isabella Daws volvió a acercar la cara a la de ella.

—Sir Hunter MacDonald ha venido a ver a tu padre con una oferta de lord Avery. Está dispuesto a proporcionarte una dama de compañía y a pagar tus gastos si acompañas a su grupo como estudiante de arte y ayudante de sir Hunter en su expedición a Egipto. Por lo visto, hiciste alguno de tus estúpidos dibujos cuando estuviste en su casa. Sir Hunter convenció a lord Avery de que tu padre no permitiría que aceptaras una recompensa económica, pero lord Avery deseaba hacer algo. Y estuvo de acuerdo en que tu boceto prometía. Sobre gustos, no hay nada escrito.

Kat controló su ira y no dijo nada.

—Tu padre está en contra. Una palabra mía, y se negará en redondo, por muy elocuente que sea sir Hunter. Y, sin embargo, una palabra mía y... En fin, te dejaría ir —Kat la miró en silencio, enfurecida—. Eso es todo. Claro y sencillo. Veamos. Creo que ahora se te ha comido la lengua el gato.

¡Se creía tan astuta...! Aun así, Kat refrenó la lengua.

—¿Y bien, querida? —preguntó lady Daws.

—¿Por qué quiere ayudarme? —preguntó Kat.

—Porque estarás fuera mucho tiempo, Kat. Y porque quizá, sólo quizá, consigas algo de lo que te propones, aunque lo dudo. Verás, yo conozco a esa gente. Mi hijastro es uno de esos estúpidos jovenzuelos. Son tan engreídos que creen que los que no forman parte de sus círculos existen únicamente para su diversión. Creo que, una vez los conozcas, no lo verás todo tan de color de rosa. Y de ese modo descubrirás quién eres y qué lugar ocupas.

—No tengo nada en contra de quién soy, ni del lugar que ocupo, lady Daws —dijo Kat con crispación.

—¿De veras? —lady Daws levantó una de sus elegantes cejas—. Entonces resulta muy sorprendente que desaparecieras así... y luego volvieras a aparecer. Seguramente sir Hunter te habría traído de inmediato aquí, si hubiera sabido dónde estaba tu casa. Pero la verdad es que no querías enseñársela.

—Me di un fuerte golpe en la cabeza y...

—Vamos, Kat, miénteles a otros. Yo sé cómo eres.

—¿Cómo se atreve...?

—Ahórrate la indignación. No querías que se conocieran tus orígenes. Pero, al final, el talento de tu padre ha jugado inesperadamente en tu favor en esa pequeña farsa tuya. Esto es lo que hay. Te irás. Dispondrás solamente de los meses que pases fuera. Y luego, cuando vuelvas, no te quedarás aquí. Te irás fuera, a un colegio. A un colegio de mi elección. Te marcharás. Y te darás por satisfecha.

Kat apretó los dientes. Hasta ese momento no había comprendido hasta qué punto ansiaba lady Daws que desapareciera. Eliza tenía razón.

—¿No tiene miedo por mí? —preguntó con dulzura.

—Bueno, vas a ir al desierto, ¿no? Y en una expedición siempre hay cierta dosis de peligro. El oro y las riquezas tienden a excitar la codicia de los hombres. ¿Tú tienes miedo?

Kat sintió un levísimo escalofrío. Recordó las palabras que David había musitado al volver en sí en la orilla del río. Creía que lo habían arrojado al río...

Pero, si David corría algún peligro, aquel peligro estaba allí, en Londres. Y, tuviera miedo o no, ella no podía desperdiciar aquella increíble oportunidad.

—No tengo miedo en absoluto —dijo con frialdad.

—Si te metes en algún lío, querida —le advirtió Isabella—, me encargaré de que se te trate con todo rigor. De hecho, tu linda cara no volverá a verse por aquí. ¿Entendido? Además, tengo amigos a bordo de ese barco y en la expedición, y me enteraré de tus progresos, o de su falta, día tras día.

Kat se sintió de pronto asustada. Claro que, una vez se hubiera ido, lady Daws no podría hacer nada en su contra. Aquella mujer podía llevar el título de «lady», pero no estaba a la altura de hombres de tan alta alcurnia como el barón Turnberry o lord Avery, o incluso a la de caballeros de renombre como sir Hunter MacDonald.

Pero aun así...

Dudó por un momento. Tendría que separarse de su padre y de Eliza.

De repente le daba vueltas la cabeza. Aquella oferta era asombrosa.

Eliza se quedaría con su padre, y aunque no tenía su coraje, ni una lengua tan afilada como la suya, su hermana no carecía de carácter. Estaría a salvo hasta su regreso, y eso era lo que importaba.

Además, tampoco podía impedir que su padre estableciera algún tipo de... vínculo con aquella mujer. Su madre había muerto siendo ella una niña. Si su padre anhelaba la compañía de una mujer, aunque fuera de la odiosa lady Daws, había poco que ella pudiera hacer al respecto. Nadie podía elegir dónde iban a buscar los demás solaz y afecto.

Ella lo sabía por experiencia.

Levantó la barbilla. Lady Daws había descubierto de algún modo su obsesión por David Turnberry. Pero Kat sólo había hablado de ello con Eliza, y su hermana jamás la habría traicionado.

Tenía que haberse delatado de algún modo, pensó. Y lady Daws tenía razón en una cosa: codiciar a David era como codiciar una estrella del cielo.

Y sin embargo...

¡Si tuviera tiempo para estar con él, tiempo para que llegara a conocerla...! Matrimonios más extraños se habían visto. A fin de cuentas, vivían en una época ilustrada y...

—¿Qué decides, Kat? —preguntó Isabella.

Kat se sentía como si estuviera vendiendo su alma.

—Me encantaría ir en esa expedición —dijo amablemente.

Isabella sonrió con satisfacción.

—¿Recordarás nuestro pacto? —preguntó.

—Oh, sí. Aunque tengo la impresión de haberle vendido mi alma al diablo —dijo Kat.

—No habrá más comentarios como ése.

—Desde luego que no, lady Daws.

—Entonces me voy. Tú levántate. Estamos todos invitados a desayunar en casa de sir Hunter.

Con ésas, lady Daws salió de la habitación.

Y, por un instante, Kat pensó horrorizada que de veras le había vendido su alma al diablo.

Mientras Kat bajaba las escaleras, Hunter se preguntó si no habría perdido el juicio. ¿Qué estaba haciendo?

«Debería haberlo dejado correr».

Ella ya no llevaba el vestido de su hermana, pero iba tan bien vestida como el día anterior, quizás incluso mejor. El cuello de su vestido, de diseño sumamente original, se levantaba hacia la garganta conforme a los cánones de la moda, pero formaba una pequeña y favorecedora V. La falda caía en elegantes capas. El miriñaque estaba en franca decadencia, y la falda, que tenía apenas un ligero abultamiento en la parte de atrás, parecía flotar con cada uno de sus movimientos. El color se habría dicho escogido ex profeso para ella, pues su tono ambarino acentuaba el fulgor de su cabello y el dorado de sus ojos. Llevaba el pelo recogido en un moño suelto del que escapaban algunos mechoncillos.

Lo miró, y una pregunta pareció iluminar sus ojos. Hunter sabía que le estaba preguntando por qué hacía todo aquello por ella.

Él le ofreció una tenue sonrisa y se encogió de hombros. «No tengo ni la más vaga idea», podría haber respondido.

O quizá sí la tuviera. ¿Se trataba de un mezquino resquemor porque una joven semejante estuviera tan ciegamente enamorada de un cretino como David Turnberry? ¿Acaso le irritaba que no estuviera obsesionada por él? Aquello era ridículo, por supuesto, porque, aunque no perteneciera a los círculos sociales que él frecuentaba, Kat no era mujer a la que pudiera tomarse a la ligera. No se atrevía a contemplar más de cerca sus sentimientos.

—Buenos días, Katherine —dijo. Era consciente de que su padre la observaba con una extraña expresión en los ojos, mezcla de preocupación y angustia. Lady Daws parecía molesta. Eliza también miraba a su hermana con ansiedad. ¿Estaría buscando sacar algo de aquello ella también?

—Buenos días —contestó Katherine, y posó la mirada sobre su padre. ¿Le preocupaba a él que su hogar hubiera sido invadido de aquel modo? Sin duda estaba al corriente de cuanto le había dicho lady Daws.

William Adair le tendió las manos. Kat, la cabeza inclinada en un curioso ángulo y una sonrisa en los labios, le dio las manos al llegar al pie de la escalera.

—Mi princesa del mar —murmuró suavemente William, y se volvió para mirar a Hunter—. La riqueza de un hombre, sir Hunter, no se cifra en el dinero o en el oro. Mi tesoro son mis hijas.

Hunter llegó a la conclusión de que aquel hombre no

sólo contaba con su agrado, sino también con su admiración. Pero sintió un leve hormigueo de inquietud. Sus intenciones, si no del todo honorables, consistían al menos en enseñarle al «tesoro» de William Adair una dura lección: que un hombre como David Turnberry no merecía la pena. Sentía, por otro lado, una extraña trepidación por haber descubierto, a su vez, un tesoro. Los que habían visto la obra de William Adair lo llamaban «el rey del mar», pues sus cuadros de grandes barcos veleros eran exquisitos. Se ganaba el pan pintando retratos, pero no por ello desperdiciaba su talento, pues también era un maestro en aquel menester; ello era evidente en los óleos que había hecho de sus hijas y que flanqueaban la chimenea. Del mismo modo que plasmaba el viento y el furor de las olas en sus marinas, había captado algo especial en los modelos de aquellos retratos. En Eliza, el orgullo, y en el rostro de Kat, la osadía de su mirada, los sueños en la leve curvatura de sus labios.

Y, naturalmente, era cierto que el boceto improvisado de su Kat mostraba indicios del mismo talento.

–Querida mía, sir Hunter ha venido a invitar a la familia a desayunar. Por lo visto lord Avery insiste en conocerte y en ofrecerte su protección. Le he explicado a sir Hunter que no es necesario que te den las gracias, pero al parecer tanto él como lord Avery desean pedirme a cambio lo que ellos consideran un favor.

–¿Un favor? –dijo Kat. Sonrió, pero entornó ligeramente los ojos, y Hunter comprendió que desconfiaba de aquel «favor».

–Soy un gran admirador de la obra de su padre –dijo Hunter.

–Sí, y... –comenzó a decir William, todavía un poco indeciso.

—¡Oh, padre! —exclamó Eliza—. No sé por qué te sorprendes tanto —se volvió hacia Kat con una sonrisa radiante—. ¿Sabes?, sir Hunter es muy amigo del conde de Carlyle, ¡que tiene un cuadro de papá en su castillo! Así que sir Hunter conocía ya a papá antes de venir, y quiere encargarle varios cuadros y... ¡y cree que tú tienes el mismo talento! El señor Thomas Atworthy, uno de los mejores profesores de la universidad, acompañará al grupo de sir Hunter a la excavación, y quiere tomarte como pupila. A cambio, naturalmente, estarás en las excavaciones y harás de ayudante de sir Hunter para hacer bocetos y tomar notas. Papá le ha asegurado que eres muy capaz de desempeñar el trabajo de secretaria con toda diligencia.

Hunter vio que Kat se giraba y miraba a su padre y luego a lady Daws.

Había temido que su plan, por astuto que fuera, resultara demasiado abrumador para William Adair.

Pero había descubierto que contaba con una aliada.

Lady Daws.

Nunca había tenido en mucha estima a aquella mujer, a pesar de que apenas se habían tratado. La había visto en diversos acontecimientos sociales. Desde la muerte de su marido, cinco o seis años atrás, aquella dama se había embarcado en cierto número de extrañas empresas. Hunter había oído decir que el hijo de su marido se había desentendido de ella por completo, dejándola abandonada a su suerte. Una situación penosa, si no fuera porque corría el rumor de que ella se había casado con el viejo con la esperanza de que abandonara raudamente el reino de los vivos.

Por lo visto, conocía desde hacía algún tiempo a William Adair. Hunter sabía que se había presentado ante él como una especie de experta en arte y que se ocupaba de vender sus obras. Pero sospechaba que sus comisiones eran mucho más sustanciosas que el salario del pintor.

En ese momento, sin embargo, estaba seguro de que lady Daws se hallaba ansiosa por ayudarlo. Quizá no le gustara competir con las extraordinarias hijas de aquel hombre.

Kat lo miró entonces. Sus ojos castaños ardían, llenos de excitación.

—Entonces, es todo cierto. ¿Acompañaré a su grupo en el viaje y durante toda la campaña en Egipto?

—Sí, por supuesto —contestó él amablemente—. Sé que es mucho pedir arrancarla de su hogar y su familia —su sarcasmo sólo era audible para ella—. Y el viaje por mar es largo. Haremos un par de escalas por el camino. Quizás pasemos una semana en Roma. Y me temo que tendrá que trabajar, pero a cambio aprenderá de un hombre al que se considera uno de los mejores profesores de pintura del país. Naturalmente —mintió—, desconozco si tales condiciones le convienen. Tanto usted como su padre deben pensarlo detenidamente.

Ella miró de inmediato a su padre.

Lady Daws también lo estaba mirando. Él parecía todavía indeciso.

—Piénsenlo, por favor —dijo Hunter—. Entre tanto, les ruego que vengan a desayunar a mi casa. Y allí, señor Adair, si tiene usted alguna duda, podrá hablar con lord Avery en persona. De modo que insisto en que me acompañen.

—¡Oh, sí! —contestó Eliza por todos ellos.

—¿Papá? —dijo Kat.

—Gracias por su amabilidad, sir Hunter. Sería una grosería por mi parte, supongo, rechazar semejante invitación —dijo William Adair—. Pero, si Kat los acompaña, cumplirá todas las tareas que le encargue usted. Insisto en que no se le dé ninguna recompensa.

—Le transmitiré sus deseos a lord Avery —le aseguró Hunter—. Mi carruaje espera —les recordó.

—¡Pero somos muchos! —dijo Eliza.

—Yo me voy ya. He venido a caballo detrás del carruaje. Creo que ustedes cuatro cabrán perfectamente.

Kat había posado de nuevo en él una mirada llena de curiosidad. Hunter inclinó la cabeza levemente hacia ella, se despidió y partió.

Estaba seguro de que lo seguirían.

Kat sabía que a su hermana la llenaba de nerviosismo la idea de conocer al gran lord Avery. Pero ella estaba igual de nerviosa ante la idea de conocer a otra persona.

A David, por supuesto. Era consciente de que la bella hija de lord Avery quizá también estuviera allí, desde luego. Pero llevaba demasiado tiempo contemplando a David Turnberry desde lejos, y en el fondo estaba segura de que Margaret no podía amarlo. Seguramente la estaban presionando para que se casara, pero estaba enamorada de otro. Kat se había convencido de que, si lograba que David se enamorara de ella y pusiera fin a su relación con Margaret, la joven acabaría agradeciéndoselo de todo corazón.

El carruaje se detuvo bajo la cochera.

—La casa es magnífica, ¿verdad, papá? —dijo Eliza, y añadió en un susurro dirigido a su hermana—: ¡Y también sir Hunter!

Kat levantó la mirada. Hunter apareció mientras se apeaban. Kat tuvo que reconocer que tenía buena planta. Llevaba un traje gris, cortado admirablemente, que se ceñía a su figura delgada y musculosa; un chaleco de brocado y, bajo él, una camisa blanca. Tenía un aire despreocupado y, con todo, resultaba imponente. Sus ojos parecían llenos de humor, y Kat sintió de pronto rencor hacia él, a pesar de la generosidad que le había demostrado. Para él, todo aquello no era más que un juego. Ella le había hecho gracia, y pensaba seguir divirtiéndose a su costa unas semanas más. ¿Confiaba acaso en que fracasara? ¿Se mofaba de sus anhelos, los encontraba ridículos?

«Sí, bueno, la mayoría de la gente sensata pensaría lo mismo», le advirtió una vocecilla interior.

Y, sin embargo, ¿qué importaba? Hunter se mofaba de ella, sí. Tal vez incluso hacía apuestas con sus amigos acerca de cuándo se daría cuenta del puesto que ocupaba en el mundo. Y, fuera cual fuese éste, no se hallaba ciertamente entre la flor y nata de la sociedad.

Aun así, su padre podía prosperar gracias al patrocinio de sir Hunter. Y, si a lord Avery le impresionaba su trabajo, quizá pudieran vivir decentemente.

Unos instantes después estaban todos dentro de la casa y Hunter los conducía hacia el salón. Kat, que ignoraba que ya había invitados en la casa, se sintió en desventaja cuando Hunter exclamó:

—¡David! Te he traído a tu sirena. Lord Avery, Margaret, permítanme presentarles a la señorita Katherine Mary Adair, a su padre, William, a su hermana, Eliza, y creo que ya conocen a lady Daws.

Kat no prestó atención al resto de las presentaciones. Había perdido la noción de todo cuanto la rodeaba. David Turnberry estaba allí, mirándola con una sonrisa llena de admiración. Se acercó a ella, la tomó de las manos (¡la tocó!) y ella sólo fue consciente de la intensidad de su mirada.

—No tengo palabras para expresar el placer que significa esto para mí —dijo él, y su voz sonó tan trémula, tan llena de emoción, que Kat temió que le flaquearan las piernas—. Me salvó usted la vida. Le estaré eternamente agradecido.

Quizá su adoración, a pesar de que ella se creía capaz de ocultarla, era mucho más evidente de lo que hubiera deseado, pues él se apartó rápidamente y le soltó la mano.

—Arriesgó usted su vida. De veras, siempre estaré en deuda con usted.

Ella, normalmente tan locuaz, se halló sin palabras.

—¡Dios mío, y qué sirena tan hermosa! —exclamó otra voz, y un hombre alto, delgado y moreno, con los ojos azules, se interpuso entre David y ella. Kat lo reconoció; era uno de los amigos de David—. Robert Stewart, a sus pies. Dígame, señorita Adair, si alguna vez tuviera la desgracia de caerme al río, ¿estaría usted allí para salvarme a mí también?

—Señorita Adair —dijo Margaret, su voz tan suave como el roce de su mano—, soy Margaret Avery y yo también quisiera expresarle mi más profunda admiración. De no haber estado usted allí, de no haber sido tan valiente, tan capaz, el pobre David quizá no hubiera... ¡Oh, podría haberse ahogado tan fácilmente!

Kat sintió que se le enrojecían las mejillas; la joven parecía tan sincera, tan dulce y admirada... Tantas alabanzas comenzaban a incomodarla. Había creído que disfrutaría de aquel instante de gloria, pero sentía, por el contrario, la necesidad de protestar.

—Por favor... no fue más que... Nado muy bien —dijo con sencillez.

Sintió que le tocaban el hombro. Hunter estaba tras ella. Kat deseó apartarse, pero él murmuró:

—Ah, pero el caso es que no salvó una vida cualquiera. ¡Salvó la vida de David! Así que le estamos todos agradecidos, como lo estarían los amigos y los seres queridos de cualquier hombre o mujer cuya vida hubiera salvado.

Kat notó entonces que se dirigía al caballero de más edad.

—La señorita Katherine Mary Adair, lord Avery —dijo Hunter.

Ella logró ofrecerle la mano.

—Milord...

—Jagger para mis amigos, querida —dijo lord Avery con una sonrisa.

A Kat, lord Avery le agradó al instante. Era alto y delgado, con el pelo cano, y tenía una sonrisa gentil que recordaba a la de su hija. Kat notó que le ardían un poco las mejillas al darse cuenta de que aquellas personas, que tan amables se mostraban con ella, se quedarían atónitas si supieran que tenía puestas sus humildes miras en David, el cual pronto se comprometería con lady Margaret.

Y aun así...

Todos ellos eran ricos. Tenían títulos. El mundo era suyo. Podían tener cualquier cosa.

Ella sólo quería una cosa en el mundo.

Y no podía renunciar a su búsqueda.

—Es un placer conocerlo..., Jagger —dijo con suavidad.

—No, no, querida mía, el placer es mío. ¡Y en muchos sentidos! Estábamos ansiosos por ofrecerle una recompensa, pero al parecer, según me ha dicho sir Hunter, no sería aceptada. Y me temo que no era mi intención recompensarla al aceptar la sugerencia de Hunter de que nos acompañe, tanto para trabajar como para aprender.

Teníamos que encontrar una ayudante en alguna parte, y el profesor Atworthy estará encantado de tener una alumna como usted. Además, me alegra enormemente conocer a su padre. ¡Señor Adair! –dijo dirigiéndose a William–, sus cuadros me fascinan. Un amigo tiene uno en su castillo que codicio desde hace tiempo. Mi amigo no sabía dónde encontrar al artista. ¡Y ahora lo encuentro a usted! –se echó a reír–. El conde de Carlyle no ha tenido aún ese placer, así que le he tomado la delantera.

Su padre parecía azorado, sin duda igual que ella. Pero se mantenía erguido y orgulloso.

–Lord Avery, he de decirle que no soy hombre que necesite ni dé pábulo a los halagos. No se sienta usted obligado a comprar mis cuadros por lo que ha ocurrido. Sus palabras son muy amables. Y lo que le ofrece a mi hija es una gran oportunidad para ella.

–La manzana no cae muy lejos del árbol, querido amigo. Me gusta considerarme un patrono de las artes. Katherine es tan joven... Sir Hunter me mostró el pequeño boceto que hizo y me encantó al instante. Señor Adair, nos está haciendo usted un favor.

Lord Avery parecía sincero. William Adair dejó de protestar.

–Gracias, lord Avery.

Emma apareció en la puerta.

–El desayuno está servido –dijo alegremente.

Kat seguía sintiéndose perfectamente dichosa cuando entraron en el comedor.

Pero Hunter había dispuesto los sitios en la mesa, y Kat se encontró sentada no junto a David, sino entre lord Avery y su hija. Lady Daws estaba entre David y Robert Stewart, ¡cielo santo, había logrado olvidarse completamente de ella!, y Eliza se hallaba sentada junto al otro amigo de David, Allan... Allan no sé cuántos. Era éste un joven rubio y agradable, que sonreía con aprobación cuando la miraba. Ella, a su vez, respondía con una sonrisa cuando sus miradas se encontraban.

—¡Qué desayuno tan delicioso, Emma! —dijo alegremente Margaret mientras se servía una loncha de jamón de una bandeja que iba circulando por la mesa—. ¡Magdalenas, huevos, jamón... beicon! Y pronto estaremos en un barco, rumbo a países extranjeros. Vamos a echar mucho de menos tus platos, Emma.

El ama de llaves asintió, complacida con el cumplido, pero dijo:

—En el barco habrá de todo, milady, y, estando en tan grata compañía, ninguno de nosotros ha de pasarlo mal.

—Pero la comida no será tan suculenta como la suya —dijo Robert Stewart y, mirando a Kat, le guiñó un ojo.

Margaret se estremeció.

—¡Es una aventura tan arriesgada para todos ustedes! No sé por qué no podemos quedarnos aquí, en Londres. A fin de cuentas, ¡es el corazón de la civilización!

Las palabras de Margaret hicieron que Kat perdiera su timidez y que se olvidara por un momento de que no estaba en su ambiente.

—Pero Londres es el corazón de la civilización porque los ingleses hemos sido grandes exploradores, hemos estado en los lugares más remotos.

—¡Bravo, señorita Adair! —exclamó David, y Kat se sintió alborozada.

Margaret no pareció ofenderse. Se echó a reír.

—Eso es porque no ha pasado usted días y días mareada en un barco. Ni ha notado la arena del desierto en la boca cuando respira. Ya verá.

—Yo nunca me he mareado —murmuró Kat.

—¡Porque usted es una sirena! —dijo Robert Stewart jocosamente.

—No, porque tiene espíritu aventurero —repuso Hunter en voz baja.

Lord Avery carraspeó.

—En efecto. Y también ganas de vivir. Pero creo, Hunter, que hemos olvidado algo. Lamento, querido amigo, no haber mencionado antes que también estamos en deuda contigo. Tú también te arrojaste al agua para salvar a David y acabaste rescatando a la rescatadora.

—Pero, verá usted, Katherine no necesitaba que la rescatara —dijo Hunter, mirándola. Luego miró a su padre como si le pidiera disculpas—. Creo que, en el temor de que se ahogara, acabé haciéndole daño.

—Bien está lo que bien acaba —exclamó Eliza alegremente.

Lady Daws miró a Kat con los ojos entornados.

—En efecto —dijo—. Sí, ahora nuestra querida niña tendrá excelentes oportunidades y ustedes, caballeros —añadió, deslizando la mirada entre sir Hunter y lord Avery—, tendrán cuadros llenos de pasión y de genio que colgar en sus paredes.

—¡Excelente! —exclamó lord Avery—. ¿Cuándo podremos ver una muestra de su trabajo, señor Adair? —añadió.

—Yo... yo...

—Hay muchos cuadros colgados en mi casa —añadió lady Daws—. Después del desayuno, quizá podamos hacer una pequeña excursión para ir a verlos.

—Oh, me temo que no —dijo Hunter—. Brian me espera en el museo para ultimar algunos detalles. Y la señorita Adair debe acompañarme.

—¡Pero querido lord Avery! —insistió lady Daws—. ¡Queda tan poco tiempo para que se marchen!

—Hunter, id la señorita Adair y tú al museo —dijo lord Avery—. Si no te importa, el resto de nosotros acompañará a lady Daws en esa pequeña expedición artística. Ella tiene razón. Ahora mismo, el tiempo es oro.

—En efecto, lord Avery, y no seré yo quien le niegue tal placer.

—Pero yo debería acompañarlos —murmuró Kat—. Conozco tan bien la obra de mi padre...

—Yo estaré allí. Y tú debes aprender cuáles son tus deberes, Katherine —replicó lady Daws.

—Yo también iré —dijo Eliza con firmeza.

—Sí, debes tomar conciencia de lo que te espera —dijo Hunter, mirándola con fijeza. Sus ojos eran duros. Kat ignoraba si se refería a su ignorancia sobre el antiguo Egipto, o a que debía aprender que, pese a la camaradería de que estaban disfrutando, ocupaba un lugar ligeramente por debajo de ellos.

—Pero sin duda una tarde no importará mucho —murmuró.

—Una tarde importa mucho cuando quedan tan pocas —dijo Hunter.

—Insisto en que nos acompañe —protestó con galantería Robert Stewart.

—No debe hacerlo —dijo con firmeza lady Daws—. No todas las... jóvenes reciben una oferta tan extraordinaria para enriquecer su educación.

Kat se mordió la lengua y se preguntó qué palabra había estado a punto de usar en realidad lady Daws.

Miró a su padre, que le sonreía con convicción, y se dio cuenta de que creía que protestaba únicamente porque estaba preocupada por él.

—No pasa nada, Kat. Si tienes que ver el museo, debes ir.

—Entonces estamos de acuerdo —dijo Hunter, poniéndose en pie. Kat se refrenó para no lanzarle una mirada triste; se levantó y se disculpó educadamente.

—¿Montas a caballo? —dijo Hunter—. Le diré a Ethan que lleve a tu familia en el carruaje.

—Claro que monto —mintió Kat. Sabía, en efecto, nadar como un pez. Pero había crecido en el centro de Londres, donde el transporte público era excelente y no había necesidad de montar a caballo.

Vio que su padre fruncía el ceño.

Él, al igual que los demás caballeros, se había puesto en pie al levantarse ella.

Kat se olvidó por un momento de David al ver la expresión preocupada de su padre, y se volvió hacia lord Avery.

—Tenga usted la seguridad, milord, de que mi padre es un genio —dijo con orgullo—. Como usted mismo podrá ver muy pronto.

—¡Ya lo he visto! —le aseguró lord Avery, tendiéndole la mano—. Todo irá bien, querida niña. Ya lo verá.

Ella le dio las gracias.

Hunter estaba a su lado, con la mano sobre su codo. Kat se despidió de los demás.

—¡Ah, pero esto no es una despedida! Vamos a pasar muchas semanas juntas. ¡Meses enteros! —le aseguró lady Margaret.

Los remordimientos recorrieron a Kat con un estremecimiento. Sonrió.

—Por supuesto. Y gracias.

—Santo cielo, esto parece una despedida a la italiana —dijo Hunter con impaciencia—. Nuestros caminos van a separarse sólo por esta tarde.

—Te llamaré esta noche —le dijo lord Avery—, si el condenado teléfono funciona.

—Funciona de cuando en cuando —dijo Hunter con sorna—. Si no, hablaremos pronto.

Kat miró hacia atrás mientras salían de la habitación. Le pareció que David la observaba pensativo.

Y con admiración.

El corazón se le aceleró.

Pero pronto se encontraron en la salida de carruajes de la casa. Ethan estaba allí, con el caballo de Hunter y otro más pequeño provisto de una silla de montar para señoritas.

—No sabes montar, ¿verdad? —preguntó Hunter mientras estudiaba su cara.

Ella le lanzó una mirada venenosa.

—Me las apañaré, no se preocupe —dijo secamente, y se acercó al animal. Su falda era muy aparatosa, pero estaba decidida a montarse en el caballo.

Ethan, que sujetaba las riendas, hizo amago de acercarse. Pero Hunter se le adelantó y, tomándola por la cintura, la levantó en vilo. Kat sintió sus manos al deslizar los pies en los estribos. Se sintió arder de rabia.

—No te pasará nada —dijo él—. No vamos muy lejos.

—Sí, aunque es asombroso que vayamos a ir, ¿no es cierto?

Hunter levantó la vista hacia ella.

—¿Qué significa eso?

Kat se inclinó con las mejillas encendidas, sin importarle que Ethan, que estaba muy cerca, pudiera oír su conversación.

—Es asombroso que sea absolutamente imprescindible que empiece a aprender egiptología esta misma tarde.

Él la observó con gravedad.

—¿Prefieres que lo olvidemos?

—¿Lo de ir al museo? —dijo ella, esperanzada.

—Lo de ir a Egipto.

Ella guardó silencio sin apartar la mirada mientras se mordía el labio inferior. Hunter se apartó de ella, le dio las gracias a Ethan y tomó las riendas de su montura. Montó de un salto, con la agilidad de quien montaba desde niño. Para espanto de Kat, su caballo siguió al otro, y ella comenzó a tambalearse suavemente.

«Santo Dios», pensó. «¡Que aquella tarde acabara cuanto antes!».

Eliza no se dio cuenta de que estaba conteniendo el aliento hasta que lord Avery dijo:

—Esta serie ha de ser mía.

Lord Avery había estado contemplando una de las mejores colecciones de su padre, un grupo de cinco óleos sobre lienzo que representaban navíos en diversas tonalidades. *Mañana*, con amarillos, naranjas y dorados brillantes. *Atardecer*, en tonos plateados, malvas y grises. *Tormenta*, con colores tan tempestuosos y sombríos como sugería su título. *Calma*, con suavísimos rosas y marrones. Y, finalmente, *Contra el viento*, con azules intensos y profundos y blancas nubes que parecían cruzar el cielo a la carrera, a pesar de la quietud del cuadro.

A Eliza le daba vueltas la cabeza. Todo aquello era demasiado bueno para ser cierto.

¡Y todo porque Kat era una cabezota y se había arrojado al Támesis!

Y ahora iba a irse de expedición al desierto, siguiendo a David...

Junto con lady Margaret.

—Jagger —dijo Robert Stewart, que estaba al lado de

lord Avery–, le envidio de veras. Viendo estos cuadros, siento el mar. Siento el viento y las salpicaduras del agua –se volvió hacia William–. Señor Adair, estoy asombrado.

Su padre parecía haberse quedado sin habla. Lady Daws, no.

–Ah, entonces confiemos en que su asombro se traduzca en un sólida oferta de negocios, ¿no les parece?

Agarró del brazo a lord Avery. Eliza sintió que debía proteger a su padre, porque, por la razón que fuera, aquella mujer le daba miedo. ¿Qué haría Kat en esas circunstancias?

–¡Pero lady Daws! ¡No hablemos ahora de negocios! –le sorprendió lo firme que sonaba su voz–. Mi padre podrá conversar con lord Avery en otra ocasión. Naturalmente, se gana la vida pintando, pero su arte es también una cuestión de belleza. Hay que disfrutarla, y conozco a mi padre. Le entusiasma comprobar que aprecian ustedes su arte. Saboreemos este momento, ¿no les parece?

Lord Avery parecía impresionado con ella.

Lady Daws estaba furiosa, naturalmente.

Eliza no pudo evitar esbozar una sonrisa de triunfo.

–Señor Adair –dijo Allan–, es una verdadera lástima que no acompañe a nuestro grupo a Egipto. ¡Las cosas que podría hacer con las pirámides al atardecer!

–Lo lamento, pero me es imposible acompañarlos –dijo William.

–¿Y eso por qué? –preguntó lord Avery con el ceño fruncido.

William lo miró compungido.

–Me temo, lord Avery, que cuando no estoy en cubierta me mareo espantosamente en el mar.

–Ah, pero tendremos a Katherine –declaró David.

–En efecto, pero su arte es algo distinto, ¿no creen?

—preguntó Robert Stewart—. Podría ser una gran caricaturista. Hay cierto toque satírico en su trabajo.

Margaret se echó a reír.

—¡Robert! Pero si sólo hemos visto un boceto.

—Hacedme caso. Su arte podría ser peligroso —dijo Robert en broma, acercándose a la bella Margaret con aire amenazador.

—¡Peligroso! ¡El arte! —exclamó Margaret.

—Si realmente dibuja todo cuanto ve —murmuró David. Miró a Robert y a Allan.

A Eliza le pareció que tenía una expresión extraña.

Luego Robert le dio una palmada en la espalda.

—Cielo santo, Davie, sólo era una broma. Señor Adair, su hija tiene su talento. Y creo que, cuando vuelva, sus progresos le harán sentirse muy orgulloso de ella.

—Si es que Hunter, ese tirano, le deja tiempo para estudiar con el profesor Atworthy —dijo Allan.

—¡Hunter no es un tirano! —protestó Margaret.

—Está enamorada de él —dijo Allan, poniéndose entre Robert y Eliza y haciendo girar los ojos.

—¿Os importaría comportaros como adultos respetables? —preguntó lord Avery—. Estáis asustando al señor Adair. Sir Hunter se toma muy a pecho su trabajo, pero no es ningún tirano, se lo aseguro, señor Adair. Todo irá como la seda.

Allan le guiñó un ojo a Eliza.

—¿Y qué me dice de usted, señorita Elizabeth? ¿También pinta o dibuja?

—Muy mal, me temo —contestó ella.

—No puedo creerlo —repuso Allan—. ¡La creatividad corre por las venas de esta familia!

—Mi hija diseña —dijo William con orgullo.

Eliza oyó una especie de gemido estrangulado. De la malvada lady Daws, sin duda.

—Diseño ropa —explicó.

—El vestido que lleva, y el que llevaba su hermana —añadió William.

Ella miró a su padre y sonrió. Bendito fuera. Qué hombre tan maravilloso. Siempre mostrando por ella el mismo amor, el mismo orgullo, la misma preocupación que por su hermana.

—¡Qué maravilla! —exclamó lady Margaret—. ¡Oh, señorita Adair! Debe usted diseñar algo para mí.

—Bueno... —Eliza se quedó casi sin habla—. Me encantaría, lady Margaret.

¡Oh, qué bien estaba saliendo el día! Si no fuera por la presencia de lady Daws...

Y por el extraño modo en que David miraba a sus amigos.

—A decir verdad —dijo David repentinamente, señalando el cuadro titulado *Tormenta*—, así es como recuerdo el agua cuando me caí. Fue de lo más extraño, como si el viento estuviera allí, con nosotros, flotando sobre las olas. Como si tuviera brazos y piernas y nos lanzara puñetazos. Les juro que sentí como si me levantara y me arrojara del barco. ¿Sabía usted, lady Daws, que su hijastro estaba con nosotros?

Eliza vio alborozada que lady Daws se ponía tiesa como un palo. Pero se recobró rápidamente.

—No, no lo sabía. Pero creo que el señor Adair y lord Avery estarán de acuerdo conmigo en que ninguno de ustedes debió salir con ese tiempo.

—Pero el señor Adair también había salido —repuso David educadamente.

—Puede que se maree encerrado en un camarote, pero mi padre es un marino excelente —dijo Eliza. Le había alegrado ver a lady Daws tan azorada, pero tenía la impresión de que un velo de oscuridad había caído sobre aquella hermosa tarde–. Sin embargo, he de decir –añadió con una amplia sonrisa–, que quizá nuestro Padre celestial haya tenido algo que ver con el accidente de David, puesto que gracias a él hemos tenido el inmenso placer de conocerlos a todos.

–Desde luego. La franja de plata sobre la nube... –dijo lord Avery.

–Azul suave... azul suave, con tonos más profundos –dijo lady Margaret, volviéndose hacia Eliza de nuevo–. Ideó usted el atuendo de su hermana pensando en su color de pelo y en sus ojos, ¿verdad? Debe hacer lo mismo conmigo. En color azul, ¿no cree?

–Desde luego, con sus ojos, el azul es lo más adecuado –repuso Eliza, sintiendo de nuevo una efusión de calor. Lady Margaret era encantadora y amable sin ser condescendiente.

Eliza se encogió por dentro. Aquella era la mujer que con toda probabilidad acabaría casándose con el hombre al que amaba su hermana.

Y sin embargo...

El día estaba siendo precioso. Increíblemente hermoso. Y todo gracias a la temeridad y al ímpetu de Kat. ¡Tenía que darle las gracias a su hermana!

Y rezar porque ella pasara una tarde igual de deliciosa.

—

–En el desierto tendrás que montar a caballo –dijo Hunter amablemente.

A Kat le pareció distinguir una expresión de sorna en sus ojos.

–Y lo haré –contestó. Su forma de mirarla resultaba tremendamente irritante.

Sus ojos eran muy extraños. Kat había creído que eran marrones, de un tono tan oscuro que parecían negros. Pero no eran marrones en absoluto, sino más bien de un intenso color azul oscuro. ¡Y tenía una forma de usarlos...! Podía mirar con tal desprecio que quemaba la piel. Y, sin embargo, a veces su sarcasmo parecía dirigido más bien hacia sí mismo. En ese momento, mientras la miraba, Kat tuvo la sensación de que su incomodidad le llenaba de regocijo.

—Le aseguro que montaré a caballo —añadió con aspereza. En ese instante, deseaba abofetearlo.

—Ya casi hemos llegado —dijo él.

—¿De veras? ¡Podría haber seguido disfrutando del paseo horas y horas!

—Eso podría arreglarlo.

—Podría, pero no lo hará. Tiene negocios que atender, según creo.

Él se encogió de hombros y, girándose, se adelantó a ella. Su caballo rompió a trotar. La montura de Kat hizo lo mismo. A Kat le vibraron todos los huesos. Intentó mantenerse sentada sin brincar sobre la silla como un pelele, y se dio cuenta de que Hunter quería hacerla sufrir.

Las calles habían permanecido en calma durante la mañana, pero a medida que se acercaban al museo parecían ir llenándose de gente que, a pie o a caballo, se dirigía a toda prisa a sus quehaceres. Pasaban junto a taxis y tranvías, trotando todavía.

Kat logró ponerse a la altura de Hunter.

—¿Por eso se ha mostrado tan generoso conmigo? —preguntó—. ¿Porque le gusta torturarme?

Él levantó una ceja.

—¿Ir al museo te parece una tortura?

Ella miró hacia delante.

—Creo que no me quedará ni un diente sano cuando lleguemos.

Hunter esbozó una sonrisa.

—Debería haberte llevado al parque para enseñarte a montar. Pero lo cierto es que tengo cosas que hacer. Voy a encontrarme con el conde de Carlyle. En contra de lo que puedas pensar, mi vida y mis horarios no giran en torno a ti, ni me despierto por la mañana desde que nos conocimos buscando desesperadamente un modo de atormentarte.

Ella sintió que el rubor cubría sus mejillas, pero un instante después pareció comprender lo que él acababa de decir.

—¿Ha quedado con el conde de Carlyle? ¿Ahora?

—Naturalmente. Su interés por las antigüedades es el principal impulso de esta expedición. En el conde, el amor por la arqueología es algo natural. Lo heredó de sus padres.

Ella lo miró con fijeza.

—Sus padres fueron asesinados. Hubo un gran escándalo. Salió en los periódicos, me acuerdo.

—Sí, pero se hizo justicia y la energía y los recursos del conde son imprescindibles en todo lo que hacemos.

—¡Se casó con una plebeya!

Hunter le lanzó una larga mirada que ella no supo interpretar. Luego suspiró.

—Puede que, efectivamente, no le esté haciendo ningún favor —murmuró.

A Kat le sorprendió sentir en los ojos el aguijón de las lágrimas.

—Nada de eso. Pase lo que pase, ha conseguido que quienes pueden hacerle justicia se fijen en la obra de mi padre. Estoy en deuda con usted.

Hunter tiró de las riendas bruscamente y se volvió hacia ella.

—No, no estás en deuda conmigo. Y por mí puedes soñar lo que quieras con esa necia cabecita tuya, pero hemos hecho un trato.

—¿Qué quiere decir? —preguntó ella, sobresaltada por su forma de mirarla.

Y por la repentina conciencia de que era un hombre imponente, carismático y dotado de una voluntad de acero.

—Yo no... Sir Hunter, no pienso... Quiero decir que... ¿No creerá que estoy dispuesta a comerciar con... nada... por esta oportunidad? —balbució, azorada.

La mirada de Hunter se tornó gélida. ¡Y aquellos ojos! Eran tan oscuros como un abismo.

Y desdeñosos.

—La he aceptado como ayudante, señorita Adair —le informó—. Eso es lo que le estoy diciendo. Y, como mi ayudante, cumplirá con su trabajo. En su tiempo libre puede entretenerse soñando con un hombre que nunca será suyo... y al que no querría, en caso de conseguirlo. Pero, si no está dispuesta a tomarse en serio su trabajo, deberíamos despedirnos aquí y ahora. Ya ha conocido a David Turnberry y a lord Avery, y ha sido para mí un placer y un privilegio conocer a su padre, ya que conozco su trabajo. Para serle franco, querida, si quisiera buscarme compañía femenina, le aseguro que no tendría que tomarme tantas molestias.

A ella le ardían las mejillas, pero no apartó la mirada.

—Entonces, estamos de acuerdo —dijo.

—Como desee.

—Como desee usted. A fin de cuentas, es el legendario sir Hunter MacDonald —y, con ésas, arreó a su caballo, pensando en adelantarse.

Pero, por desgracia, el condenado caballo decidió dar marcha atrás.

—¡Vaya! —exclamó Hunter, tomando de las riendas a la yegua—. Tienes suerte de seguir sentada.

Kat no lo miró.

—Aprenderé a montar a caballo y lo haré bien. Le doy mi palabra. Y seré una ayudante excelente, se lo prometo. Ahora, ¿podemos continuar?

Se aferraba desesperadamente a su dignidad. Hunter siguió adelante.

Unos instantes después, Kat había desmontado, sintiéndose como si sus músculos y sus huesos estuvieran desarticulados. Con esfuerzo logró echar a andar con una leve cojera.

—Habrá que buscarte unos pantalones de montar —murmuró Hunter y, apoyando la mano sobre su espalda, la condujo hacia las grandes escaleras—. Montar a horcajadas es mucho más natural que montar de lado.

Mientras hablaba, iba cruzando las salas de exposición de la planta baja, en dirección a otro tramo de escaleras. Ella intentaba ponerse a su paso sin dejar de mirar a su alrededor. Había visitado otras veces el museo, naturalmente. Su padre las había llevado a Eliza y a ella varias veces; hacía años que se había decidido que el museo no estuviera reservado sólo a las élites, sino abierto a todo el pueblo de Inglaterra. Como no era muy aficionada a las momias, nunca le habían gustado especialmente las salas dedicadas a Egipto. Había algo de espeluznante en escudriñar los tristes rostros de hombres y mujeres que habían vivido en otro tiempo y soñado con preservar sus cuerpos para la vida eterna.

Se calló aquella reflexión mientras subía aprisa las escaleras y cruzaba detrás de Hunter una puerta en la que se leía *Privado*. Llegaron a una sala en la que había un inmenso escritorio que parecía más bien una mesa. No había nadie sentado tras él.

Había, no obstante, una mujer sentada en el suelo, estudiando detenidamente unas páginas manuscritas desplegadas ante ella.

Iba vestida con una falda sencilla y una blusa bordada con las mangas enrolladas. El pelo se le escapaba de las horquillas. Levantó la mirada y su rostro, muy bello, tenía una expresión radiante.

—¡Hunter, ya estás aquí! Estoy contentísima. Tienes que echarles un vistazo a mis traducciones y al mapa que he hecho. Estoy casi convencida de que la tumba que estás buscando está aquí, en los barrancos que hay junto al borde del templo. Es tan emocionante... Pero yo sólo me baso en textos, papeles y traducciones, claro, y tú has estado en tantas excavaciones... Tú serás quien mejor juzgue mis conclusiones —había hablado atropelladamente y de pronto se detuvo, consciente de que Hunter no estaba solo. Sonrió con timidez—. Hola.

—Camille, ésta es Kat... Katherine Adair. Kat, permíteme presentarte a la condesa Camille de Carlyle.

La condesa se levantó, ofreciéndole a Kat una mueca y una sonrisa.

—Bienvenida —dijo—. Me temo que me pillas hecha un manojo de nervios. Nos vamos dentro de unos días... y esto es para mí como un sueño. Llevo casi toda la vida estudiando egiptología y nunca había tomado parte en una expedición —mantuvo la sonrisa para Kat, pero miró a Hunter inquisitivamente.

«¿Quién es esta mujer y qué hace aquí?».

—¿Cómo está? —murmuró Kat.

—Kat va a ser mi ayudante —dijo Hunter.

—Ah, comprendo —pero ¿lo comprendía? Parecía perpleja—. ¿Eres egiptóloga?

—No, me temo que no.

—Ah.

—La señorita Adair es una excelente dibujante —dijo Hunter.

—Qué maravilla.

—¿Dónde está sir John?

Camille se rió suavemente.

—Se ha tomado un descanso. Me dijo que tomara el mando y que me ocupara de que todo vaya bien hasta que nos vayamos. No quiere estorbar. Pero yo creo que en realidad se volvería loco si estuviera aquí conmigo y viera que lo tengo todo tirado por el suelo.

—Bueno, le hacía falta tomarse unas vacaciones —dijo Hunter.

—¿Quién es sir John? —preguntó Kat.

—El jefe del departamento —explicó Camille.

—¿Está Brian por aquí? —preguntó Hunter.

—Um, sí. Acaba de irse por el pasillo. Volverá enseguida.

—Voy a echar un vistazo —dijo Hunter.

Y dejó allí a Kat, sola con aquella mujer que la miraba con perplejidad... y que de pronto exclamó:

—¡Ah, Katherine Adair! ¡Cielo santo! Eres la joven que sacó a David Turnberry del Támesis.

Kat se sonrojó. Había olvidado que su nombre había salido en los periódicos.

—Sí —murmuró.

—¡Qué gesto tan heroico!

—No, nada de eso. Verá, no soy egiptóloga, pero sí una excelente nadadora —explicó—. Y... no sé si me había dado cuenta, pero también soy una especie de pintora. Porque

—se apresuró a añadir— el verdadero artista es mi padre. Es una larga historia, pero...

—Pero vas a venir con nosotros en la expedición. ¡Excelente! Será fantástico tenerte cerca.

—Gracias —¿hablaba en serio aquella mujer? Kat, naturalmente, había leído muchas cosas acerca de la condesa Camille de Carlyle. Antes había sido una plebeya, una mujer corriente que trabajaba en el museo en un momento en que había allí algún asunto turbio, Kat no recordaba los detalles, pero Camille y el conde habían resuelto todos los misterios y se habían casado, y ni siquiera los tabloides más ruines habían podido encontrar algo que decir en contra de ella.

—¿Estás preparada para pasar unas cuantas penurias? —preguntó Camille.

—¿Usted va a trabajar en los yacimientos? —repuso Kat con otra pregunta.

—¡Desde luego que sí! No me lo perdería por nada del mundo. Pero, espera, ven aquí y te lo enseñaré.

El mapa que había en el suelo, debajo de diversos pergaminos y papeles, mostraba la mitad inferior de Italia y la región del norte de África.

—Verás, primero iremos en barco hasta la costa de Francia. Luego tomaremos un tren, pasaremos por París y viajaremos hacia el sur, atravesando Italia. Puede que pasemos algún tiempo en Roma. Luego iremos a Brindisi, donde volveremos a embarcarnos. El viaje mismo promete diversión. El barco que tomaremos en Brindisi nos llevará a Alejandría, y de allí iremos en tren hasta El Cairo. El hotel es precioso. Pero aquí... aquí es donde estoy deseando estar. Estoy segura de que todo lo que he leído indica hacia esta zona.

—¿Es la tumba de un faraón? —preguntó Kat.

—¡Mejor aún! Es la tumba de un gran sacerdote. Sirvió a Ramsés II *el Grande*. ¡Y qué vida la de Ramsés! Según la Biblia, era faraón durante el éxodo que Moisés condujo desde Egipto. Ascendió al trono siendo muy joven y llegó a ser un gran guerrero. Tenía una reina, claro, pero también un harén con un montón de esposas, y cientos de hijos. El mayor, el que debía sucederle, murió siendo niño. Todavía se ignora cómo. Hay diversas teorías, por supuesto. Pero la tumba que buscamos pertenece a uno de sus grandes sacerdotes. Un hombre que, según parece, tuvo una enorme influencia sobre el faraón. ¡Una especie de mesmerista! De ese modo adquirió gran poder y enormes riquezas, y se hizo excavar su propia tumba aquí, en estos barrancos, junto al templo desde el que atemorizaba a la gente. Encontrar su tumba, y todo lo que haya dentro de ella, puede probar, o desmentir, muchas teorías sobre la vida de Ramsés. Tal vez ayude a distinguir la realidad de la ficción y del mito. Ay, querida, no paro de hablar. Espero no estar aburriéndote.

—No, no, en absoluto —contestó Kat sinceramente.

—En parte será una lata. Habrá días en que lo único que hagamos sea remover arena..., pero espero que llegue a gustarte.

—Vaya..., he oído que hay un nuevo miembro en nuestro equipo.

Kat estaba arrodillada en el suelo cuando el conde de Carlyle hizo su aparición. Era un hombre muy alto, quizá unos centímetros más alto que Hunter, y tenía una cicatriz en la mejilla que podría haberle dado cierto aire amenazante de no ser por su bella sonrisa y su mirada feliz.

Kat intentó levantarse. Él levantó una mano.

—Por favor, no te levantes. Creo que Hunter y yo vamos a reunirnos con vosotras en el suelo. Mi mujer está deseando que Hunter le dé la razón. Tengo entendido que no sólo salvaste del mar a un estudiante, sino que gracias a ti hemos conocido a un hombre al que estábamos buscando. Tu padre.

A ella se le agrandaron los ojos.

—Entonces, ¿de veras les gusta su obra?

—Ya lo verás cuando vengas al castillo —le aseguró él.

—Hunter, por favor, ¿puedes venir aquí y echar un vistazo a mis cálculos? —dijo Camille—. El cuadro está en el despacho, y es fabuloso —añadió mientras esperaba a que Hunter se acomodara a su lado. Él se puso en cuclillas y ella lo miró con nerviosismo mientras observaba con detenimiento su trabajo. En el suelo había un transportador de ángulos. Hunter observó las traducciones de Camille y ciertas zonas del mapa y a continuación comenzó a trazar arcos sobre el mapa.

—Ahí... o ahí —dijo al fin.

—¡Ajá! —exclamó ella, alborozada.

—Nada es exacto, Camille —le advirtió Hunter—. Si lo fuera, no estaríamos eternamente excavando. Las arenas se han desplazado con el paso del tiempo. Lo que parece sencillo puede que no lo sea tanto.

—Oh, pero haremos un gran descubrimiento, estoy segura de ello —dijo Camille con entusiasmo.

—Puede que sólo descubramos arena y desperdicios —repuso él.

—Sea lo que sea lo que descubramos, será mi primera excavación —le recordó ella—. Llevo toda la vida esperando esta oportunidad.

—Creí que llevabas toda la vida esperándome a mí —dijo el conde.

Ella se echó a reír.

—Bueno, eso también, claro.

Mientras los observaba, Kat sintió una punzada en el corazón: una añoranza, una melancolía que nunca antes había experimentado. Su amor resultaba tan evidente en sus palabras, en sus risas, cada vez que sus ojos se encontraban...

Ella sabía lo que significaba amar, pero ignoraba lo que se sentía al saberse tan tiernamente correspondida.

Al apartar la mirada, se percató de que Hunter estaba observándola. Sus ojos tenían una expresión extrañamente grave, y Kat se apresuró a desviar los ojos. No quería que aquel hombre sintiera lástima por ella.

Ni quería defraudarle en modo alguno.

—¿Qué significan estos signos? —preguntó, señalando unos jeroglíficos.

—Básicamente significan que es un hombre que habla con los dioses y al que los dioses honran —contestó Hunter—. La mano derecha del faraón.

—Y aquí dice que, como tal, descansa cerca de los grandes edificadores, de los hombres que tocarán el sol —prosiguió Camille.

Hunter volvía a mirar a Kat cuando dijo:

—¿Tienes ese libro, Camille? ¿El del profesor Lornette?

—Sí. Está en la mesa. Voy a por él.

—Tenemos que repasar algunos detalles logísticos, ¿no? —le preguntó el conde a Hunter.

Éste asintió con la cabeza.

—Vamos dejar a la señorita Adair estudiando y enseguida estoy contigo.

Camille se levantó para ir a la mesa y sacar el libro.

—Es el mejor, el más preciso y completo que he leído. Espero que lo disfrutes.

—Y yo espero que te lo aprendas —murmuró Hunter, mirando de nuevo a Kat.

—Me pondré con ello inmediatamente —dijo ella. Hunter siempre estaba desafiándola y lanzándole advertencias, pensó con cierto resquemor. Pero luego empezó a aturdirse otra vez. Había estado sentada en el suelo con una condesa. Había almorzado con lord Avery. Y con David.

Estaba a punto de embarcarse en una empresa tan fantástica que superaba todos sus sueños.

Se mostraría educada. Y cumpliría con el trabajo que Hunter le encargara.

—¿Hunter? —dijo el conde.

—Cuando quieras, Brian —respondió Hunter.

—Estamos al fondo del pasillo, en el viejo taller. Últimamente ha habido algunas reformas por aquí.

—Si necesitas algo... —dijo Hunter.

—Vete tranquilo. Yo estoy aquí —dijo Camille alegremente, agitando una mano en el aire. Cuando ellos se hubieron ido, le preguntó a Kat—. ¿Necesitas algo?

—No, nada. Estoy muy contenta. Voy a sentarme a leer, a no ser que pueda ayudarte en algo. Si es así, dímelo, por favor.

—No, lee, lee. Yo voy a seguir con mis traducciones, a ver si puedo verificar lo que he encontrado.

Durante largo rato permanecieron en un cómodo silencio. Kat descubrió, para su sorpresa, que aquellos símbolos y representaciones la fascinaban. Aprender a juntarlos le costó un poco al principio, pues era muy distinto a traducir del francés al inglés, por ejemplo. Pero, pasado un tiempo, le resultó más fácil descifrar el significado implícito y los símbolos comenzaron a fluir más suavemente, cobrando sentido para ella.

—¿Kat?

Ella levantó la vista, sorprendida. Al parecer, la condesa

de Carlyle llevaba varios minutos de pie, observándola. Pero no parecía enojada.

—Estás enganchada —dijo con una sonrisa.

—¿Cómo dices?

—¡Enganchada al antiguo Egipto! —repuso Camille alegremente—. Ten cuidado, puede convertirse en una obsesión. Yo voy a tomarme un descanso. ¿Te apetece acompañarme? Hay un sitio aquí para tomar el té, y cierra dentro de un rato.

A Kat le habría encantado ir. Pero no se atrevía. Hunter podía regresar en cualquier momento.

—Muchas gracias, pero tengo poco tiempo y mucho que aprender —contestó.

—Como quieras. Puedo traerte un bollo o algo así, si quieres.

—Ya he desayunado, gracias.

Lady Carlyle se marchó. Kat volvió a su libro, y después levantó la vista y miró a su alrededor. Se hallaba en una especie de despacho de trabajo vedado al público. Era una habitación espaciosa, con la mesa, los armarios archivadores y unas cuantas vitrinas de cristal. Kat se levantó y se acercó a una, se quedó mirándola varios segundos con el ceño fruncido y un instante después sintió que la recorría un escalofrío.

La vitrina mostraba un par de manos. Manos momificadas. Rotas por las muñecas.

—¡Puff!

Retrocedió. Miró a la puerta con cierto nerviosismo, confiando en que entrara alguien. Pero unos segundos después se dio cuenta de que su curiosidad era mayor que su miedo y reemprendió su recorrido por la habitación. Otra vitrina ofrecía una imagen mucho más grata a la vista. Unas relucientes joyas de oro.

Comprobó que el arte de la joyería había cambiado poco con el paso del tiempo. Había allí bellísimas piezas milenarias que podrían haber adornado con toda facilidad los dedos, las muñecas y la garganta de cualquier adinerada señora de aquella época. Fascinada, Kat siguió mirando. Algunas de las joyas contenían símbolos que acababa de aprender.

—Siempre al cuidado del gran Horus —leyó en voz alta con delectación.

Un momento después, acabó de recorrer las vitrinas. La sala tenía dos puertas. Se quedó mirándolas, indecisa. Allí era sólo una invitada.

Sí, pero una invitada a punto de zarpar con un grupo de egiptólogos, tanto profesionales como aficionados. Se acercó resueltamente a la primera puerta, la abrió y entró. Había allí otra mesa, más archivadores, algunos mapas antiguos enmarcados y colgados de las paredes y unas cuantas vitrinas.

Sobre la mesa había un cocodrilo disecado con las fauces abiertas. Kat se fijó en el papel con membrete que había sobre el escritorio y vio que tenía grabadas las iniciales HSM.

¿Sería aquél el despacho de Hunter?

Probablemente. No, seguro. En las paredes había varias espadas, algunas con placas que describían cómo y cuándo habían sido entregadas como obsequio de tal o cual gobernante. Sobre la mesa había también un bastón largo y elegantemente labrado. Kat se dio cuenta de que era en realidad una cerbatana. Sí, aquél era sin duda el despacho de Hunter.

—Qué encantador —murmuró Kat.

Salió, se encontró de nuevo sola y abrió la puerta que daba a la segunda habitación. Entró con las manos unidas a la espalda. Allí trabajaba Camille, pensó. Era asombroso.

Aquella mujer se había casado con un conde, y seguía trabajando en el museo. Aquella mesa era sin duda la suya. Había en ella papeles algo desordenados, pero también algunas piezas de extraordinaria belleza: un escarabajo de oro y esmalte, figurillas que parecían representar a diversos dioses...

De pronto se oyó un ruido fuera de la habitación, en la oficina principal. Kat se asustó por un momento. Tenía que ser lady Carlyle, que había vuelto... o bien Hunter. Y no quería que la sorprendieran fisgoneando en lugares a los que no había sido invitada.

Aun así, se disponía a salir cuando oyó que una voz susurraba:

—Aquí no hay nadie.

—Bueno, ¿y lo ves? —preguntó otra voz igual de baja.

—No, tenemos que entrar a buscarlo. Rápido.

—¿Rápido? Hemos metido la pata hasta el fondo. Hoy hay demasiada gente trabajando por aquí. Tenemos que irnos.

Kat no pudo distinguir lo que dijeron a continuación. Pero una de las voces concluyó:

—...si no tendremos que pagarlo. Y si se descubre la verdad... ¡mejor estar muertos!

Luego, algo más y:

—...fallamos el otro día.

—¡Idiota! —de nuevo, palabras que no pudo entender—. En fin, ya habrá otras ocasiones. Un largo viaje, un oscuro desierto... —algo totalmente incomprensible y luego—...su muerte es la única solución.

Kat inhaló bruscamente y se tapó la boca con la mano. Estaba allí sola y aquellas personas, fueran quienes fuesen, estaban...

—Viene alguien.

Al oír aquel susurro, Kat se armó de valor y salió bruscamente del despacho privado de Camille, segura de que sorprendería a los intrusos y de que Hunter o el conde de Carlyle entrarían desde el pasillo.

Pero se halló en una habitación vacía. Sorprendida, se quedó parada un momento y cruzó la habitación, se acercó a la puerta que daba al pasillo y la abrió de golpe.

Pero allí tampoco había nadie.

Y, para su desconcierto, mientras permanecía parada en el pasillo, la puerta se cerró a su espalda. Se giró para volver a entrar, pero la puerta no se abrió.

Se puso a maldecir en voz baja, profiriendo improperios que habrían escandalizado a su padre. Pero allí no había nadie que pudiera oírla. Al menos, así fue al principio.

Mientras tiraba del picaporte, oyó pasos. Alarmada, levantó la mirada.

Hunter se acercaba por el pasillo.

—¿Ocurre algo, señorita Adair?

—Es evidente, creo yo. No puedo abrir la puerta.

—Ah —Hunter se detuvo en el pasillo, observándola—. La pregunta es ¿qué haces a este lado de la puerta, Kat? Creía que estabas trabajando.

—Y estaba trabajando.

—Bueno..., en estos pasillos no se puede tomar el fresco. ¿Acaso estabas curioseando?

—¡No! —protestó ella.

—¿Entonces...?

—Oí murmullos —dijo.

Hunter suspiró. Parecía cansado y divertido.

—Señorita Adair, las momias no acostumbran a resucitar y a andar por los pasillos del museo. No murmuran, y no van paseándose por ahí envueltas en sus vendajes. Y tienen las bocas bien selladas, así que la idea de que...

—¡Hunter MacDonald! —dijo con voz suave lady Carlyle, que se acercaba desde el otro lado del pasillo—. No dejes que te tome el pelo, Katherine. Todo el mundo sabe que hasta él se ha puesto vendajes de momia.

Kat vio con asombro que Hunter se sonrojaba.

—Camille, en aquel momento temía por tu vida —dijo.

—Sí, lo sé —ella lo agarró del brazo y se lo apretó, sonriendo con afecto—. Pero sé amable. Todo esto es nuevo para la señorita Adair.

—Kat, por favor —murmuró ella.

—Sólo si tú me llamas Camille, y no *lady* por aquí y *lady* por allá en cada frase. Bueno, ¿qué está pasando aquí?

—Kat oyó murmullos y decidió salir a investigar —contestó Hunter—. Y se le ha cerrado la puerta de la oficina.

Camille miró a Kat al tiempo que se apartaba un mechón de pelo de la cara.

—No hay nadie más por aquí.

—¡Sí que lo había! —insistió Kat.

—Puede que fuera algún estudiante —le sugirió Camille a Hunter.

—No he visto a ninguno.

—Yo tampoco. ¿Estás segura de que has oído algo? Aquí hay mucho eco. Las voces retumban.

—He oído susurrar a varias personas —dijo Kat con terquedad.

—¿Hombres o mujeres? —preguntó Hunter.

—No lo sé.

—Estabas leyendo cuando te dejé... ¿y oíste algo fuera? —preguntó Camille.

Kat abrió y cerró la puerta. «No, la verdad es que estaba curioseando en tu despacho privado, y los murmullos procedían de más allá de esa puerta».

Sacudió la cabeza.

—Es igual.

—Ahora estás enfadada —dijo Hunter.

—Y puede que usted esté en peligro —replicó ella.

Él sonrió, mirando de nuevo a Camille.

—Supongo que todo el mundo ha leído algo sobre lo que pasó en el museo —dijo.

Kat frunció el ceño y miró a uno y a otro. Parecían divertidos, como si creyeran que se había dejado llevar por su imaginación.

—Ya he dicho que da igual —le dijo a Hunter—. Creo que me ha ido bastante bien con su libro esta tarde. Me parece que he aprendido mucho.

—Lleva a casa a la pobre muchacha, Hunter —dijo Camille—. Mañana será otro día. Y, si Brian y tú habéis acabado con el presupuesto, ya vamos por delante de lo previsto. Ah, Katherine, ya sabrás que debes estar lista para zarpar el sábado —le lanzó a Hunter una mirada vehemente—. ¿Se han hecho los preparativos?

—Emma va a venir a cuidar de las chicas —dijo Hunter.

—Yo no necesito que cuiden de mí —murmuró Kat.

—¿Las chicas? —dijo Camille.

—Lady Margaret ha decidido acompañarnos. Hasta el hotel Shepheard's, al menos.

Camille se echó a reír.

—A Emma no le hará ninguna gracia.

—Bueno, creo que está bastante animada. Parece haberse encariñado con la señorita Adair.

¿Por qué razón? ¡No logro imaginarlo!, le pareció a Kat que daba a entender.

—Se pasará el viaje lloriqueando y lamentándose —repuso Camille.

—Bueno, lord Avery y ella se llevan de maravilla, y él ha tenido varias amas de llaves en los últimos meses. Y, dado que su mundo empieza y acaba en Margaret, y Margaret adora a Emma, todo arreglado.

—Estupendo, entonces. Creo que mi marido está deseando volver a casa, y el viaje es largo. Kat, encantada de conocerte y de tenerte entre nosotros. Buenas noches, Hunter.

Le dio un leve beso en la mejilla. Él asintió con la cabeza y la siguió un momento con la mirada mientras se alejaba. Kat comprendió que entre ellos había una honda amistad. Eran casi como hermanos. Ella, por su parte, no podía imaginarse en aquel papel. Sobre todo, teniendo en cuenta que Hunter parecía tener un talento especial para sacarla de sus casillas.

Él se quedó mirándola un momento.

—Se está haciendo tarde. Te acompañaré a casa.

—Llevo todo el día deseando volver a montar a caballo —repuso ella.

—Ya te acostumbrarás. Pero sólo tenemos que llegar a mi casa. Ethan tendrá listo el carruaje. Él te llevará a casa de tu padre.

No hubo más remedio: Kat tuvo que permitir que la ayudara a montar en la silla. La irritaba sentir tan agudamente el roce de sus manos, como si le ardiera la piel bajo la ropa allí donde la tocaba.

Durante el trayecto, él permaneció callado y pensativo. Kat prefirió no romper el silencio. Pero, aun así, se preguntaba si no debería haber insistido más, haber conseguido que Hunter y Camille le prestaran atención. Haber intentado recordar palabra por palabra lo que habían susurrado aquellas voces.

Ahora, mientras caía la tarde y cabalgaban por las calles atestadas de coches, tranvías y viandantes, aquellos susurros le parecían casi irreales.

Y, si intentaba sacar a relucir de nuevo el asunto, Hunter volvería a mofarse de ella.

Al llegar a la casa, él la ayudó a apearse. Kat sintió la fuerza de sus manos cuando la levantó con toda facilidad, y sintió después la cercanía de su cuerpo cuando la depositó en el suelo. Le ardía la cintura allí donde la había agarrado.

Pero eso no tenía importancia. Él se dio la vuelta y llamó a Ethan, quien, como de costumbre, parecía acudir siempre raudo a la llamada de su señor.

—La señorita Adair tiene prisa por llegar a casa.

—Sí, sir Hunter.

Él se volvió hacia Kat.

—Mañana debes estar lista a las nueve en punto.

—¿Lista para qué? —preguntó ella.

—Tú haz lo que te digo —ordenó él.

Luego entró en la casa y Kat no pudo insistir porque la puerta se cerró de golpe.

—¿Señorita Adair? El carruaje está en el camino de entrada —dijo Ethan.

En el carruaje, Kat maldijo para sus adentros a Hunter MacDonald. Pensó en decirle al día siguiente que lord Avery y él eran muy amables, pero que por ella podían agarrar su oferta y... ¡arrojarla al mar!

Al fin y al cabo, era probable que su padre hubiera vendido algún cuadro, y a buen precio.

Gracias a Hunter y a lord Avery.

Y, si le decía tal cosa a Hunter, no podría formar parte de la expedición, y no podría estar cerca de David, ni seducirlo sutilmente.

Frunció el ceño al darse cuenta de que apenas había pensado en él desde su llegada al museo.

¡Qué increíble deslealtad!

Allí, en el museo, le había sucedido algo. Había descubierto que algo nuevo se alojaba en su mente y en su corazón. Seguía queriendo participar en la expedición por David, pero ahora estaba fascinada. Enamorada de la aventura, de las imágenes y resonancias que cuanto había visto y leído ese día le auguraba.

Recordó de pronto algunos fragmentos de los susurros que había oído.

«...un largo viaje...

...un oscuro desierto...

El otro día fallamos...

...mejor estar muertos...».

Se incorporó en el asiento del carruaje y se estremeció.

¿Se referían acaso a David?

El miedo la recorrió como un escalofrío. ¿Y si alguien le había empujado del barco por alguna razón? ¿Y si esa persona o personas se proponían seguir intentándolo?

¡Qué disparate!, se dijo. Y sin embargo...

Estaría alerta.

Experimentó de nuevo una sensación de temor que la hizo temblar. Velaría por David... y rezaría porque alguien velara por ella.

Kat descubrió que todos estaban contentos.

En realidad, no podían estar más felices. Y ella no podía remediar sentirse un poco enfurruñada.

Su padre la abrazó en cuanto cruzó la puerta. Estaba temblando de emoción.

—¡Katherine! ¡Ah, querida niña! Ni en mil años habría puesto yo en peligro tu vida, pero tú te arriesgaste. Juré no aceptar ninguna recompensa por semejante hazaña, pero lo que me has dado es mucho más importante que un puñado de libras esterlinas. Esos hombres... esos caballeros, ¡esos respetados coleccionistas!... han dicho que soy un buen pintor.

—¡Oh, han dicho mucho más que eso! —exclamó Eliza, que también había corrido a la puerta para recibir a Kat—. Dicen que papá es uno de los artistas con más talento que han visto. ¡Y yo voy a diseñar un vestido para lady Margaret!

Kat apenas se había soltado del abrazo de su padre cuando se encontró apretujada entre los brazos de su hermana.

—Eso es... maravilloso —dijo débilmente.

—Voy a estar ocupadísima toda la semana. Debo tenerle preparadas algunas prendas antes de que zarpe. ¡Oh, Kat! Voy a hacerlo con todo esmero, y quizás otras damas sientan envidia de lo que lleva puesto, y me convierta en una modista famosa.

—Estoy muy contenta. Yo... esperaba que pudieras hacerme unas cosas a mí antes de que me vaya —murmuró Kat.

Eliza agitó una mano en el aire.

—Pero si te he hecho montones de ropa. No te faltará de nada, ya lo verás.

—¿Qué tal te ha ido en el museo, Kat? —preguntó su padre—. ¿Crees que te gustará el trabajo? ¿De veras es lo que quieres? Te juro, niña, que no quiero nada a cambio del dolor de mis hijas. Hoy todavía estaba preocupado, pero lord Avery me ha asegurado que estarás tan bien acompañada como su hija.

—El trabajo... Estoy deseando empezar.

—¡Aprenderás muchísimo con sir Hunter! —exclamó Eliza.

—Sí, estoy segura de que así será.

—¿Estás cansada? —le preguntó Eliza con el ceño fruncido—. No pareces muy contenta.

—Oh, lo estoy. Contentísima —forzó una sonrisa.

—Maggie está preparando la cena —dijo su padre—. Voy a ver si necesita ayuda.

William Adair se dirigió a la pequeña cocina. Eliza agarró de nuevo a su hermana. Tenía los ojos dilatados por la excitación nerviosa.

—¡Oh, Kat! No me atrevía a decirlo delante de papá, pero... ¡creo que me he enamorado!

—¿De David? Dios mío, su futuro harén no deja de aumentar.

Eliza frunció el ceño.

—¿De David? ¡Cielo santo, no! ¡De Allan! De Allan Beckensdale. Ha sido tan amable, Kat... Estuvimos hablando... ¡y cómo hablamos! No te preocupes, no dejé abandonado a papá. Estuve muy atenta. Isabella estaba allí, lista para aprovechar la ocasión y vender sus cuadros, pero conseguí dejar lo del dinero para más adelante. Claro, que papá estaba preocupadísimo por ti, y parecía enfrascado hablando con lord Avery. Y respecto a Isabella... no podía hacerla desaparecer. Pero lo pasé de maravilla hablando con Allan en el salón mientras esperábamos a que estuviera listo el té. Va a ser médico, Kat. Y... bueno, no es tan rico ni tiene tantas tierras, ¿sabes? Ha conseguido ir a la universidad gracias a un dinero que le dejó su abuelo, pero tendrá que ganarse la vida por sus propios medios. Y fue tan encantador... Estuvimos hablando sobre los papeles que desempeñan hombres y mujeres y me dijo que estaba deseando tener hijos, pero que quería que su mujer tuviera talento y opiniones propias. Y luego hablamos de libros y de teatro y... ¡oh, Kat, fue maravilloso!

—Él también se marcha dentro de una semana, Eliza —le advirtió Kat.

—Pero volverá. Y ha prometido escribirme durante el viaje.

—Bueno, eso es encantador —dijo Kat.

Eliza frunció de nuevo el ceño.

—Lo siento mucho, Kat.

—¿Por qué?

—Acabo de darme cuenta de que... somos todos muy felices, estamos casi viviendo un sueño. Y me temo que tú has vendido tu alma a cambio de todo esto. Y que...

—¿Y que qué? —preguntó Kat con cierta aspereza.

—Lamento decirlo, pero creo que lady Margaret, lord Avery y David piensan que algún día... que tu David es para lady Margaret.

—No creo que lady Margaret esté enamorada de él —contestó Kat con terquedad.

Eliza la observó con tristeza.

—¿Cómo puedes decir eso? Apenas has pasado un rato con ellos —le recordó suavemente.

—Voy a acompañarlos en un largo viaje en barco —dijo Kat—. Y pasaremos mucho tiempo juntos en el desierto. Tardaremos mucho en volver a casa.

—Kat —dijo Eliza, preocupada—, ¿no intentarás...? ¿No estarás pensando...? No se puede atrapar a un hombre de ese rango —dijo.

Kat se puso rígida y miró fijamente a su hermana.

—Yo no quiero atrapar a nadie —le aseguró, y, pasando furiosa junto a ella, se dirigió a la escalera.

—¡Kat! —gritó Eliza. Ella se detuvo—. No pretendía ofenderte. Estoy muy agradecida. Pero eres mi hermana y te quiero. El mundo se está abriendo para todos nosotros y... no quisiera ver que desperdicias tu vida.

—No voy a desperdiciarla.

—Pero es que a veces eres tan... osada. Y estás tan... obsesionada con David...

—Nuestro padre ha decidido confiar en mí. Tú deberías hacer lo mismo.

—Papá no sabe que estás enamorada.

—Eso no me convierte en una idiota, Eliza. Ahora tengo que ir a lavarme para la cena.

Escapó escaleras arriba, temblorosa y al borde de las lágrimas. Quería a su padre. No, lo adoraba. Había sido el padre más cariñoso del mundo. Y su hermana era su mejor amiga. Pero eran los dos tan felices y ella estaba tan cansada... Los jeroglíficos parecían danzarle ahora ante los ojos. Y la manera ridícula en que había tenido que montarse a caballo le había dejado los músculos agarrotados.

Estaba segura de que Hunter MacDonald se había empeñado en hacer al trote todo el camino de regreso sólo para martirizarla.

Se lavó la cara y el agua la refrescó un poco.

Pero esa noche hasta Maggie, que llevaba con ellos desde la muerte de su madre y que a veces había renunciado a su paga para asegurarse de que la familia salía adelante, estaba loca de alegría y hablaba sin cesar de lord Avery y de los demás caballeros.

Kat no veía el momento de irse a la cama.

Pero, cuando por fin pudo acostarse, soñó que las manos momificadas de la vitrina estaban libres, que brincaban de acá para allá en medio de una bruma negra y parecían susurrarse la una a otra.

Se despertó sobresaltada.

Entonces se dio cuenta de que estaban llamando a la puerta de la calle y de que era eso lo que la había despertado.

Frunció el ceño, se levantó de un salto y corrió escaleras abajo en camisón, ansiosa por llegar a la puerta antes de que se despertaran los demás. Sin duda sería el lechero.

Pero no era el lechero. Era Hunter, y parecía impaciente.

—Vamos, vamos, muchacha, tenemos cosas que hacer.

—¡Pero si dijo a las nueve!

Él sacó su reloj de bolsillo.

—Son las nueve menos diez.

A ella le dieron ganas de cerrarle la puerta en las narices, pero se refrenó.

—Entonces tengo diez minutos.

—Esperaba que estuvieras lista ya.

—Sí, bueno, ya que está aquí, me daré prisa. ¿Qué vamos a hacer? ¿Volver al museo?

—Mi querida niña, nos vamos al parque. Hoy toca aprender a montar —sacó un paquete para ella—. Ponte esto. Así no malgastarás tus diez minutos pensando qué ponerte. Vamos, tengo otros compromisos esta tarde. Pero no temas. Disponemos de tres horas.

—Tres horas a caballo. Qué divertido. Descuide, me daré prisa.

En aquella casa nadie madrugaba, pensó Hunter con sorna mientras esperaba. El ama de llaves, Maggie, una mujer encantadora con un acento irlandés tan marcado que Hunter tenía que ir traduciendo para sí mismo cuando le hablaba, apareció mientras aguardaba y preguntó si quería tomar un café o un té. Él le dio las gracias y contestó que no quería nada. William Adair salió a darle las gracias, y Hunter, abrumado por tanta gratitud, le dijo que el afortunado era él, pues a partir de entonces sería el descubridor de William Adair.

Eliza bajo volando las escaleras, ansiosa por saludarlo. Así pues, cuando Kat bajó, ataviada con un viejo vestido de montar de Francesca, su pequeña familia ya estaba reunida allí.

Hunter se sintió turbado. El traje de montar le sentaba tan bien como todo lo demás. La falda, de un beis suave, caía sobre los pantalones del conjunto, de modo que el traje parecía consistir en una chaqueta con cola, una camisa, un chaleco y una falda. Debajo, sin embargo, llevaba unos pantalones que permitían a las mujeres montar a horcajadas y que cuando estaban sentadas quedaban ocultos bajos la falsa falda que, cortada por la mitad, caía elegantemente sobre las piernas. El sombrero a juego le quedaba perfecto. El color beis y el corte elegante y sobrio del traje realzaban maravillosamente su esbelta pero voluptuosa figura.

Aunque, a decir verdad, a Hunter le había parecido igual de hermosa con su vaporoso camisón de algodón y el pelo revuelto alrededor de la cara en ondas de fuego.

Fue en ese momento, estando allí de pie, rodeado por su familia, cuando comprendió qué era lo que le impulsaba a actuar.

Estaba fascinado por ella. Seducido y excitado, tanto física como intelectualmente. Kat era joven, era ingenua. Estaba llena de coraje, de osadía, y bajo su actitud temeraria ocultaba un tierno amor por cuantos la rodeaban. Estaba dispuesta a soñar y a explorar. Ansiaba conocer el mundo. Ansiaba lo que no podía tener. Y nada iba a detenerla.

Y allí estaba él, deseándola, con su padre apenas a unos pasos de distancia.

–Señor –William Adair se volvió hacia él con el ceño tan fruncido que Hunter temió que hubiera percibido el deseo carnal que se agitaba en su corazón. Pero no era así. Lo que le molestaba era el traje–, ese traje es de la mejor calidad. No podemos aceptar...

–Señor Adair, por favor, discúlpeme, pero el traje es de mi hermana, y a ella le encantaría saber que su hija lo lleva puesto.

–No debe ser un regalo –insistió William.

Hunter inclinó la cabeza.

–Entonces será sólo un préstamo.

–Qué amable –murmuró Kat con sarcasmo, en tono tan bajo que su padre no la oyó–. Sir Hunter se ha dado cuenta de lo mucho que me he aficionado al deporte de la equitación.

—En una expedición no se trata de un deporte —puntualizó él—, sino de una necesidad.

William asintió con gravedad.

—Te queda perfecto, hija. Y te favorece —dijo.

—Gracias, papá —murmuró ella, y se acercó para darle un beso en la mejilla.

—Qué diseño tan ingenioso —musitó Eliza.

—Seguro que tú podrás mejorarlo —dijo Kat—. Bueno... creo que nos vamos, ¿no? —preguntó mirando a Hunter, a pesar de que bajo su aparente amabilidad había un deje de irritación.

—En efecto, nos vamos —contestó Hunter—. Señor Adair, señorita Adair, buenos días.

—Tengan cuidado —dijo Eliza.

—Jamás permitiría que le ocurriera nada a Kat —les aseguró Hunter.

—Tengo la certeza de que está a salvo en sus manos, sir Hunter —repuso William gravemente.

Hunter apretó los dientes cuando se marcharon. ¡Si aquel buen hombre supiera...! Pero, en efecto, Kat estaba a salvo con él.

—Vamos —le dijo a Kat, llevándola hacia Giselle, la yegua a la que había llevado de las riendas por las calles mientras él montaba en Alexander. Kat no era la primera mujer que subía a lomos de la yegua.

Ella se acercó al caballo, dispuesta a montar por sus propios medios. Pero Hunter la detuvo apoyando una mano sobre su hombro.

—Debes montar siempre por la izquierda —dijo.

—¡Ya lo sé!

—Pon la mano aquí —le indicó él—. Sujeta las riendas.

Siempre sujeta las riendas. Mis caballos no son pencos, podrían encabritarse. Y no creo que quieras que te arrastren por las calles de Londres.

—Creo que debería aprender a montar yo sola. Dudo que esté usted siempre a mano para ayudar a encaramarse al caballo a su secretaria.

—Correcto, pero ahora voy a ayudarte.

Hunter no permitió que saliera otra protesta de sus labios; estaba seguro de que a veces discutía por el simple placer de discutir. La asió con firmeza por la cintura, la montó sobre Giselle y levantó la mirada hacia ella.

—Siéntate cómodamente en la silla. Los talones siempre hacia abajo. Es de la mayor importancia. Los talones siempre hacia abajo. Si el caballo te tira, es preferible dejar que huya a quedar enganchado a él.

Ella asintió con la cabeza. Hunter se apartó y montó rápidamente en Alexander.

—Vamos al parque —le dijo.

—Está bien, sir Hunter. Por lo visto mi tiempo es todo suyo. Lo que usted quiera.

Las calles estaban tan atestadas como siempre. Los vendedores callejeros ofrecían fruta y pasteles. La gente trajinaba, caminando de acá para allá con determinación. Los vehículos de reparto hacían sus paradas. Los tranvías y los coches de punto circulaban por sus respectivos carriles. Aquí y allá, cada vez más frecuentes y, por tanto, menos llamativos, había coches mecánicos que bufaban, resoplaban y hacían ruido, asustando a los caballos que pasaban a su lado. A pesar de sus extraños bocinazos y de que el motor de un coche comenzó de pronto a barbotear delante de ellos, Kat consiguió hacerse con la yegua, y Hunter y ella avanzaron a buen paso.

Al llegar al parque, se hallaron a cierta distancia del bullicio de la vida urbana. Por allí sólo pasaba de cuando en cuando una niñera empujando un carricoche.

—Lo estás haciendo muy bien. ¿Estás más cómoda a horcajadas? —le preguntó Hunter.

—Sí —reconoció ella, y titubeó—. ¿Viajaremos a caballo desde que lleguemos a Egipto?

Él sonrió y sacudió la cabeza.

—Hay un tren entre Alejandría y El Cairo. Sólo iremos a caballo cuando dejemos el hotel para ir al yacimiento.

—¿Y el yacimiento al que vamos es el mismo en el que está trabajando la condesa de Carlyle?

Hunter asintió de nuevo.

—Sí. Veo que eso te agrada.

—La condesa me gusta mucho —dijo Kat.

—¿Porque es una plebeya que se casó con un conde?

Ella entornó los ojos.

—Porque me es simpática.

—Es una mujer asombrosa —repuso él.

—¿La conoce muy... bien? —preguntó Kat. Parecía una pregunta inocente, pero tras ella había una insinuación. Hunter podría haberle ofrecido una larga explicación. Pero prefirió no hacerlo.

—Sí, la conozco muy bien.

—Y a su marido también, supongo.

—Sí. Servimos juntos en el ejército y durante el último año hemos renovado nuestra antigua amistad.

—Estoy intentando recordar —dijo Kat—. Hubo mucho revuelo en los periódicos. Los padres de lord Carlyle fueron asesinados, y él vivía apartado. Todo el mundo creía que era una especie de ogro, pero en realidad estaba intentando averiguar quién mató a sus padres. Y había un caballero, sir no sé cuántos, he olvidado su nombre, que estuvo a punto de morir asesinado, pero creo que el conde le salvó la vida y atrapó al verdadero culpable y... creo que su nombre de usted también salió a relucir varias veces.

—Eso es el pasado y esto, querida, es el presente. Brian posee el legado de sus padres y está ansioso por emprender esta expedición. Le preocupa que tantas piezas salgan del país de manera ilegal, y desea que los tesoros descubiertos en Egipto permanezcan allí.

—Pero, si quiere que se queden en Egipto, ¿por qué está tan ansioso por encontrarlos? —preguntó Kat.

Hunter enarcó una ceja.

—Por el conocimiento, por el hallazgo, por la comprensión de un pueblo capaz de crear monumentos tan grandiosos. Lo importante es el legado que nos dejaron, lo que podemos aprender de ellos todavía hoy. ¡Y el desierto es tan vasto! Hay innumerable cosas por descubrir. Y, en lo que se refiere a los tesoros, la cuestión es que hay algunos que pueden adquirirse legalmente y no son piezas únicas, y hay piezas asombrosas que deben permanecer allí. En el museo de El Cairo. Se puede hacer una pequeña fortuna comerciando con reliquias arqueológicas, incluso cuando todo es legal. Los museos de todo el mundo desean adquirir momias y artefactos egipcios. Esas cosas atraen al público. La gente come en las cafeterías y compra libros y baratijas basados en lo que ven. Así que, aunque la entrada a un museo pueda ser libre y el museo tenga apoyo financiero del gobierno, como es nuestro caso, los descubrimientos recientes producen grandes exposiciones, y las grandes exposiciones son de suma importancia para que una institución crezca. Algunas piezas que se exhiben son préstamos. Y otras, como te decía, se adquieren legalmente. Pero repito que lo importante es el descubrimiento. Buscar información, resolver rompecabezas, descubrir que has seguido correctamente las pistas... En eso radica el verdadero tesoro.

Dejó de hablar y vio que ella lo observaba absorta y que una levísima sonrisa curvaba sus labios.

—¿Te divierte todo esto? —preguntó.

La sonrisa de Kat se hizo más amplia.

—No, sir Hunter. La verdad es que me impresiona su pasión. Y lamento muchísimo no saber más sobre el tema que tanto le cautiva. Pero le prometo que haré cuanto pueda para satisfacer sus necesidades —se sonrojó, dándose cuenta de la torpeza de sus palabras—. Quiero decir que... seré una buena secretaria. Qué tomaré notas y... me esforzaré.

En otros momentos de su vida, Hunter habría tirado maliciosamente del hilo de aquella afirmación y se habría enzarzado con ella en una conversación galante, como había hecho a menudo para convencer a una mujer mayor y menos atractiva de que era guapa y seductora. La galantería y la insinuación erótica habían sido su especialidad. Pero en ese momento no sentía tal impulso.

—Tengo la extraña sensación de que harás lo que te propongas hacer —le dijo—. Apretemos el paso, ¿quieres?

Presionó los flancos de Alexander con los talones y enseñó a Kat cómo emprender un ligero galope.

Ella era una alumna excelente.

Cuando Hunter le preguntaba si estaba cómoda, ella no le decía que tenía molestias, o que estaba bien.

—Estoy aprendiendo, y creo que conseguiré hacerlo bastante bien.

—Sí, estoy seguro de que así será.

Y así, al fin, Hunter la condujo a través de las calles y regresaron a casa de Kat. Pero, dijera ella lo que dijese, Hunter estaba seguro de que tenía los miembros agarrotados. Tras desmontar, la levantó de la silla.

Ella temblaba ligeramente. Posó las manos sobre sus hombros, buscando apoyo. Él sintió la presión de sus dedos al depositarla en el suelo.

Y, mientras hacía pie, por unos segundos, Kat se aferró a él. Hunter sintió el olor sutil de su perfume, notó el calor de su cuerpo y la delicadeza de su cintura. La sujetó y esperó hasta que recuperó el equilibrio y le soltó los hombros.

—¿Dolorida? —preguntó, y le irritó la aspereza de su voz.

Ella levantó la mirada, todavía pegada a él.

—Se me pasará —dijo con firmeza.

—Te sugiero un baño bien caliente.

—Gracias —le sostuvo la mirada sin vacilar—. Lo tendré en cuenta.

Hunter sonrió, dando un paso atrás.

—Hasta mañana, entonces.

—¿Iremos al museo?

—Sí. Debes estar lista a las nueve —dijo Hunter mientras volvía a montar en Alexander.

—¡Es usted un dictador, lo sabía! —gritó ella a su espalda.

—A las nueve —repitió él, y le molestó que su voz sonara de pronto cortante y que se hubiera apoderado de él un extraño deseo de marcharse.

No miró atrás. Condujo a Alexander con la yegua a la zaga. Los olores de la ciudad se elevaban a su alrededor. Los caballos, la comida de los puestos callejeros, la basura...

Pero, bajo todo ello, quedaba el perfume sutil y único de Kat, que pareció acompañarlo durante todo el camino de regreso a casa.

Angustiada. Estaba angustiada, pensó Kat.

Eliza no estaba en casa, pues había salido a comprar telas, llena de excitación por el encargo de lady Margaret.

Su padre tampoco estaba. Había ido a algún sitio con lady Daws, a algo relacionado con la venta de sus cuadros. Según decía Maggie, él también estaba de muy buen humor.

Ella debía de parecer algo perdida, porque Maggie chasqueó la lengua, cruzó los brazos y dijo:

—¡Pobrecilla! ¡Tanto montar a caballo! Voy a prepararte un buen baño caliente. Te sentirás mejor. ¡Ay, ese sir Hunter! La verdad es que no es como esperaba. Es un mandón. Muy guapo, eso sí. Aventurero, y explorador. Y no es nada descarado, como esperaba. Pero es difícil para ti, cariño, pagar por todas las cosas buenas que os están pasando.

—Yo no estoy pagando por nada, Maggie, de veras. Estoy un poco dolorida, eso es todo.

—Pues eso vamos a arreglarlo. ¡Ah, con toda esta buena suerte, lady Daws sigue rondando por aquí y dándose aires de gran dama! Tu padre es un hombre muy bueno y muy inteligente, pero cree de verdad que ella le apoya, que es ella la que ha hecho que esos caballeros se fijaran en su trabajo, y sigue escuchando a esa bruja. Y no vayas a decirle que la he llamado bruja, aunque lo más seguro es que se case con ella y sea a mí a quien acaben poniendo de patitas en la calle.

—Nada de eso, Maggie —le aseguró ella—. Puede que mi padre esté bajo el hechizo de esa bruja, pero sabe que has sido siempre un gran apoyo para todos nosotros. ¡Hasta te quedaste cuando no teníamos con qué pagarte! Papá no olvidará eso.

—Bueno, puede que sea extraño, pero la verdad es que, cuando la gente se enamora, hace cosas extrañas —dijo Maggie juiciosamente—. Sí, por amor la gente es capaz de hacer cualquier cosa. Hasta de jugárselo todo.

Kat le ofreció una débil sonrisa. ¿Estaba ella dispuesta a hacer cualquier cosa por amor? De momento parecía que, en efecto, había vendido su alma.

—Anda, niña, ve a darte un baño caliente —le dijo Maggie—. Ya verás como te sientes mejor.

Tenían cañerías bastante modernas y una bañera decente, así que Kat se quedó arriba sola. Cuando el agua comenzó a enfriarse, Maggie añadió más que había calentado ella misma en el infiernillo de la habitación de las niñas.

Al cabo de un rato sonó el timbre y Maggie corrió a abrir.

Regresó al baño unos minutos después, llena de nerviosismo.

—¡Arriba, niña! David Turnberry está abajo. Quiere llevarte a tomar el té. Dice que tiene unas fotografías de la expedición que hizo su padre hace diez años y que le gustaría que vieras lo que te espera.

Kat se quedó tan sorprendida que temió revelar su enamoramiento.

—¿David Turnberry? —logró decir con naturalidad—. Y... ¿ha venido con lady Margaret?

Maggie sacudió la cabeza, frunció el ceño y volvió a chasquear la lengua.

—Está solo. Será mejor que baje y le diga que no puedes salir sola con un hombre, aunque sea a tomar el té.

—¡No! —salió de la bañera en un abrir y cerrar de ojos y agarró una toalla, preguntándose qué iba a ponerse—. Um... Es un caballero sumamente decente, Maggie. Y no hay nada de malo en que le acompañe a tomar un té. Sólo intenta mostrarse amable.

—No sé, no sé. Esto no había ocurrido nunca —dijo Maggie, preocupada—. ¡Debería decirle que se vaya!

—¡Cielo santo, Maggie! ¡Vivimos en el siglo XIX! —Kat decidió mostrarse lisonjera—. ¡Oh, por favor! Si viniera a buscar a Eliza para ir a comprar una telas, no le darías tanta importancia. Además, Maggie, he estado sentada a lomos de ese estúpido animal, y en el suelo del museo, trabajando y aprendiendo. No me vendría mal un rato de diversión.

—Quizá tu padre regrese mientras te vistes —murmuró Maggie.

Quizá sí. Pero Kat pensaba arreglarse en cuestión de segundos.

—Por favor, Maggie, no dejes que se vaya. Anda, ve a darle conversación mientras me visto.

Maggie se fue todavía indecisa. Kat salió a toda prisa del cuarto de baño y estuvo a punto de echar abajo el armario en su afán por encontrar rápidamente algo que ponerse.

«¡Ha venido por mí! Le importo. Me miró con tanta adoración cuando lo salvé... Sólo necesitaba que se lo recordaran...».

Perfecto. Una falda estrecha con un pequeño abultamiento en la parte de atrás, una blusa con corpiño muy decoroso, casi recatado, y una chaquetilla sobre la falda. Perfectamente presentable y respetable.

Luchó con su densa caballera roja, intentando sujetar con horquillas sus mechones rebeldes. Pero se puso la última horquilla con cierto descuido. Tenía que irse. Su padre podía volver en cualquier momento.

Y, lo que era peor aún, podía volver con lady Daws.

Corrió escaleras abajo. Y allí estaba él, mirándola con una expresión divertida y admirada, sencillo pero elegante con su chaqueta gris y su gorra de cazador. Estaba escuchando las advertencias de Maggie y sus ojos brillantes giraron al encontrarse con los de Kat.

—Señorita Adair —dijo haciendo una leve reverencia—, he sido advertido de que no debemos apartarnos de las calles principales y de que no debo retenerla más de dos horas.

Ella frunció un poco el ceño.

—Gracias, Maggie —dijo. Estaba segura de que, en casa de David, los sirvientes eran sólo sirvientes. Maggie era mucho más que eso—. Qué amable por su parte, David, venir a invitarme a tomar el té. He tenido una mañana muy ajetreada. He estado dando clases de equitación.

—¡Ah, sir Hunter! —exclamó David. Sus ojos brillaron, y Kat recordó de pronto por qué se había enamorado locamente de aquel joven, incluso desde lejos—. A veces puede ser un tipo duro, ¿no le parece? Es un soldado y todas esas cosas. Herido en combate, ascendido a la nobleza, ¡siempre al pie del cañón! No se desanime. Sir Hunter tratará con la misma dureza a todos los estudiantes que se unan a la expedición. Hay que hundir las manos en el polvo, y hacerlo con delicadeza además. Habrá muchas cosas que hacer y una cuota de trabajo que cumplir al final de cada jornada. Todos sufriremos los rigores del horario, me temo. Pero también aprenderemos mucho. Bueno, ¿nos vamos? Maggie, querida señora, gracias por permitir que la señorita Adair salga conmigo a tomar el té. Prometo devolvérsela a la hora estipulada.

Maggie enarcó una ceja a modo de advertencia, y Kat volvió a mirarla con el ceño fruncido al tiempo que se dirigía hacia la puerta.

Pero enseguida se olvidaron de Maggie.

—¿Vamos a...? ¡Oh! —exclamó Kat. No, no iban a ir a caballo, ni a pie, ni en transporte público. Un elegante carruaje los estaba esperando.

—¡Al club Tarlington, por favor! —le dijo David al cochero que aguardaba para ayudarlos a subir los peldaños del vehículo, el cual lucía en la portezuela el ilustre escudo de armas de la familia Turnberry.

Kat se sentó en uno de los asientos, confiando en que él se sentara en el de enfrente, como mandaban las normas. Cuando él tomó asiento, sus rodillas se rozaron. Y, una vez sentado frente a ella, la tomó de las manos.

—No sabe cuánto me alegra que vaya a venir con nosotros a Egipto —dijo con vehemencia.

—Gracias. A mí también me alegra mucho poder ir.

Cosa extraña, le pareció que él temblaba un poco.

—Por triste que sea decirlo, es usted mi adalid, mi dama de brillante armadura —añadió él en tono de broma.

—Por favor, David —dijo ella, disfrutando del sonido de su nombre de pila al dirigirse a él—. Soy una buena nadadora, y lamento decir que no fue un gesto tan heroico. Como dice mi padre, fue simplemente un acto de humanidad.

—Sí, pero... —él le soltó las manos y, recostándose en el asiento, se puso a mirar por la ventanilla del carruaje—, pero yo estaba con todos esos jóvenes robustos —la miró de nuevo—. Lord Alfred Daws también estaba allí, ¿sabe usted?

—¿Lord Alfred Daws? —repitió ella.

—Ajá. El hijastro de lady Daws —respondió él, como si Kat no lo supiera.

—Creo que no están muy... unidos —dijo ella con cautela.

David no fue tan cauteloso. Soltó una breve risotada.

—¡Eso es decir poco! La verdad es que me sorprendió descubrir que lady Daws formaba parte de su familia.

—¡No forma parte de mi familia! —exclamó Kat.

David se echó a reír de nuevo. Sus ojos eran muy cálidos cuando la miraba.

—¡Cuánta pasión, Kat! Es usted encantadora. Y también es una valiente dama de brillante armadura, siempre dispuesta a batallar por quienes son más débiles que usted.

Esta vez fue ella quien miró por la ventanilla.

—Mi padre no es débil —dijo con tono algo cortante.

—¡Mi querida Katherine! La he ofendido. No era ésa mi intención. Todos los hombres pueden ser débiles. Imagino que lady Daws es una especie de hechicera —se inclinó hacia delante de nuevo, y quedó tan cerca que Kat deseo alargar la mano y acariciar su amado rostro—. Alfred, lord Daws, no es tan considerado ni se anda con tantos miramientos cuando habla de ella. Y sin embargo dice saber por qué estaba su padre tan hechizado. Lady Daws no es mucho mayor que Alfred y que yo, ¿sabe usted? En realidad es más o menos de la edad de sir Hunter. Era muy joven para el padre de Alfred, y ahí está el quid de la cuestión, naturalmente. Alfred está convencido de que se casó con el viejo por dinero, y da gracias al cielo porque la mitad de las riquezas de la familia procedieran de su madre y, por tanto, hayan pasado a él y la viuda de su padre no haya podido despojarlo de su herencia. Ah, querida, Maggie estaría escandalizada. No estoy siendo muy discreto.

—Maggie no está aquí —le recordó ella. ¡Por suerte! Deseaba que aquel paseo en carruaje no acabara nunca. David le estaba brindando su confianza. Se estaba arriesgando, curioso quizá por ver qué sabía ella de lady Daws y de su situación, pero a ella no le importaba lo que estuviera buscando en realidad. Sus rodillas se rozaban, él agarraba sus manos con fuerza, y su rostro estaba tan cerca...—. Es igual. Ya que estamos siendo tan terriblemente indiscretos, sólo puedo decirle que lady Daws es sólo una amiga de mi padre y no, repito, un miembro de mi familia.

—Pero es muy bonita —dijo David.

—Sí, supongo.

Él se echó a reír de nuevo. Parecía estar disfrutando de su compañía, y quizás incluso de su tono cortante y afilado.

—Pero no tan bonita como usted, ni mucho menos —dijo con voz algo ronca—. Posee cierto atractivo, desde luego, y sabe sacarle partido, pero... ¡usted es tan bella como una hoguera! De veras, Kat. Y yo me siento cautivado, como cautiva el fuego a los hombres y los atrae hacia las llamas rojas, anaranjadas, ardientes, siempre tentadoras...

Estaban tan cerca... Kat podía sentir su cálido aliento y la cercanía de sus labios, que casi rozaban los suyos. Se dio cuenta entonces de que había dejado de respirar. Estaba a la espera, y era tan ridículo, tan indecoroso...

El carruaje se detuvo; la puerta se abrió. Se separaron de golpe.

—Hemos llegado —anunció el cochero.

—¡En efecto! Bueno, es la hora del té —dijo David.

Luego pareció azorado y algo intranquilo, como si hubiera caído él mismo bajo un hechizo del que hubiera despertado de improviso. Al incorporarse de un salto, se golpeó la cabeza con el techo del carruaje. Bajó los peldaños y se volvió para ayudar a Kat.

—Aquí preparan un té delicioso —dijo—. Disfrútelo, se lo ruego.

—No hace falta que me ruegue —dijo ella con ligereza—. Le prometo que así será.

Y entró en el elegante salón de té del brazo de David Turnberry.

—Cuéntame más cosas de tu pequeña diosa del fuego —dijo Camille, recostada en su silla del despacho principal.

Él había estado hablando de asuntos de trabajo con toda seriedad. Pero a Camille no le interesaba en ese momento el tema que, por lo común, tanto la fascinaba.

Estaban esperando la llegada de Brian para repasar algunos detalles de última hora acerca del equipaje. Había muchas cosas que podían comprar o alquilar una vez llegaran a El Cairo, pero dado que Camille, a pesar de ser una espléndida egiptóloga, nunca había asistido a una excavación, intentaban tranquilizarla ultimando todos los preparativos.

Hunter agitó una mano en el aire.

—No hay nada más que contar, Camille. La historia es muy sencilla. Los demás fueron unos necios, pero ella fue más necia aún al arriesgar su vida por ese muchacho. Su padre es un hombre muy orgulloso...

—Y un extraordinario pintor —dijo ella.

—Sí, un pintor realmente extraordinario, y resulta increíble que su trabajo no haya recibido aún el reconocimiento que merece.

Camille enarcó una de sus delicadas cejas.

—No es tan difícil de entender si se tiene en cuenta que, por lo visto, Isabella Daws estaba usando su «influencia» para dirigir su carrera.

—Sí, la he oído decir que había vendido algunos cuadros..., cuadros que luego aparecen en las casas de hombres muy bien situados. Esa mujer tiene cierto encanto, y ha sido capaz de eludir todas las preguntas que le han salido al paso. Finge alegrarse de que el señor Adair haya llamado al fin la atención de algunos miembros de la aristocracia, pero tengo para mí que ha estado vendiendo sus cuadros por mucho más dinero de lo que le ha hecho creer al señor Adair.

—Es probable. Verás, este último año ha intentando

venderle al museo varias piezas de la colección de arte egipcio de su marido.

—¿De veras? Creía que Alfred había heredado la casa.

—Y así fue —dijo Camille—. Pero al parecer cierto número de efectos personales de su padre quedaron en manos de lady Daws. Es una mujer extravagante. Siempre necesita dinero. A decir verdad, estuvo hace poco en el museo, un día que dio la casualidad de que Alfred estaba también aquí, rellenando unos papeles, dado que también forma parte de la expedición. Los vi tropezarse junto a la piedra Rosetta.

—¿Y no hubo derramamiento de sangre? —preguntó Hunter.

Camille se rió suavemente.

—No, en realidad me parecieron bastante civilizados. Recuerdo cuánto se sorprendió todo el mundo cuando lord Daws se casó con ella. Las malas lenguas se desataron con furia. Su primera mujer había estado largo tiempo enferma, así que no les concedí ningún crédito a los rumores que sugerían que Isabella había asesinado a su marido. Naturalmente, en aquella época yo no los conocía. Sabía que lord Daws colaboraba a veces con el museo y había donado algunas piezas. Por lo visto, sin embargo, conocía a Isabella desde hacía años —Camille suspiró—. Bueno, supongo que ahora será una mujer feliz. Al parecer mantiene una relación con William Adair desde hace algún tiempo.

—¿Y jamás se casaría con un pintor muerto de hambre, pero quizá sí con un artista rico? —preguntó Hunter con sorna.

—Exacto —respondió Camille—. Así que he de decir que, fuera como fuese como lo resolvieras, me alegra que la hija de William Adair vaya a acompañarnos. Es una joven muy despierta. Le di ese libro y aprendió a leer jeroglíficos en tan poco tiempo que yo apenas podía creerlo —Camille sacudió la cabeza y arrugó la frente—. Esto está un poco desordenado ahora mismo, con tantos estudiantes y promotores rondando por aquí, pero nunca me había costado tanto tener localizados los mapas y los itinerarios. Están en la mesa y de pronto desaparecen. De hecho, últimamente he perdido varios documentos.

—¿Los has perdido?

Ella se encogió de hombros.

—Como te decía, son mapas e itinerarios. Y también cálculos. Pero no ha desaparecido nada realmente importante. No pongas esa cara. Nadie ha entrado aquí con intención de robar. No hay para tanto. Pero, aun así, es un alivio saber que alguien tan despierto como Kat, tan rápido en captar imágenes y en aprender sus significados, estará con nosotros. ¿Cómo conseguiste que aceptara tan rápidamente tu oferta?

Hunter vaciló y luego dijo:

—Para serte franco, está tan ridículamente enamorada de David Turnberry y del mundo en el que vive que pensé que, si pasaba algún tiempo con él y sus amigos, se daría cuenta de los banales que son tanto él como su mundo. Sabía que la atraía nuestro viaje a El Cairo, así que me puse de acuerdo con lord Avery, que se creía en la obligación de recompensarla de algún modo, para que nos acompañara.

—Entonces te propones que trabaje hasta hacerla pedazos.

—Ella desea venir. Y eso es lo que hacemos nosotros.

—Ya, pero ¿quieres hacerla trabajar... o castigarla? —preguntó Camille con suavidad.

—¡Castigarla! ¿Con qué propósito, Camille? Ha demostrado un extraordinario valor.

—O, como tú mismo has dicho, una extraordinaria necedad.

Él agitó una mano en el aire y frunció el ceño, preocupado.

—En este momento, esa pregunta carece de sentido. Katherine se zambulló en el río y salvó a ese pobre cretino. David es el amado hijo de Turnberry, y Avery y Turnberry son uña y carne. Así que Katherine Adair está en un pedestal. Pero, por desgracia, no se puede vivir en un pedestal si no se es rico. Y su padre no aceptará limosnas.

—Pero, como tú y yo sabemos, su padre podría convertirse en un hombre rico.

—Cierto.

—El dinero puede adquirirse de muchos modos. Demasiado a menudo, se nace con él. Pero el talento, en cambio... el talento no puede comprarse.

—Katherine también tiene mucho talento —dijo Hunter.

—Y tú eres un gran benefactor de las artes —bromeó Camille.

—¿Qué intentas decir, querida Camille? —inquirió él.

—Nunca te había visto actuar de forma tan extraña, eso es todo —respondió ella con expresión inocente.

—No estoy actuando de forma extraña.

—Claro que sí. Y debes tener cuidado.

—¿Ah, sí?

—Cielo santo, Hunter, ¿por qué no te limitas a expresar tus sentimientos y tus intenciones y cortejas a la chica?

—¿Qué?

—No, no es lady tal o cual, ni es una viuda rica, ni una alegre divorciada, pero, hablando en serio, Hunter, y como alguien que te conoce y te quiere, me siento inclinada a entrometerme en esto. Y a aconsejarte.

—No necesito consejo, Camille.

Ella se echó a reír.

—En mi opinión es perfecta para ti.

—Tú eres perfecta para mí. Recuerda que una vez te pedí que te casaras conmigo —le recordó él.

—Pero tú no me querías en realidad, Hunter. Sencillamente, era el gesto más adecuado. Pero esa joven...

—Camille, sólo intento velar por ella.

—¿Tú? ¡Eso sí que es gracioso!

—Vaya, gracias.

—¡Oh, Hunter! Créeme, sé que eres mucho más recto de lo que admitirás nunca. A fin de cuentas, estabas dispuesto a casarte conmigo porque creías que estaba en peligro.

—Camille, eres una mujer preciosa.

—Y tú un adulador. Te preocupabas por mí, pero nunca estuviste enamorado —dijo ella.

—No estoy enamorado de esa chica. No seas ridícula.

—Está bien. Como quieras. Bueno, ¿y dónde está hoy esa encantadora señorita? —preguntó Camille.

—En casa, creo. Fuimos a dar una clase de equitación. No sabe montar, y más vale que se sienta cómoda a caballo cuando llegue el momento de viajar por el desierto. Me temo que esté algo dolorida.

—¿Dolorida? —preguntó Brian Stirling, conde de Carlyle, al entrar en la oficina—. Lo dudo. La señorita Adair está en el club Tarlington con David Turnberry. Los vi sentados a una mesa cuando me iba —sonrió y, colocándose tras la silla de su esposa, miró a Hunter—. Creo que ha causado un pequeño revuelo. Es una joven preciosa. Y muy llamativa, con ese pelo tan rojo. Creo que más de uno ha girado la cabeza para mirarla. Además, con la reputación que está empezando a cosechar su padre, pronto será la comidilla de toda la ciudad. ¡Ah, sí! Me temo que se desatarán las malas lenguas.

Hunter miraba atónito a Brian. «Está con David Turnberry, el objeto de su obsesión. Y sí, es preciosa. Sin duda llamará la atención», se dijo.

¿Qué se proponía David?

—Bueno —prosiguió Brian—, ¿repasamos las listas?

Hunter se dirigió a la puerta sin apenas oírle.

—¡Hunter! —gritó Brian—. ¿Adónde vas?

—Sospecho que va a tomar un té, querido —dijo Camille.

Hunter no les prestó atención.

«David Turnberry jamás renunciará a casarse con lady Margaret. Pero es joven. Y puede dejarse llevar por la tentación. Dios mío, esa sirenita atolondrada no podrá resistirse a él».

A Kat la traía sin cuidado que a su alrededor volaran en remolino los murmullos.

El club Tarlington era un lugar exquisito. Grandes paneles de cristal emplomado cubrían las ventanas, resguardando sus salones de las calles de Londres que se extendían más allá. Sólo lo más selecto de la alta sociedad londinense cruzaba sus puertas, pues el precio que había que pagar por figurar en su lista de socios era muy alto.

Los sillones eran del más fino cuero. Por todas partes olía a tabaco, incluso en el salón de té, entre cuyas mesas se colaba el humo procedente del bar. La plata estaba pulida y reluciente, las tazas eran sumamente delicadas y las personas que, sentadas a las mesas, comían pequeños y refinados emparedados, iban vestidas a la última moda.

Kat permanecía tan enfrascada en el joven sentado ante ella que apenas percibía la opulencia que la rodeaba. Se reía. De vez en cuando mordisqueaba un emparedado. Pero la mayor parte del tiempo se limitaba a mirar absorta a David y a escuchar sus anécdotas acerca de la vida en la universidad y de sus amigos, entre los que se contaban Alfred Daws, Allan Beckensdale y Robert Steward.

Rara vez se había sentido tan cerca de otro ser humano. El corazón le latía velozmente. Se sentía muy hermosa. Sabía que había atraído la atención de algunos caballeros de la sala. Y notaba que a David le enorgullecía hallarse en su compañía. Era maravilloso. Tenía la impresión de flotar entre nubes. ¡Y cómo la miraba él...!

—¡Ah, David! Y ésta debe de ser la prodigiosa señorita Adair.

Kat levantó la mirada y vio de pie junto a la mesa a un joven alto y apuesto. Tenía los ojos oscuros y el pelo rubio. Era de complexión delgada y fibrosa.

Le resultaba vagamente familiar.

—¡Vaya, Alfred! —David se levantó y le tendió la mano. Mientras se la estrechaba, el joven la miraba con interés.

—Perdona —dijo David—. Señorita Adair, lord Alfred Daws. Alfred, la señorita Katherine Adair.

Alfred Daws tomó su mano, le sostuvo la mirada y a continuación depositó con exagerada deliberación un leve beso sobre su mano.

—¿Cómo está? Éste es un placer inesperado —su sonrisa no alcanzó sus ojos—. Tengo entendido que conoce usted a la viuda de mi padre.

Kat comprendió entonces por qué aquel joven le resultaba familiar: había visto su fotografía en los ecos de sociedad de los periódicos. Y resultaba evidente que no sentía ningún aprecio por Isabella Daws. Kat notó que no se refería a ella como a su madrastra, sino como a la viuda de su padre. Recordó además que Eliza le había dicho que no se llevaban bien.

—¿Cómo está? —murmuró—. Sí, conozco a... la viuda de su padre —respondió.

La sonrisa de Alfred Daws se hizo más cálida.

—¿Puedo? —le preguntó a David, señalando una de las sillas que había junto a la mesa.

—Supongo que sí —contestó David con cierta desgana.

Pero Alfred Daws no pareció percatarse de ello y se sentó sin apartar los ojos de Kat.

—Qué extraño, señorita Adair, que fuera usted quien pescó a David en el mar. ¡Nos dejó a todos en evidencia! No hacíamos más que correr de un lado para otro, pensando en arriar el bote y salir a buscarle y... ¡en cambio, usted! Usted se zambulló sin vacilar. Y, después, descubrir que su padre es el misterioso artista con cuyos magníficos cuadros ha estado comerciando la buena de Isabella... ¡Es extraordinario!

—El mundo es un pañuelo —murmuró David.

—Eso parece —dijo Kat, aunque antes nunca se lo había parecido.

—¿Vas a tomar el té, Alfred? —preguntó David.

Alfred agitó una mano en el aire.

—¿El té? Yo diría que es hora de tomar un jerez. O quizá champán. ¿Dónde están tus modales, David? Hay que tomar champán para agasajar a nuestra heroína.

—No, no, por favor... —protestó ella.

—A Kat le incomoda tanto revuelo —dijo David.

—Entonces debe brindar con nosotros por simple amistad —repuso Alfred, y fijó la mirada en ella—. Somos compañeros de estudios, ¿sabe usted?, y me temo que a menudo sacamos de sus casillas a nuestros profesores. Somos un poco gamberros. Pero no creo que esté fuera de lugar pedir champán a estas horas.

El camarero, que había visto sentarse al joven, se acercó. Alfred lo miró.

—¡Vaya, pero si es Humphrey! —exclamó.

—Lord Daws —dijo el camarero.

—Creo que voy a pedir champán. Champán del bueno para la señorita Adair.

—Como guste.

—Entonces, dígame, ¿conoce bien a Isabella? —preguntó él.

Kat se encogió de hombros. «Lo suficiente como para saber que es una bruja», pensó. Pero, a pesar de lo mucho que aborrecía a aquella mujer, se sentía intranquila. No conocía a aquel hombre.

Y, desafortunadamente, Alfred Daws había interrumpido aquel instante mágico.

—Como le decía, es una conocida de mi padre —respondió.

—¡Pardiez! ¡Cuánta amabilidad! —exclamó Alfred con una risa burlona.

—¡Alfred! —le advirtió David—. Tu título no compensa tu falta de modales.

Pero Alfred no se inmutó. Su sonrisa se hizo más amplia.

—La señorita Adair no es una vieja bruja remilgada —replicó—. Y, además, conoce a mi querida madrastra. ¡Ah, aquí está el champán!

Humphrey había descorchado la botella. Alfred probó un sorbo y asintió con la cabeza.

—Delicioso. Seco, suave, encantador. Haga el favor de servir, Humphrey.

El camarero le entregó a Kat una delicada copa y ella le dio las gracias. Bebió un sorbito y le supo mal. Claro, que ella nunca había probado el champán.

—¡Por usted, señorita Adair! —dijo Alfred.

Ella bajó la cabeza, agradecida.

—Gracias —murmuró.

—Bueno, entonces va a acompañarnos al desierto —dijo Alfred.

—Sí, voy a trabajar para sir Hunter.

—¡Ah, la pobrecilla ha caído bajo el yugo de la esclavitud! —añadió Alfred riendo.

—Todos hemos caído bajo el yugo de la esclavitud en esta expedición —repuso David.

—Cierto —Alfred apuró su copa—. Bebed, amigos míos. ¿Puedo considerarla una amiga, señorita Adair?

—Desde luego —musitó ella.

—¿Y cómo es que ha logrado escaparse esta tarde? —preguntó él.

—No estoy segura.

Él volvió a llenarle la copa.

—Beba, beba, señorita Adair —se inclinó hacia ella—. Será mejor que lo haga. Todas las arpías de la ciudad están vigilando esta mesa.

—Les sorprende que esté aquí —dijo ella con sencillez.

—En efecto, están chismorreando sin compasión, ¿y todo por qué? Porque la hija del pintor es mucho más bella que sus hijas casaderas. ¡En fin, dejemos que la envidien y que hablen cuanto quieran!

Alfred Daws era un joven osado, pero a Kat le agradaba. Probablemente le resultaba fácil excusar su actitud desvergonzada porque los dos tenían algo en común: su intenso desagrado hacia Isabella Daws.

Ella bebió otro sorbo de champán y se dio cuenta de que, cuanto más bebía, mejor le sabía. Empezaba a sentirse levemente mareada.

—La estoy avergonzando. Discúlpeme —dijo Alfred.

—No, no, estoy bien —murmuró ella.

—¡Pues yo no! —dijo David, irritado—. Alfred, todo el mundo nos está mirando.

—¿De veras crees que antes no os miraban? —preguntó él, y, agarrando la botella que descansaba entre hielo sobre un soporte, junto a la mesa, volvió a llenar las copas.

—Deberías bajar la voz —dijo David en tono suplicante.

—¿Te da miedo que se fijen en ti? —replicó Alfred, guiñándole un ojo a Kat.

—¡Cielo santo, no! —contestó David. Pero algo en su voz delataba su nerviosismo.

—Podríamos irnos —propuso Alfred.

—Sí, yo debería irme a casa —dijo Kat con pesar.

—No he dicho que tenga que irse a casa. En realidad, no debe hacerlo. Pero deberíamos irnos de aquí. ¡Acabemos el champán, es espantosamente caro y no conviene desperdiciarlo, y vayámonos para dejar que las malas lenguas sigan danzando!

David se bebió de un trago su champán y miró a Kat. Ella hizo lo mismo. David parecía ansioso por marcharse, y ella quería hacerle feliz.

—Humphrey, por favor, anote esto en mi cuenta —dijo Alfred alegremente y, levantándose, apartó la silla de Kat para que se pusiera en pie.

Ella así lo hizo.

Le pareció que la habitación se movía ligeramente, pero logró recuperar el equilibrio. Le apetecía sonreír. Sí, había algunas personas en la sala que los miraban con el ceño fruncido. Pero no le importaba. Lord Daws tenía un título prestigioso. Y le traían sin cuidado las miradas airadas de las matronas a las que llamaba arpías. Y David...

David la había agarrado del brazo. La estaba tocando. Y parecía saber que le costaba un poco sostenerse en pie. La condujo fuera del salón de té. Cuando salieron a la calle había empezado a oscurecer. David miró a su alrededor y se giró hacia Alfred.

—Mi carruaje se ha ido.

—Claro, le mandé yo que se fuera. Iremos en el mío.

A pesar de que lo veía todo ligeramente torcido, Kat era consciente de que se estaba haciendo tarde.

—Tengo que volver a casa —dijo con suavidad.

—Desde luego —contestó David amablemente.

¡No podía haber bebido tanto champán! Pero cuando Alfred se acercó a ella desde el otro lado y le ofreció el brazo para que se apoyara, le pareció bastante natural. Unos instantes después, sin saber muy bien cómo había llegado allí, se halló en el interior de un elegante carruaje. Y sonrió.

Porque David iba sentado a su lado. Un sueño hecho realidad. De hecho, desde hacía unos días la vida parecía un sueño; un sueño tan delicioso como pudiera esperarse. Salvo cuando estaba con Hunter. Pero Hunter no estaba allí, y aquellos dos jóvenes eran tan guapos y tan atentos...

—Perdóneme por mirarla tan fijamente, señorita Adair —dijo Alfred—, pero es usted verdaderamente hermosa.

Ella sintió que le ardía la cara.

—Gracias —murmuró. Notó que David se acercaba a ella. Quería protegerla, se dijo, conmovida.

—¡Y va a acompañarnos a Egipto! ¡Qué maravilla —prosiguió Alfred.

—Alfred... —dijo David con cierta crispación.

Alfred le lanzó una mirada extraña y levantó las manos.

—David, querido amigo, estoy de tu parte, ¿sabes?

Kat miró por la ventanilla.

—Disculpen, pero creo que deberíamos habernos desviado por allí.

Alfred se inclinó hacia delante.

—Podemos dar la vuelta inmediatamente, desde luego.

Pero he pensado que quizá pudiera enseñarle algunos de los tesoros egipcios que guardo en mi casa de Kew Gardens.

—Me temo que he de volver a casa. Si mi padre ha vuelto, estará preocupado —repuso Kat.

—Creo —dijo David con cierto nerviosismo— que su padre estará ocupado hasta tarde.

—¿Ah, sí? —dijo Kat, sorprendida.

—Sí. Está con lord Avery y la viuda de mi padre —respondió Alfred, y la miró con fijeza—. ¿Sabía usted que lord Avery le ha encargado un retrato de lady Margaret? Le impresionaron mucho los retratos que les hizo a su hermana y a usted.

—Ah. Pero, de todos modos, yo debo regresar a casa.

—Por favor, Kat —dijo David a su lado—. Si vamos a casa de Alfred, podemos pasar unos minutos a salvo de miradas curiosas. Y, además, Alfred ha ido otras veces de expedición y puede enseñarle más de lo que cree. Tal vez le sirva de ayuda echarles un vistazo a los mapas y libros de su despacho.

—He trabajado con sir Hunter —explicó él—. ¡Y es un negrero!

—Bueno..., ¿están seguros de que mi padre tardará aún? —preguntó, preocupada.

—Segurísimos —David cubrió con su mano la mano que Kat tenía apoyada sobre su regazo.

De pronto, a Kat la asaltó la idea de que el encuentro con Alfred Daws no había sido casual. David sólo había fingido sentirse molesto por su intromisión en el club. Él no tenía casa propia en Londres; se alojaba con lord Avery. Pero Alfred Daws tenía sus propias habitaciones. Un lugar para que ellos...

Aquello era un error. Estaba corriendo un terrible riesgo.

Pero no podía resistirse. Tenía que conseguir que David se enamorara de ella hasta el punto de olvidar a Margaret. Antes de que fuera demasiado tarde. Antes de que se hiciera oficial su compromiso.

—Quisiera pasar un rato más con usted —insistió David, mirándola fijamente.

Ella se irguió en el asiento y miró a Alfred, que permanecía sentado al otro lado del carruaje.

—No puedo quedarme mucho tiempo, pero ya que vamos hacia su casa, supongo que no hay nada de malo en que pasemos un momento por allí.

—¡Estupendo! —exclamó Alfred. Luego sus ojos se posaron sobre David, y Kat sintió un leve estremecimiento de inquietud. David le apretó la mano para tranquilizarla.

Ella miró de nuevo por la ventanilla. Habían bajado por una calle elegante y el carruaje acababa de desviarse hacia una entrada resguardada por arbustos cuyo denso follaje se elevaba hasta muy alto a ambos lados del camino. Llegaron a una glorieta cubierta de parras y se detuvieron. Alfred se apeó primero, y David ayudó a Kat a salir del carruaje.

La entrada de la casa estaba a unos pocos pasos. Alfred usó una llave para abrir la puerta. El portal los condujo a un elegante recibidor, donde Alfred se ofreció a hacerse cargo de la chaqueta de Kat.

—Gracias, pero no puedo quedarme mucho tiempo. Prefiero dejármela puesta.

—Bueno, entonces, vayamos al salón —propuso Alfred y, con la mano de David apoyada sobre su espalda, Kat lo siguió por un pasillo. Al llegar al salón, pensó que, en efecto, Isabella se habría puesto furiosa porque toda aquella riqueza hubiera acabado en manos de Alfred y no en las suyas. Los muebles relucían, las lámparas tenían elegantes pantallas y las paredes estaban adornadas con magníficos cuadros. Alfred tampoco había exagerado en cuanto a sus tesoros egipcios, pues al otro lado de la estancia, colocado junto al sofá, había un sarcófago. Estaba elaboradamente pintado, y, gracias a las horas que había pasado en el museo, Kat fue capaz de leer en parte lo que había escrito sobre él.

—Nashiba —dijo en voz alta—. Esposa del gran faraón, madre de Tutmosis, príncipe del templo.

—Vaya, veo que sabe usted lo que hace —exclamó Alfred.

—En realidad, no. Sólo he aprendido algunos símbolos.

—Excelente. Bueno, creo que debería ir a preparar un té egipcio —dijo Alfred—. Disculpen. Los dejo solos unos minutos.

Salió del elegante salón, dejándola allí, frente a David.

—Katherine... —dijo David con voz suave, y dio un paso hacia delante.

Ella quedó tan sorprendida que al principio no comprendió lo que se proponía. Antes de que se diera cuenta, él la había tomado entre sus brazos. Pronunció de nuevo su nombre y sus ojos parecieron verterse en los de ella.

—Katherine..., la bella, la magnífica, la valiente Katherine.

Y entonces la besó.

Ella sintió sus labios suaves, aunque un tanto torpes. Con las manos apoyadas sobre su espalda, la apretaba contra sí.

Aquello era lo que había soñado, pensaba Kat. David la deseaba. La estaba besando.

Pero algo no iba bien. Aquel beso no era como ella imaginaba. Lo deseaba, sí...

Pero no de ese modo.

Apoyó las manos sobre su pecho y empujó. Él no pareció tomarse en serio su gesto y la apretó con más fuerza al tiempo que la besaba cada vez con mayor ansia.

Kat apartó la cara.

—¡David!

—¿Qué? —susurró él con voz ronca—. Oh, Kat, te necesito. Eres lo que de verdad me hace falta..., lo único que quiero. Cuando te vi... Me habías salvado la vida. Desapareciste y volviste a aparecer, aún más bella y más deseable. Sueño con tu aliento, con tus ojos, con tu forma de mirar. Y sé que me quieres. Lo sé.

—Sí, pero...

—¿Pero?

—Esto no está bien..., en este lugar.

—Pero, Kat, ¿dónde quieres que vayamos? Nos verían. Alfred es amigo mío. Él nos protegerá. Aquí podríamos pasar horas y horas sin que nadie lo supiera, Kat.

David había relajado su abrazo. Le acariciaba la cara con ternura, mirándola a los ojos. Sus palabras parecían sinceras. Anhelantes, casi dolorosas. La quería, la deseaba.

El mundo debería haber estallado en llamas.

Pero Kat sólo sentía un escalofrío.

—¿Por qué sin que nadie lo supiera? —preguntó.

Él soltó un gruñido y volvió a apretarla contra sí.

—¡Oh, Kat! ¡Ojalá siguieras siendo una pobre muchacha! Pero ahora tu padre podría hacerse rico y famoso. Claro, que los artistas son bohemios, avanzados para su tiempo... Pero, aun así, no, no lo comprendería. Tú... tú no querrías que lo supiera. Y luego están lord Avery y Margaret, por supuesto.

Ella se puso rígida. Apenas podía articular palabra.

—¿Quiere... quieres que sea tu querida?

Él la miró con aparente perplejidad.

—¡Yo siempre te querría, Kat!

—Pero no te casarás conmigo —dijo ella.

—¡Kat, soy el hijo del barón Rothchild Turnberry!

Ella nunca había sentido tanto frío.

—El hijo pequeño —le recordó.

—Sí, sí, pero yo te quiero de verdad, Kat.

—¿Y Margaret?

—Bueno, eso es distinto, desde luego. Debes comprenderlo. No eres tan ingenua como para no saber cómo son las cosas. Por favor, no me mires así. Esto era lo que tú querías. Pensé que sabías que lo nuestro tendría que ser... un secreto.

Sus dedos seguían moviéndose sobre el rostro de Kat. Sus nudillos le acariciaban la barbilla. Su semblante parecía el de un preceptor que explicara amablemente una lección que cualquier niño debía saber. Luego se inclinó para besarla de nuevo. Esta vez fue más violento e intentó obligarla a abrir los labios al tiempo que sus manos se movían con ansia sobre sus costados, subiendo hacia sus pechos.

Ella dejó escapar un quejido y lo empujó con fuerza. Estaba helada de frío, pero el amor no moría fácilmente.

David se apartó de ella de nuevo.

—Debo hacerte mía, Kat —susurró, frenético—. ¡Eres como el fuego! Y mi futura esposa es de hielo. Tú eres la pasión, Kat. Y un hombre necesita pasión.

No la soltaba. De pronto la empujó, haciéndola caer de espaldas sobre el sofá. Y se abalanzó sobre ella.

—Kat..., debes entenderlo.

Ella lo empujó con fuerza, pero pesaba demasiado. Giró la cabeza, pero él la agarró de la barbilla.

—¡Te quiero, Kat! —dijo apasionadamente, como si las

palabras le salieran del corazón. Sus labios la buscaron de nuevo.

¡Te quiero, Kat!

Por un instante, aquellas palabras resonaron como un dulce eco en el corazón de Kat. Y su beso no le resultó doloroso, sino agridulce; poco conmovedor, quizá, pero tierno y anhelante; su ansia era un sueño, quizá semejante al de ella y, sin embargo, tan distinto...

Entonces la verdad le atravesó el corazón. David la deseaba. Y ella estaba hecha para el deseo carnal, para ser la amante, pero jamás la esposa de un hombre de tan alta alcurnia.

Apartó la boca bruscamente.

—Suélteme, David, por favor.

Él se quedó quieto. La miró ceñudo y enojado. Kat comprendió que empezaba a enfadarse.

—Me has estado provocando como una puta barata del East End —dijo con aspereza.

Ella lo miró atónita.

—Suélteme inmediatamente.

—¡Kat! —la ira desapareció de su semblante—. Tú no lo entiendes. ¡Dios, cuánto lo siento! Es que debo hacerte mía —repitió él.

—¡Suélteme!

—No me estás escuchando. Te quiero —de nuevo, aquel susurro parecía tan sincero, la mirada de sus ojos tan ansiosa, que a Kat le dio un vuelco el corazón y olvidó la repugnante crueldad de sus palabras anteriores—. Te quiero —musitó él.

Ella se quedó mirándolo.

—El amor no es suficiente —dijo con suavidad.

—Kat... —él seguía sin soltarla. Apoyó la cabeza sobre ella. Kat intentó desasirse de su abrazo, pero David era como un peso muerto. Ella sopesó sus opciones. Podía gritar, arañar, patalear.

—Apártese, David —dijo de nuevo, y lo empujó con todas sus fuerzas. Esta vez logró apartarlo y levantarse a duras penas. Pero él la agarró del vestido y tiró de ella. Kat quedó sentada sobre él.

Y entonces fue cuanto Hunter irrumpió en la habitación.

—¡Qué demonios...! —exclamó David.

—Suéltala —le espetó Hunter—. ¡Inmediatamente!

David rodeó a Kat con los brazos e intentó levantarse. Pero no le dio tiempo. Hunter cruzó la habitación. Agarró a Kat por la cintura y la levantó en vilo, liberándola al mismo tiempo del abrazo de David. Durante unos segundos, Kat se encontró colgando de sus brazos como una niña pequeña.

—Levántate, David —dijo Hunter con voz baja y amenazadora.

Kat estaba indignada.

—Sir Hunter, por favor, suélteme.

—¡Hunter! —protestó David, levantándose—. ¡Los dos somos personas adultas!

—Katherine tiene un padre que está muy preocupado por ella —replicó Hunter.

—¡Haga el favor de soltarme! —repitió ella.

—¡Cómo se atreve, señor! —protestó David, enrojeciendo de rabia—. ¡Usted tiene montones de amantes!

—Pero yo no abuso de muchachas inocentes atiborrándolas de champán y llevándolas a casa de un amigo una tarde en que los criados han desaparecido misteriosamente —bramó Hunter.

—¡Ella quiere estar conmigo! —protestó David—. ¡Díselo, Kat!

—¿Le importaría soltarme? —le dijo de nuevo Kat a Hunter.

Y eso hizo él. Naturalmente, ella se tambaleó, y él estiró el brazo para sujetarla y dejó la mano posada sobre su brazo. Había tal expresión de ira y decepción en sus ojos que Kat se quedó sin habla.

—¡Quiere estar conmigo! —dijo David.

Hunter la miró de arriba abajo de un modo casi físicamente doloroso. Luego apartó la mano y dio un paso atrás.

—Alfred y tú la engañasteis para traerla aquí —dijo en tono acusador.

—Ella quiere estar conmigo —repitió de nuevo David.

—Entiendo. Entonces fue idea suya venir aquí.

—¡Quería verme otra vez a solas y yo lo sabía! —se defendió David.

Kat enrojeció, pues lo que David decía era cierto. Había deseado estar a solas con él. Pero las cosas no deberían haber ido tan deprisa. Deberían haberse visto días y días, durante los cuales David se habría ido enamorando de ella, necesitando el sonido de su voz, como ella había llegado a necesitar el de la suya; ansiando la mirada de sus ojos, el sonido de su risa. Y luego, en algún lugar, habría habido tímidas caricias. Y, al final, un beso por el que él se habría disculpado y...

Y después, desde luego, él debería haberle dicho que la quería de un modo que desafiaba todo lo demás. Que la amaba y quería casarse con ella. Que se enfrentaría al mundo entero. Que desafiaría a su padre, si era necesario. Porque eso era el amor.

—¿Te engañaron para venir aquí? —le preguntó Hunter a Kat—. ¿O era lo que querías? —añadió con voz cargada de intención.

Ella dejó escapar un gemido de sorpresa. Tenía más ganas de abofetear a Hunter que a David. Estaba a punto de echarse a llorar.

No lloraría delante de aquellos hombres. Pero tampoco dignificaría la pregunta de Hunter dándole una respuesta. Se irguió, haciendo acopio de orgullo.

—Me voy a casa. Gracias, caballeros.

Se dirigió hacia la puerta con la cabeza bien alta.

Pero en ese momento entró corriendo Alfred Daws, que, furioso, se abalanzó hacia Hunter con intención de golpearlo.

A Kat le asombró la agilidad con que Hunter esquivó a su oponente. Alfred cayó sobre el sofá, se levantó de nuevo y se dio la vuelta. Hunter levantó el puño y le propinó un puñetazo en la mandíbula. Alfred se desplomó.

Kat miró a Hunter con enojo.

—Son todos unos bestias —dijo muy suavemente, y salió de la habitación y del portal por el que habían entrado.

Entonces se dio cuenta de que se le habían soltado las horquillas del pelo y de que llevaba la ropa revuelta. Intentó recogerse el pelo, pero sus esfuerzos resultaron inútiles y, escondida todavía tras los arbustos de la casa de lord Daws, procuró enderezarse la falda.

No oyó acercarse a Hunter, pero él apareció de pronto tras ella y apoyó una mano sobre su espalda.

—Vámonos.

—¡No pienso ir a ninguna parte con usted! —gritó Kat.

—Ya lo creo que sí.

—No voy a...

—Tu padre está angustiado.

Ella se quedó callada. Ya no estaba enfadada, sino más bien desalentada.

—¡No puede ser tan tarde!

—Lord Avery intentó localizar a David en el club. Quería que te llevara a su casa. Pero no estabais en el club, ni en tu casa. Imaginé dónde estabais cuando descubrí que os habíais encontrado con Alfred Daws. Por suerte vine tras vosotros. Puedes darme las gracias cuando quieras.

—¿Las gracias?

—¿Es que de veras querías que David te llevara a su cama? —preguntó él con frialdad.

Kat lo miró con furia. Luego echó el brazo hacia atrás, dispuesta a abofetearlo con todas sus fuerzas, pero él la agarró de la muñeca antes de que lo golpeara.

—No, Katherine. No es eso lo que merezco, teniendo en cuenta cómo te he encontrado.

—No tenía intención de irme con él a la cama —dijo ella gélidamente—. Pero tampoco necesitaba que me rescatara. Podría haber resuelto la situación yo sola.

Él enarcó una ceja.

—Ya. Eso me ha parecido —contestó con sorna.

Ella se desasió.

—¡Estaba intentando levantarme!

—Pues no te estaba sirviendo de mucho.

—¡No he tenido tiempo!

Hunter soltó de pronto un juramento y la agarró de los hombros.

—Pequeña estúpida, ¿de veras crees que un par de estudiantes pagados de sí mismos que se creen superiores a todos los demás iban a dudar en violarte?

Ella tragó saliva y sacudió la cabeza.

—No creo... No puedo creer... que David no hubiera aceptado mi negativa.

Los dedos de Hunter se crisparon sobre su carne.

—Eres patéticamente ingenua para andar sola por las calles —dijo. La soltó, retrocedió y sacudió la cabeza con enfado–. Arréglate un poco –sugirió en tono tan suave que resultaba amenazador–. Vas a ver a tu padre.

Ella hizo acopio de dignidad para arreglarse la ropa, pero Hunter la miraba con tal expresión de reproche que le resultaba difícil hacer nada. Él, sin embargo, se dio la vuelta antes de que acabara y salió a la calle, donde Ethan los esperaba con el carruaje. Ethan, siempre cortés, le ofreció a Kat una sonrisa cordial cuando salió.

–Buenas noches, señorita Adair.

–Buenas noches, Ethan –contestó, y logró sonreír. Aceptó su ayuda para montar en el carruaje. Un instante después, Hunter subió tras ella.

Kat no podía ver nada por la ventanilla. La luz de las farolas parecía flotar ante ella; todo lo demás era niebla. Pero, de todos modos, siguió mirando por la ventanilla.

Hunter guardaba silencio. Ella se sentía acalorada en su presencia, como si estuviera sentada junto al brasero de un vendedor de castañas. Hunter tenía los brazos cruzados sobre el pecho. Kat sentía sus ojos fijos en ella mientras los caballos avanzaban por las calles. Él no la tocaba. No la rozaba con las rodillas.

Llevaban un rato en camino cuando dijo:

–Tal vez quieras arreglarte un poco el pelo.

Ella intentó sujetarse lo mejor que pudo los mechones sueltos. Hunter se sentó a su lado en el asiento.

–Date la vuelta –le ordenó.

Ella obedeció, a pesar de que tenía la espalda y los hombros rígidos. Hunter recogió primero las horquillas; luego le alisó los mechones rebeldes y los fue sujetando con las horquillas con una habilidad que sólo podía ser fruto de la práctica.

Kat era dolorosamente consciente de sus más leves movimientos. El roce de sus dedos la hacía estremecerse.

Pero Hunter no permaneció a su lado. Volvió a su asiento en cuanto hubo acabado.

—A menos que quieras de veras convertirte en la querida del honorable David Turnberry, te aconsejo que te mantengas alejada de él de momento —dijo desde la oscuridad del interior del coche.

—David me habría escuchado —repuso ella.

Hunter soltó un bufido desdeñoso.

—No era eso lo que parecía.

—Bueno, ya nunca lo sabremos, ¿no cree?

—Sería un gesto cortés —dijo él— darme las gracias por acudir en tu rescate.

—Le repito, sir Hunter, que no creo que necesitara que me rescatara. Además, ¿era necesario que pegara a Alfred?

—No. Podría haber dejado que me hiciera picadillo.

Ella bajó la cabeza. De pronto sentía otra vez la necesidad de romper a llorar.

—¿Esto tendrá consecuencias? —le preguntó al cabo de un momento.

—¿El qué?

—Lo que... lo que le ha hecho a Alfred.

—Estoy convencido de que ninguno de esos jóvenes mencionará jamás lo sucedido. A despecho de lo que creas, esta noche has sido una víctima. Y podría haber sido mucho peor.

—Pero...

—¿Pero qué?

Dolida, Kat se puso otra vez a mirar por la ventanilla. Los sueños, se dijo, se resistían a morir.

—¿Son sus intenciones mucho más honorables? —preguntó.

Al instante deseó no haber hablado. Sentía afluir la ira de Hunter en oleadas.

Él se inclinó hacia delante sin tocarla.

—Me han acusado de muchas cosas, señorita Adair. Y de algunas era culpable. Pero ¿de seducir y violar a una joven inocente? Ése es un pecado que no cargo sobre mi conciencia.

Kat se sobresaltó cuando la puerta del carruaje se abrió de pronto. Estaba tan abstraída escuchando a Hunter que no se había percatado de que el coche se había detenido frente a la casa de lord Avery.

Exhaló, consciente de que Ethan, siempre solícito, esperaba para ayudarla a apearse del carruaje.

Consciente de que había estado conteniendo el aliento.

Consciente de que lamentaba lo ocurrido y de que muy bien podría haberse visto en un atolladero. Aunque ya nunca lo sabría.

—Señorita Adair...

Ella aceptó la mano de Ethan y se bajó del carruaje. Hunter salió tras ella. Kat tragó saliva. Sabía que se había equivocado y que la angustia que sentía le impedía reconocerlo.

Se dio la vuelta con intención de ofrecerle a Hunter una disculpa.

Pero él pasó a su lado rápidamente. La puerta de la casa se abrió y Margaret bajó corriendo las escaleras.

Se detuvo junto a Hunter con una sonrisa y, poniéndose de puntillas, le dio un beso en la mejilla y a continuación se volvió hacia Kat.

—¡Ah, por fin está aquí! Hunter, has encontrado a nuestra Kat. ¡Ah, querida Kat! ¡Pase, pase! ¡Tiene que ver lo que ha hecho su padre! ¡Vamos, vamos!

Mientras Margaret la arrastraba hacia la casa, Kat miró hacia atrás.

Hunter la estaba observando. Y, por alguna extraña razón, la desilusión que advirtió en sus ojos fue como sal en la herida abierta que era su corazón.

«¡Lo siento, lo siento de verdad!».

Pero ya no podía decirle nada. Y temía que se hubiera cerrado una puerta que jamás volvería a abrirse.

A Hunter la velada se le hizo interminable. Margaret era siempre amable y considerada con todo el mundo. Mientras esperaban la cena, lord Avery y ella le mostraron a Kat lo que William Adair había pintado a lo largo del día, y, viendo los bocetos del retrato que iba a hacerle a lady Margaret, Hunter se maravilló de nuevo porque su talento hubiera permanecido en la sombra tanto tiempo. El pintor había sabido captar el espíritu de la joven, su rubicunda belleza, su amabilidad, su calor y su bondad.

Resultaba curioso ver a Kat observando los bocetos. Durante un par de minutos, su estado de ánimo se hizo dolorosamente evidente; le agradaba Margaret, sentía respeto y gratitud hacia ella. Debía de resultarle difícil amar a un hombre que le estaba destinado a aquella joven. A pesar de que debía haberse sentido inclinado a la compasión hasta cierto punto, Hunter sólo sentía bullir su cólera. ¿Cómo rayos podía estar ella tan segura de que todo se habría solucionado con decirle a David que no podía ser su amante? Era una auténtica locura.

¿De veras lo creía ella? ¿O sólo intentaba convencerlo a él?

Robert Stewart y Allan Beckensdale, los amigos de David, también estaban presentes. Ambos se mostraban sumamente solícitos con lady Margaret, y sin embargo parecían prendados de Eliza Adair. Después de ver los bocetos, cuando se hubo servido el vino, Kat rechazó educadamente la copa que le ofrecieron, lord Avery comenzó a impacientarse.

–Margaret, ¿dónde se han metido ese joven y su amigo? Se está haciendo tarde y me ruge el estómago. No creo que debamos esperarlos mucho más –dijo con irritación.

Hunter y lady Margaret miraron a Kat.

–Um... Creo que tenían algo que hacer en casa de lord Daws –murmuró ella.

–Estoy seguro de que vendrán enseguida –dijo Hunter.

Kat no lo miró. Sus mejillas enrojecieron mientras miraba fijamente el fuego.

–Llama a casa de lord Daws, papá –propuso Margaret.

–¡Maldita sea, odio ese chisme! –se quejó lord Avery.

–Llamaré yo –dijo Hunter, pero mientras se acercaba al teléfono apareció el mayordomo para anunciar que el honorable David Turnberry y lord Alfred Daws habían llegado.

Los dos jóvenes entraron en el salón. David tenía buen aspecto. Alfred presentaba un serio moratón en la mandíbula.

–¡David! –Margaret lo saludó con su acostumbrada simpatía, y luego se volvió hacia su acompañante–. Y Alfred. Bienvenidos.

Ellos saludaron a su anfitriona. David miró a Hunter con nerviosismo y le estrechó la mano con expresión circunspecta. Alfred se aproximó a él mansamente. Hunter no dijo nada; se limitó a inclinar la cabeza, lleno de curiosidad por ver cómo saludarían a Kat.

Ambos lo hicieron con galantería. Kat también guardó silencio.

—Bueno, vamos a cenar, entonces —dijo lord Avery.

Esa noche, Hunter se halló sentado entre Eliza y Margaret. Y se enojó por ello.

Kat no estaba sentada junto a David, sino al lado de Alfred. A menudo, durante la cena, Hunter veía cómo se acercaban sus cabezas, sus palabras sólo audibles para ellos.

En cierto momento sorprendió a Eliza Adair observándolo atentamente. Ella se sonrojó cuando sus miradas se encontraron.

—¿Qué ocurre? —le preguntó él.

Eliza carecía de la fogosidad de Kat, pero tenía un temperamento dulce y, a su modo, orgulloso.

—Le preocupa a usted mi hermana —repuso ella con suavidad.

—¿Ah, sí? —preguntó él.

—Sí, y a mí también.

—¿De veras?

—Parece que todos estamos ciegos a veces. Mi padre no ve la malevolencia de lady Daws, que para muchas otras personas es transparente. Kat no parece darse cuenta de que David Turnberry es a menudo petulante y se cree por encima de todo el mundo. Su padre tiene muchas tierras, naturalmente... Puede que sea cierto que sólo vemos lo que queremos ver.

Él le sonrió.

—Es usted una joven muy perspicaz.

—A su modo, Kat le escucha, ¿sabe usted? —repuso Eliza.

Hunter se rió suavemente.

—No, me temo que no.

—Oh, ella jamás lo reconocería —dijo Eliza—. Pero es cierto. Tal vez pueda usted usar su influencia para quitarle la venda de los ojos en lo que a David se refiere. Sé que la animará usted a desarrollar su talento para el arte. Eliza hablaba con sinceridad; su mirada era intensa.

—Verá, señorita Adair, yo no puedo hacer gran cosa.

—Sir Hunter —dijo ella con una breve risa—, no parece usted de los que se subestiman. A fin de cuentas, ella trabajará para usted.

Hunter miró hacia el otro lado de la mesa. Seguía sin oír lo que se decían Alfred y Kat, pero estaba seguro de que éste estaba haciendo lo posible por disculparse ante ella. En cierto momento, vio sonreír a Kat.

—¿Dónde está lady Daws esta noche? —le preguntó a Eliza.

—Ocupándose de un asunto. Eso es lo único que me han dicho.

—¿Sabe usted cuándo surgió ese asunto?

Eliza le ofreció una sonrisa.

—Cuando se enteró de que Alfred, el buen amigo de David, estaría presente.

—Entiendo —murmuró él.

La cena concluyó al fin; los hombres se excusaron para ir a beber una copa de brandy y fumar un cigarro, y Hunter se halló en el salón de fumar con lord Avery, William Adair y los dos jóvenes. Sabía que ambos se sentían sumamente incómodos en su presencia, y se alegraba de ello. Todavía no habían cruzado una palabra, y la ocasión se presentó cuando lord Avery, que le había cobrado gran afecto a William Adair, insistió en mostrarle un Rembrandt que tenía en un salón del piso de arriba.

Cuando salieron, se produjo un instante de silencio. Luego los dos jóvenes comenzaron a hablar al mismo tiempo.

—Sir Hunter, no sé qué me pasó... —dijo Alfred.

—No hubo mala intención, se lo juro —dijo David a su vez.

—No nos pareció tan inapropiado, señor —añadió Alfred—. Sabe Dios qué habrá hecho esa señorita en el pasado, y David creía sinceramente que... que...

Hunter sacudió la cabeza, atajándolos a ambos con una mirada.

—Es una joven de buena familia. Ustedes mismos han podido comprobarlo.

—Pero... —dijo David.

—No va a ser la querida de nadie —prosiguió Hunter llanamente.

—Mi padre jamás consentiría ese matrimonio —repuso David, apesadumbrado.

—Bueno, los tiempos han cambiado. Si de veras ama a la joven, desafíe a su padre y cásese con ella —contestó Hunter.

David enrojeció.

—¿Y luego qué, señor?

—Bueno, es usted estudiante.

—¿Y cree que podría ganarme la vida como abogado? —preguntó David con tono incrédulo.

—Señor, ha estado usted a punto de romperme la mandíbula —le recordó Alfred—. Créame que su postura ha quedado muy clara. Pero, por favor, tenga también la seguridad de que en ese momento estábamos todos un poco ofuscados. A fin de cuentas, señor, irrumpió usted en mi casa.

—Mejor yo que el señor Adair —contestó Hunter—. Podría haber muerto alguien. En cualquier caso, alguna vida habría quedado arruinada.

—Podría haber un modo de... —murmuró David.

—¿Un modo de qué? —preguntó Hunter con aspereza.

—¡Yo la quiero! —dijo David con aire desafiante.

—Si es así, tal vez debería discutir este asunto con lord Avery inmediatamente. Y después con el padre de la joven.

—¡No puedo hacer eso! —exclamó David.

—Entonces, permítame sugerirle que se mantenga lo más lejos posible de ella.

—Fue usted, sir Hunter, quien se aseguró de que se uniera a la expedición.

—Sí, pero a mi lado —contestó Hunter.

—Yo no la habría hecho daño —dijo David.

Sonaron pasos en el corredor.

—Asegúrese de no hacérselo en el futuro —le advirtió Hunter muy suavemente—. Puede que la próxima vez el precio que paguen no sea simplemente un cardenal en la mandíbula.

—¿Ha hecho ya el equipaje? ¿Está lista para partir? —le preguntó Margaret a Kat mientras sorbía su té y la miraba con interés y amabilidad.

Kat se sentía profundamente culpable. En realidad, el día entero le había resultado penoso. Compuso una sonrisa, consciente de que su hermana la conocía muy bien.

Por fortuna, Eliza ignoraba lo ocurrido esa tarde.

—Me temo que no estoy lista en absoluto —contestó Kat.

Margaret se echó a reír y dejó su taza sobre la mesa.

—Bueno, si le falta algo, seguro que yo lo tengo. Llevo

mucho tiempo preparando este viaje. Al principio no sabía si ir o no. Pero si no iba... en fin, habría tenido que quedarme aquí, dando lecciones de... algo. Y es tan triste... No sé tocar el piano, ni cantar, pero mi padre se empeña en que, con buenos maestros, aprenderé a hacerlo admirablemente.

Su sonrisa era muy bella y contagiosa. Kat se sintió aún peor.

—Yo también estoy segura de que puede aprender a hacerlo admirablemente —dijo.

—¡Oh, nada de eso! Es como... en fin, como el arte. Tal vez pueda aprenderse a dibujar con clases y tutores, a dar color, a trazar una silueta..., pero si no se tiene talento innato, ni todas las lecciones del mundo bastarían para producir una obra maestra. Claro que —dijo con cierta tristeza—, después del ejemplo que ha dado la reina, de mí sólo se espera que me convierta en esposa y madre modelo, absolutamente dedicada a su familia. Mi padre es un hombre chapado a la antigua.

—Bueno, no hay nada de malo en ser una esposa y madre modelo —contestó Kat.

—Ni en saber que se puede pagar el alquiler y llevar comida a la mesa todos los días —añadió Eliza.

—¡Oh, querida! ¡Qué mezquina debo parecerles! —dijo Margaret—. ¡Discúlpenme! Es sólo que parece haber tanto ajetreo a mi alrededor... Me gustaría hacer algo de provecho.

—Pero estoy segura de que será usted muy útil —dijo Kat.

Margaret sacudió la cabeza.

—Sir Hunter le ha dicho a mi padre que, a pesar de que sólo ha estudiado usted un par de horas, es increíble lo mucho que ha aprendido sobre egiptología. Usted formará parte de todo cuanto ocurra. Y, para serle franca, a mí me gustan las comodidades y... bueno, seguramente pasaré el día en los bazares, tomando el té en el hotel y esperando. Me volvería loca de aburrimiento si tuviera que pasarme horas y horas excavando y quitándole minuciosamente la arena a un objeto con un pincelito. Me apetece, sin embargo, disfrutar del revuelo. Mi padre dice que estarán allí todos aquellos que poseen afán aventurero y amor por lo antiguo. Van los ingleses, los franceses... ¿Sabían ustedes que ya los romanos viajaban a ver las pirámides y los templos de Egipto durante sus vacaciones? ¡Hablamos de un turismo muy antiguo! Además, mi padre sufraga gran parte de la expedición, junto con el conde de Carlyle, así que yo debería estar allí.

—Pero podría quedarse en Inglaterra, desde luego —sugirió Eliza.

Margaret se echó a reír.

—No tengo más remedio que ir —suspiró—. Mi padre desea verme casada. Teme haber tenido hijos a edad demasiado avanzada, y desea tener un nieto antes de morir, así que... le he prometido que en verano me habré casado.

Kat sintió que se atragantaba. Por suerte Eliza tomó la palabra.

—Discúlpeme si le parezco entrometida, pero ¿ha decidido ya con quién va a casarse?

Margaret tenía hoyuelos. Aparecían, muy bonitos, cuando se reía.

—Lo más probable es que me case con David. Claro, que... En fin, puede que por eso sea tan importante que vaya a Egipto. Creía que Allan estaba también locamente enamorado de mí, pero ¿ha notado usted cómo la mira, señorita Adair?

Estaba mirando a Eliza. Ésta dejó escapar un gemido de sorpresa y se puso colorada como un tomate.

—Pero, pero... Quiero decir que el señor Beckensdale es encantador, pero lo único que hace es mostrarse amable con la pobre hija de un artista en ciernes.

Margaret sacudió la cabeza.

—Descuide, no me interesa un hombre que no me ame a mí y sólo a mí. ¡Ojalá fuera usted también con nosotros!

—He de quedarme aquí —dijo Eliza—, para cuidar de nuestro padre.

—Entonces, ¿de veras es tan malvada lady Daws? —preguntó Margaret, inclinándose hacia delante con interés.

Eliza miró a Kat.

—Yo diría que sí.

—¡Alfred la desprecia tanto...! —dijo Margaret con un estremecimiento.

—Y sin embargo... —comenzó a decir Kat.

Margaret la miró con gravedad.

—¿Y sin embargo la gente le abre sus puertas? Sí, en efecto. Pero es la viuda de lord Daws. Alfred dice que ella también lo desprecia. Ya habrán notado que no ha venido esta noche.

—Quizá deberíamos invitar a Alfred más a menudo —dijo Eliza con ligereza.

—Quizá —convino Margaret.

Margaret y Eliza se pusieron a charlar de ropa. Kat fingía prestarles atención. Pero le dolía la cabeza.

Por fin regresaron los hombres. William dijo que Eliza y él volverían al día siguiente para seguir trabajando, y les dio las gracias a sus anfitriones por su amabilidad. Lord Avery contestó que allí era siempre bien recibido.

Al despedirse, David Turnberry retuvo unos segundos

la mano de Kat y la miró a los ojos. Había en su mirada pesar y una súplica. A Kat le dio un vuelco el corazón. Y sin embargo...

Algo había cambiado. Se sentía distinta, de algún modo.

Todos habían conseguido soportar la velada. Eliza podía sospechar algo, pero William parecía ajeno a todo lo sucedido.

Y Hunter...

Su actitud no había cambiado. Los llevó a casa en su carruaje y su voz sonó áspera cuando le dijo a Kat:

—A las nueve en punto. Primero iremos a montar y luego al museo. Estarás ocupada todo el día.

Ella se limitó a asentir con la cabeza y subió los escalones mientras él les deseaba buenas noches a su hermana y su padre.

A la mañana siguiente, Kat estaba ya lista. Hunter ni siquiera tuvo que acercarse a la puerta. Cuando llegó, con la yegua de las riendas, ella estaba esperándolo fuera.

Hizo amago de desmontar para ayudarla.

—Por favor, creo que puedo hacerlo sola. Y debo aprender —dijo ella. Y pareció que había aprendido ya, pues apoyó con facilidad un pie en el estribo y se montó a horcajadas de un salto. No parecía especialmente orgullosa de su hazaña, y se limitó a mirar a Hunter cuando estuvo sentada, preguntando—: ¿Lo he hecho bien?

—Sí.

Parecía triste y taciturna.

Al cabo de un momento, Hunter preguntó:

—¿Sigues queriendo tomar parte en la expedición?

—Sí, desde luego —contestó ella con seriedad.

Hunter sopesó cuidadosamente lo que dijo a continuación.

—Creía que, a estas alturas, te habrías dado cuenta ya de que el objeto de tu obsesión no es ni puede ser lo que deseas.

Ella le lanzó una mirada con la cabeza ladeada.

—¿No puede, sir Hunter?

—Su padre no lo permitiría.

—Puede que desafíe a su padre.

Hunter se adelantó trotando. Ella lo siguió, poniéndose a su paso. Llegaron al parque, donde él hizo trotar y galopar al caballo, y le pidió a Kat que montara y desmontara varias veces. Ella lo hizo todo bien.

Al cabo de un rato, Hunter puso fin a la lección.

—¿Y ahora? —preguntó ella.

—Volveremos a tu casa para que te cambies. Te mandaré un carruaje.

—¿Y después...?

—Al museo. Ethan ya me habrá llevado allí.

Ella asintió con la cabeza.

—Como quiera.

Al acercarse a la casa, Hunter se sorprendió cuando dijo:

—Sir Hunter...

Él miró hacia atrás con impaciencia.

—¿Sí?

Kat tenía las mejillas coloradas, y no por el cansancio.

—Quisiera... disculparme.

Él la miró con gravedad.

—Entonces, ¿te das cuenta de que corriste peligro?

Ella sonrió, sacudiendo la cabeza.

—Creo que me subestima usted, sir Hunter. Y que se apresura a condenar a David. Y a Alfred. Pero estaba usted convencido de que corría peligro y acudió en mi auxilio. Así que le pido disculpas por haberle causado preocupación, y le doy las gracias por lo que hizo.

Hunter agradeció la disculpa y siguió avanzando hacia la casa.

Camille estaba, como de costumbre, sepultada entre una montaña de mapas, planos y documentos. Levantó la mirada al entrar Hunter.

—Buenos días. ¿Va todo bien?

—Sí.

—¿Encontraste a David Turnberry y a la señorita Adair?

Él titubeó.

—Sí, los encontré. La señorita Adair vendrá enseguida. Hoy voy a dejarla bajo tu supervisión. ¿Te parece bien?

—Me encantará tenerla conmigo —le aseguró ella.

—Entonces bajaré al sótano y empezaré a revisar las listas de embarque de los suministros —dijo.

—Excelente —repuso Camille. Volvió a mirar el documento que tenía sobre la mesa con el ceño fruncido.

—¿Qué ocurre?

—Aún no he encontrado los mapas y las cosas que desaparecieron. ¿Cómo he podido ser tan descuidada, Hunter? Ya sabes lo que esto significa para mí. Y puede que sea lady Carlyle desde hace poco, pero en el museo llevo mucho tiempo, y siempre he hecho bien mi trabajo.

—¿Quieres que te ayude? —preguntó él—. Puedo mirar por las mesas y los archivadores.

—Ya he mirado por todas partes —dijo ella. Luego sacudió la cabeza—. No, Hunter, hay toda clase de picos y pinceles que embalar para el embarque, y también algunos documentos. Te agradecería que te ocuparas de eso.

—No te preocupará la expedición, ¿verdad, Camille?

Ella volvió a negar con la cabeza, pero un nubecilla pareció cruzar sus ojos.

—No. Quiero decir que... hubo problemas, tuvimos problemas tremendos, pero eso ya pasó. Pero, aun así, supongo que... en fin, que siempre hay personas lo bastante codiciosas como para atreverse a robar.

—En un yacimiento hay que estar siempre alerta, desde luego —dijo Hunter—. Habiendo oro de por medio, las personas pueden cegarse.

—Claro, pero...

—A mí me entusiasma la idea de partir otra vez, Camille. No tengo ningún temor.

Ella sonrió.

—Bien. Entonces, intentaré recuperar mi entusiasmo y dejar que me gobierne a cada instante. ¡Nos vamos tan pronto...!

—Sí, en efecto —dijo él. Luego la dejó y cruzó el museo hasta llegar a las escaleras que conducían a los cuartos de trabajo y las salas que servían de almacén.

Había mucha gente en el museo, lo cual era extraño tratándose de un día de diario. Pero la prensa se había ocupado largo y tendido de la expedición, y se había animado al público a ir a ver lo que había en el museo de modo que se admirara cuando llegaran los nuevos hallazgos.

Hunter sacó del bolsillo su llave y se dirigió al cuarto de trabajo. Al abrir la puerta, buscó a tientas el interruptor de la luz —todo el museo disponía de electricidad desde hacía un par de años—, pero la luz no se encendió.

Se disponía a darse la vuelta para ir en busca de una linterna cuando oyó un ruido en el interior de la sala. Se quedó muy quieto, escuchando. El ruido no se repitió.

Pero, cuando se disponía de nuevo a salir, oyó claramente un golpe seco.

—¿Quién anda ahí? —preguntó con aspereza, alzando la voz.

No obtuvo respuesta.

No veía nada en la oscuridad, pero no pensaba marcharse hasta que supiera qué estaba pasando. Entró resueltamente en la habitación, cerró la puerta, se agachó y esperó a que sus ojos se acostumbraran a la falta de luz. Al cabo de unos segundos, creyó oír una respiración al otro lado de la sala.

Comenzó a avanzar muy despacio en aquella dirección, intentando no hacer ruido. Al doblar la esquina de una fila de estanterías, una cayó de pronto delante de él y golpeó la siguiente con un ruido sordo, haciendo que, a su vez, esta cayera sobre la siguiente.

La pared impidió un colapso total, pero Hunter quedó atrapado.

Luego oyó ruidos. Unos pasos que corrían hacia la puerta.

Pasó por encima de las estanterías todo lo rápido que pudo en un intento por seguir al intruso. Al llegar a la puerta, vio que estaba abierta. Y que el culpable había desaparecido.

Mascullando en voz baja, volvió a cruzar el museo en busca de alguien que le pareciera sospechoso. No vio a nadie.

Arriba encontró a Brian Stirling, el conde de Carlyle, rebuscando entre archivos en compañía de su esposa.

—Aquí está pasando algo —dijo.

Los dos lo miraron con extrañeza.

—Tienes polvillo blanco en el pelo —dijo Camille—. ¿Qué ha ocurrido?

—Había alguien en el cuarto de trabajo, pero sabe Dios por qué. Allí no hay más que herramientas.

—¿Estás seguro de que había alguien? —preguntó Brian. Hunter enarcó una ceja—. Perdona, amigo mío, sólo quería asegurarme. Voy a bajar contigo, a ver si hay que reparar algo —dijo Brian—. Es curioso. Realmente curioso.

—¿Ha venido alguien por aquí? —preguntó Hunter.

Camille sacudió la cabeza.

—No, pero esos papeles siguen sin aparecer, aunque en realidad no tienen valor más que para mí y para la expedición —frunció el ceño—. Brian, no creerás que alguien está intentando sabotear la expedición, ¿verdad?

Brian negó con la cabeza.

—¿Por qué iba a querer nadie hacer eso?

Camille miró a Hunter.

—A la señorita Adair le pareció oír voces aquí el otro día. Quizá deberíamos haberle hecho caso.

Hunter soltó un gruñido.

—Camille, por favor, no hagas de esto un misterio.

—Pero, Hunter, había alguien en el almacén. Tú mismo lo has dicho.

—Seguramente era algún estudiante, aunque no me explico por qué ha salido corriendo. Allí no hay nada de importancia. Vamos a bajar juntos, Brian, si no te importa.

Atravesaron el museo camino de las escaleras. Hunter no se percató de que iba observando a todo el mundo hasta que Brian dijo:

—Has dicho que creías que sólo era un estudiante despistado.

—Sí.

—¿Entonces...?

—No he dicho que no quiera saber qué estudiante era —respondió Hunter.

Parada en la escalinata de entrada, Kat se dio cuenta de que le encantaba el museo. Era tan majestuoso y albergaba tantos tesoros... Durante unos instantes se olvidó de todo los demás y se limitó a contemplar el magnífico edificio. Después miró a su alrededor y le agradó ver que había gente de muy distinto pelaje disfrutando de las exposiciones. Algunos llevaban ropa de trabajo y acababan quizá de concluir su jornada laboral. Algunos lucían atuendos más elegantes. Algunos eran niños, llevados por su padre o quizá su maestro. Se sorprendió al experimentar una sensación de orgullo por el hecho de que le hubieran pedido que formara parte de una expedición asociada con una institución tan importante.

Corrió a la oficina, donde encontró a Camille sentada a la mesa. La condesa de Carlyle la saludó de nuevo con una sonrisa.

—¡Ah, Kat! Me alegra tenerte aquí. No suele pasarme, pero me temo que estoy un poco despistada. ¿Te importaría tomar el libro y ese texto de ahí —indicó un papiro enmarcado en cristal— y ver qué puedes hacer con él? ¡Menos mal que aprendes enseguida!

—No sé si soy tan capaz, pero lo intentaré —respondió Kat. Le extrañó que Hunter no estuviera por allí. Y le sorprendió igualmente la decepción que experimentó.

Había permanecido despierta casi toda la noche, repasando cada segundo de lo sucedido, y había llegado a la conclusión de que tenía que andarse con pies de plomo. Pero, aunque su sueño se había visto empañado, no había muerto del todo.

Miró a Camille y dijo aparentando naturalidad:

—¿Está sir Hunter por aquí?

Camille, que estaba absorta en su trabajo, levantó una mano pero no la miró.

—Está abajo, en el almacén, con Brian. Están revisando lo que hay que embalar.

—Ah. Bueno, entonces me pondré a trabajar.

—Usa mi despacho. Hay sitio en la mesa.

—Gracias.

Entró en el despacho de Camille y miró a su alrededor. Al sentarse a la mesa sintió un escalofrío. No había olvidado los murmullos que oyó la última vez que estuvo allí. Frunció el ceño e intentó recordar lo que había oído.

Había dos personas, de eso estaba segura. Estaban buscando algo, y no querían que los sorprendieran allí. «Tendríamos que pagar por ello...», había oído decir. Y «un largo viaje, un oscuro desierto... mejor muertos...».

Hizo amago de levantarse para salir a decirle a Camille lo que había oído. Pero volvió a sentarse. Había intentado contarles a Hunter y a Camille lo sucedido. Ellos no habían dado importancia a sus temores. Sencillamente, tenía que ponerse a trabajar.

Encontró papel y lápiz en el cajón de arriba de la mesa y comenzó a estudiar minuciosamente cada símbolo del documento. Pronto se halló tan absorta en su trabajo como Camille en el suyo. El papiro narraba una historia.

Hathseth, el que habla a los dioses, el que escucha sus sabias palabras y la comunica a los hombres. El que se sentará entre ellos y será recompensado. Necesitará cuanto fue suyo en vida; y será recompensando con oro, pues valiosa como el oro fue la sabiduría que compartió con el faraón, y dorada fue su vida entera. Será adorado en la nueva vida. Yacerá junto a reyes. Tendrá pre-

cedencia sobre esposas e hijos. Porque, como el faraón, se elevará hasta los dioses. Descansará junto a los antiguos. Yacerá a la suave sombra de quienes edificaron el reino; llevará consigo sirvientes y criados. Siempre estará cobijado por aquellos que le precedieron, por el sol, por la sombra, en la ribera izquierda del poderoso Nilo.

Kat levantó la vista; tenía los dedos agarrotados y el cuello rígido, y se sobresaltó. No había oído llegar a Hunter. Se preguntó cuánto tiempo llevaba observándola.

—¿Puedo? —preguntó él, acercándose a la mesa.

—Creo que puede hacer lo que se le antoje —murmuró ella.

—Ojalá fuera eso cierto —respondió él, pero no la miraba a ella; había tomado su traducción y la leyó en voz alta.

Recogió el papiro enmarcado y le dio la vuelta para ver los símbolos. Luego la miró a ella.

—Un trabajo excelente.

—Gracias.

—¿Quién habría imaginado...?

Camille entró en ese momento.

—¿Has acabado? —preguntó.

—Casi —dijo Kat.

Camille tomó también su traducción. Sonrió.

—¿Lo ves, Hunter? —parecía entusiasmada—. ¡No está en el Valle de los Reyes! Está protegido por los antiguos. ¿No crees que esto significa que está cerca de las grandes pirámides de Giza?

—Sí. Creo que hemos hecho muy bien nuestros cálculos. Lo único que lamentaría es que sufrieras una terrible desilusión si nos hubiéramos equivocado —sonreía a Camille con expresión preocupada. El afecto que sentía por ella saltaba a la vista.

—Hunter, por favor, no te preocupes tanto. Sé que habrá desilusiones. Pero éste es nuestro yacimiento, y estoy muy emocionada —de pronto frunció el ceño—. ¡Y no pienso compartirlo con nadie!

Hunter se echó a reír.

—No compartiremos el yacimiento, Camille.

—Aún me queda un poco, si quieres que acabe —murmuró Kat.

—Sí, sí, claro. ¡Ay, no, es tarde! —dijo Camille—. Brian me está esperando, y el museo está a punto de cerrar.

—No tardaré mucho —dijo Kat—. Me gustaría acabar, de verdad.

—Yo tengo que cerrar abajo —dijo Hunter. Besó a Camille en la mejilla—. Anda, ve con tu marido. Ethan está esperando. Él nos llevará a Kat y a mí a casa.

—Está bien —Camille sonrió a Kat—. Pero no te quedes mucho tiempo. Ese trabajo podemos llevarlo con nosotros. Y no querrás convertirte en una de esas personas que, de tanto leer, se pasan la vida guiñando los ojos.

Kat sonrió vagamente.

—Buenas noches, entonces.

—Buenas noches.

—Kat, las llaves están encima de la mesa —dijo Hunter antes de ir a acompañar a Camille a la puerta principal del museo—. Acaba aquí y ve a reunirte conmigo en la entrada principal. Asegúrate de cerrar bien la puerta.

Ella asintió con la cabeza y siguió trabajando.

Unos minutos después, sufrió una desilusión. Parecía que el resto del texto no hacía más que seguir cantando las alabanzas de Hathseth. El texto daba a entender el poder del sacerdote.

El que mira a los ojos y ve lo que se esconde allí. El que habla y tiembla la tierra. El que gobierna sobre hombres y bestias.

Kat contempló su trabajo y se estremeció. Si estaba traduciendo bien, Hathseth había condenado a muchas esposas a muerte, pues al parecer fueron sepultadas junto a él. Vivas, le pareció entender.

Dando gracias a Dios por vivir en la moderna Inglaterra durante el largo y próspero reinado de la reina Victoria, se levantó al fin, recogió la mesa, dejó el marco y el papel pulcramente colocados y salió. Las llaves estaban en la mesa del despacho exterior. Cerró la puerta tras ella con cuidado.

En el pasillo, se detuvo.

El museo estaba vacío. Y de pronto le parecía enorme y cavernoso. Sus pasos retumbaban atronadoramente en el pasillo.

«Bueno, así no me encontraré con nadie», pensó, intentando tranquilizarse.

Pero no lo logró. Sentía un extraño desasosiego.

Atravesó las salas de exposición. Joyas, estatuas gigantescas. Una hilera de cajones de cristal que mostraban momias en diversos estados, algunas todavía en sus sarcófagos, otras envueltas en vendajes, alguna medio desenvueltas. Sus rostros contorsionados, muertos hacía largo tiempo, parecían mirarla con fijeza.

Apretó el paso.

Luego oyó algo en el piso de arriba. Había cerrado la puerta con llave, ¿verdad? Pero...

Rechinó los dientes. Se estaba dejando llevar por su

imaginación. Y sin embargo... Suspiró y dio media vuelta. Apartó los ojos. No quería ver las caras pardas y consumidas de las momias. Al llegar a lo alto de la escalera, se dirigió a toda prisa a la puerta de los despachos.

Sólo las luces nocturnas iluminaban el pasillo. Cuando se acercó a la puerta, el corazón pareció saltarle a la garganta.

Había algo en el suelo, frente a la puerta.

Algo. O alguien.

No se movía.

Se quedó paralizada un momento. Luego se abalanzó hacia delante. Era una persona, sí. Estaba tumbada junto a la puerta cerrada.

Kat se agachó, el corazón todavía en la garganta.

Y, al ver quién era, comenzó a gritar.

Allí estaba otra vez, pensó Hunter, aquella profunda y sobrecogedora angustia. Y la imagen que parecía ahora atravesarlo hasta la médula era la de Kat inclinada sobre un vapuleado David Turnberry.

Estaba en la puerta principal cuando el grito de Kat le había hecho subir las escaleras a todo correr. Y, al llegar, la había visto en el suelo, sujetando tiernamente la cabeza de David sobre su regazo mientras le enjugaba el corte que tenía en la frente con un trozo de tela que había arrancado de sus enaguas.

Tragándose su resquemor, Hunter corrió hacia ellos, sinceramente preocupado por la vida del joven. David estaba volviendo en sí y gruñía suavemente.

—Apártate —le dijo Hunter a Kat con aspereza.

Ella obedeció y él se agachó. David parpadeó, abrió los ojos y fijó la mirada en Hunter.

—Sir Hunter...

—Quédate quieto un momento —dijo Hunter mientras le enjugaba la herida con el trozo de las enaguas de Kat. Enseguida se dio cuenta de que el corte era superficial. Sangraba tanto porque las heridas en la cabeza siempre tendían a sangrar mucho. El suelo estaba ya empapado.

—Está bien, siéntate con cuidado —dijo Hunter.

Todavía gruñendo, David se incorporó y se recostó contra la pared.

—¿Qué ha pasado? —preguntó Hunter.

—¿Estás bien, David? Hunter, ¿se pondrá bien? —preguntó Kat con ansiedad.

—Sí, se pondrá bien —contestó Hunter—. ¿Qué ha ocurrido, David?

David sacudió la cabeza.

—Venía a verle —le dijo Hunter—. Había llamado al museo. Lady Carlyle me dijo que estaba usted aquí, trabajando con lord Carlyle. Así que pensé que quizá todavía le encontrara. Llegué justo a la hora del cierre, pero el guarda me conoce, claro, y me dijo que aún no se había ido. Iba a entrar en la oficina y entonces...

—Dios mío —dijo Hunter—. ¿Cómo es posible que no me vieras cuando acompañé a lady Carlyle a la puerta? Tenemos que habernos...

—¿Y entonces? —preguntó Kat interrumpiendo a Hunter.

—Eh, creo que... creo que...

—¿Sí?

—Creo que... me tropecé delante de la puerta y me golpeé la cabeza contra la placa del nombre —concluyó David.

—¿Te tropezaste justo delante de la puerta y te diste contra la placa? —preguntó Hunter con incredulidad.

—Ha tenido que ser eso —dijo David con cierta desesperación.

Delante de la puerta había un felpudo. Era posible que, si uno iba despistado, se tropezara con él. Pero resultaba sumamente improbable.

—Eso es un disparate, David —dijo Hunter.

David profirió un leve gruñido de asentimiento.

—Me temo que no hay otra explicación. ¿Qué puede haber pasado, si no? No hay nadie más en el museo —levantó la mirada hacia Kat con una sonrisa débil—. No habrás pensado que me merecía un buen golpe en la cabeza, ¿verdad?

—¡Claro que no! —ella miró a Hunter—. Aquí no hay nadie más.

—Vamos a asegurarnos —Hunter se levantó.

—¿Adónde va? —preguntó David con aparente alarma.

—Voy a decirles a los guardias que lo registren todo.

—Pero si estoy bien. Seguramente... —comenzó a decir David.

—Parece que hay algún bromista rondando por aquí —dijo Hunter—. Quiero asegurarme de que el museo está a salvo cuando nos vayamos esta noche.

No le agradaba la idea de dejar a Kat a solas con David, pero aquel incidente le había inquietado profundamente y empezaba a preguntarse qué estaba sucediendo. Bajó rápidamente la escalera y llamó a los guardias. Sólo quedaban unos cuantos, pero aparecieron al instante al oír retumbar su voz en los pasillos. Hunter les explicó la situación y los hombres se marcharon.

Pero Hunter estaba seguro de que no encontrarían nada.

El museo era enorme. Y, si alguien lo conocía bien, podría encontrar numerosos rincones y recovecos, oficinas y armarios donde esconderse.

¿Había golpeado alguien a David Turnberry? ¿O era aquello sólo una artimaña del joven?

Volvió a subir las escaleras.

—Los guardias están registrando el museo —dijo. Naturalmente, David estaba reclinado contra Kat y, naturalmente, Kat tenía aún aquella mirada tierna en los ojos–. ¿Vamos a la policía o llamamos a un médico? –preguntó él.

David sacudió despacio la cabeza.

–No hay nada que decirle a la policía. Creo que me caí. Y me parece que no necesito un médico. Quiero decir que... no creo que haya perdido el conocimiento más que un segundo o dos.

–Está bien. Vamos a ayudarte a bajar las escaleras.

–Te ayudaré a levantarte –dijo Kat.

–No, déjame a mí –dijo Hunter con impaciencia–. Soy mucho más fuerte que tú.

No la apartó de un empujón, pero se interpuso entre los dos. David, sin embargo, podía sostenerse en pie sin problemas.

–Estoy bien –insistió.

–Sí, pero no queremos que te caigas por las escaleras, sobre todo teniendo en cuenta lo proclive que eres a tropezarte –dijo Hunter con sorna–. ¿Cómo llegaste al museo?

–Vine a caballo.

–Entonces Ethan os llevará en el carruaje. No puedes montar con una herida en la cabeza. Yo iré detrás, en tu caballo –dijo Hunter, intentando refrenar su ira creciente. Le irritaba extraordinariamente pensar que irían solos en su carruaje. ¡Y por insistencia suya!

Pero no podía hacer otra cosa.

Ethan estaba esperando junto a la puerta principal. Hunter dejó a David y a Kat a su cuidado y luego regresó para hablar con el jefe de los guardias del turno de noche. No habían encontrado nada de momento, pero el hombre le aseguró que se mantendrían alerta toda la noche.

Cuando salió, Hunter buscó en la calle el caballo de David. Lo encontró y montó en él de muy mal humor.

Era extraño. Allí estaba otra vez, en un carruaje, con David, y esta vez completamente a solas con él.

Su cara, a pesar de la herida, seguía siendo hermosa, y sus ojos parecían llenos de dolorosa adoración. Pero Kat no pensaba en sus sentimientos hacia ella.

—David —dijo, dejándole que apoyara la cabeza sobre su regazo—, ¿estás seguro de que te tropezaste?

Él sonrió.

—Eso ha tenido que ser.

Ella sacudió la cabeza.

—Pero, David, cuando te saqué del río dijiste algo que me ha inquietado desde entonces.

—¿Ah, sí? —preguntó él con cierto recelo.

—Dijiste que te habían empujado.

Él cerró los ojos. Sus bellas pestañas acariciaron sus mejillas. Abrió los ojos otra vez y luego movió ligeramente la cabeza con una sonrisa desganada.

—Debía de estar delirando. Creo que también pensé que eras un ángel o una sirena.

—Te caíste de un velero, David.

—Un día que no debí salir. El barco daba bandazos y seguramente...

—Tienes una herida en la cabeza.

Él levantó la mano para tocarle la cara.

—Eres de verdad un ángel. Sigues preocupada por mí. Y yo... ¡Oh, Kat!

Ella agarró su mano y se la bajó, ceñuda.

—¿Tú no estás preocupado, David?

—Me siento un estúpido —masculló él—. Primero me

caigo de un barco y luego me caigo al suelo. Francamente, estoy avergonzado.

Kat pensó que estaba mintiendo. Tenía miedo. Pero ¿de qué o de quién? Y, si tenía miedo, ¿por qué no lo admitía?

—Es ridículo sentirse avergonzado —le dijo—. Sobre todo, si tienes miedo.

—¡Yo no tengo miedo! —exclamó él, y se sentó.

Ella suspiró y se puso a mirar por la ventanilla del carruaje.

—Bueno, entonces —dijo con suavidad—, permíteme que lo tenga yo por ti.

—¡Kat! Tú nunca tendrás miedo de nada, ¿verdad? —preguntó, y Kat se sobresaltó. Lo miró a los ojos, pues había advertido una levísima nota de amargura en su voz.

Pero él le sonreía, y la expresión de sus ojos era de nuevo tan dolorosa, tan embelesada... Como si le dijera: «Te quiero tanto... Y tú no dejas de hacerme daño, de negarme...».

—Tal vez no debas seguir con la expedición —le dijo.

—No, tengo que ir.

—¿Por qué?

—Tengo que ir —repitió él—. ¡Tengo que ir!

—¿Para demostrar que puedes hacerlo? —inquirió ella suavemente.

Él se puso tenso y la miró con desdén.

—Cualquiera puede ir a Egipto. Yo formo parte de una tradición. Participaré en los descubrimientos, en las riquezas que se encuentren. Y no tienes por qué tener miedo por mí. De veras. Soy un excelente jinete. Hasta soy un buen marinero. Sé manejar un arma —inhaló y exhaló—. Soy un hombre valiente.

—Claro que sí. No quería insinuar lo contrario, pero

hasta los hombres más valientes pueden acabar siendo víctimas –repuso Kat en tono de protesta.

Él le sonrió nuevamente. Y le apartó un mechón de pelo de la frente.

–Nunca tendría que tener miedo si tú estuvieras a mi lado, ¿verdad? –preguntó con suavidad.

Ella lo miró con fijeza. No se apartó y, sin embargo, no se sintió conmovida por su mirada tierna.

–Pero no puedo estar a tu lado, ¿no es cierto? –dijo.

El carruaje se había detenido. La puerta se abrió bruscamente.

Hunter estaba allí.

–Ethan te acompañará dentro, David –dijo con aspereza, y le ofreció una mano. David miró a Kat.

–Gracias –dijo en voz baja.

Y eso fue todo. Aceptó la ayuda de Hunter para apearse y Ethan lo ayudó a entrar en la casa. Luego Hunter montó en el carruaje.

No dijo nada, pero se quedó mirándola mientras esperaban. En las sombras, su mirada parecía amenazante.

–¿Qué? –susurró ella, y le irritó que su voz sonara un poco ansiosa–. No he hecho nada.

–Yo no he sugerido lo contrario.

Hunter guardó silencio de nuevo. Y ella no pudo soportarlo.

–Creo que está en peligro –dijo.

–¿Qué?

–David está en peligro –contestó ella con firmeza.

Hunter emitió un bufido de impaciencia y miró hacia la casa, ansioso por ponerse en camino.

De pronto volvió a mirarla con enojo.

–Serías capaz de inventar todo un drama con tal de justificar tu obsesión.

Kat se sintió como si le hubiera dado una bofetada. Se recostó contra el lado del carruaje y lo miró fijamente.

—Yo no estoy inventando nada. Cuando lo saqué del río, dijo que le habían empujado.

—Es extraño que no se lo mencionara a nadie más.

—Sí, lo sé. Ahora finge no recordarlo.

—Puede que no lo recuerde porque no ocurrió.

—Está bien, sir Hunter, dígame usted cómo se hizo esa herida en la frente. ¿Tropezando contra la puerta? ¡Eso es ridículo!

—¿Viste u oíste a alguien en el museo? —preguntó él.

—No —reconoció ella, y se irguió en el asiento—. Pero ya le he dicho que la última vez que estuve en el museo oí a alguien susurrando —él suspiró y apartó la mirada de nuevo—. Hunter, le estoy diciendo la verdad. Oí susurros. No fui muy... franca porque estaba nerviosa. Verá, había estado curioseando un poco. Miré en su despacho y en el de lady Carlyle. Y fue entonces cuando alguien entró en el despacho exterior.

Él la miraba intensamente. El interior del carruaje estaba en penumbra, pero Kat podía sentir la agudeza de su mirada.

—Mucha gente entra y sale de la oficina.

—Sí, pero en este caso entraron a hurtadillas. Dijeron en voz baja que tenían que encontrar algo. Y que... que el desierto era oscuro. Le doy mi palabra. Creo que David está en peligro.

Ethan había vuelto a su sitio. El carruaje se puso en marcha tan repentinamente que Kat se vio impulsada hacia el asiento de enfrente y cayó sobre Hunter.

Sintió al instante que él la sujetaba. Sintió su aliento sobre la cara, el calor abrasador de su cuerpo.

Él no la soltó.

—¡Necia chiquilla! Creo que serías capaz de hacer o decir cualquier cosa para seguir a David, para estar cerca de él.

Seguía sin soltarla.

Y ella se sentía como si estuviera pegada al sitio, incapaz de desasirse; incapaz, incluso, de apartar la mirada. Estaba pegada a su pecho, trabada en el hueco entre sus muslos, y había algo en aquella embarazosa postura que parecía prender dentro de ella un fuego semejante al que irradiaba Hunter.

Él aflojó un poco la presión de sus brazos. Con el pulgar trazó una senda que, pasando sobre su mejilla y sus labios, se detuvo en su barbilla. Kat no podía respirar.

—No —musitó—. Es cierto que...

—David no es lo que quieres —la interrumpió él.

—Puedo arreglármelas sola, lo sé —musitó ella.

Él sacudió la cabeza.

—¿De veras? Puede ser, quizá porque sólo estás jugando con un joven inexperto. Pero, si David estuviera dispuesto a arrojarlo todo por la borda y a pedir tu mano, lo lamentarías, ¿es que no lo ves?

Ella no pudo responder pues él la besó de pronto. Y aquel beso fue muy distinto al que David le había dado la noche anterior. Los labios de Hunter se mostraron firmes y posesivos desde el instante en que tocaron los suyos e hicieron tronar su corazón en el pecho. No eran leves, ni indecisos, ni torpes. Su boca se amoldaba a la de ella, se fundía con ella apasionadamente, y su lengua se abrió paso entre sus labios como un fuego líquido, íntimo y turbador, excitante, fluido y acuoso. Su lengua exigía y buscaba, y Kat sintió con asombro la inmediata respuesta que se agitaba dentro de ella, el deseo de ceder a sus exigencias. En el beso de Hunter había vitalidad, fortaleza, ansia, un vigor que parecía agitar el alma. Kat debería haberse resistido. Debería haberse apartado. Pero no podía moverse. No deseaba, de hecho, moverse, pues las manos de Hunter, ahora sobre ella, la tocaban, y estaba ansiosa por conocer más íntimamente aquel fuego.

Entonces él apartó la boca y sus siguientes palabras le llegaron hasta lo más hondo, sofocando de pronto aquel fuego.

—Ah, sí. Ya veo que puedes arreglártelas sola si alguien te aborda.

—¡Oh!

¡Aquello era el colmo! Le dio un fuerte empujón en el pecho y apoyó las manos sobre sus rodillas para incorporarse y sentarse de nuevo en su asiento. Pero una de sus manos resbaló, se posó sobre el muslo de Hunter y tocó...

—¡Oh! —exclamó de nuevo mientras luchaba por recobrar el equilibrio. En ese momento, habría sido capaz de tocarle en cualquier parte, con tal de escapar.

Pero él posó las manos sobre su cintura, la levantó en vilo con toda facilidad y volvió a sentarla firmemente sobre su asiento, lejos de él.

El carruaje se detuvo al fin. Temblorosa, Kat se pasó el dorso de la mano por la cara. Hunter había salido ya del coche y no lo notó. Alargó el brazo hacia ella y Kat se echó hacia atrás, pero no tenía nada que temer. Saltaba a la vista que estaba ansioso por despedirse de ella. Levantándola, la sacó del carruaje y la depositó en el suelo con un solo movimiento.

Ella se giró, todavía sin habla, y salió corriendo hacia la casa. La puerta se abrió y apareció Maggie. Kat intentó aquietar el frenético latido de su corazón, temiendo delatar el tumulto de sensaciones que Hunter había generado dentro de ella.

—¡Buenas noches, sir Hunter! —dijo Maggie alegremente desde la puerta.

Kat no supo si Hunter respondió.

Ni siquiera se dio cuenta de si Maggie volvía a hablar o cerraba la puerta. Subió las escaleras a todo correr.

—¡Kat! —gritó Maggie—. ¿No vas a cenar?

—No, gracias, Maggie. Estoy... agotada. No tengo hambre, gracias.

—¡Pero niña! ¡Tu padre querrá verte!

—Por favor, Maggie, dile a papá que lo entiende. Estoy tan cansada...

Y se fue corriendo a su cuarto, todavía temblorosa.

Sí, estaba cansada. Pero ¿podría dormir?

Lo intentó, pero se pasó la noche dando vueltas en la cama, presa todavía de un ardor que, por momentos, parecía empeorar. ¿Cómo era posible que las caricias de Hunter hubieran causado aquella tempestad y las de David no?

Hunter no tuvo tiempo de detenerse a meditar sobre la oleada de emociones que se había apoderado de él, pues cuando regresó a casa había un carruaje en su puerta.

Lord Avery estaba allí.

Al recordar que acababa de dejar a David Turnberry en su casa, frunció el ceño.

Entró por la puerta lateral, y arrugó de nuevo el ceño al ver que Emma Johnson estaba preparando un vaso de whisky sobre una bandeja de plata.

Emma se encogió de hombros.

—Su señoría llegó hace unos minutos. ¿Quieres tú también un whisky?

—Uno bien cargado —repuso Hunter e, inclinando la cabeza para darle las gracias, se dirigió al salón—. Lord Avery —dijo.

El anciano caballero parecía agitado y se paseaba de un lado a otro por delante de la chimenea. Emma entró casi detrás de Hunter, llevando la bandeja.

—Gracias, buena mujer —dijo lord Avery al tomar el vaso.

Hunter supuso por la mirada que le lanzó Emma que lord Avery no había dado explicación alguna que justificara su visita. Cuando él hubo tomado su vaso de la bandeja, el ama de llaves salió rápidamente de la habitación.

—¿Qué sucede? —preguntó Hunter.

—Estoy indeciso —dijo lord Avery—. Terriblemente indeciso.

—Mmm, yo también lo estoy esta noche —murmuró Hunter.

—¿Cómo dices?

—No, nada. ¿Cuál es su dilema, lord Avery?

El anciano se bebió de un trago el whisky, como Hunter había hecho ya a su vez. Se miraron el uno al otro con sus vasos vacíos.

Lord Avery abrió la boca y volvió a cerrarla. Luego dejó escapar un suspiro.

—Mi querido lord Avery, ¿qué ocurre?

—No creo que podamos llevar a la chica con nosotros —dijo lord Avery al fin.

—¿Perdón?

Lord Avery empezó de nuevo a pasearse.

—Bien sabe Dios que Margaret no será capaz de tomar una decisión. Así que esto también es en parte culpa suya.

—¿Esto? ¿A qué se refiere? —Hunter arrugó el ceño.

¿Se habría sincerado David Turnberry? ¿Les habría dicho que estaba enamorado de la hija del pintor?

—Hunter, me siento como el más insigne cretino del reino. No hay nada concreto, en realidad. Pero ¿es que estás ciego, mi buen amigo? Esa muchacha no sólo es exquisita, ¡es como un volcán! Su manera de moverse, su sonrisa, sus ojos... No me malinterpretes, no creo que haya nada que reprocharle. Pero es... peligrosa.

—¿Peligrosa? —repitió Hunter.

Él mismo lo había pensado a veces. De hecho, esa noche, al regresar a su casa...

—Pero acaba usted de decir que no ha hecho nada —dijo—. Y sin embargo es peligrosa.

—Veo cómo la miran.

—¿Quiénes?

—Todos esos jóvenes —agitó de nuevo la mano vigorosamente—. ¡Todos esos muchachos entre los que Margaret se resiste a elegir!

—Ah.

—Pero, si me desdigo, ¿qué pensará su padre? Es un buen hombre, un hombre excelente. Me atrevería a decir que puedo considerarlo ya un amigo. ¡Ah, si hubiera sido la hermana quien salvó a David! Es dulce, tierna y más... bueno, más parecida a un ratón.

—¿Margaret no quiere que Katherine Adair nos acompañe? —preguntó Hunter.

—¡Margaret la adora! Está deseando tenerla por compañera.

—¿Ha ocurrido algo concreto? —preguntó Hunter.

Lord Avery titubeó. Después suspiró por enésima vez.

—El joven David. Esta noche, cuando llegó, nos dijo que Katherine lo había encontrado en el suelo después de que, por lo visto, sufriera un accidente. La forma en que habló de ella... Discúlpame, pero soy padre. No quiero semejante competencia para Margaret, y se acabó.

—Entiendo —dijo Hunter. Y lo entendía. Él mismo se había preguntado si habría algún modo de dejar a Kat en tierra. Al empezar todo aquello, creía ser él quien dominaba la situación. Tenía el convencimiento, ciertamente, de hallarse en pleno dominio de sí mismo.

Pero se había equivocado. Estaba tan prendado, o al menos tan encaprichado por ella, como todos los muchachos que rodeaban a Katherine.

Así pues, no había nada más que decir. Lord Avery había tomado una decisión. Él no tenía por qué quedar como un ogro.

Y sin embargo...

—Olvida usted que le prometió a su padre que recibiría clases de pintura.

—Tiene que haber algún otro profesor.

—¿No se fía de mí para velar por ella? —Hunter apretó los dientes y se preguntó qué rayos estaba haciendo. ¿Ansiaba poder decirle honestamente que eso era lo que había intentando con todas sus fuerzas?

«No. Quería verla. Quería tocarla, quería poseerla, quería saciar el feroz deseo que lo sacudía hasta la médula. Quería creer que Kat era sólo una mujer, como muchas otras que habían pasado por su vida».

—Hunter, si esa joven fuera tu amante y esos muchachos lo supieran, ninguno de ellos se atrevería a besarle siquiera la mejilla. Pero sé, y tú debes saberlo también, que es demasiado joven e inocente, y que su padre ha velado demasiado por ella como para que sea la querida de nadie. ¡Cuánto me está haciendo sufrir todo esto, Hunter!

—Katherine es también una ayudante excelente —dijo Hunter, pensativo—. Posee una capacidad de aprendizaje asombrosa. Ya puede traducir páginas complicadas.

Lord Avery comenzó de nuevo a pasearse por la habitación.

—¿Harías el favor de decirle a Emma que me traiga otro whisky? —preguntó.

—Desde luego —respondió Hunter, y se fue a la cocina en busca de Emma, que estaba, naturalmente, intentando escuchar la conversación—. ¿Podrías llevarnos otra ronda, por favor? —dijo.

—¿Qué? Ah, sí, claro, Hunter —repuso Emma.

—De ese modo nos escucharás mucho mejor —añadió él con una nota de humor.

—¡Hunter! —protestó ella, pero se acercó a él y susurró con indignación—. ¡No puedes permitírselo! ¡Esa muchacha arriesgó su vida y no pidió nada a cambio!

—Mmm —masculló él ambiguamente.

—Hunter, es preciosa, amable y encantadora y... ¡no puedes permitir que le hagan eso!

—Gracias, Emma, lo tendré en cuenta. Pero se trata de lord Avery.

—¡Y sin ti no hay expedición!

—Lamento disentir. Estarán Brian Stirling, el conde de Carlyle, y su esposa, y los dos son excelentes egiptólogos.

—¡Pero tú eres el mejor! Eres el más culto, has combatido en las guerras de su majestad, hablas árabe..., ¡conoces a todo el mundo en El Cairo!

—Gracias, Emma. ¿Podrías llevarnos las bebidas, por favor?

Hunter regresó al salón. No se explicaba cómo había podido Emma servir las copas tan rápidamente, pero el caso fue que ella volvió a entrar justo detrás de él.

Lord Avery tomó su vaso. Hunter hizo lo propio.

Se miraron el uno al otro y apuraron el whisky de un trago.

Dejaron los vasos sobre la bandeja.

Emma frunció el ceño.

—¿Tomará usted otro, lord Avery?

—No, gracias. Es suficiente. Ya he dicho lo que vine a decir.

Emma miró a Hunter con expresión suplicante.

—Eso es todo, Emma, gracias —dijo él.

Ella salió con un susurro de faldas. Lentamente.

—Lord Avery, permítame consultar esta cuestión con la almohada —dijo Hunter.

Lord Avery arrugó el ceño, pero por fin asintió con la cabeza.

—No bromeo cuando digo que estoy angustiado. Me preocupa su padre. Yo me haré cargo de esa niña cuando zarpemos, del mismo modo que esperaría que él se hiciera cargo de la mía.

—Por desgracia ya no son niñas, lord Avery.

—¡Precisamente!

—Déjeme pensar qué es lo más conveniente —dijo Hunter.

—¡Qué necio he sido! —exclamó lord Avery—. ¡Me parecía tan buena idea...! Y ese hombre, el padre, tiene verdadero talento. Son todos inocentes, todos ellos. No quisiera causarles ningún perjuicio. Pero no pienso permitir que mi hija derrame ni una sola lágrima.

—No creo que lady Margaret se disguste hasta ese extremo —comentó Hunter.

—No sé —dijo lord Avery. Sacudió la cabeza—. Puede que esté sacando las cosas de quicio. Tienes razón. Es mejor consultarlo con la almohada. Seguro que así encontraremos la solución. Gracias por la sugerencia, Hunter —esbozó una tensa sonrisa—. Me voy, entonces. Hablaremos por la mañana.

—Llámeme cuando quiera, lord Avery.

—¡Bah! Odio esos chismes. Ya hablaremos.

—Quedan dos días para zarpar. Todavía quedan muchas cosas por hacer.

—Hablaremos —repitió lord Avery con firmeza, y dio media vuelta para marcharse.

—Buenas noches, milord —dijo Hunter.

Y, de ese modo, lord Avery se puso el sombrero y la capa y partió. Hunter tomó asiento en el sillón púrpura.

Emma apareció de inmediato.

—¡No puedes permitir que se libre así de esa pobre chiquilla! —dijo.

—No es una pobre chiquilla —masculló él.

—¡Hunter!

—Tomaré otro whisky, Emma.

—¡Buff!

—O, mejor, trae la botella.

—¡Hunter!

—Estoy pensando, Emma.

—¡Bah!

Emma se fue a la cocina y regresó con la botella y un vaso limpio. La bandeja no contenía, sin embargo, sólo whisky. Emma se había encargado de que, a pesar de la hora, tuviera preparada una cena caliente.

—Hunter, tienes que comer.

—Está bien.

Emma se fue.

Él levantó la botella y bebió directamente de ella. El whisky le quemó el gaznate.

Siguió bebiendo.

Cobró conciencia de los golpes que sonaban en la puerta y se sintió como si le estuvieran golpeando con un martillo en la cabeza.

Profirió un gruñido y gritó:

—¡Fuera!

—¡Hunter! —era Emma.

—¿Hay un incendio?

—¿Un incendio? No.

—¡Entonces, márchate!

Pensó por un momento que le había dejado en paz. Luego la puerta se abrió. Entornó lentamente un ojo. No era propio de Emma entrar así en su cuarto. Dormía en cueros, y quizá las sábanas no estuvieran donde debían estar.

Pero no era Emma. ¡Era Kat!

El pelo suelto le caía sobre los hombros en una exuberante cascada. Iba vestida con uno de los bellos trajes de su hermana, con un corpiño que realzaba sus pechos y reducía su cintura a la mínima expresión. Por una vez, sus ojos parecían de un castaño suave y cándido. Hunter comprendió que estaba nerviosa, que le había costado un arduo esfuerzo entrar en la habitación.

Dejó escapar un gruñido, se dio la vuelta y le ofreció la ancha espalda.

—¡Sir Hunter, por favor! —dijo ella.

Él volvió a girarse, deseando haberse abstenido del whisky. ¿Y por qué del whisky?

¡De ella!

—¿Qué? —preguntó.
—Tiene que ayudarme.
—No, no tengo que ayudarte.
Ella inhaló profundamente.
—Eliza está preocupada. Dice que lord Avery estaba muy disgustado anoche, cuando llegó David. Que por alguna razón parecía estar enfadado conmigo. No entiendo por qué.

Él la miró entonces de hito en hito; contempló la perfección de su figura, la belleza clásica de su rostro, el rojo fulgor de su cabello.

—Yo tampoco —dijo sarcásticamente.
—Parece creer que... causo problemas.
—Y así es.
—¿Qué? ¡Pero tengo que ir en esa expedición! —dijo ella.

Ah, sí, tenía que ir. David iba a ir.

—¿Te importaría salir de mi habitación? Como puedes ver, no me he levantado.
—Tiene que escucharme, por favor.

Él la miró con fijeza. Kat no iba a ir a Egipto.

—Discúlpame, entonces —se levantó. Le alegró notar que ella emitía un gemido de sorpresa al ver su desnudez. Cruzó la habitación, entró en el cuarto de baño y cerró la puerta.

Llenó de agua el lavabo y se mojó la cara. Necesitaba refrescarse. Se puso la bata que colgaba de la puerta.

—¿Sir Hunter?

Él se lavó los dientes parsimoniosamente.

Por fin abrió la puerta del cuarto de baño.

—¿Hay café? —preguntó.
—Está junto a la puerta —dijo ella, tragando saliva.
—¿Por qué no lo traes?

—Enseguida.

Claro que había café. Emma se había aliado con la muchacha. Kat salió a toda prisa, recogió del suelo la bandeja y volvió a la habitación.

—¿Leche y azúcar? —preguntó.

—Solo.

Ella le alcanzó una taza. Hunter notó que le temblaban las manos. Sentado al pie de la cama, bebió un sorbo mientras la miraba. Luego movió la cabeza de un lado a otro.

—¿Qué demonios crees que puedo hacer por ti?

Ella tragó saliva.

—Creo que hay una solución.

Él enarcó una ceja.

—¿Y cuál es?

—Usted... eh... tendría que prometerse conmigo en matrimonio.

Hunter casi se atragantó con el café; de hecho, escupió un poco por el suelo.

Kat lo miraba entre alarmada y rabiosa.

–Está bien, está bien, ya sé que no tengo título, ni una familia de alto copete –dijo casi gritando–. Pero... ¡la fotografía de mi padre aparece hoy en el periódico! Dicen que hasta la reina está deseando ver su trabajo. No tendrá que avergonzarse de mí, se lo aseguro. Y sólo tendría que ser por una temporada. Sólo le estoy pidiendo que finja.

¡Cuánto deseaba que Hunter se vistiera! Con su pelo negro y los músculos que dejaba entrever la bata, parecía mucho más imponente de lo que había imaginado. Y ella, sonrojada y trémula, recordaba la noche anterior y era incapaz de creer que estuviera allí. Y pese a todo...

–Veamos si te he entendido bien –dijo él–. ¿Quieres que finja que estamos prometidos en matrimonio para poder emprender un largo viaje con el fin de consumirte de amor por un hombre que no puede ser tuyo?

–Usted no piensa casarse con nadie, de todos modos –repuso ella.

Hunter se inclinó hacia ella. Kat estuvo a punto de dar un salto hacia atrás.

—¿Y tú cómo lo sabes?

Ella agitó una mano en el aire.

—Sus devaneos amorosos son del dominio público.

—Puede que haya cambiado.

Ella sacudió la cabeza. Hunter se lo estaba poniendo muy difícil.

—¿Qué te hace pensar que eso te servirá de algo? Te arranqué de los brazos de ese hombre cuando, por así decirlo, aún no habías puesto tus ojos en mí —su voz era como un gruñido. Kat empezaba a arrepentirse de haber ido. Hunter sólo iba lograr que se sintiera más y más idiota. Y más indigna.

—No voy a flirtear con nadie —dijo—. Ni siquiera intentaré influir en David.

—Estás mintiendo.

—No.

—Entonces, ¿para qué quieres ir? —preguntó él.

Kat tragó saliva, segura de que iba a volver a mofarse de ella.

—Creo de veras que la vida de David corre peligro.

Hunter se levantó profiriendo un bufido. Kat retrocedió. Él la miraba con fijeza, el pelo revuelto, los recios rasgos de su cara formando una máscara semejante a la de una estatua de bronce.

—Por favor, no entiendo por qué no me cree —exclamó ella.

Hunter cruzó la habitación y se plantó delante de la chimenea. Kat se sonrojó de nuevo y se preguntó por qué su mente se alejaba del propósito que la había llevado hasta allí y se fijaba, en cambio, en la musculosa silueta de Hunter MacDonald.

—Por favor... —musitó.

Él se dio la vuelta.

—Señorita Adair, creo que esto es lo más ridículo que he oído nunca.

Kat se obligó a sostenerle la mirada. Intento detener el temblor que se había apoderado de ella.

—Pero es la verdad.

Él movió la cabeza de un lado a otro sin apartar los ojos de ella.

—¿Y qué? Si de veras alguien quisiera matar a David, ¿qué crees que podrías hacer tú para impedirlo?

—Le salvé la vida una vez.

—Vamos a ir al desierto. No al río.

—Por favor, le juro que... que le compensaré.

—¿Cómo? —preguntó él.

—Yo... seré la mejor ayudante que haya tenido nunca.

—Ayudantes hay patadas.

Ella apretó los dientes.

—Escucharé cada palabra suya, estaré siempre a su disposición. Le pondré cojines bajo los pies, le prepararé las bebidas, cocinaré, limpiaré... ¡lo que sea!

—Tú todavía no sabes lo que significa «lo que sea» —replicó él ásperamente.

Ella se sonrojó intensamente.

—Sir Hunter...

—Si consiento en esta locura —dijo, dejando la taza sobre la repisa de la chimenea y describiendo un círculo alrededor de Kat—, y eso es mucho suponer; si acepto y te acercas siquiera a ese hombre, te arrastraré por el pelo. Lamentarás el día que me persuadiste para dejarte ir.

Ella se obligó a permanecer muy quieta.

—Eso es cruel, pero comprensible.

—Cargo con muchos pecados a mi espalda, y te aseguro que el orgullo es uno de los mayores —añadió él.

—Ya lo he notado —contestó ella con suavidad.

—Y, por otro lado, ¿qué ocurriría si, por el camino, yo encontrara alguien que... atrajera mi atención?

—Sencillamente, miraría para otro lado —repuso ella.

—¿Y si me enamorara?

—Entonces tendría que dejarme.

—Oh, ése sería un drama que te encantaría, ¿no es cierto?

—¡No! —gritó Kat—. Sólo estoy diciendo que...

Se interrumpió. Él, que había regresado junto a la chimenea, le alargó la taza.

—Café —se limitó a decir.

Kat lo miró un momento con inquina; después agarró la taza, sirvió el café y volvió a dársela.

—¡Ah, mírate! Conque harías cualquier cosa, ¿eh? De momento sólo hemos llegado al café, y ya te veo dispuesta a arrojarme un cuchillo por la espalda.

—Intenta usted hacerme enfadar adrede —replicó ella con aire acusador.

Él la agarró por la barbilla, los ojos oscuros, los labios tan cerca que Kat sintió que empezaba a temblar otra vez al recordar lo sucedido la tarde anterior.

—Más adelante será mucho peor —le dijo él en tono de advertencia.

—Entonces... ¿lo hará?

Él estuvo refunfuñando un rato. Luego agitó la mano en el aire.

—Vete.

—Pero Hunter... Sir Hunter...

—¡Fuera!

—Pero...

—¡Sí, sí, maldita sea! Lo haré —se giró y la miró—. Esta misma noche haré una representación que apenas podrás creer. Pero te aseguro que te haré pagar por ello.

—Gracias —logró decir ella.

—¡Fuera!

—¡Me voy!

Y se fue. Salió tan rápidamente como pudo de la habitación, y con las prisas estuvo a punto de chocar con Emma. El ama de llaves estaba esperando fuera, junto a la puerta. Agarró a Kat del brazo y la llevó a rastras por el pasillo.

—¿Va a hacerlo? —preguntó ansiosamente.

—Sí.

—¡Te lo dije!

—¡Pero está hecho una furia! —dijo Kat con un estremecimiento.

—Ya se le pasará —Emma juntó las manos alegremente—. ¡Oh, esto va a ser muy divertido! Pero hay que darse prisa.

—¡Espera, espera, Emma! No hay nada que hacer. Sólo es una farsa, una comedia, nada más.

—Cielo santo, querida niña, ¿es que no lo ves? Tiene que ser una farsa perfecta. Si sir Hunter ha consentido, me dará la razón.

—Emma... —Kat la agarró de las manos y la miró a los ojos—. No es real.

—Katherine, te ayudé a entrar aquí y a conseguirlo. Ahora tienes que seguirme un poco la corriente y hacerme caso. Si no se forma cierto revuelo, nadie se lo creerá. Ahora, vete a casa y díselo a tu padre y a tu hermana. Confía en mí. Sir Hunter bajará dentro de poco. Ya verás. Oh, querida. Sólo queda hoy y mañana, y luego zarparemos. ¡Será maravilloso!

—Emma... —intentó advertirla de nuevo Kat.

—Anda, vete. Tengo que preparar la fiesta de esta noche.

—¿La fiesta?

—Claro. Oh, será una fiesta discreta, del mejor gusto. ¡Vamos! ¡Tú también debes darte prisa!

Toda aquello era una locura. La idea del falso compromiso no había cobrado aún forma en su cabeza al llegar allí; sencillamente esperaba que Hunter, siendo como era y estando siempre dispuesto a verla hacer el ridículo, tuviera alguna ocurrencia.

Pero Emma le había propuesto aquello, asegurándole que a sir Hunter le iría bien tener una prometida. A fin de cuentas, era un hombre muy solicitado y andaba siempre intentando esquivar a las mujeres que pretendían hacerse con su apellido. Ahora que era cosa hecha —¡y qué gran osadía había sido!— le parecía más disparatado que nunca.

Iba a tener que mentirle a su padre. Ello le resultaría muy difícil. No tanto en ese momento, anunciaría su compromiso y partiría, y su padre seguiría trabajando, feliz y satisfecho porque ella hubiera encontrado tan buen partido, sino más adelante...

Cuando se rompiera el compromiso.

—¡Vete a casa! ¡Y sé convincente! —dijo Emma—. Ethan se asegurará de que llegues a salvo.

—Emma, pero si es pleno día... No va a pasarme nada.

—Sir Hunter jamás mandaría a su prometida a casa en ómnibus, querida, teniendo el carruaje esperando.

Y, de ese modo, Ethan la llevó a casa y, por algún motivo, pareció que él también estaba al corriente de la farsa, pues se sonreía de oreja a oreja.

Cuando la ayudó a apearse, dijo:

—¿Me permite darle la enhorabuena, señorita?

Ella dejó escapar un suspiro y sacudió la cabeza.

—¡Ethan!

—Entre, señorita. Luego vendré a buscarla.

La casa estaba en silencio cuando entró. Pensó que tal vez Eliza estuviera aún durmiendo, pero sabía que su padre estaría en el desván, donde la claraboya del ala este del tejado le proporcionaba luz suficiente.

Y allí estaba, tal y como Kat esperaba, contemplando absorto una de sus marinas como si sopesara el color y la composición.

Levantó la mirada al entrar ella y enarcó una ceja.

—¿Qué ocurre, Kat? Pareces preocupada. ¿Algo va mal?

Sí, algo iba rematadamente mal. Ella negó con la cabeza. Su padre dejó la paleta y se acercó a ella.

—¿Qué ocurre que no puedas contarle a tu padre, pequeña? —preguntó, ceñudo.

—Papá, necesito tu bendición —dijo ella atropelladamente.

Él arrugó aún más el ceño.

—¿Para qué?

—Voy a prometerme en matrimonio.

—Cuando un hombre quiere prometerse en matrimonio, va a ver al padre de la chica —dijo él con expresión severa.

Kat, que había olvidado que su padre reaccionaría así, dio un respingo. Abrió la boca mientras intentaba pensar en algo que decir.

—En efecto, así es —oyó que decía alguien tras ella y, al darse la vuelta, vio a Hunter en la puerta del taller de su padre.

Iba vestido con un elegante traje gris con chaleco púrpura, se acababa de afeitar y olía a jabón y a cuero. Sus ojos pasaron un instante sobre ella y luego fueron a posarse sobre su padre.

–Kat está un poco nerviosa. Le quiere a usted mucho. He venido a pedirle la mano de su hija, señor Adair.

Las cejas de William Adair se alzaron al tiempo que su mandíbula caía. Se quedó mirándolos fijamente durante lo que pareció una eternidad. Después cerró de golpe la boca y sonrió.

–¡Vaya, vaya! –le dijo a Hunter.

–Su hija ha enamorado mi corazón y mi espíritu desde que la saqué del río –contestó Hunter.

William guardó silencio de nuevo y luego se echó a reír. Levantó a Kat en brazos y la sostuvo en vilo mientras se reía. La bajó, la abrazó con fuerza y por fin la dejó en el suelo. Luego se acercó a Hunter y le estrechó la mano.

–¡Santo cielo, sí, sí, sí! Cuando ha entrado Kat, he pensado que era uno de esos muchachos... Pero ¡ah, sí! Usted y ella. Una pareja perfecta. Lo veía en el alma, pero por Dios que no me correspondía a mí hablar, y aunque un padre pudiera elegir tan buen marido para una hija, a las hijas no les gusta sentirse forzadas. A fin de cuentas, los tiempos han cambiado –seguía estrechándole la mano–. Ha sido todo muy rápido, sí, pero vais a hacer un largo viaje y podréis conoceros bien antes de que tenga lugar la boda.

Soltó al fin la mano de Hunter y volvió a abrazar a Kat. Luego profirió un grito que hizo subir a Eliza en bata y a Maggie cubierta de harina.

–¡Se han prometido! –gritó William, abrazando a Eliza–. ¡Se han prometido!

–¡Prometidos! –exclamó Eliza con estupor, mirándolos a ambos.

–¡Ay, Señor! –dijo Maggie–. ¡Kat! ¡Qué contenta estaría tu santa madre si pudiera darte su bendición!

A Kat se le sonrojaron las mejillas. Nunca se había sentido tan culpable.

Eliza la abrazó. Sus ojos se encontraron y Kat comprendió que su hermana había adivinado que estaban mintiendo y que, pese a todo, parecía entenderlo. Luego Eliza le dio a Hunter un beso fraternal. Maggie abrazó efusivamente a Kat, tal y como había hecho su padre pero sin levantarla del suelo, y dudó un momento delante de Hunter, pero al fin acabó abrazándolo también a él.

Cuando se vio libre, Hunter se acercó a Kat y la tomó de la mano.

−Cariño −dijo, y Kat pensó que sólo ella advertía el terrible deje de sorna de su voz−, ¿tendrías la bondad de llevar este anillo?

Ella miró el anillo que acababa de ponerle en el dedo. Era una alianza de oro con una piedra amarilla que refulgía a la luz del sol.

Hunter se apartó de ella y se dirigió a su padre.

−Señor Adair, lamento tener que irme tras darles la noticia tan bruscamente, pero creo que el más sorprendido con todo este revuelo soy yo mismo. Debo marcharme. Emma desea celebrar una pequeña fiesta en mi casa esta noche, a la que están todos invitados −se volvió hacia Maggie y se inclinó galantemente ante ella−. Señorita Maggie, si tuviera la amabilidad de ayudar a Emma, le estaríamos muy agradecidos.

Maggie juntó las manos y lo miró maravillada.

−¡Mi queridísimo señor! ¡De mil amores! Dígale que no se preocupe. Haré todo lo que me mande.

−Bien, entonces, todo arreglado −hizo amago de salir, pero se detuvo y, dándose de nuevo la vuelta, miró a Kat−. ¡Cielo santo! Amor mío, con tantas prisas olvidaba el motivo de mi alegría −volvió hacia ella. La levantó del suelo y la sostuvo sobre sí un momento. La depositó luego despacio en el suelo, dejando que se deslizara sobre su cuerpo. Iban los dos completamente vestidos, por supuesto. Y, pese a todo, al deslizarse sobre su figura, Kat recordó vivamente cuanto había presenciado esa mañana. Cuando se halló de nuevo con los pies en el suelo, Hunter inclinó la cabeza hacia ella.

Aquel beso no fue como el que se habían dado la noche anterior. Fue ligero y tierno, un beso de enamorado, una promesa. Un beso perfectamente adecuado para los ojos de un futuro suegro.

—Hasta esta noche.

El aire sensual que aparentemente podía imprimir a su voz a voluntad hizo estremecerse a Kat. Cuando él se alejó, todavía sentía su contacto.

Y la ironía que impregnaba sus palabras.

—¡Ah! —suspiró Eliza tras él—. ¡Ah! —se giró hacia su hermana con las mejillas sonrosadas—. ¡Oh, Kat! ¡Es tan guapo! ¡Tan...! —se quedó callada de pronto—. Um... tan formal y tan amable —dijo en voz baja.

—¡Guapo! —bramó William—. ¡Maggie! ¡Una boda! ¡Va a haber una boda! —y, con música o sin ella, agarró a Maggie de las manos y se puso a bailar con ella por el desván.

Lord Avery entró en el salón de su casa, donde Hunter aguardaba junto al fuego. Estaba muy serio y, mientras se acercaba a él, iba sacudiendo la cabeza.

—¡Ya me he enterado! Los sirvientes de todo Londres no hablan de otra cosa. ¡Hunter, hijo mío! ¡He sido yo quien te ha forzado a esto!

Hunter sacudió la cabeza.

—No, lord Avery, y he venido porque temía que fuera eso lo que pensara. Puede que acelerara usted mis planes, pero nada más.

—¡Pero Hunter! ¡No pensarás casarte! Las señoras de más alcurnia de todo el país han hecho desfilar a sus hijas delante de ti; mujeres independientes y ricas te han dejado claro que llevarían gustosas tu apellido... Te has librado del matrimonio todos estos años, y sin duda eso era lo que pretendías.

—Ah, pero no puede uno escapar siempre, lord Avery.

—Pero Hunter...

—Lord Avery, ayer usted mismo mencionó las virtudes de Kat que me han robado el corazón. Su belleza es incomparable, pero es también una joven valiente y vivaz, inteligente, curiosa..., tierna, cariñosa, encantadora... Querido amigo, ¿cómo no iba a enamorarme de ella?

—¡Oh!

Los dos levantaron la vista, sorprendidos. Margaret estaba en lo alto de la escalera, mirándolos, y, naturalmente, lo había oído todo.

Bajó corriendo las escaleras y se arrojó en brazos de Hunter, lo abrazó y a continuación lo besó en ambas mejillas.

—¡Perdona, Hunter! ¡Soy tan feliz! Qué hermosas palabras. Si alguna vez me las hubieras dicho a mí, habría caído rendida a tus pies.

Él se echó a reír y la apartó suavemente, intentando no rechinar los dientes.

Aquello era, ciertamente, mucho trabajo para conservar a una secretaria. Y, pese a todo, las mentiras salían de sus labios con tanta facilidad... Porque eran ciertas, claro estaba, pensó con una pizca de amargura. Kat había inflamado sus sentidos desde el principio y, a pesar de que había intentando alejarse de él, sólo había logrado seducirlo aún más. ¡Era tan ingenua...! Y, no obstante, quizás, sólo quizás, tras todos aquellos años durante los cuales él había intentando conservar la soltería, rompiendo de paso algún que otro corazón, era lo que se merecía. De haberlo sabido antes...

—Margaret, eres un ángel, pura de corazón, bella y generosa, y sin duda algún hombre ahí fuera estaría dispuesto a arrojarse a tus pies para adorarte. De hecho, creo que son varios.

Lord Avery emitió un sonido peculiar.

—Sí, ¡y será mejor que elija pronto!

—De haber sabido que podía conquistarse el corazón de Hunter, yo misma habría intentando conseguirlo —dijo ella con una sonrisa—. ¡Oh, Hunter! En serio, estoy encantada por los dos. Padre, debemos celebrar una fiesta enseguida, ya que vamos a irnos...

—Esta noche hay una pequeña reunión en mi casa a la que asistirán unos cuantos amigos —dijo Hunter, ansioso por marcharse—. Vendrán ustedes, ¿verdad? Digamos, ¿a eso de las ocho?

—Claro que sí —contestó Margaret.

—Desde luego, Hunter —dijo lord Avery, mirándolo otra vez. Saltaba a la vista que Hunter le había convencido de su sinceridad.

En el instante en que Hunter se daba la vuelta para marcharse, David Turnberry entró en el salón. El joven se paró en seco al ver a Hunter, quien a su vez también se detuvo.

—Buenos días, señor —dijo David.

—David —repuso Hunter.

Margaret cruzó el salón casi flotando y tomó a David de la mano.

—¡David! ¡Va a casarse! Hunter va a casarse.

David lo miró con extrañeza.

—¿Con quién?

—¡Bobo! —dijo Margaret riendo—. ¡Con su sirena, la señorita Adair! —el joven palideció—. David, debes darle la enhorabuena —insistió Margaret, que no parecía haber notado su repentina palidez.

David le tendió una mano, envarado. La nuez de su garganta subía y bajaba.

—Enhorabuena —dijo.

—Esta noche hay una fiesta en su casa —añadió Margaret—. ¡Tengo que buscar algo que ponerme! —besó a Hunter en la mejilla y salió corriendo.

Lord Avery permaneció junto al fuego.

David habló en voz muy baja.

—No... puedo creerlo... No puede ser.

—Pues será mejor que lo creas —dijo Hunter con sencillez. Se inclinó hacia su oído y bajó la voz—. Vuelve a tocarla y te romperé todos los huesos del cuerpo, ¿entendido?

Con ésas, pasó junto a David y salió de la casa.

La puerta del cuarto de Kat se abrió de repente.

Era Isabella. Debería haberlo imaginado.

—Entra, por favor —dijo.

Isabella la miró con frialdad.

—No lo creo ni por un segundo. ¿A qué estás jugando ahora?

—No se trata de un juego —contestó Kat, mintiendo descaradamente—. Voy a casarme.

La otra se acercó al armario, junto al cual Kat estaba intentando elegir qué ropa podía servirle para su viaje al desierto.

—Puedes mentir a otros, Katherine Adair, pero yo sé la verdad sobre ti.

—¿Y cuál es?

—Tú deseas a otro hombre.

Kat siguió mirando su ropa, eligiendo una blusa de algodón aquí y una falda de lino allá.

—Bueno, lady Daws, pues voy a casarme con sir Hunter MacDonald.

—No creo que tú —«ni siquiera tú, con tus astutas estratagemas»— hayas sido capaz de cazar a un hombre como sir Hunter.

—¿Ah, no? —Kat se volvió hacia ella; despreciaba a aquella mujer y, sin embargo, no sabía muy bien por qué, o quizá le diera miedo saberlo—. ¿Y eso por qué? ¿Acaso lo intentó usted y fracasó?

Estaba segura de que lady Daws apenas lograba contenerse para no abofetearla. Sus ojos tenían una expresión gélida y su boca una mueca amarga. Kat nunca había sentido el odio de manera tan palpable.

—¿Le importa? —dijo—. Tengo que hacer el equipaje.

—Le diré la verdad. Recuerda lo que te digo. Le diré la verdad.

Kat no pudo evitarlo; se echó a reír.

—Dígale lo que quiera.

—Te lo advertí. Pagarás por esto.

—¿De qué está hablando?

—No puedes vivir con esa mentira y no pagar por ello. Y pagarás.

Diciendo esto, lady Daws dio media vuelta y salió.

Kat la siguió con la mirada.

—Muy bien. No está usted invitada a mi fiesta —dijo suavemente. Pero luego se mordió el labio inferior. Lady Daws iría a la fiesta. Era más, iría del brazo de su padre.

Kat se sentó al pie de la cama. De pronto se sentía muy asustada. Iba a dejar a su padre a merced de aquella mujer.

La puerta se abrió de pronto otra vez. Kat dio un respingo, lista para defenderse, como si corriera el peligro de sufrir una agresión física.

Pero era Eliza.

—¿Qué ocurre? —preguntó ésta al ver la expresión temerosa de Kat.

Su hermana sacudió la cabeza; luego corrió hacia ella y la abrazó.

—¡No puedo hacerlo! No puedo ir, Eliza, y dejar a papá con ella.

—Puedes ir porque yo estoy aquí —dijo Eliza con firmeza.

—Eso es pedirte demasiado.

Se sentaron, abrazadas. Eliza le acarició el pelo.

—Algún día estarás ahí cuando te necesite. Ahora yo estoy aquí porque me necesitas. Porque papá me necesita. Todo saldrá bien.

Kat se estremeció.

—¡Ella lo sabe! —dijo.

—¿Qué es lo que sabe?

—Que...

—¿Que es una farsa?

Kat asintió con la cabeza.

—Es imposible que lo sepa, ¿no crees? De una cosa puedes estar segura: Hunter jamás le dirá la verdad.

Y era cierto, pensó Kat. La única persona que podía traicionarla, no lo haría.

Sintió el anillo en el dedo. Eliza le había dicho que era

un diamante amarillo, excepcionalmente bello, muy raro por la intensidad de su color.

Otra razón para sentirse en deuda con Hunter. Fuera como fuese como él decidiera hacerle pagar.

El anillo parecía quemarle el dedo. De improviso, se sentía arder por entero.

Se separó de su hermana y esbozó una sonrisa forzada.

—Bueno..., si me necesitas cuando esté fuera, debes avisarme.

Aunque de poco serviría. ¡Estaría tan lejos...!

—¡Una fiesta de compromiso! ¡Tú! —fue Camille quien habló, aunque tanto Brian como ella lo miraban con estupor. Luego ella sonrió lentamente—. Es la señorita Adair. Tiene que ser ella.

—Así es.

—¡Pero estás loco, hombre! —exclamó Brian—. Perdona, pero sólo conoces a esa chica desde hace una semana.

Hunter se echó a reír.

—¿Es que vais a echarme un sermón? —preguntó.

—Claro que no —contestó Camille.

—Nada de eso, viejo amigo —dijo Brian. Pero seguían mirándolo con pasmo. Brian carraspeó—. Bueno, deberíamos dar una cena o algo así, ¿no crees, Camille? No queda mucho tiempo, pero podríamos organizar algo en el castillo para mañana por la noche, quizá.

—No es necesario. Hay una fiesta en mi casa esta noche —dijo Hunter con cierta desgana.

—Entonces tendremos que organizar algo en el barco —dijo Camille.

—¡Excelente idea! O podríamos hacer una fiesta en la

costa de Italia. Allí las noches son cálidas y deliciosas —dijo Brian.

—Repito que no es necesario.

—Bueno, ya lo discutiremos más adelante —dijo Brian—. Camille, he registrado todos los archivadores y no encuentro el mapa que te falta. Lo intentaré en los almacenes.

—¿Qué mapa? —preguntó Hunter.

—Lo tenía en el suelo el otro día. Estuvimos trabajando con él, ¿recuerdas? Leyendo unos papiros y haciendo cálculos. De hecho, lo tenía fuera la primera vez que vi a tu encantadora prometida.

—¿Has mirado en mi mesa? —preguntó Hunter.

—No me atrevería.

—Miraré yo —dijo Hunter.

—Me voy abajo —dijo Brian—. Creo que ya casi hemos acabado. ¡Menos mal! Así podremos disfrutar de la velada sin preocupaciones —le guiñó un ojo a su esposa—. Me voy.

Al marcharse Brian, Camille siguió a Hunter a su despacho.

—¿Qué clase de juego te traes entre manos, Hunter?

Él se sentó y dejó escapar un gruñido. Luego la miró.

—¿Me lo preguntas porque tú también has jugado a unos cuantos?

—No fueron invención mía —le recordó ella.

Cabizbajo, Hunter se puso a dar golpecitos con un lápiz sobre la mesa; luego la miró de nuevo. Sabía que Camille era una verdadera amiga.

—Cree que la vida de David Turnberry corre peligro.

—¿Y tú no lo crees?

—Yo creo que David es un niño mimado con mucho dinero. Se cayó de un barco. Se dio cuenta de que la gente se preocupaba por él. Ayer dijo haberse tropezado con la puerta y haberse herido en la cabeza. Kat está convencida de que fue atacado.

—¿Aquí, en el museo? —preguntó Camille con sorpresa.

Él asintió de mala gana y luego sacudió la cabeza.

—Lord Avery teme que ella... que enamore a toda la tropa de admiradores de Margaret. Margaret, naturalmente, no es tonta. No sé, Camille. Me pareció lo mejor.

—Ah.

—No dices nada.

—¿Qué quieres que diga?

—¡Cualquier cosa! Que es una artimaña odiosa, que sólo conseguiremos hacer sufrir a otros..., no sé.

Ella esbozó una extraña sonrisa.

—Tú cuida de no ser tú el que sufra. Y, naturalmente, si no te tuviera tanto afecto, amigo mío, no estaría preocupada; me limitaría a pensar que te está bien empleado.

—Gracias. ¿Tan granuja he sido, entonces?

Ella se echó a reír.

—Sólo un tanto... esquivo —se puso seria—. Sobre esas desapariciones, Hunter, ¿crees que está pasando algo?

Él la tomó de la mano con suavidad.

—Camille, a todos nos ilusiona esta expedición. No conviene descuidarse, pero no se ha perdido nada de gran valor. Y estamos a punto de partir. Si hay alguna conspiración en marcha, no estaremos aquí. Nos hallaremos muy lejos.

Ella se levantó y comenzó a alejarse; luego titubeó.

—Hunter...

—¿Sí?

—¿Y si el peligro, ya sea real o imaginado, se embarca con nosotros? —parecía sinceramente preocupada; tanto, que Hunter sintió un leve escalofrío de inquietud.

Sonrió.

—¡Atraparemos al culpable, le arrancaremos la piel a tiras y asunto arreglado!

—Ah, qué tranquilizador —dijo ella y, con una sonrisa, se marchó al fin.

Kat no creía haberse sentido nunca tan nerviosa.

Era la invitada de honor y tenían que llegar temprano; pero, desde el momento en que habían llegado a la casa, no lograba estarse quieta. Y ni Emma ni Maggie la ayudaban en modo alguno. Emma había llamado a algunas criadas y sirvientes extra para la velada, y naturalmente Ethan estaba allí para ocuparse de cuanto fuera necesario.

Hunter ni siquiera estaba en casa cuando llegaron.

—Toma un poco de champán, Kat —le aconsejó Emma.

—No, no —dijo ella.

Lady Daws estaba allí, desde luego.

—¿Una repentina aversión al champán, Kat? He oído decir que puede meterla a una en líos —dijo con mirada inocente, incluso algo preocupada. Pero, naturalmente, William Adair estaba también presente.

—Emma, creo que me gustaría beber un poco de champán —dijo Kat.

Estuvo a punto de romper el pie de la delicada copa en el que le sirvieron el champán. Pero la bebida logró aplacar sus nervios.

Emma le pidió a Maggie que se ocupara de todo unos minutos y, agarrando a Kat del brazo, la instó a seguirla. Subieron corriendo las escaleras. Fueron al cuarto azul, donde Kat se había alojado la primera vez que visitó la casa. Había jarrones llenos de flores, peines y cepillos, pequeños detalles que la hacían más personal.

—Es tuya, Kat, para cuando quieras quedarte aquí o escapar arriba.

—Gracias, Emma —murmuró ella—. Pero...

—Sir Hunter dijo que así debía ser —afirmó Emma resueltamente—. Tengo que volver abajo. No tengas prisa.

Kat se quedó en la habitación, pero no por mucho tiempo. Su padre y su hermana estaban allí, a fin de cuentas. No quería abandonarlos.

Entonces llegó Hunter. Saludó a su padre, al que ahora llamaba William, y besó a su hermana afectuosamente. A lady Daws apenas le rozó la mejilla.

Los primeros invitados en llegar fueron lord y lady Carlyle, a los que anunció Ethan. Camille estaba guapísima con un vestido de fiesta de color malva oscuro, pero era su deslumbrante sonrisa lo que más llamaba la atención en ella. Su llegada puso a lady Daws de un humor excelente, hasta el punto de que secundaba las risas de los demás e incluso parecía más humana. Brian habló con el padre de Kat acerca del cuadro que había comprado, y lady Daws se agarraba al brazo de William como si el artista fuera creación suya.

Llegaron un par de miembros más del Departamento de Egiptología y, a continuación, lord Avery, Margaret y David. Al poco rato los compañeros de David se presentaron en la puerta: Robert Stewart, Allan Beckensdale y Alfred Daws.

Al entrar Alfred en la sala, lady Daws se puso rígida. Kat no pudo remediar observarlos a ambos con interés. Al sorprender a su madrastra mirándolo, Alfred la saludó con una inclinación de cabeza. Ella le devolvió el gesto y fijó de nuevo su atención en William y Brian Stirling.

En cierto momento, Kat vio a Alfred hablando con

Hunter. Alfred era un joven alto, pero aun así Hunter se cernía sobre él. Hunter hablaba en voz baja, pero Kat tuvo la sensación de que su conversación era tensa. Alfred se sonrojó y, al apartar la mirada, sorprendió de nuevo observándolo a su madrastra, que sacó la barbilla y pareció complacida al advertir que su hijastro se hallaba en un brete.

—¿Un brindis? —Kat se giró. David estaba a su lado. Le había llevado una copa de champán.

—Gracias, pero creo que no debería beber más.

—¡Claro que sí! —protestó él, que parecía haber bebido copiosamente—. Se ha prometido en matrimonio. ¿Quién iba a imaginarlo? —le puso la copa en la mano.

—El mundo es muy extraño —dijo ella con sencillez. Sabía que David estaba dolido. Y, sin embargo, se sentía furiosa—. Él desea casarse conmigo —dijo sin poder evitarlo, a pesar de que era mentira.

Las mejillas de David se oscurecieron.

—Sus padres murieron hace tiempo, y él lleva muchos años viviendo a su manera —dijo para defenderse.

—Desde luego —a pesar de lo que había dicho, Kat bebió un sorbo de champán. Se dio cuenta de que lady Margaret estaba observándolos.

Al igual que Isabella Daws.

De repente le pareció que David y ella estaban demasiado cerca. Dio un paso atrás, y estuvo a punto de pisar a Alfred Daws y de perder el equilibrio.

—¡Vaya! —exclamó Alfred, y le quitó la copa de champán de la mano mientras David se apresuraba a sujetarla para que no se cayera. Kat recobró rápidamente el equilibrio y les dio las gracias—. Su champán —dijo Alfred.

—Gracias —retrocedió de nuevo, esta vez sin tropezarse.

Hunter también los estaba observando.

Margaret acudió en su auxilio, interponiéndose entre ellos.

—¡Qué divertido! De veras, Kat, esto es maravilloso. Quiero decir que seguirás ayudando a Hunter, desde luego, y dando tus clases de dibujo, pero ahora seremos algo así como una familia.

En otras palabras, Kat no sería sólo una sirvienta de rango algo elevado.

—Gracias, Margaret.

Margaret le dio un abrazo que a Kat le pareció cálido y sincero. Y, de nuevo, estuvo a punto de dejar caer la copa de champán. Alguien la agarró y volvió a ponérsela en las manos.

Sintió de pronto una delicada caricia en la nuca, y un cálido estremecimiento le recorrió la espalda. Hunter estaba a su lado.

—¿Cenamos, amor mío?

—Sí, desde luego. Estoy segura de que estamos todos hambrientos —murmuró ella. Estaban siendo observados, por supuesto. Hunter se empeñó en dedicarle una sonrisa y, apoyando los nudillos debajo de su barbilla, le alzó la cara hacia él. Con la otra mano le apartó un mechón de pelo y a continuación depositó un tierno beso sobre sus labios.

A Kat le pareció oír un sonido estrangulado.

Era David.

El beso pareció prolongarse quizá demasiado. Hunter levantó la cara un poco y la miró. Sólo ella podía percibir el desafío y la sorna que ardían en su mirada.

—La cena —dijo con voz débil.

—Ah, sí, la cena —repuso él roncamente—. Se me había olvidado.

Lord Avery carraspeó. Hunter se apartó de ella.

Pronto se hallaron sentados en torno a la mesa. Por suerte, ella estaba en un extremo y Hunter en el otro. Sentado junto a ella se hallaba Alfred, mientras que lady Daws había tomado asiento al lado de Hunter.

Hablaron primero de política y brindaron luego con champán por la reina. Después, la conversación giró en torno a la inminente expedición, y brindaron por el viaje. A continuación hicieron sendos brindis por el talento de Eliza para el diseño de vestidos y por la belleza de Margaret. Brindaron también por la obra de William. Y después Brian Stirling se levantó y propuso un brindis por la pareja recién prometida.

—Por Katherine Adair, mucho más que una simple beldad mortal, por haber conquistado no sólo el corazón sino la mano de un hombre como Hunter, y por Hunter, un hombre afortunado en muchos sentidos, se ha dicho, pero nunca tanto como ahora. ¡Os deseo larga vida, un buen matrimonio, una docena de hijos y la felicidad que yo mismo he hallado!

—¡*Santé*! —dijo William levantando su copa, y el brindis recorrió la mesa.

Una vez más Kat se dio cuenta de que le daba vueltas la cabeza. Llegó a la conclusión de que el champán era una bebida perversa, destinada a atormentar los sentidos más que a exaltarlos. Estaba cansada, no veía claramente, y la velada se le hacía interminable. Debía seguir charlando y sonriendo, pero temía estar a punto de desmayarse. Al fin, se sintió tan mareada que escapó a la cocina.

—¡Pero qué colorada estás! —exclamó Maggie.

—Hace demasiado calor —dijo Emma.

—Vamos a llevarte arriba inmediatamente.

Eso hicieron, conduciéndola por la escalera de servicio. Eliza, que había notado su ausencia, llegó poco después y se alarmó al instante. Kat se dio cuenta entonces de que se sentía enferma. Cuando le hubieron quitado el vestido, entró corriendo en el cuarto de baño y alcanzó el retrete por los pelos.

Era consciente de que Maggie y Emma habían corrido a ayudarla y de que hablaban acaloradamente. Les suplicó que la dejaran sola y cerró la puerta del baño. Se sentía fatal. La acometió de nuevo una violenta oleada de náuseas, y luego otra. Cuando hubo acabado de vomitar, estuvo a punto de desmayarse. Llevaba el corsé demasiado apretado y no lograba aflojarse las cintas.

—¡Kat! —la llamó Eliza desde la puerta—. ¡Déjame entrar!

Ella apenas logró alcanzar el picaporte. Eliza entró rápidamente, agarró una toalla, le refrescó la cara y la ayudó a incorporarse.

—¡Las cintas! —logró decir Kat.

Eliza se las aflojó. Había una bata colgada detrás de la puerta y se la echó sobre los hombros.

—¿Son los nervios? ¿O el champán? Tú nunca vomitas.

—No, nunca —dijo Kat.

Estaba temblando y se sentía helada. Pero le había sentado bien vomitar. El dolor había desaparecido. Pero se sentía débil como un gatito.

—Vamos, ven a la cama —dijo Eliza.

—¿Aquí?

—Bueno, ahora eres su prometida. Éste es tu cuarto. Y Emma es una mujer muy recta.

Kat dejó que su hermana abriera la puerta y la ayudara a llegar hasta la cama. Maggie y Emma estaban allí. Apartaron las sábanas y la taparon. Maggie le quitó las horquillas del pelo.

—Para que no se te claven en la cabeza —dijo.

—Estoy mejor... mucho mejor —les aseguró ella. Intentó incorporarse, pero estaba sin fuerzas.

—¡Una infusión! —exclamó Emma—. Voy a preparar una infusión

Y se fue corriendo. Kat cerró los ojos. Volvió a abrirlos. Su padre estaba allí, los ojos ensombrecidos por la preocupación.

—Estoy bien, papá —le aseguró ella, e intentó sonreír—. ¡Demasiados brindis!

Él la abrazó con ternura.

—¡Ay, cariño! —dijo.

Kat oyó susurrar a alguien:

—Tendrá que quedarse.

Entonces Emma regresó con la infusión. Eliza le sujetó a Kat la cabeza para que bebiera, y de pronto Kat se sintió mucho mejor. Cerró los ojos. Se dejó llevar...

Soñó que se mecía, como si ya estuviera en el mar. Grandes olas pasaban a su lado. Se convertían en arena. Estaba contemplando el desierto. Mientras lo miraba, una gran ala negra pareció cubrir el sol. Aquella oscuridad presagiaba algo terrible. Kat intentó resistirse a ella, intentó debilitarla...

Estaba despierta. La habitación se hallaba en penumbra, y había alguien con ella. Una figura oscura y algo amenazadora que la miraba fijamente.

Se incorporó de pronto, gritando.

La figura desapareció. Se oyeron pasos apresurados en el pasillo. Entró Emma. Llevaba puesto un camisón. Corrió hacia Kat y se sentó a un lado de la cama. Kat casi sonrió. Emma estaba tan graciosa con su gorro de dormir...

—¿Qué ocurre?

Nada, pensó Kat. Había estado soñando, imaginando unas alas gigantescas, una sombra.

—Lamento haberte despertado. Estaba soñando.

Emma la miró con preocupación mientras le alisaba el pelo.

—Ya no estás ardiendo, querida mía. Y no sudas. ¿Te encuentras mejor?

—Mucho mejor —le aseguró ella—. Imagino que se habrán ido ya todos los invitados.

Emma asintió con la cabeza.

—Tu padre comprendió que debías quedarte aquí. Hunter insistió en avisar al médico, pero cuando llegó dormías apaciblemente. Ha dicho que han debido de ser el champán y los nervios, y que dudaba que últimamente hubieras comido como es debido. Y, al parecer, tenía razón. Ya estás mucho mejor.

—Yo nunca me mareo —dijo Kat.

Emma sonrió. Saltaba a la vista que eso no era del todo cierto.

—¿Quieres que te prepare algo? ¿Una infusión, una tostada?

Kat sacudió la cabeza.

—No, gracias. Sólo quiero dormir. Creo que eso es lo que me hace falta.

Emma la dejó sola. Kat ahuecó la almohada y cerró los ojos. Se adormeció de nuevo. Esta vez no soñó. Cuando volvió a despertar, fue porque una luz débil, apenas algo más que una penumbra, entraba por entre las cortinas.

Sintió de nuevo que había una presencia en la habitación. Pero esta vez no era maligna. Notó una caricia, unos dedos sobre la mejilla, apartándole muy suavemente el pelo que le caía sobre la cara. Unos dedos como una leve brisa, sobre su cabeza y luego, de nuevo, comprobando la temperatura de sus mejillas.

Unos nudillos muy tersos, como las alas de un ángel, sobre su cara.

Suspiró y sintió un olor. Hunter.

Al cabo de un momento, él se fue. Kat volvió a dormir profundamente. Cuando despertó, Emma estaba allí y preguntó si quería intentar bajar, o si debían subir su padre y su hermana. Era otra vez casi de noche.

Su última noche en Inglaterra.

Al día siguiente zarparían.

Kat no había imaginado nunca que le resultara tan difícil despedirse de su padre. Sabía que lo quería con todo su corazón, pero sólo cuando sonó el último silbato y comprendió que su padre, Eliza, y lady Daws, por supuesto, debían abandonar el barco, se dio cuenta de lo mucho que iba a añorar a su familia.

Maggie y Emma se las habían ingeniado para hacerse grandes amigas en muy poco tiempo, y Maggie estaba hecha un mar de lágrimas, lo cual no aliviaba precisamente el pesar de Kat.

—Ah, niña, todavía puedes bajarte del barco. Pero no será fácil volver a encontrar un hombre tan excelente —dijo su padre con un brillo en la mirada.

Kat se abrazó a él. Sacudió la cabeza sobre su ancho pecho.

—Estoy bien. Es que te quiero mucho.

—Pero estaré bien. Isabella y Eliza cuidarán de mí.

Eso era precisamente lo que ella temía, al menos en lo que respectaba a Isabella.

Eliza la abrazó con fuerza.

—Yo cuidaré de papá —musitó—. Todo saldrá bien.

Debía de ser, pensó Kat, que todavía estaba muy débil. Cuando se marcharon y los vio de pie en el muelle, saludando con la mano mientras el barco se alejaba, se dio cuenta de que le corrían lágrimas por las mejillas.

Hunter se hallaba tras ella. Estaban a plena vista, así que era natural que la tomara en sus brazos. Y también resultaba sumamente agradable. Ella apoyó la cabeza sobre su pecho, y Hunter puso una mano sobre su cabeza para calmarla. Kat se dio cuenta por primera vez de que Hunter era, de algún modo, un verdadero amigo. Eso no significaba, naturalmente, que pudieran llevarse mejor. Pero tenía muchas cosas que agradecerle. Se prometió a sí misma que jamás dejaría de hacer el trabajo que le encargara.

Había mucha gente en cubierta, contemplando cómo iba desapareciendo Inglaterra. Al cabo de un rato los grupos comenzaron a disolverse y la gente fue a buscar sus camarotes.

El primer barco los llevaría a Francia, donde los suministros serían descargados y vueltos a cargar en el tren. Su viaje por tierra hacia el sur los llevaría hasta Brindisi, Italia, donde debían tomar un segundo barco que los conduciría a Alejandría, donde volverían a tomar un tren. El tren los dejaría en El Cairo, y desde allí los diversos grupos de la expedición partirían hacia sus respectivos yacimientos. La mayoría de los que iban a bordo se dirigían a Egipto, aunque no todos pensaban pasar la temporada excavando. Muchos iban sólo huyendo de los fríos meses invernales.

Gracias al título, el prestigio y el dinero de lord Avery, su grupo disponía de los mejores camarotes. Kat tenía un agradable cuartito para ella sola con espacio suficiente para una cama, una cómoda, un armario muy estrecho y una mesita que hacía las veces de escritorio y tocador. Una puerta comunicaba la habitación con la de Emma, que era más pequeña, y desde la cual podía accederse a un cuarto de estar que, a su vez, se comunicaba con la habitación de lady Margaret. Lord Avery se alojaba al otro lado del pasillo con George, su ayuda de cámara, el cual ocupaba el cuarto de estar, y Hunter se hallaba unas puertas más allá, en una elegante habitación que incluía una salita y un pequeño dormitorio para Ethan. David, Alfred, Allan y Robert estaban al otro lado de la habitación de lord Avery, cada uno en un pequeño camarote propio. Había minúsculos aseos para las damas, mientras que los hombres tenían que compartir uno solo. La suite de los condes de Carlyle estaba al fondo del pasillo. Iban, no obstante, en un barco, y había poco espacio, fuera cual fuera la posición o la riqueza de los viajeros.

Robert Stewart le había asegurado a Kat que había alojamientos mucho peores. ¡Tendría que ver cómo iban los de abajo!

Y, naturalmente, ella le creyó y se sintió agradecida.

Durante su primer día en el mar, tras el nerviosismo inicial y la exploración de los camarotes, muchos pasajeros se quedaron en sus habitaciones. Había temporal en el Canal de La Mancha. El capitán les dijo que lo sentía, pero que a menudo era así en los mares septentrionales.

Aunque todo el mundo parecía haberse quedado en los camarotes, Kat optó por pasearse por la cubierta. Le encantaba el movimiento del mar y sentir cómo el viento le agitaba con fuerza el pelo. Le gustaba sobre todo la extraña energía que se apoderaba de ella al hallarse de pie en cubierta y sentir el azote de los elementos.

Estaba apoyada en la barandilla, disfrutando del aire cargado de agua salobre, cuando reparó en otro intrépido viajero que no se había recluido en su camarote.

Hunter. Él la vio al mismo tiempo y se acercó. Estaban solos en cubierta, de modo que no había necesidad de fingir.

—¿No te marea tanto movimiento? —preguntó él, situándose junto a ella en la barandilla.

Ella sacudió la cabeza.

—Me encanta el mar. Nunca me mareo.

Él la miró con una leve sonrisa en los labios.

—¿Ah, no? ¿Nunca?

—No, nunca, de veras... Bueno, sólo una vez.

—Me alegra que estés mejor.

Ella volvió a mirar el agua con cierta irritación.

—Puede que comiera o bebiera algo en mal estado —dijo.

Le sorprendió ver que él arrugaba la frente y la miraba con fijeza.

—No es posible. Había mucha gente allí esa noche. Nadie más se puso enfermo.

—Bueno, creo que fue la primera vez que me puse enferma —repuso ella—. Así que tuvo que ser algo que tomé.

—Había mucho ajetreo —le recordó él.

Ella dejó escapar una especie de bufido.

—He tenido días peores, se lo aseguro.

Hunter parecía pensativo, y Kat se preguntó si la creía. Él se apoyó en la barandilla. Ya no parecía interesado en el mar. La miraba fijamente.

—Si no fueron el champán, los nervios y la comida, ¿qué fue?

—Nada. No puedo explicarlo.

—¿No estarás sugiriendo que...?

—¿Qué? —preguntó ella.

—Que alguien te puso algo en la bebida.

—No me extrañaría de Isabella —repuso Kat.

—Ni siquiera se me había ocurrido pensarlo —murmuró Hunter, que seguía mirándola con una extrañeza que la inquietaba.
—Ya estoy bien —dijo, apartando de nuevo la mirada.
—Sí, bueno, preferiría que siguieras así —respondió él.
Ella sacudió la cabeza.
—No sé qué estoy diciendo. Naturalmente, ha tenido que ser un... un desorden nervioso. No puede haber nadie que desee... mi muerte —dijo. Aun así sintió un escalofrío. Se encogió de hombros para quitarle importancia a lo que había dicho. Pero Hunter seguía observándola, y ella lo sabía. Volvió a fijar su atención en él—. En serio, sir Hunter. No soy rica, no tengo poder. Ni siquiera poseo conocimientos especiales sobre nada en particular. ¿Por qué iba a querer nadie hacerme daño?
—Por celos, por venganza.
—¿Por celos? —ella se echó a reír.
Él tenía una expresión irónica.
—Mi querida Katherine, lamento desengañarte, pero hay personas que tal vez te envidien por ser mi prometida.
—Eso es ridículo. El compromiso ni siquiera es real.
—Pero eso no lo hemos proclamado a los cuatro vientos, ¿no es cierto?
—Camille está felizmente casada, mi hermana jamás me haría daño, Margaret puede elegir al hombre que quiera... No creo que nadie en la fiesta quisiera quitarme de en medio por usted. Lady Daws podría estar interesada, por supuesto... Lo lamento, me temo que no le estoy haciendo ningún cumplido, pero creo que en otro tiempo tal vez estuviera interesada en cualquier hombre atractivo y de cierta posición. Ahora, sin embargo, ha puesto sus garras sobre mi padre.

—Cierto —convino él.

—No pretendía ofenderlo.

—No estoy ofendido. Es sólo que, en fin, me temo que soy un poco escéptico. Primero, crees que alguien intenta hacerle daño a David.

—Bueno, le hicieron daño. Estuvo a punto de morir.

—Y luego... ¿es la persona que intentó matar a David la misma que intenta matarte o ponerte mortalmente enferma? —inquirió él.

Kat sacudió la cabeza, irritada porque se estuviera burlando de ella otra vez.

—Sencillamente yo nunca me mareo, eso es todo. No volveré a decir nada, dado que parece que cada palabra que sale de mi boca le divierte.

Hunter se echó a reír, y Kat se volvió hacia él, enfurecida. Pero él seguía sonriendo con buen humor, más que con burla, y, por un instante, Kat quedó atrapada por la luz de sus ojos, por la curva de su sonrisa y la repentina certeza de que todos los demás tenían razón: Hunter MacDonald era un hombre extraordinario, alto, fuerte y guapo. Guapísimo, en realidad. Y cuando sus labios la habían tocado, ella había sentido que...

Le flaquearon las rodillas al recordarlo y apartó la mirada. Enfadada consigo misma, se irguió, pero Hunter la había enlazado por la cintura.

—¿Te encuentras bien? —preguntó.

—Sí. Ha sido sólo el balanceo del barco —dijo.

—Ah.

—Dígame —dijo ella, consciente de que había llegado a conocer muy bien su olor, aquella fragancia a jabón y a loción de afeitado, mezclada con el olor propio de su piel—, ¿qué pasará cuando lleguemos?

—¿A El Cairo, quieres decir? Bueno, creo que encontrarás el hotel muy interesante. Estamos en plena temporada, así que imagino que habrá doscientos o trescientos huéspedes. Se reúnen todos en la terraza del restaurante y miran llegar a los viajeros. Los hay ricos y pobres; muchos son británicos o americanos, pero también hay algunos franceses. Y alemanes. Algunos, desafortunadamente, van porque están enfermos. Muchas personas que padecen tuberculosis viajan a Egipto, y hay médicos que aseguran que aquel clima prolonga la vida. Cada vez que llega un nuevo grupo, los reunidos alrededor de las mesas se ponen a especular sobre quiénes son, a qué se dedican y si están en Egipto por vacaciones o por trabajo, si emprenderán el descenso por el Nilo o si preferirán disfrutar de las vistas de El Cairo. Hay muchos hoteles nuevos, claro; algunos muy agradables. Pero es al Shepheard's donde hay que ir si uno quiere saber quién hay por allí.

—Suena maravilloso —dijo Kat.

—Lo es —le aseguró él.

Kat se dio cuenta de que seguía enlazándola con el brazo. Y de que ella no quería que la soltara.

—¡Vaya! ¡Hola! —exclamó una voz profunda. Kat se apartó bruscamente, sintiéndose extrañamente culpable—. ¿Ves, querida? —le dijo Brian Stirling a su mujer mientras se acercaban a ellos—. Hay otras personas aquí arriba.

—Parecéis frescos como una rosa —dijo Camille con una sonrisa.

Brian carraspeó.

—No queríamos interrumpir.

—No, no interrumpís —dijo Hunter—. De hecho, iba a ir a buscarte, Brian.

—¿Ah, sí?

—Quisiera hablar contigo un momento.

—¿Nos disculpáis? —dijo Brian amablemente, y los dos se alejaron por la cubierta.

—Me alegra verte tan bien —le dijo Camille a Kat—. El otro día nos diste un buen susto. Hunter estaba fuera de sí; fue a buscar al médico él mismo y sacó al pobre hombre de la cama a rastras.

—No lo sabía —dijo Kat. ¿Hunter estaba fuera de sí?—. Pero ahora estoy bien.

—Asombrosamente bien. Casi todos los demás están en cama.

Camille la observaba con expresión extraña pero seguía sonriendo. Kat se encogió de hombros y sacudió la cabeza.

—Suelo tener un estómago de hierro. Lamento mucho haber estropeado la fiesta.

—Era tu fiesta, Kat.

—Sí, supongo que sí.

—Bueno, es un alivio haberse puesto en camino al fin. Mañana habrá mucho jaleo, claro. Hay que transportarlo todo del barco al tren. Y, por lo que me han dicho, el viaje en tren es largo y tedioso. Pero tengo entendido que mañana conocerás a tu profesor de dibujo. Sigues interesada, ¿verdad?

—¿En aprender dibujo? Claro. ¿Por qué no iba a estarlo?

—Bueno, como vas a casarte...

Kat se humedeció los labios y le dijo:

—Tú te convertiste en lady Carlyle y ahí estás, día tras día, en el museo.

—Sí, bueno, me temo que eso es una pasión. Supongo que la pintura también puede serlo.

—He de admitir que hasta ahora apenas he hecho unos bocetos. El verdadero artista es mi padre.

—El hecho de que tú seas una artista excelente no hará menguar su talento —repuso Camille. Luego se incorporó y levantó la cara hacia el viento—. Ahí vuelven nuestros hombres, cargados de secretos. ¿Te imaginas? ¿De qué crees que habrán hablado? —preguntó alegremente.

—No lo sé.

—¡De nosotras! —dijo Camille con una risa—. O más bien de ti. Claro, que una novia podrá sonsacarle esa información a su futuro esposo —los hombres volvieron junto a ellas y Camille añadió—: ¡Me rugen las tripas! ¿Creéis que habrá todavía algún cocinero en pie?

—Tal vez —dijo Brian—. ¿Vamos a ver? ¡Ah, señorita Adair! Quizá no deberíamos...

—Yo también estoy muerta de hambre —dijo Kat.

—Entonces, vamos a comer —declaró Hunter.

Aparte de la tripulación, todo el mundo a bordo parecía haberse retirado. Hunter, en cambio, no podía dormir. Se paseaba por su camarote con la chaqueta del esmoquin puesta.

Ansiaba olvidarse de lo que Kat le había dicho acerca de los motivos de su indisposición, pero no podía. Esa noche se había sentido impelido a probar cada bocado de su comida antes que ella, a beber de su copa, a montar guardia a su lado.

Pero habían cenado solos, o solos con Camille y Brian, y estaba seguro de que ningún miembro de la tripulación abrigaba malas intenciones.

Durante su conversación con Brian, le había contado lo que David le había dicho a Kat, y las cosas que ella misma le había confiado, así como que creía haber oído susurros sospechosos en el museo.

—Lady Daws me parece capaz de cualquier cosa —había dicho Brian—, pero no ha venido con nosotros, así que ¿qué mal podría hacerles a David o a Kat? Y en cuanto a David... —Brian había titubeado—. Es interesante. Si se tratara de lord Daws, te diría que sí sin dudarlo. Si hubiera algún complot, podría muy bien estar instigado por su madrastra. A fin de cuentas, con su muerte todas las riquezas de los Daws pasarían a ella.

—Cierto, pero David es el menor de cuatro hermanos —había señalado Hunter—. ¿Serán sólo imaginaciones de Kat?

—En el desierto conviene ser precavido. Y lo seremos —le había asegurado Brian.

Todo eso estaba muy bien. Pero Kat dormía al otro lado del pasillo, y, a pesar de que Emma se alojaba en la habitación contigua, Hunter estaba intranquilo.

Dejó de pasearse al oír pasos en el pasillo. Escuchó para asegurarse de que había oído bien. Y así era.

Abrió la puerta sin hacer ruido y miró fuera.

David Turnberry estaba delante de la puerta de Kat. Levantó una mano como si se dispusiera a llamar. Luego la dejó caer. Hunter estaba a punto de acercarse a él, enfurecido, cuando el joven dio media vuelta y regresó lentamente a su camarote.

Hunter frunció el ceño y esperó. David no regresó.

Hunter masculló una maldición. No iba a pegar ojo.

Maldijo de nuevo y luego cruzó el pasillo. Puso una mano sobre el picaporte de la habitación de Kat. Maldiciendo para sus adentros, entró en el camarote.

Kat, que estaba dormida, se despertó al entrar él. Se incorporó, asustada, y estuvo a punto de gritar.

—Soy yo, así que calla —dijo él, y ella guardó silencio.

Al mirarla, Hunter sintió que su cuerpo se tensaba de

la cabeza a los pies. El fino camisón de algodón se le ceñía a la piel. La melena revuelta, que enmarcaba su cara y caía en rizos sobre sus senos, relucía a pesar de la débil luz que emitía la lámpara nocturna. Hunter apartó la silla del tocador, la apoyó contra la puerta y tomó asiento.

—¿Qué hace? —preguntó ella.

—Dormir —le dijo Hunter—. Y tú deberías hacer lo mismo.

Vio que ella fruncía el ceño.

—¡Pero estará terriblemente incómodo!

—Lo estoy.

—Entonces...

—Has estado a punto de recibir una visita nocturna.

—¿Qué?

—David. No lo has invitado tú, ¿verdad? —ella se envaró, indignada—. Entonces, me aseguraré de que no entre —añadió Hunter.

Ella siguió mirándolo largo rato. Por fin volvió a apoyar la cabeza sobre la almohada. Pero al cabo de un momento se levantó, tomó una de las dos almohadas que había en la cama y se la dio a Hunter.

Él deseó que no lo hubiera hecho. La tela del camisón era tan fina que podía haber estado desnuda.

—Gracias.

Ella inclinó la cabeza y se quedó allí parada, tiritando.

—Vuelve a la cama —le ordenó él, y notó a su pesar que su voz no sonaba en absoluto cordial.

Ella se giró e hizo lo que le mandaba.

La silla era incómoda, pero la almohada ayudaba un poco.

Aquello era mejor que pasarse la noche dando vueltas

por su camarote y aguzando el oído. Por fin, se quedó dormido.

El día siguiente amaneció en medio de un completo caos, a pesar de que Camille le aseguraba a Kat que había, en realidad, cierto orden. Parecía haber cientos de cajas y baúles que transportar del barco al tren. El traslado, que había de hacerse mediante carros, llevaría algún tiempo.

Habían alquilado algunos carruajes para trasladarse del puerto a la estación ferroviaria. Dejaron a los peones franceses e ingleses a cargo del transporte del equipaje y se pararon a comer en un bonito restaurante junto a la playa. Kat advirtió que se trataba de un lugar de reunión. Las numerosas personas sentadas en torno a las mesas lucían atuendos a la última moda, y una mujer esbelta y elegante, provista de cabello plateado y monóculo, llamó a Hunter.

—¡Por mi vida! ¡Pero si es Hunter! ¡Hunter, querido!

A Kat le pareció que él refunfuñaba. Hunter bajó la cabeza, se excusó y se acercó a la mesa de la dama. Ésta se levantó para besarlo en la mejilla. Parecía ansiosa por darle alguna noticia y, tras saludar a las demás señoras de la mesa, Hunter se sentó un momento.

—La princesa Lavinia —le susurró Camille a Kat.

—¿Princesa? —repitió ésta.

Camille asintió con la cabeza.

—Se casó con un príncipe griego, pero era una MacDonald.

—Entonces es...

—Tía abuela de Hunter.

En ese momento él se levantó y señaló su mesa con un ademán. Camille saludó con la mano. Hunter la llamó con un gesto.

—Parece que quiere hablar contigo —dijo Kat.

—Te está llamando a ti, Kat —le dijo Camille.

—Ah —se levantó y compuso una sonrisa. Hunter le tendió la mano y tiró de ella.

—Lavinia, quiero que conozcas a Katherine Adair, mi prometida. Kat, me alegra que nos hayamos encontrado con mi tía abuela, la princesa Lavinia de Ragh.

—Mucho gusto, Alteza.

—¡Querida niña! —Lavinia parecía entusiasmada—. Cielo santo, empezaba a creer que nuestro linaje se extinguiría con Hunter. Demasiadas chicas. Usted tendrá hijos, ¿verdad, querida?

—Tía Lavinia... —Hunter intentó detenerla. Sin éxito.

—Es usted encantadora. ¿No tiene título?

—Me temo que no.

—Tener título no es para tanto, de todas formas —dijo Lavinia con ligereza—. Hunter, Jacob MacDonald murió la semana pasada.

—¡Jacob! —Hunter pareció profundamente impresionado—. ¿Cómo es posible? ¡Sólo tenía veinte años!

—La misma enfermedad que lo aquejó de niño. ¿Sabes qué significa eso?

—Significa que un hombre muy joven, amable y bueno ha muerto —repuso Hunter.

Lavinia suspiró.

—Y es una tragedia. Como vivo en Francia y él y su madre vivían en Edimburgo, hacía siglos que no lo veía. Es realmente triste, y sé que llorarás su muerte —miró a Kat—. Lo que Hunter no dice es que, cuando mi querido hermano mayor se vaya al otro mundo, el título pasará a él.

—¿Qué título?

—El de duque de Kenwillow. Sus dominios no son muy grandes, pero es un título respetable.

—Mi tío abuelo Percy goza de excelente salud. Creo que vivirá hasta los ciento diez. Y confío en que así sea —dijo Hunter.

—¡Bravo! —dijo Lavinia—. Entonces, ¿te vas a Egipto otra vez? —preguntó.

—Sí, tía Lavinia. El tren sale dentro de un par de horas.

Lavinia sonrió.

—Puede que yo también esté en él. Vamos, id a comer, Hunter. Me pasaré por la mesa para saludar al querido lord Avery y al joven Carlyle en cuanto acabe mi té. Es fascinante. Sí, puede que yo también vaya a El Cairo.

—Qué maravilla —dijo Hunter, y urgió a Kat a volver a su mesa.

—¿De veras es su tía? —murmuró Kat.

—Mi tía abuela, sí. Y menuda es. Ha viajado por todo el globo. Así que es probable que se presente en el tren. Vamos a pedir, ¿de acuerdo? Nos espera un viaje muy aburrido.

La comida era excelente. Tras despedirse de su grupo de amigas, Lavinia se reunió con ellos. Parecía conocer desde hacía mucho tiempo a lord Avery, y le encantaba hacerle rabiar. Margaret disfrutaba escuchando su charla, y se reía cada vez que Lavinia le lanzaba alguna pulla a su padre. En realidad, todo el mundo en la mesa, incluidos Alfred, Robert, Allan y David, disfrutaba de la agudeza de la conversación.

Por fin los hombres se fueron a ver si se habían cargado el equipaje. Lavinia se declaró encantada con todas ellas.

—Simplemente detesto a las mujeres que se quedan en casa esperando a que el mundo vaya a verlas. El mundo está ahí fuera. Hay que salir a por él. Así que vamos todas de expedición.

—En realidad, yo pensaba quedarme en el hotel —repuso Margaret.

—¿Habiendo tantas cosas por descubrir? —preguntó Lavinia.

—Um, yo prefiero descubrir que se me espera a mí —reconoció Margaret. Pero eso también pareció complacer a Lavinia.

—Y, naturalmente, está el delicioso arte de observar a los que entran y salen del hotel —añadió la princesa.

—¿Observar a la gente? —preguntó Margaret.

—Oh, eso es en sí mismo una expedición de descubrimiento —contestó Lavinia—. ¡Bueno! Tengo que ir a hacer mis preparativos. No quiero que el tren se vaya sin nosotras. Es hora de embarcar.

El tren era bastante elegante, en realidad, pero, por muy bien equipado que estuviera, seguía siendo un tren.

Hunter se había encargado de que su compartimento fuera contiguo al de Kat. Camille y Brian tenían el compartimento que había detrás del suyo, mientras que Emma ocupaba uno enfrente del de Kat.

Los hombres fueron a asegurarse de que el equipaje estaba debidamente almacenado, y Lavinia, que había logrado unirse al grupo, parecía estar al corriente de todos los preparativos.

—Bendito sea lord Avery —les dijo a las mujeres—, por alquilar sus propios vagones. Así no tendremos que estar trasladándonos de acá para allá. El viaje será aburrido, niñas, pero resultará mucho más ameno que si fuéramos esos turistas corrientes que confían en poder tomar el primer tren que encuentran.

Kat sabía que incluso debía alegrarse de ser una turista

corriente, pues nunca había estado en ninguna parte. Los compartimentos eran pequeños, pero el coche bar de delante, alquilado para comodidad de lord Avery, era bastante agradable y disponía de sillones, una barra y mesitas de cerezo para tomar el té.

Cuando el tren se puso al fin en marcha, se reunieron todos en el coche bar. Lavinia, que a menudo pasaba la estación en El Cairo, les habló de las maravillas del país.

—El viaje por el Nilo es delicioso. ¡Y el Valle de los Reyes!

—No vamos a descender por el Nilo —dijo Hunter.

Lavinia puso mala cara.

—Pero, querido, ¿es que no se puede combinar el trabajo con unas pequeñas vacaciones?

—Vamos a excavar —le recordó Hunter.

—Tal vez haya tiempo para hacer alguna excursión —dijo lord Avery, al mismo tiempo divertido y exasperado con la princesa.

—Para algunos, puede —dijo Hunter.

—Nosotros somos estudiantes, a fin de cuentas —dijo Robert Stewart—. ¿No deberíamos aprender?

—Aprendemos excavando —repuso Alfred Daws con expresión seria.

—Y, sin embargo —dijo en voz baja David Turnberry, mirando a Kat—, de vez en cuando hay que hacer un alto en el trabajo. Y ha de haber un momento para la verdad a alguna hora del día.

Estaba mirando a Kat. Ella, que se sentía sumamente incómoda, se volvió hacia la princesa.

—Lavinia, ¿ha trabajado usted alguna vez en un yacimiento? —preguntó.

—¡Desde luego que sí! He montado en camellos por un mar de arenas, me he lanzado al polvo y al viento. ¡Es magnífico!

El té se lo sirvió un francés de atuendo resplandeciente, y de pronto a Kat aquello le pareció la mayor aventura del mundo. Al final del día, apenas parecía haber una nota discordante entre todos ellos.

La tarde siguiente se detuvieron en París, donde se unió a ellos Thomas Atworthy, el profesor de dibujo de Oxford. Era un hombre entrado en años, más o menos de la edad de lord Avery, pero lleno de energía e interesado por cuanto lo rodeaba. Su lengua podía ser tan afilada como la de Lavinia, y su carácter decididamente bohemio le hacía renegar de títulos y riquezas.

—Así que es usted mi pupila —le dijo a Kat, mirándola de arriba abajo—. Tengo entendido que su padre está causando verdadera sensación en Londres —la miró más de cerca—. Le advierto que, si intenta vivir de los laureles de otro, no recibirá ninguna palmadita en la espalda por mi parte.

—No tengo intención de hacerlo.

—Y además va a casarse. ¿Significa eso que estoy perdiendo el tiempo?

—Confío en que el matrimonio no me hará perder la vista, ni me impedirá levantar el lápiz o el pincel —contestó ella.

Al señor Atworthy pareció complacerle su respuesta. Quería llevarla a dar un paseo por París, para ver si lograba dibujar alguno de los monumentos. Pero no fue posible, a pesar de que Margaret y Camille propusieron pasar una tarde en la hermosa ciudad antes de proseguir su viaje. Los hombres no quisieron demorarse.

Así pues, Kat sólo vio París desde la estación y a través de las ventanillas del tren. Pronto emprendieron viaje de nuevo, y el campo se extendió ante ellos.

Durante los primeros días, Hunter no se apartaba de

ella cuando se reunían con los demás, y Kat se preguntaba si no habría llegado a detestar a David Turnberry hasta el punto de intentar impedirle que se acercara a ella. Hunter representaba su papel de prometido bastante bien, y, a medida que pasaban los días, Kat se fue dando cuenta de que no era en absoluto desagradable tener a semejante hombre por futuro esposo.

Varias veces se descubrió acorralada entre la pared de un pasillo y David cuando se cruzaban en direcciones opuestas. En esas ocasiones, él se demoraba un instante más de lo necesario. Sus ojos, cargados de dolor y de reproches, hablaban por sí solos. Kat lamentaba profundamente haberle lastimado.

Las noches eran apacibles.

Acababan de cruzar la frontera de Italia cuando Thomas Atworthy decidió que Kat debía empezar con sus lecciones de dibujo, lo cual no resultaba fácil con el tren en constante movimiento. Atworthy, sin embargo, se sentaba con ella en el coche bar con papel y lápiz en la mano; la enseñaba a aplicar las sombras y el difuminado, le daba a regañadientes su beneplácito cuando ella hacía algún boceto, y le decía que el arte no era sólo lo que se ve en una dimensión, sino lo que se prolonga en profundidad. Kat descubrió que, a pesar de su aparente hosquedad, era en realidad un hombre muy amable y cultivado, y llegó a cobrarle gran afecto.

Se estaban adentrando en la bella Toscana cuando Kat se descubrió dibujando una escena que recordaba de su paso por la estación de París. Camille acababa de entrar en el coche bar y la miró maravillada.

—Es increíble —murmuró.

—No, nada de eso —replicó Thomas—. El sombreado de esta parte es defectuoso. ¡Y esto! ¿De qué hemos estado hablando toda la semana, señorita Adair? Quiero ver profundidad, vida, la acción que transcurre más allá de lo obvio.

—No, no —dijo Camille—. Es... Yo miré por la ventanilla ese día, y has dibujado lo que vi con todo detalle. ¿Cómo lo has logrado?

Kat la miró tímidamente y se encogió de hombros.

—Tengo esa clase de memoria. Recuerdo retazos de cosas. No sé. Pero lo que recuerdo, lo suelo recordar con mucha precisión.

Camille la tomó del brazo y la hizo levantarse.

—Discúlpeme, señor Atworthy. Esta tarde voy a robarle a su pupila.

—Me parece muy bien. Me apetecía un coñac y un cigarro. ¡Ay, Señor! Ahí viene Lavinia. ¡En fin, no podré fumar tranquilo!

Camille hizo caso omiso del profesor y llevó a Kat hasta su compartimento. El suyo era el mayor de todos, naturalmente, pues eran dos y, además, eran los condes de Carlyle. A un lado había una mesa de buen tamaño sobre la que había desplegados toda clase de mapas y papeles. Camille sacó un cuaderno de dibujo nuevo y sentó a Kat a la mesa.

Kat la miraba expectante.

—¿Recuerdas el día que nos conocimos? —preguntó Camille.

- Claro —contestó ella—. Fue en el museo. Estabas trabajando con un mapa.

—Pues ese mapa ha desaparecido. ¿Crees que podrías reproducirlo?

—¿No puedes comprar otro?

Camille hizo un gesto negativo con la cabeza.

—Tenía casi cien años. Era obra de uno de los primeros

egiptólogos ingleses que entró en el país tras la derrota de Napoleón. Tuvo acceso a documentos que nunca volveremos a ver. Había muy pocos lugares marcados en él. ¿Podrías intentar ver qué recuerdas? Sé que te estoy pidiendo lo imposible. Pero ¿podrías intentarlo?

Kat asintió con la cabeza. Al principio, sus dedos vacilaron sobre el papel. Titubeaba al intentar dibujar líneas costeras y accidentes naturales. Pero luego, cuando hubo esbozado las líneas maestras del mapa, comenzó a recordar. Era casi como si el mapa hubiera quedado grabado indeleblemente en su memoria.

Camille permanecía en silencio a su lado.

Estaban las dos tan absortas en su trabajo que se sobresaltaron cuando se abrió la puerta del compartimento y entró Brian, seguido de Hunter.

Brian enarcó una ceja. Camille tenía una mano sobre la garganta.

—¿Se puede saber qué hemos interrumpido? —preguntó Hunter.

—¡Mira! —dijo Camille con placer—. ¡Kat está dibujando mi mapa!

Hunter se acercó a Kat y observó lo que había dibujado. Sus miradas se encontraron un momento, y a ella le alegró ver que parecía considerar muy notable lo que había hecho.

—No sé si es muy preciso —dijo.

Bajó la mirada rápidamente y vio sus manos. Hunter tenía unas manos maravillosas, siempre ligeramente morenas, pues no se ponía guantes para montar a caballo. Sus dedos eran largos, sus uñas pulcramente cortadas. Sus puños eran fuertes, sin duda, y el contacto de sus dedos podía ser...

Kat se aclaró la garganta y miró a Camille.

—Puede que haya más cosas. Creo que debería dejarlo por ahora y volver a echarle un vistazo por la mañana.

—Muy bien. Además, mañana por la tarde dejaremos el tren y podremos dormir en un hotel. El mundo se quedará quieto por un rato —dijo Camille.

—Tan importante es esto, ¿entonces? —preguntó Kat.

—Pudiera serlo —contestó Camille, y miró a Hunter—. Naturalmente, no será del todo exacto.

—Los tres sabemos qué vamos a buscar en las arenas del desierto —dijo Hunter—. Y lo duro que puede ser. Aunque tuviéramos un mapa exacto, eso no significaría que fuéramos a descubrir algo.

—Pues, ya que hemos perdido el mapa, esto es lo mejor que tenemos —les recordó Camille.

Hunter volvió a mirar a Kat.

—Sí, así es.

Se oyó una llamada a la puerta. Enseguida descubrieron que era Lavinia, pues abrió la puerta sin esperar a que la invitaran a entrar.

—¡El té, niños! Venid. Pasaremos juntos las próximas horas y luego al fin habremos llegado a Roma.

Entre lord Avery, Brian y Hunter habían decidido el itinerario y resuelto que no les causaría ningún trastorno pasar una noche en Roma, a pesar de que, cuanto más se acercaban a Egipto, más ansiosos estaban por llegar a su destino.

Disponían de elegantes habitaciones en un hotel de Via Veneto en el que las damas disfrutarían de largos baños de espuma y todos ellos podrían dormir a pierna suelta una noche antes de volver a padecer el traqueteo del tren y el balanceo del barco en el viaje a Brindisi y, desde allí, a Alejandría. La habitación de Kat daba a una sala espaciosa y elegante al otro lado de la cual se hallaba el cuarto de Hunter. Lavinia estaba al otro lado, y Emma en una de las habitaciones más pequeñas que había detrás. Las suites de los Avery y los Carlyle se hallaban al otro lado, y las habitaciones de los demás se extendían más allá.

Kat había estudiado francés, pero el italiano era completamente nuevo para ella. ¡Cómo le agradaba la cadencia del idioma! Y Roma... Roma, con tantas cosas antiguas, era magnífica.

Acordaron reunirse en la sala entre las habitaciones de Hunter y Kat tras descansar un rato y asearse. Darse un largo baño había sido delicioso, pero Kat no estaba acostumbrada a tantas comodidades, y pronto se halló dispuesta para salir. Descubrió que Camille había llevado el cuaderno de dibujo al salón. Lo abrió y contempló el mapa que había esbozado. Mientras estaba allí sentada, recordó una serie de líneas curvas y las añadió al dibujo. Había símbolos en ciertas zonas del mapa original. Cada vez recordaba más cosas.

Llamaron a la puerta y contestó. Entraron David, Alfred y Allan.

—¿Dónde está el cuarto mosquetero? —preguntó en broma.

—Ha ido a buscar a lady Margaret y su padre —dijo Alfred con una sonrisa.

Kat todavía se sentía algo intranquila cuando la miraba.

—Hay café en el samovar —dijo, acercándose a una bandeja que había al pie del piano—. Está delicioso. Creo que nunca he probado nada tan rico como el café italiano —de pronto cerró la boca. No quería ponerse a parlotear sólo por nerviosismo, pero le resultaba difícil fingir que eran todos amigos y que no había pasado nada.

David intentaba sonreír y la miraba con su acostumbrada expresión dolida. Ella le devolvió la sonrisa. Entre tanto, Alfred se había parado delante de su boceto.

—¿Qué es eso? —preguntó.

Ella se acercó a cerrar el cuaderno.

—Nada, una cosa en la que estoy trabajando, pero no es muy bueno —dijo.

—¡Claro que sí! —Alfred echó mano del cuaderno. Ella lo agarró con fuerza y sonrió con los dientes apretados.

—No, de veras.

—¡Desde luego que sí! Vamos, Kat, déjenos ver su trabajo.

—Sí, por favor —David también se había acercado. Todos parecían tener una mano sobre el cuaderno.

Kat podía seguir resistiéndose o dejárselo ver. Optó por esto último.

Ellos pusieron el libro sobre la mesa y lo abrieron por la página del mapa. Estuvieron unos segundos mirándolo atentamente y después levantaron la vista hacia ella.

—Es increíble. ¿Es capaz de reproducirlo todo así? —preguntó Alfred—. Menudo talento.

—No se trata de talento. Sólo es una copia —murmuró ella.

—¿Dónde está el original? —preguntó Allan.

—Oh, perdido entre un montón de papeles, creo —contestó ella con ligereza. Llamaron de nuevo a la puerta—. Disculpen —murmuró. Pero la puerta ya se había abierto. Era Lavinia, ataviada con un bonito vestido azul que realzaba su pelo plateado. Llevaba una sombrilla y una ligera capa de viaje.

—¿Vamos a salir a ver los monumentos? —preguntó.

—Creo que sí. Dentro de poco estaremos todos reunidos.

Margaret entró a continuación. Ella también iba vestida de azul, en un tono muy suave y puro que hacía resaltar el color de sus ojos. Kat se fijó en el diseño del vestido; era elegante y sutil, con una ligera elevación en la parte delantera de la falda para que resultara más fácil caminar. El corpiño era recatado, y sin embargo enfatizaba la esbeltez de su figura.

—¡Qué preciosidad! —le dijo Lavinia.

Margaret sonrió mirando a Kat e inclinó la cabeza.

—Tengo mi propia diseñadora. Una joven de increíble talento.

Kat sonrió y agradeció con un gesto de la cabeza el cumplido dedicado a su hermana. Entre tanto, Lavinia insistía en conocer el nombre de la modista.

—¡Ah, Jagger! ¿Por qué has tardado tanto? —le preguntó la princesa a lord Avery cuando éste entró en la habitación—. Podría haber visto la mitad del país mientras tú te afeitabas, amigo mío.

—Lavinia, la pregunta es ¿soportaría la mitad del país verte a ti? —replicó él.

Hunter entró en ese momento por la puerta lateral y saludó a todo el mundo. Su mirada se posó en el cuaderno abierto y luego en Kat, y su frente se arrugó un instante. Se acercó al cuaderno y lo cerró bruscamente.

—Bueno, ¿qué tesoro vamos a ver en el poco tiempo de que disponemos? —preguntó.

Llegaron Camille y Brian y éste dijo:

—Tenemos varios carruajes abajo, pero convendría decidir el itinerario de antemano.

—Me encantaría ver el Foro y el Coliseo —dijo Camille.

—Entonces, si todo el mundo está de acuerdo —dijo Hunter—, eso es lo que haremos.

Partieron en tres carruajes. Kat no podía evitar mirar constantemente por la ventanilla, asombrada por las vistas, los arcos y acueductos y las ruinas que había por doquier, dispersas entre edificios de más reciente construcción y magníficas iglesias. ¡Y la gente! Los italianos iban de acá para allá, ajetreados como abejas, damas y caballeros en elegantes atuendos, gitanos que se acercaban a ellos con bebés en brazos... Las terrazas de los cafés ocupaban las aceras y por todas partes se oía gritar «¡*Ciao, bella!*».

Cuando llegaron a su destino, el majestuoso coliseo alzándose hacia el cielo, los guías se abalanzaron sobre ellos. Hunter se ocupó de las negociaciones.

—Lavinia, ten cuidado —dijo lord Avery en tono de advertencia—. Hay rincones, recovecos y escaleras empinadas por todas partes.

—Jagger —respondió ella—, no soy tan vieja como para necesitar que me lleven de la mano. Pero cuidaré encantada de ti.

Allan y Robert lograron situarse al lado de lady Margaret, y Kat se descubrió sonrojándose cuando Hunter la tomó del brazo y la miró con una extraña luz en los ojos y una leve sonrisa en el semblante.

—¿Qué ocurre? —preguntó ella.

Él sacudió la cabeza.

—Nada, sólo que es agradable verte tan impresionada —respondió.

Había grupos de turistas por todas partes y, aquí y allá, se fueron encontrando con lady tal y lord cual y con el conde de esto o de aquello. Daba la impresión de que era aquél un lugar muy popular entre la nobleza europea para hacer un alto en sus viajes hacia otros lugares, o simplemente para pasar los meses de invierno.

Una vez dentro del Coliseo, el guía les enseñó dónde se guardaban los animales, dónde se sentaba el césar y cómo se disponía el público. Emprendieron un corto paseo. Un amigo detuvo a Hunter, y Kat siguió paseando sola.

No sabía muy bien dónde estaba cuando llegó a una zona con el suelo muy deteriorado y que acababa en una pronunciada pendiente. En otro tiempo había habido escalones, pero ahora estaban rotos y en desorden. Kat se encaramó a uno, intentando orientarse. Al dar otro paso, se halló en una de las arcadas donde, según les había explicado el guía, se reunían los que iban a salir a la arena. Al girarse se dio cuenta de que David la había seguido y se acercaba a ella mirándola fijamente.

–Kat... –dijo en tono lisonjero.

–David –contestó, intranquila–, esto es increíble, ¿verdad?

–¿Cómo puedes vivir con esta mentira? –preguntó él con voz cargada de reproche.

–David, no deberíamos estar aquí –repuso ella con nerviosismo.

–Lo haré –dijo él.

–¿Cómo dices?

–Me casaré contigo. Desafiaré a mi padre. Me casaré contigo. Con tu talento... –se interrumpió, como si no estuviera del todo seguro.

Hacía no mucho tiempo, Kat anhelaba aún oír aquellas palabras. Ahora, sin embargo, le sonaban extrañas. Fuera de lugar.

–David, éste no es momento para...

–¡Dame una oportunidad! –empezó a avanzar hacia ella.

–David, ¿estás loco? ¡Hunter te hará pedazos!

David levantó el mentón.

—¡Hunter! ¡El soldado fanfarrón! ¡El hombre de mundo! Pues olvida que yo soy un Turnberry y que mi padre es uno de los hombres más poderosos del país.

—David, ahora estamos muy lejos de tu padre —repuso ella con suavidad.

—Sé que todo esto es una farsa, Kat. No he hecho ni dicho nada malo. Ser la amante de un hombre como yo es muy respetable. Pero como te he dicho... Kat, eres tan fuerte, tan capaz, y contigo a mi lado... ¡Oh, Kat! ¡Déjame tocarte, deja que te enseñe...!

Ella retrocedió instintivamente. David la siguió. Quedaron de pie sobre un peldaño, en precario equilibrio, con la pendiente a su espalda. El sol casi se había puesto, y la sombra del arco los dejaba casi a oscuras.

—David... —comenzó a decir ella, mirándolo a los ojos. Se interrumpió al oír un extraño arañar. Levantó la mirada y vio que uno de los grandes sillares que había sobre ellos parecía moverse.

¡Iba a desprenderse!

—¡Cuidado! —gritó, y, agarrándolo, tiró de él. El esfuerzo la hizo tambalearse hacia atrás. Ambos cayeron hacia la pendiente.

Brian estaba con Hunter en uno de los palcos, observando cómo los guías llevaban de acá para allá a grupos de turistas, cuando preguntó:

—¿De veras crees que está pasando mucho más de lo que parece a simple vista?

Hunter se encogió de hombros.

—No sé. Sería muy extraño. No alcanzo a entender por qué podría desearle alguien la muerte a David Turnberry. Pero, si es así, es probable que sea uno de nosotros. El mapa de Camille desapareció. No sé de qué podría servirle a nadie si no está en el desierto —sacudió la cabeza—. Y ahora me temo que todo el mundo sabrá que Kat ha conseguido hacer una copia. Esta tarde los jóvenes llegaron cuando Kat estaba trabajando, y lo han visto todos. Pero cuesta creer que esté pasando algo de verdad.

—Mmm —murmuró Brian—. Antes he estado hablando con Lavinia. Es una mujer fascinante.

—Sí, es todo un personaje. Pero, ¿qué tiene que ver mi querida tía abuela con todo esto? La única persona que podría querer quitar a alguien de en medio sería lady

Daws. Ella se alegraría de librarse de lord Alfred, desde luego. Pero no está aquí. Y nada sugiere que pueda ser una asesina. Además, es David quien por lo visto corre peligro. ¿Adónde mirar? ¿A lord Avery? Es dudoso. ¿A Margaret? Más dudoso aún.

—Creo que quizá deberíamos hablar con Lavinia. Ella conoce a todo el mundo —dijo Brian—. Y antes me ha comentado que, en efecto, hubo un gran escándalo cuando Isabella se convirtió en lady Daws. Había quien pensaba que drogó a lord Daws para casarse con él. Y había también quien decía que era su amante desde hacía años, que lo conocía desde antes de que se casara con su primera mujer.

—Pero ¿por qué iba a poner eso a David Turnberry en peligro? —dijo Hunter—. No veo la lógica.

—Pues tiene que haberla por alguna parte. Sólo que no la hemos descubierto aún.

—Si es que hay algo que descubrir —le recordó Hunter.

Fue entonces cuando oyeron el grito.

—¡Kat! —exclamó Hunter al reconocer su voz y advertir su pánico y su desesperación.

Echó a correr.

Kat y David rodaron por la pendiente y chocaron al fin con el muro que había en su base. David quedó sobre ella, con una mirada de horror en los ojos.

Pero estaban vivos. La caída los había dejado magullados y doloridos, pero por suerte no tenían ningún hueso roto.

—¡Kat! —David se abrazaba a ella, temblando.

Pesaba mucho y la aplastaba.

—¡Apártate, David, por favor! —le suplicó, segura de que

su grito debía de haber alertado a los demás. Y así había sido. Se oían pasos por encima de ellos.

Camille fue la primera en llegar al borde del talud.

—¡Oh! —exclamó, sorprendida, parándose en seco.

Brian apareció junto a ella y se inclinó con todo cuidado para descender por la pendiente, seguido de Hunter. Por suerte, Brian llegó primero. Ayudó a David a incorporarse, y Hunter tomó a Kat de las manos y la levantó del suelo. A ella no le gustó su mirada, pero lo primero que él dijo fue:

—¿Estás bien?

Ella asintió con la cabeza.

—En nombre del cielo, ¿qué ha pasado? —preguntó Brian.

—Se cayó una piedra —explicó Kat.

—¿Dónde estabais cuando se cayó?

Ella señaló con el dedo. La piedra se había hecho añicos.

—Regresaremos al hotel inmediatamente —dijo Hunter.

—Pero queda mucho por ver —protestó ella.

Brian estaba ayudando a David a subir por la cuesta. Hunter sacudió la cabeza y dijo:

—Para ti, no.

—Pero...

Sus protestas no sirvieron de nada. Hunter la hizo subir por la cuesta; ella apenas notaba el suelo bajo sus pies. Camille y Margaret acudieron a ayudarla, alarmadas. Lavinia observó la estructura donde habían estado de pie y la piedra desprendida.

—Qué extraño —dijo.

—Vamos a regresar al hotel —dijo Hunter llanamente.

—Hunter, por favor —dijo Kat—, vamos a pasar muy

poco tiempo aquí. Hay muchas maravillas que contemplar.

—No se pueden contemplar de noche, y está oscureciendo —repuso Hunter en tono cortante.

—Quizás los otros quieran continuar —sugirió Kat.

De nuevo en vano.

—Hemos tenido un día muy ajetreado —dijo Margaret. Estaba al lado de David, sacudiéndole el polvo de la ropa—. ¿De veras estáis bien? —preguntó con nerviosismo.

—Sí —dijo Kat.

—Sólo un poco magullados —añadió David, ofreciéndole a Margaret una de sus dulces sonrisas. Kat bajó la cabeza y se mordió los labios.

David sabía cuándo y cómo sonreír, desde luego, y cómo mostrarse valeroso y herido al mismo tiempo.

—Yo ya he tenido bastante por hoy —comentó Lavinia—. Claro, que yo he visto estas maravillas muchas veces, niños. El mundo es un lugar tan maravilloso... A decir verdad, creo que debería exigírseles a los jóvenes que viajaran más.

Lord Avery meneó la cabeza.

—No todos los jóvenes pueden permitirse viajar, Lavinia —dijo.

—Entonces deberías ocuparte de que pudieran hacerlo algunos más —replicó ella.

—Podemos pasarnos toda la noche discutiendo —dijo Hunter—. Kat necesita volver al hotel.

—Nos vamos todos, y no hay más que hablar —dijo Brian—. ¿Alguna objeción?

—Volvamos todos juntos —dijo Robert Stewart—. Puede que nosotros, los estudiantes, salgamos a dar un paseo más tarde. A buscar al profesor Atworthy. Está por ahí, dibujando.

—No estará dibujando a oscuras —dijo Hunter.

Allan se aclaró la garganta y se echó a reír.

—Creo que quiere decir que nosotros, que estamos libres y sin compromiso, deberíamos salir luego a dar una vuelta —dijo Allan.

—Haced lo que queráis —le dijo Margaret—. Yo voy a encargarme de que el pobre David tome una buena cena y se vaya a la cama.

Kat advirtió que David le lanzaba una mirada a Allan. Había en ella una envanecida expresión de triunfo. Kat sintió dentro de ella un fuerte pálpito y se dio cuenta de que estaba llegando a conocer a David mucho mejor de lo que había imaginado. Y de que no estaba segura de que le gustara lo que estaba descubriendo. Aun así, no podía evitar preocuparse por él.

—Vámonos —dijo Hunter.

Unos minutos después estaban de nuevo en los carruajes. Al llegar al hotel, Emma, a la que no interesaban las maravillas de Roma, salió a recibirlos al pasillo y se quedó de una pieza al ver a Kat cubierta de polvo. La tomó bajo sus alas y, de nuevo, Kat disfrutó del lujo de un largo baño caliente. Las sales perfumadas de Emma olían divinamente, y su espuma era suave y cremosa. Kat tenía que admitir que el agua caliente obraba maravillas y lograba aliviar el dolor de sus músculos agarrotados.

Cuando salió del baño, Emma estaba allí, lista para envolverla en una suave y elegante bata de terciopelo.

—He hecho que te suban una buena cena. Cuando acabes de comer, quiero que descanses un rato. Dios mío, parece que te persiguen los problemas —añadió, y la dejó sola.

Tras acabar la deliciosa cena, compuesta de pasta y ternera, se tumbó en la cama a pesar de que no tenía el menor deseo de dormir. Se levantó, todavía vestida con la bata, y estuvo un rato paseándose por la habitación, llena de nerviosismo, mientras se preguntaba qué habría pensado Hunter. Luego empezó a enfadarse, consciente de que no había hecho nada malo. Entreabrió cuidadosamente la puerta que separaba su cuarto de la sala y el dormitorio de Hunter.

Él estaba allí, mirando el fuego y bebiendo un brandy. Levantó la mirada al instante.

—¿Esperabas que no estuviera aquí? —preguntó.

—No sea ridículo.

—Bueno, ya que has abierto la puerta, pasa.

—Creo que no.

—¿Ahora me tienes miedo?

—No. No le tengo miedo a usted..., ni a nadie.

—Pues quizá deberías.

—¿Tenerle miedo?

Él esbozó una sonrisa.

—Tal vez.

Ella entró en la sala y cerró la puerta de su habitación.

—Bueno —dijo con ligereza—, será mejor hablar claro. Parece que con usted siempre meto la pata.

—¿Meter la pata? Teníamos un acuerdo —replicó él con aspereza.

—¡Fue un accidente!

—Sí, pero es curioso que te vieras envuelta en él.

Kat se acercó a él.

—Estaba recorriendo las ruinas, nada más.

—¿Con David? —preguntó él educadamente.

—Estábamos todos juntos.

—Es extraño que te las arreglaras para estar en el mismo sitio que él.

—¡No íbamos del brazo!

—Pero estabais juntos, casualmente.

—¡Sí, estábamos juntos casualmente!

—Ah. Y, entonces, se cayó una piedra —dijo Hunter con aire escéptico—. Y de nuevo estabas allí para rescatar al amor de tu vida. O viceversa. Y os la ingeniasteis para caer el uno en brazos del otro.

Ella hizo oídos sordos al tiempo que una idea la asaltaba de pronto. Dejó escapar un gemido de sorpresa. Sólo entonces comprendió lo cerca que habían estado de morir.

Agarró a Hunter del brazo.

—No, no. Las piedras no se caen así como así. ¿Es que no lo ve, Hunter? Yo tenía razón. ¡David Turnberry está en peligro!

Hunter soltó un bufido de fastidio y apartó el brazo.

—Hunter, le estoy diciendo que...

—Sí, ya. Que se te ha caído la venda de los ojos, que has renunciado a tu absoluta adoración por ese hombre y que sólo pretendes salvarle la vida.

Ella lo miró con fijeza.

—Piense lo que quiera.

—David todavía tiene esperanzas de que consientas en acostarte con él, en convertirte en su querida.

Kat guardó silencio un instante sin apartar la mirada de él. Hunter estaba a todas luces furioso. Y ella no quería que averiguara que se hallaba muy cerca de la verdad.

—No está siendo muy cordial. Creo que no quiero hablar más con usted por esta noche —le dijo.

Se giró para regresar a su habitación. Hunter la agarró del brazo y la atrajo hacia sí con fuerza. Sus ojos tenían una expresión fiera, y había en su cuerpo una energía que parecía casi inflamable.

—¿No quieres hablar conmigo?

—¡Hunter..., por favor!

—¿Es que me tomas por tonto? —preguntó él.

—¿Por qué siempre piensa tan mal de mí? —sollozó ella.

—Porque estás dispuesta a venderte en cuerpo y alma a un necio que no sabría qué hacer contigo si te tuviera.

—No todo el mundo tiene su experiencia en la vida y el amor, sir Hunter —replicó ella, enojada.

—Puede que no se trate de una cuestión de experiencia, sino de deseo y de pasión por la vida —contestó él.

—Ah, sí, usted conoce la vida. No sufre indecisión alguna, ninguna incertidumbre. No teme nada porque su vida es suya. No tiene padres, ni seres queridos, nadie que le tienda la mano en el futuro.

—El futuro es lo que estamos dispuestos a hacer de él.

—Para usted es fácil decirlo.

—¿Fácil? Yo no he vivido entre algodones como David Turnberry. Tuve suerte de entrar como oficial en el ejército de Su Majestad, y suerte de luchar y sobrevivir, y también de haber hecho con mi vida lo que he querido.

—Teniendo a una princesa por tía —repuso ella en tono burlón.

—¿Acaso tus orígenes son peores? Tu padre se desvivió para que tu hermana y tú vivierais bien.

—Ése no es motivo para burlarse de David —se defendió ella.

—¿Es que no ves que no lo quieres?

—¿Y debería quererte a ti? —le espetó ella. No sabía si lo que se había apoderado de ella era furia o frustración. Sólo buscaba hacerle entender, aunque no estaba del todo segura de qué era lo que quería que entendiera. Sólo pretendía mostrarse burlona, tocarle y retirarse luego, decirle que era el único hombre al que una mujer podía desear–. ¡A ti! –dijo con desdén, y, apretándose contra él, se puso de puntillas y lo besó.

Al menos, lo pilló completamente desprevenido.

Pero, si pretendía jugar a un juego peligroso, Hunter estaba dispuesto a aceptar el desafío.

Ella había iniciado aquel beso. Él se encargaría de llevarlo hasta su fin.

Ella se había apretado contra él; él la rodeó con un brazo y desplegó los dedos sobre su espalda. Con la mano izquierda la agarró de la nuca. La obligó a separar los labios y, al invadir con la lengua la tierna cavidad de su boca, fue como si un volcán estallara dentro de ella. El calor estuvo a punto de derretirla. Sus miembros parecieron aflojarse, y comprendió que lo que había iniciado escapaba a su control, y que debía parar, tenía que parar...

Pero la lengua de Hunter parecía hundirse en el centro de su ser, y le resultaba imposible detenerse.

Y sus manos se movían. Ella seguía pegada a su recia figura, pero él le acariciaba con los dedos el pelo, los hombros, la clavícula bajo el escote de la bata. Rozaba su carne. Una caricia tan ligera que Kat ansiaba conocerla mejor y sentirla en toda su intensidad.

La bata se abrió y la caricia, tan leve, se hizo más audaz, y sin embargo tan sutil que Kat siguió sintiendo aquella ansia. Luego los dedos de Hunter rodearon sus pechos, y los pulgares juguetearon eróticamente con sus pezones. Ella apenas se dio cuenta de que había dejado de besarle la boca, pero Hunter comenzó a trazar una mágica senda de besos por su garganta, por su clavícula, sobre sus pechos. Su lengua, juguetona y provocativa, seguía la estela dejada por las yemas de sus dedos.

Ella gemía suavemente, clavando las uñas en sus brazos, temblorosa. No se dio cuenta de que la bata caía al suelo, y apenas fue consciente de que estaba desnuda, de que Hunter se había agachado y, asiendo sus nalgas, estaba besando su vientre.

Apenas podía sostenerse en pie. Nunca había imaginado aquel placer embriagador, no lo esperaba, y se sentía como si estuviera ardiendo.

Luego, de pronto, él se levantó, recogió la bata y se la echó sobre los hombros.

—Señorita Adair, o soy mejor amante o...

Fue el tono de aquel «o». Sus implicaciones. Ella se sonrojó, avergonzada. Ni siquiera el gran Hunter MacDonald logró detener su mano.

La bofetada restalló con fuerza, su eco pareció retumbar entre ellos. Él enarcó una ceja.

—Dado que pareces tropezarte cada dos por tres con el honorable David Turnberry y tener accidentes a cada paso —dijo—, creo que será mejor que esta noche te quedes en tu habitación..., amor mío —y la dejó allí plantada, junto a la chimenea, con la lujosa bata resbalándole por los hombros.

Parecían dolerle los huesos, hervirle la sangre, arderle los músculos, y no podía hacer nada, salvo marcharse, escapar, huir tan rápido como le fuera posible. Estaba furioso consigo mismo, furioso con ella, y tan rígido y contraído por dentro que tenía la impresión de estar a punto de estallar.

Salió a la calle, bajó por Via Veneto y siguió caminando. Cuando se dio cuenta estaba en la escalinata de la Plaza de España. Y siguió caminando.

En la plazuela siguiente, se fijó en que en una antigua y hermosa iglesia había un letrero que decía *Iglesia Episcopaliana de San Felipe*.

Interesante, pensó. Las hordas de ingleses y americanos que visitaban Roma habían llevado un templo anglicano al bastión de los papas. Cuando pasaba por delante de la iglesia, un sacerdote salió precipitadamente por la puerta con expresión preocupada y chocó con él.

—*Scusi, scusi*.

—No pasa nada, padre.

El sacerdote lo miró con el ceño fruncido.

—Es usted inglés.

—Sí.

—Y busca consejo.

Hunter sacudió la cabeza.

—Me temo que no es consejo lo que necesito en este momento.

El sacerdote ladeó la cabeza.

—Usted es sir Hunter MacDonald.

—Sí, ¿cómo lo sabe?

—He visto su fotografía en los periódicos. Va de camino a Egipto, ¿no es así, sir?

—Sí.

—Parece acongojado. La confesión es buena para el alma, aunque seamos anglicanos.

—Yo creo que no, pero agradezco el ofrecimiento.

El otro le tendió la mano.

—Soy el padre Philbin. Si necesita algo, la rectoría es ese viejo edificio de ahí —señaló con el dedo—. Incluso si lo que quiere es un buen té inglés, no dude en llamar.

—Gracias, padre —contestó Hunter, y siguió caminando. Estaba seguro de que, estando de tan mal humor, ningún sacerdote querría prestarle oídos. Sus largos pasos se comían la distancia. Por fin se detuvo en un café, pidió una copa y tomó asiento en una de las mesas de la acera.

Se había vuelto loco, pensó. Sencillamente. Y, ahora que se le había enfriado la sangre, volvió una amarga sonrisa hacia sí mismo. Se merecía, ciertamente, su situación con Kat, y si estaba loco, su locura había dado comienzo en el instante en que la vio por primera vez, y había ido creciendo lentamente, día a día, sobre todo desde que había resuelto darle la oportunidad de perseguir lo que deseaba.

Y lo que deseaba no era él. Pero era tan apasionada y vehemente como auguraba su cabello, y él podía haber llevado hasta el final lo que había empezado, seducirla, poseer cuanto deseaba y ganar la partida que ni siquiera sabía que estaba jugando.

Y rebajarse a la altura de los jovenzuelos de los que se mofaba.

—¿*Signore*?

Levantó la mirada. Ah, una de las famosas damas de la noche romana. Más cortesana que prostituta, pues iba elegantemente vestida y sus joyas parecían auténticas. Era joven, pensó Hunter, pero experimentada.

—*Per piacere...* ¡Oh! *Mi disipace...* ¡Es usted inglés!

Él asintió con la cabeza. Qué fácil era sonreír, pensó, pagar unas copas, negociar entre sutiles insinuaciones, como hacía uno con semejante criatura. Qué fácil ahogarse en alcohol, adentrarse en la oscuridad, donde sólo con el ojo de la imaginación podía verse.

—Sí, soy inglés, *signorina*.

Ella hizo un mohín y se fingió respetable.

—Estoy esperando a una amiga. He pensado que podía sentarme a su mesa, mientras espero —sus ojos eran infinitamente negros, su cabello lustroso, sus labios coloreados de un rojo purpúreo y sanguíneo. Sonrió, una sonrisa agradable, al mismo tiempo que le calibraba con la mirada, pensó Hunter. Pareció llegar a la conclusión de que era una buena pieza, pues saltaba a la vista que tenía dinero y conservaba todos los dientes.

Hunter sopesó la idea por un momento. Cielo santo, aunque sólo fuera para no sentirse tan frustrado...

Pero luego algo le hizo sacudir la cabeza.

—La invitaría con mucho gusto a una copa, y puede usted disponer de la mesa, pero me temo que he de irme.

Se levantó y le hizo una seña al camarero al tiempo que sacaba unos billetes de su cartera.

—¿De veras tiene que irse? —preguntó ella con acento implorante.

La oscuridad no le haría ningún bien, pensó. Nada podía acallar lo que se escondía bajo la superficie.

—Sí, debo irme —contestó. Dejó el dinero sobre la mesa y emprendió el camino de regreso, que fue largo y meditabundo.

El hotel estaba en silencio cuando entró. Comprendió entonces que era muy tarde. Aun así, llamó a la puerta de Kat, dispuesto a disculparse.

La puerta se abrió de golpe. Iba tapada hasta la garganta con el camisón más virginal que cupiera imaginar, sobre el que se había echado una recatada bata de algodón.

—¿Qué? —dijo.

—Tomaremos el tren sobre las diez de la mañana.

—Soy muy consciente de ello.

—En la medida en que eres consciente de algo.

Ella le cerró la puerta en las narices. Hunter respiró hondo y llamó de nuevo.

La puerta se abrió.

—Necesito decirte...

—No —parecía furiosa—. No quiero oír nada que tengas que decirme. Eres la persona más despreciable que ha salido nunca del lodo, y te detesto, ¿entiendes? Mañana mismo podemos romper nuestro compromiso.

Se disponía a cerrarle de nuevo la puerta, pero Hunter la agarró del brazo y la hizo entrar en la habitación. A pesar de que se proponía ser amable, se alegró de ver una expresión de alarma en sus ojos.

—No. Acepté esta farsa chapucera porque te presentaste en mi cuarto... ¡suplicando! Esto no va a acabarse así. ¡Afrontarás lo ocurrido y aprenderás la lección!

Ella lo miraba con los dientes apretados, intentando desasirse.

Fue entonces cuando Hunter sintió algo extraño, algo que parecía moverse junto a sus pies. Se quedó rígido. Apenas se atrevía a respirar.

—Yo... —comenzó a decir ella.

—¡Chist! —dijo él.

—Pero...

—Estate quieta, no te muevas. Te lo suplico.

No miró hacia abajo. Sencillamente, lo sabía.

Aquello había pasado a su lado y se dirigía hacia ella. Kat tenía los pies y los tobillos desnudos.

Lo notó cuando la tocó. Sus ojos se agrandaron. Sus labios se abrieron ligeramente. Y fijó la mirada en Hunter mientras intentaba sofocar un grito.

—Silencio —dijo Hunter—. No te muevas.

Y eso hizo ella. Los segundos parecían siglos.

Ella formó con los labios una sola palabra, sin emitir ningún sonido.

—¿Serpiente?

Él asintió con la cabeza.

Ella tragó saliva sin apartar la mirada de él. Esperando.

Pasaron más siglos. Y luego, por el rabillo del ojo, Hunter vio que la serpiente reptaba hacia el otro extremo de la habitación. Levantó a Kat en brazos, se giró en redondo y la depositó de pie sobre una silla. Luego se acercó a la serpiente con cuidado.

Las serpientes figuraban ciertamente entre los animales más veloces con los que se había tropezado a lo largo de su vida, pero al menos había llegado a conocerlos bastante bien. Llevaba zapatos de piel, y se atrevió a pisar al animal justo detrás de la cabeza. Lo hizo con todas sus fuerzas, dejando caer todo el peso del cuerpo. Las serpientes eran poderosas, puro músculo, y si no golpeaba con acierto...

Pero lo hizo. La serpiente no logró moverse. Intentó abrir las mandíbulas para atacar. Movió la boca. Sus ojos se velaron. Murió intentando todavía abrir las fauces.

Hunter oyó que Kat exhalaba el aire.

Ella estaba a punto de bajarse de la silla cuando él ordenó:

—¡No! ¡Quédate ahí!

Kat obedeció en silencio.

Luego, metódicamente, paso a paso, Hunter recorrió la habitación. Rebuscó entre las cosas del baño, entre las toallas, las sábanas y los jabones. Al fin, dándose por satisfecho, le tendió una mano para ayudarla a bajar de la silla y se sentaron juntos al pie de la cama. Él no la tocó.

Kat señaló con la cabeza hacia el otro lado de la habitación.

—¿Es... una cobra? —preguntó—. Pero si... estamos en Roma. ¿Hay cobras aquí?

Hunter levantó la mirada hacia ella.

—No.

—Entonces... —su voz se apagó. Un momento después dijo—. Los padres de Brian Stirling... murieron por la mordedura de un áspid, ¿verdad?

Se esforzaba por parecer tranquila. Pero había cierto temblor en su voz.

—Sí.

—Pero... el asesino fue descubierto.

—Sí.

—Entonces, ¿crees que alguien pueda estar intentando... matarme? ¿Por qué razón?

—No lo sé.

Alguien llamó de pronto con firmeza a la puerta. Hunter se levantó y se acercó a ella.

Lord Avery estaba allí de pie, en bata y gorro de dormir; pese a su atuendo, intentaba mostrarse digno y enfadado.

—¡Sir Hunter! —dijo con severidad—. ¡Eso no pienso consentirlo! El padre confió a la chica a mi cuidado. Tal vez haya anunciado usted su compromiso, pero eso no le da derecho a...

—Lord Avery, había una serpiente en la habitación —explicó Hunter.

—¡Bah! En un hotel tan bueno no hay serpientes. ¡Además, esto es Roma, no El Cairo!

Hunter se acercó al cadáver del áspid, lo recogió cuidadosamente y se lo mostró a lord Avery. Éste palideció.

—Eso... no debería estar aquí —tartamudeó.

—No —convino Hunter.

—Cielos, los padres de Brian...

—Sí —dijo Hunter—. Lord Avery, le agradecería enormemente que no hablara de esto con nadie.

—¡Sir Hunter! El único modo en que una serpiente ha podido entrar en esta habitación...

—Sí.

—¡Entonces la chica está en peligro!

—Eso creo, sí —dijo Hunter.

—Disculpen —dijo Kat suavemente—. Estoy aquí y no soy sorda.

Lord Avery se volvió hacia ella.

—Perdone, querida —luego miró de nuevo a Hunter. Lord Avery pertenecía a una generación que no estaba acostumbrada a que las mujeres tomaran decisiones por sí mismas—. Hay que mandarla a casa en el primer tren que salga por la mañana.

—¡De eso nada! —protestó Kat.

Hunter se limitó a mirarla. Sonrió a lord Avery.

—Consultémoslo con la almohada, ¿de acuerdo? —dijo—. Hay poco que podamos hacer ahora.

—¡Deberíamos llamar a la policía!

Hunter hizo un gesto negativo con la cabeza.

—La policía no podrá resolverlo, y los dos lo sabemos. No podemos hacer nada más esta noche.

—Pero hay que hacerse cargo de la situación —insistió lord Avery.

—Y así será —le prometió Hunter.

Al fin, lord Avery soltó un bufido y salió al pasillo. Hunter cerró la puerta y se apoyó en ella un momento. Luego se irguió.

—Vístete —le dijo a Kat.

—¿Vestirme? ¡Pero si estamos en plena noche! —exclamó ella—. Y... y no puedo irme a casa. De verdad. Por favor. Tengo que llegar hasta el final.

—Bien sabe Dios que eres tan encantadora conmigo

que me pasaría los días llorando si te marcharas —murmuró él con sorna.

—Yo... ¡oh, no puedo decir que lo siento! Te portaste muy mal.

—Sea como sea, ¿hasta dónde estás dispuesta a llegar para seguir en la expedición?

—¿Qué quieres decir?

—¿De veras estás dispuesta a vender tu alma? —preguntó con suavidad.

—Pero... no puedo irme a casa. Debo seguir adelante.

—Entonces, tendrás que hacer lo que te digo —respondió él lisa y llanamente—. Vístete. Enseguida vuelvo.

Salió de la habitación, recorrió el pasillo y vaciló antes de llamar a la puerta de la suite de Brian. Unos instantes después, Brian, que a todas luces acababa de despertar de un profundo sueño, abrió la puerta.

—¿Qué pasa? —oyó Hunter que preguntaba Camille, soñolienta, desde la cama.

Hunter miró directamente a Brian.

—Había una serpiente en el cuarto de Kat.

Brian se puso rígido, como si hubiera quedado petrificado. Hunter advirtió la furia que cruzaba su semblante.

Pero Brian logró dominarse y exhaló un largo suspiro.

—Entonces, ha empezado otra vez.

—Creo que empezó antes de que partiéramos.

—Esa muchacha es tan vulnerable... —dijo Brian en voz baja—. ¿Tienes algún plan?

—Bueno, no es un plan, en realidad. Pero creo que puedo hacer algo. Y necesito vuestra ayuda.

Camille, con el pelo revuelto alrededor de la cara, apareció junto a Brian envuelta en una bata.

—Siempre estamos aquí para lo que nos necesites, Hunter.

—Me temo que ello requiere vestirse y salir.
—¿Para qué? —preguntó Camille.
—Creo que lo sé —murmuró Brian.
—Disculpadme, entonces —dijo Hunter—. Tengo muchas cosas que hacer y poco tiempo —y se alejó apresuradamente para hacer los preparativos necesarios.

13

Kat se vistió rápidamente, como le habían ordenado. Apenas estaba visible cuando Hunter regresó y llamó con fuerza a la puerta.

—No estoy del todo...

—No importa. Abre.

Ella abrió la puerta mientras luchaba con los botones de atrás de su camisa.

—Te he dicho...

—Date la vuelta.

Ella así lo hizo. Se quedó allí inmóvil, muy tiesa, consciente del roce de los dedos de Hunter sobre su piel mientras él acababa de abrocharle la camisa.

Él la hizo girarse y la miró con aire crítico.

—No he tenido tiempo de recogerme el pelo —dijo ella, irritada.

—Pues cepíllatelo. ¿Tienes un manto o una chaqueta a mano? —agarró su manto—. Vamos —dijo.

Ella no podría haber protestado. Hunter estaba decidido. La asió del brazo y la acompañó fuera. Para sorpresa de Kat, Brian y Camille salieron a su encuentro en el pasillo.

—¿Dónde está la serpiente? —preguntó Brian.

—En el cajón de abajo de la cómoda de Kat —contestó Hunter.

Kat dio un respingo. No lo había visto ponerla allí.

Hunter la miró con dureza.

—No volveremos a hablar de esto, ¿entendido, Kat?

—Vivo para obedecerte —murmuró ella.

La mirada que le lanzó él no parecía complacida.

Un carruaje estaba esperándolos en la puerta del hotel. Hunter no montó con los Stirling y Kat, sino que se subió al pescante junto con Ethan, alegando que debía mostrarle la ruta.

Cuando estuvieron cerradas las portezuelas y se halló en el carruaje, sentada frente a Camille y Brian, Kat preguntó con suavidad:

—¿Sabéis qué vamos a hacer? ¿Adónde vamos?

—Me temo que no —dijo Camille—. ¿Tú tampoco lo sabes?

Kat negó con la cabeza.

El carruaje se detuvo. La puerta se abrió. Hunter alargó el brazo hacia Kat. Camille y Brian los siguieron. Kat levantó la mirada, asombrada.

Habían llegado a una iglesia. Para su asombro, Emma salió corriendo por la puerta para saludarlos.

—He despertado al padre Philbin y está esperándonos. Es muy agradable. Dijo que tenía el presentimiento de que volvería a verte, Hunter.

—Um... ¿vamos a rezar para que no vuelva a haber más incidentes? —inquirió Kat.

Hunter la miró con el ceño fruncido.

—Vamos a casarnos —contestó con impaciencia.

Ella se quedó de una pieza. El mundo pareció girar a su alrededor y el aire llenarse de fragmentos de cristal.

¡Casarse!

Había sido una soñadora toda su vida. Siempre había imaginado cómo sería su boda. Casarse. Naturalmente, siempre había pensado que se casaría. No porque se esperara de ella por ser mujer, ni porque sintiera la necesidad de desempeñar el papel de esposa. Soñaba con el matrimonio como el romance definitivo; con estar con alguien día tras día, amando y siendo amada.

Y con una declaración de matrimonio, pronunciada por un amante arrodillado, los ojos iluminados y llenos de amor y deseo, sus palabras apasionadas y suplicantes. Claro, que ella había iniciado aquella farsa. Pero no era real. Era una estratagema. Un medio para un fin.

Miró a Hunter con fijeza, incapaz de moverse o de hablar.

—No podemos tener a ese buen hombre en pie toda la noche —dijo él con impaciencia.

Una estratagema. Un medio para un fin.

—Nos vamos adelantando, a ver qué papeles hay que firmar —dijo Brian.

—Vamos, Emma, preséntanos al sacerdote, por favor —dijo Camille.

Kat permanecía de pie junto al muro de hermosos azulejos de delante de la iglesia. Seguía mirando fijamente a Hunter.

—No... no tienes por qué hacer esto —dijo.

Él se encogió de hombros, impaciente.

—Dijiste que estabas dispuesta a vender tu alma para proseguir el viaje. Así que... aquí está. No puedo dejarte sola porque pareces estar en peligro cada vez que me doy la vuelta. Aunque ha visto la serpiente, a Lord Avery acabará dándole una apoplejía si cree que entro en tu habitación cuando se me antoja. Así que debo estar contigo. Es la única solución que encuentro.

—Sí, pero Hunter... Una cosa es un compromiso, que puede romperse. No puedo hacerte esto. ¡No puedo forzarte a semejante farsa!

—Los matrimonios también acaban, me temo. Cada vez oigo hablar de más parejas que se divorcian. No es agradable, lo reconozco, pero así son las cosas. Naturalmente, el escándalo es terrible, pero mucho menos preocupante, creo, que la muerte.

—Pero aun así... Te aseguro que no temo por mí, Hunter, de veras. Yo no soy nadie... y, bueno, aunque mi padre se haga muy famoso, casi se espera que la hija de un pintor haga algo escandaloso. Pero tú... En fin, no puedo, ni quiero, pedirte que vivas con semejante farsa.

—Cuando entres en esa iglesia, no será una farsa —repuso él con firmeza—. No pienso poner en peligro tu vida, aunque tú seas tan necia que estés dispuesta a hacerlo. De ningún modo regresaré a Inglaterra sin llevarte sana y salva.

Kat no sabía por qué se sentía tan ridículamente al borde de las lágrimas. Era simplemente que había soñado con mucho más. Hunter le había demostrado su valía muchas veces.

Pero...

Ella había deseado más. Devoción eterna. Ternura, amor, adoración. ¡Y él era tan frío...!

Pero así tenía que ser, se dijo. Y de pronto se estremeció. Recordaba con excesiva viveza sus caricias, su tacto. Y, al ponerse en movimiento y echar a andar por el caminito, ansiosa porque no viera su cara en ese momento, comprendió que estaba en verdadero peligro. Había estado tan cerca de él, se había acostumbrado tanto a su presencia, que no se había dado cuenta de que Hunter le había robado el alma.

Y, si se acercaba aún más a él, acabaría perdiendo el corazón.

Hunter jamás la creería, aunque intentara explicarle sus sentimientos. Ella había emprendido aquel viaje con el propósito de conquistar el corazón y la mano de David Turnberry. Hunter jamás creería que se había dado cuenta de que no quería en absoluto a David, y de que él tenía razón desde el principio: si pudiera tener a David, no lo querría.

Hunter le dio alcance en la puerta de la iglesia.

—¿He de suponer que esto significa que estás de acuerdo con el plan? —dijo.

—Seré una excelente esposa —le aseguró ella—. Una excelente esposa y una ayudante perfecta —prometió.

Para su espanto, él rompió a reír al escuchar su apasionada declaración.

—Ah, sí, señorita Adair. Montarás bien a caballo, lo aprenderás todo sobre Egipto, serás perfecta. No me cabe ninguna duda. Acabemos de una vez, ¿de acuerdo?

Ella rechinó los dientes, intentando contener las lágrimas que le escocían los ojos. Entró en la iglesia, donde el sacerdote estaba charlando con Camille, Brian y Emma.

—¡Jóvenes! —exclamó Emma, sacudiendo la cabeza—. ¡Esto debería haber sido todo un acontecimiento, Hunter! Deberíamos haber planeado la boda, comprar un precioso vestido para una novia tan bonita...

—Emma, podrás celebrar un gran banquete cuando volvamos a casa —dijo Hunter, no sin amabilidad—. Padre Philbin, si nos dice dónde colocarnos y qué hacer...

—Desde luego. Ustedes dos, aquí, delante de mí. Lord Carlyle, aquí, a un lado; lady Carlyle, junto a la novia. ¡Y, ah, aquí está el joven! Ethan, amigo mío, aquí, junto a Emma. Cuatro testigos en el acta, estupendo. Ahora...

El padre Philbin tenía una bella voz. Las solemnes palabras que pronunció en la ceremonia sonaban sentidas. No hubo música. Ni se oyó el llanto de los allegados. No había olor a flores. Sólo las palabras. Tan bien dichas. Y, para Kat y Hunter, tan desprovistas de sentido.

Ella contestó cuando la ocasión lo requería. Y lo mismo hizo Hunter. La voz de ella era tan segura y fuerte como la de él.

Tan... fría y distante.

Otro pacto.

Otro anillo en el dedo.

—Puedes besar a la novia —anunció el padre Philbin con una sonrisa.

Kat no sabía muy bien qué esperaba. Otro de los apasionados besos de Hunter, supuso.

Pero sus labios apenas la rozaron.

—Hay que firmar el acta —dijo.

Ella asintió con la cabeza.

Y se acabó.

Quizás nadie notaba la corriente casi hostil que fluía entre los novios. Emma seguía refunfuñando sobre la ceremonia, y Ethan la escuchaba suspirando. El padre Philbin les explicaba alegremente a los condes de Carlyle el origen de los ritos nupciales.

—Verán, antaño, en los buenos tiempos, pongamos en la época de Enrique III y sus vástagos, las bodas se celebraban en junio, porque era costumbre bañarse en mayo, para que los novios no apestaran demasiado. Pero de ahí es de donde procede la costumbre del ramo. La novia llevaba flores por el olor. Cuantas más flores, mejor disimulaban su olor —de pronto bostezó—. ¡Ah, qué tarde es! Sir Hunter, lady Katherine, mis bendiciones para todo lo que emprendan.

Kat logró darle las gracias al párroco. Cuando volvieron al carruaje se sentó junto a Hunter, pero, pese a ser agudamente consciente de su presencia, guardó silencio. Todavía estaba impresionada. Ni Brian ni Camille intentaron trabar conversación. Al llegar al hotel, Camille le dio un cariñoso abrazo y un beso en la mejilla.

–Mis mejores deseos, Kat –dijo.

Luego Brian y ella desaparecieron en su suite, y Hunter, llave en mano, abrió la puerta de la habitación de Kat.

¿De la habitación de ambos?

Kat empezó a temblar, pero no tenía intención de permitir que él lo notara. Entró en el cuarto, pero luego se quedó parada en el centro, sin saber qué hacer.

Hunter le ahorró tener que tomar una decisión.

–Duerme un poco –dijo en tono cortante. Se paseaba una vez más por la habitación, registrándolo todo. Luego salió a la salita.

Ella se mordió el labio, entró corriendo en el cuarto de baño y se puso el camisón. Hunter no había regresado. Ella se metió rápidamente bajo las mantas.

Él regresó y bajó las luces. Iba todavía completamente vestido. Kat sintió cómo se hundía el colchón al tumbarse él al otro lado de la cama.

No la tocaba.

Ni la tocó a lo largo de lo que quedaba de la noche.

A la mañana siguiente tomaron el tren que los llevaría a Brindisi y al barco.

A mediodía, Kat estaba cansada de oír las exclamaciones de sorpresa y las felicitaciones que le dirigían.

Lord Avery parecía pensar que Hunter había hecho, sencillamente, lo adecuado, como un militar seguía el camino que le marcaba el sentido común. Margaret, que estaba eufórica, pensaba que era lo más romántico del mundo. Lavinia parecía observarlo todo con ironía. Allan, Robert y Alfred intercambiaron sonrisillas y se encogieron de hombros. David se pasó el día lanzándole miradas tristes y, por la cara que tenía, parecía que había comido algo que le había sentado mal. Su aspecto no afectó en absoluto a Kat; le había visto ejecutar aquella misma actuación delante de lady Margaret la tarde anterior.

—Vaya, eso sí que es interesante, una huida en plena noche —dijo David. Hunter y ella estaban sentados frente a Margaret y él en el coche bar.

—Bueno —dijo Hunter al tiempo que enlazaba con fuerza a Kat y le acariciaba la garganta—, no podía soportarlo más. Noche tras noche..., tan cerca.

—¡Qué romántico! —Margaret aplaudió por enésima vez.

—¡Ni se te ocurra hacerlo a ti, hija! —la advirtió su padre desde la mesa contigua.

Desde el otro lado del pasillo, el profesor Atworthy sacudió un dedo.

—No olvide el arte, ni olvide que el arte es trabajo.

—Figúrate, Hunter casado al fin. Eso está muy bien, ya que algún día llevarás el título de la familia —comentó Lavinia.

—Tía Lavinia, nunca he creído que un título hiciera a un hombre —repuso Hunter.

—No, pero un título es de lo más conveniente —dijo Brian, y una risa acompañó a sus palabras.

Kat sólo deseaba que hablaran de otra cosa. De cualquier otra cosa. Pero no había modo. Cuando llegaron a Brindisi, estaba a punto de ponerse a gritar.

El barco no zarpaba hasta la mañana siguiente. Esa noche se alojarían en un antiguo castillo convertido en posada. El comedor era enorme, un antiguo salón de grandes dimensiones, y la comida y el servicio resultaron excelentes. Pero, al final de la cena, Kat tenía un sordo dolor de cabeza. Esperaba con nerviosismo que Hunter propusiera que subieran a su habitación. Pero él parecía contentarse con permanecer donde estaban, compartiendo el brandy con los caballeros mientras escuchaban al trío que tocaba en el salón.

Cuando estaba absorto en la conversación, ella aprovechó para escapar. Su habitación, que se hallaba en una de las torres, era en realidad una suite grande y lujosa, compuesta de un dormitorio y una sala de estar. La alcoba tenía una enorme cama con dosel y una gran chimenea. Había una hermosa bañera con apliques dorados. Decidió darse un largo baño.

Cuando salió de la bañera, Hunter aún no había regresado. Exhausta e irritada, se metió en la cama. Unas horas después, se dio cuenta de que se había quedado dormida y de que Hunter no estaba a su lado. Se levantó y se acercó de puntillas a la puerta que daba a la salita. Hunter estaba allí, de pie junto a la chimenea, alto y pensativo, con una copa de brandy en la mano.

Levantó la mirada.

—¿Te he despertado? Lo siento.

—No, no me has despertado.

—¿Pasa algo, entonces?

—Tengo la sensación de estar quitándote el sitio —dijo ella.

—¿Y eso por qué?

Ella agitó una mano con nerviosismo.

—Bueno..., sé que hicimos un trato. Es sólo que...

Hunter se echó a reír de repente.

—Entiendo. Estás ahí tumbada, hecha un manojo de nervios, sin saber a qué atenerte, ¿no es eso?

Ella exhaló un largo suspiro.

—Sí. Te dije que sería una buena esposa.

Hunter se acercó a ella. Kat sintió de pronto el deseo de retroceder.

—Sé que lo serás.

—No hay razón para que no puedas dormir en la cama —dijo ella.

—¡Qué amable de tu parte! —le tocó la cara con la palma de la mano y luego le levantó la barbilla—. Créeme, Kat, no me casé contigo pensando en llevar una vida de castidad. Permíteme aclararte que te he hecho mi esposa en el pleno sentido de la palabra, y que tengo intención de reclamar todos mis derechos cuando me convenga y me interese.

«¡Cuando le convenga y le interese!».

Kat dio un paso atrás; sus ojos relucían.

—¿Ah, sí? Pues sepa usted, señor mío, que eso será cuando mi conveniencia y mi interés coincidan con los suyos.

Él ladeó la cabeza ligeramente, sus ojos como negras dagas desafiantes.

—Veamos..., los dos somos conscientes de que estás enamorada de otro. Los dos sabemos que evitarás a ese hombre, porque podría haceros pedazos miembro a miembro y, recuerda esto, encontraré un modo de salirme con la mía. Soy extremadamente orgulloso, arrogante y hasta, por desgracia, celoso. Entre nosotros no hay pretensión alguna. ¿Te deseo? Sí. ¿Me deseas tú a mí? Bueno, no soy David Turnberry, pero eso no importa. Serás una buena esposa. ¿Soñarás que soy él? De nuevo, no importa. Así que esto es lo que hay.

—Entonces, ¿por qué no acabas de una vez? —preguntó ella, enfurecida.

Hunter enarcó las cejas y ella pensó que estaba enfadado, pero de pronto rompió a reír.

—Estés enamorada o no, querida, el acto amoroso puede ser algo muy bello. No una cosa que se hace lo más rápidamente posible, como barrer las cenizas de una chimenea.

Su risa la hizo dar un respingo. No sabía qué la enfurecía más, si sus carcajadas o el hecho de no decir nunca la última palabra.

Se limitó a levantar la cabeza y a lanzarle lo que esperaba fuera una mirada de absoluto desdén; luego dio media vuelta y regresó al dormitorio.

Él le había parecido tan falto de interés que se sorprendió cuando la alcanzó, la agarró del brazo y la hizo girarse para mirarlo. Sus ojos eran pozos oscuros y desalmados, y ella nunca había visto su mandíbula tan rígida. Un mechón de pelo colgaba sobre su frente y a Kat le dio un vuelco el corazón. Hunter era al mismo tiempo extremadamente atractivo y amenazador.

—Ahora —dijo.

—¿Ahora?

—Parece un momento muy conveniente y estoy muy interesado —su voz era baja y ronca, el calor de su aliento caldeaba las mejillas de Kat.

—Para mí no es conveniente, ni me interesa —replicó ella con aire majestuoso.

Hunter sonrió.

—Pues lo lamento, porque me importa un comino —dijo.

Y entonces la besó de nuevo. Ya no vacilaba, y la devastadora insinuación de su lengua no dejaba duda alguna sobre lo que pensaba hacer con el cuerpo. Ella gimió suavemente, apretó las manos contra él y sintió que los músculos de su pecho se contraían. La presión de sus labios disminuyó, y con la punta de la lengua describió suavemente un círculo sobre la boca de Kat. Luego volvió a hundirla, y ella cobró conciencia de que sus manos se habían movido, de que estaba de pie sin que él la sostuviera y de que las cintas de encaje de su camisón blanco estaban siendo desatadas. Las mangas resbalaron sobre sus hombros y los labios de Hunter se posaron sobre su piel. Kat se aferró a él, sintió que el placer la embargaba de nuevo, notó flojas las rodillas y un temblor que le recorría el cuerpo. Él deslizó los labios a lo largo de su garganta mientras con los dedos hacía caer el camisón al suelo. Ella se quedó quieta, con el camisón a los pies, y se estremeció; instintivamente se movió hacia él, buscando su calor, consciente de que sus manos iban bajando por su espalda y se curvaban sobre sus nalgas desnudas y volvían a subir. Arrimó las caderas a él. Hunter dio un paso atrás, se apartó mínimamente de ella y dejó que sus manos y labios se movieran, buscaran y acariciaran. Cuando tocó sus pechos, cuando posó los labios allí, humedeciéndolos acariciadoramente con la lengua, Kat sintió que le faltaba el aire.

Hunter le dio la vuelta de modo que quedó tras ella. Posó la mano sobre su nuca, introdujo los dedos entre su pelo y luego deslizó las manos hacia abajo, sobre sus costados y más abajo, sobre su vientre. Se había movido de nuevo, y ella no estaba segura de cómo ni de cuándo, pero la tierna caricia de su boca se deslizaba sobre sus caderas, bañaba su ombligo, se hundía más abajo. El sobresalto que le causó su siguiente caricia la hizo exhalar un gemido de sorpresa; clavó los dedos en los hombros de

Hunter, luego en su pelo. Las sensaciones que de manera tan rápida y audaz habían inundado cada célula de su cuerpo parecían girar como un remolino eléctrico. Las palabras se formaban en sus labios, se esfumaban sin sonido. Kat se arqueó, presa de una extraña agonía de dulce y abrasador deseo, gemía suavemente, ansiosa por moverse, temiendo caer. Al fin dejó escapar un grito, ajena al sonido, la luz pareció estallar y latir a través de ella, robándole las fuerzas, arrebatándole la cordura.

Hubo poco tiempo para alcanzar a comprender aquella sensación, pues Hunter se levantó y ella se halló de pronto inerme en sus brazos, los ojos cerrados. De pronto la asaltó el recuerdo del pasado. Hunter era un amante experimentado. Un maestro en el acto que le había producido tal éxtasis. Para ella, el mundo había cambiado, del mismo modo que, al moverse el sol, caía la noche.

¿Y para él? ¿Se trataba sólo de una diversión?

Kat lo miró mientras la tumbaba sobre la blanca cama. Tembló al recordar la única vez que había entrevisto a Hunter desnudo. Él se había quitado la ropa con tanta precipitación y se había tumbado sobre ella tan rápidamente que apenas tuvo tiempo de verlo otra vez. Sin embargo, en esos breves instantes, su temblor se renovó y una sola palabra resonó en su cabeza. *Soberbio*.

Sentía su peso sobre ella, entre sus muslos, el ardor de su boca, ansiosa ahora, sobre su garganta. Y su primera y fuerte acometida. El dolor la traspasó, y gritó, pero él comenzó a susurrarle palabras que ella no entendía, y a bañar su cara y su cuello con tiernos besos... y entonces pareció volverse de nuevo líquida y una energía violenta se desató de pronto, y ella se aferró desesperadamente a él. Era consciente de cada uno de sus músculos tensos, de la fuerza de su cuerpo dentro del suyo, y consciente de que volvía a sentir otra vez aquella exquisita marea que crecía dentro de ella. No podía respirar; luego, respiraba vertiginosamente. Su corazón se detenía y volvía luego a latir con violencia. La carne de Hunter sobre la suya era húmeda, abrasadora, el mundo mismo oscilaba violentamente, a punto de estallar...

Gritó de nuevo en un gemido de éxtasis. Se mordió el labio, inhaló una bocanada de aire; todavía lo notaba dentro de ella, notaba su fuerza, su peso..., las sábanas, la luz tenue que difundía por la habitación la única lámpara de la mesa, y el fulgor mortecino del hogar. Yació temblorosa, estremecida, asombrada por el cataclismo en que se había convertido la noche.

Hunter se apartó de ella y se tumbó a su lado. Kat no abrió los ojos. La rodeó con un brazo, la acurrucó a su lado. Ella pensó que iba a decir algo, pues el mundo había cambiado tanto que era necesario decir algo.

—Buenas noches, cariño mío —murmuró él.

Y eso fue todo.

Ella permaneció despierta.

Diversión.

Nunca había sentido semejante esplendor. Y sin embargo...

Le ardían los ojos, llenos de lágrimas.

Intentó no moverse ni una sola vez en toda la noche. Aunque quizá se arrimó un poco a él. Estaba medio dormida cuando se percató de que sentía de nuevo aquella dulce y abrasadora excitación. Los labios de Hunter volvían a tentarla. Se deslizaban por su espalda. Hunter la hizo girarse hacia él. Buscó su boca. Ella apenas era consciente de lo que estaba sucediendo hasta que se hundió de nuevo en ella, y entonces se sintió del todo despierta, repleta de él, y una poderosa oleada se apoderó de ella. Y otra vez ascendió hasta la cumbre de un placer ardiente, asombroso, jadeando, el corazón en un pálpito atronador, una sensación tan poderosa que estallaba emitiendo luz.

Después, permaneció inmóvil tanto tiempo que acabó adormeciéndose. Cuando abrió los ojos al fin, él se había ido.

La mañana fue de nuevo ajetreada. Cargar el barco, buscar los camarotes, ocuparse de los últimos detalles. Los hombres se levantaron primero para ir al muelle.

Hunter debería haberse sentido en la cima del mundo, pero no era así, y no porque dejara de experimentar cierto envanecimiento por lo sucedido esa noche, sino porque parecía toparse con la cara de David Turnberry a cada paso. David no hacía nada malo. Comprobaba las cajas según iban llegando, hacía las pesquisas adecuadas, cumplía su cometido. Sin embargo, Hunter no podía pasar a su lado sin pensar que con mucho gusto le rebanaría el pescuezo si se atrevía siquiera a acercarse a su esposa.

El barco estaba lleno hasta la bandera, pero no pasarían mucho tiempo a bordo y, cuando llegara la hora de desembarcar, estarían muy cerca de su destino final.

—Eso era lo último —dijo Brian—. ¿Nos reunimos con las damas?

—¡Una copa, Dios mío, una copa! ¡Me muero! —dijo Robert en tono jocoso.

—Estoy seguro de que podremos conseguir una copa —respondió Hunter secamente—. Servirán a bordo.

—Pero ésa, mis jóvenes y sedientos camaradas, es una de las razones de que sea tan importante comprobar que ni una sola caja quede atrás.

—Vino, whisky, cerveza, agua —comprobó Alfred.

—¡Música y mujeres! —concluyó David alegremente.

Palabras inocentes. Hunter deseó darle un izquierdazo en la mandíbula.

Se refrenó y miró el cielo.

—Nos espera un temporal —le dijo a Brian.

—¿Usted cree? —preguntó Allan, mirando ceñudo el cielo—. A mí me parece que hace buen tiempo.

Dos horas después, ya en alta mar, el pronóstico de Hunter se demostró acertado. El barco cabeceaba entre las olas como un juguete de los dioses. De nuevo se retiraron todos a sus camarotes

Excepto Kat y él.

Ella se quedó en cubierta, junto a la barandilla. Al verla con los brazos cruzados sobre la cintura y el pelo agitado por el viento, Hunter sintió la tentación de dejarla sola para que disfrutara de lo que parecía un instante de auténtica felicidad.

Pero no pudo. Se acercó a ella y dijo:

—Hace muy mal tiempo hasta para una sirena —la tomó del brazo con delicadeza.

Ella parecía dispuesta a protestar, pero luego pareció darse cuenta de que no intentaba arruinar su placer. Era sincero.

Asintió con la cabeza.

Bajaron a su camarote. Por lo visto, a pesar de que el barco estaba atestado, ellos disponían del único saloncito. La princesa Lavinia y lord Avery estaban allí, jugando a la escoba.

—Sentaos, niños, y uníos a nosotros —ordenó Lavinia—. Hemos pedido la comida. Puedes comer, ¿verdad? —le preguntó a Kat.

—La verdad es que tengo bastante hambre.

—¡Gracias a Dios! Hunter jamás se habría casado con una melindrosa —repuso la princesa—. ¡Escoba!

—Lavinia, permíteme decir...

—¡No te atrevas a decir nada, Jagger! ¡Yo no hago trampas!

Lord Avery miró a Hunter.

—¿Has inspeccionado a fondo el camarote?

—Sí, señor.

—Tenemos un equipo muy interesante —dijo Lavinia mientras barajaba los naipes.

—¿Ah, sí? —preguntó Kat.

—Mmm. Jagger, ¿recuerdas lo que pasó con el joven Daws? No, no, fue antes de eso. ¡Con el viejo Daws! Estoy intentando recordar. Isabella provenía de una buena familia. Su abuelo tenía algún título. Pero ella era un poco alocada y se sospechaba que andaba tras Daws, a pesar de que le llevaba muchos años. Por aquel entonces era todavía una mocosa. Naturalmente, él no quiso casarse. Se casó con lady Shelby, la hija de un conde francés, ¿no es cierto, Jagger?

—Um... No recuerdo nada de eso, Lavinia.

—Lady Shelby le dio a lord Daws un heredero, Alfred, y estuvo a punto de morir. Pero siguió vivita y coleando varios años. Luego murió, claro está, y Daws se casó con Isabella... y murió poco después. Y luego tenemos, por supuesto, al joven Robert Stewart —murmuró mientras repartía las cartas—. ¡Presta atención al juego, Jagger! —le reconvino.

—¿Algún esqueleto en el armario? —preguntó Hunter con aire despreocupado.

—Um... Bueno, procede de una rama ilegítima de la familia, pero está emparentado con los Stewart de la realeza, desde luego. Tuvo no sé qué problemilla en el colegio. Poca cosa. Después tenemos a nuestro querido y joven David. ¡El cuarto hijo! Ahí no hay mucho que rascar, me temo, Jagger, aunque tú hija le tenga tanto cariño.

Claro, que sería difícil encontrar a un noble más prestigioso e influyente que su padre. Es la mano derecha de la reina, y maneja a su antojo al Parlamento y al primer ministro. Y en cuanto a riquezas... en fin, su padre podría bañarse en dinero cada hora del día.

–Qué ordinariez, Lavinia.

–Discúlpeme, lord Avery –bufó ella, usando su tratamiento formal–. Estamos entre amigos y parientes. Sólo constato la verdad.

–También está Allan. Allan Beckensdale –dijo Kat.

–Allan, por supuesto. Un buen chico. Me ha dicho un pajarito que ha ayudado a más de un amigo a pagar deudas de juego. Estudia mucho, todos sus profesores dicen maravillas de él.

–¿Dirías que alguno de los demás pueda tener algo contra David? –le preguntó Hunter.

Lavinia lo miró con sorna y le pasó sus anteojos.

–¿Celos, quieres decir? David es el principal candidato a la mano de Margaret, ¿no es así, Jagger?

–Eso he pensado –respondió lord Avery sin apartar la mirada de sus cartas–. ¡Ajá! ¡Escoba! –gritó.

–¿Estás seguro, Jagger? Pero ¿ves siquiera tus cartas?

–¡Por Dios, mujer!

–Ah –dijo Lavinia, levantando la mirada–. Creo que ha llegado la cena.

La cena había llegado, en efecto. Pollo a las finas hierbas, hortalizas de invierno, pan recién cocido. La comida era excelente. Apenas habían acabado cuando Hunter notó que Kat sofocaba a duras penas un bostezo. Sintió lástima por ella.

–Amor mío –susurró, tocándole el brazo–, estoy seguro de que a nuestros amigos no les importará que te retires temprano.

Sorprendida, ella se sentó más derecha, miró a su alrededor y reconoció:

—Estoy agotada.

Lord Avery se levantó al instante.

—Jovencita, váyase a la cama.

—Buenas noches, querida —le dijo Lavinia. No se levantó. Kat se inclinó para darle un beso en la mejilla. Lavinia la abrazó calurosamente.

Hunter se había puesto en pie, desde luego. La acompañó hasta la puerta y le besó la mejilla.

—Buenas noches, amor mío —murmuró.

Ella lo miró con fijeza, y Hunter comprendió que su modo de usar la palabra «amor» era una burla. La miró a los ojos, negándose a apartar la mirada. Ella inclinó la cabeza y salió por la puerta que comunicaba la salita con el dormitorio.

Cuando la puerta se hubo cerrado tras ella, Lavinia se inclinó hacia Hunter y le dio unos golpecitos en la mano con sus uñas perfectamente cuidadas.

—¡No te la mereces!

Hunter hizo oídos sordos y se acercó a su tía abuela.

—Lavinia, ¿se te ocurre alguna razón por la que alguien podría querer hacerle daño a Kat?

Ella enarcó una ceja y a continuación se recostó en el asiento, pensativa.

—No tiene grandes riquezas..., aunque, naturalmente, ahora es tu esposa.

—Aparte de eso —dijo él secamente.

—Puede que sepa algo... que pueda hacer algo... ¡oh, cielo santo! No sé, Hunter. ¿Por qué? ¿Qué está pasando en esta expedición? ¡Se caen piedras que llevaban siglos sin moverse!

—No lo sé —contestó él.

—¡Y un áspid egipcio en una habitación romana! —continuó Lavinia.

Hunter miró a lord Avery.

—Sólo se lo he dicho a Lavinia —dijo éste, poniéndose a la defensiva—. Y es tu tía abuela.

Hunter se reclinó en su silla, sacudiendo la cabeza. Junto con la cena les habían llevado un decantador con brandy. Sirvió sendas copas para lord Avery y él.

Lavinia carraspeó.

—¡Tía Lavinia! ¡Discúlpame! —dijo él, y le sirvió también a ella una copa. Ella sorbió el brandy e inclinó la cabeza.

—Sobrino, mantendré los ojos bien abiertos. Y de lejos tengo una vista excelente. Y hasta de cerca tengo mis anteojos. Hay pocas cosas que pase por alto.

—Estoy seguro de ello —dijo Hunter.

Poco después se marcharon a sus respectivas habitaciones.

Hunter cerró con llave la puerta del pasillo y entró en la alcoba. La oscuridad era casi completa. Dejó que sus ojos se acostumbraran.

Se acercó a la cama y bajó la mirada. Su corazón pareció detenerse. Kat era preciosa, y parecía tan vulnerable allí acostada... Tenía los ojos cerrados y respiraba pausadamente. Parecía dormir a pierna suelta.

Incluso a oscuras su cabello ardía, radiante, sobre la almohada. Hunter sintió dolor al mirarla y, por un instante, se preguntó qué había hecho.

¡Cuán difícil era amar a alguien, como la amaba a ella, y saber cada día que sólo era un sustituto de su verdadero deseo!

¡Cuán difícil ocultar sus sentimientos, pues el orgullo jamás le permitiría demostrarlos!

Luego exhaló y se dio la vuelta.

¿Qué importaba todo aquello si no era capaz de mantenerla a salvo de los peligros que la acechaban?

No, no era una pregunta. Daría su vida por impedir que le acaeciera nada malo.

Pensando esto, se desvistió con sigilo y se tumbó a su lado, guardando las distancias. Se quedó mirando el techo y rezó porque el balanceo del barco le concediera pronto la merced del sueño.

–¡Dios mío! ¡Es Egipto!

Kat estaba en cubierta. Su llegada la hacía tan feliz que sonreía a Hunter con una alegría inmaculada. Sin ninguna otra emoción.

Él le devolvió la sonrisa, disfrutando de su entusiasmo. Camille también estaba entusiasmada. Miraba a Kat con los ojos como platos.

–¡Estoy aquí! ¡Estamos aquí!

–Esperemos que sigáis tan contentas cuando estemos sudando en el desierto y se os meta la arena en los ojos –dijo Brian lacónicamente.

–¡Me va a encantar la arena y todo lo demás! –repuso Camille.

Se quedaron todos allí, charlando y señalando con el dedo, llenos de emoción, mientras se acercaban a la orilla.

Kat notó, sin embargo, que David parecía pensativo y taciturno. Su estado de ánimo le extrañó. Pero no era una comedia, pues se había mantenido alejado de los demás y se limitaba a observar.

Al fin descendieron a suelo egipcio, y pronto se encontraron comprando telas, fruta, pulseras y diversas piececillas de arte, auténticas o falsas, a los vendedores que pululaban por los muelles. Había gente por todas partes.

—Espera a ver El Cairo —dijo Hunter con una sonrisa, la mano sobre su hombro.

—Bueno, supongo que tendré que esperar. Nos queda otro viaje en tren.

—Sí, en efecto.

En el tren a El Cairo continuaron las conversaciones eufóricas. Todo el mundo expresaba su asombro por haber alcanzado al fin su destino. El tren los llevó a la estación, donde de nuevo había vendedores por todas partes, pero los carruajes los esperaban, y pronto llegaron al hotel Shepheard's.

Nada podía haber preparado a Kat para su llegada. Muchas otras personas, además de ellos, habían llegado en el tren, aunque ella sabía que lord Avery, Brian, Camille y Hunter serían los que despertarían mayor expectación.

A su llegada, los miembros del personal corrieron a atenderlos, el director general se inclinó una y otra vez delante del grupo, dando la bienvenida de nuevo a Hunter, Brian y lord Avery y por primera vez a todos los demás. El carro que, cargado de cajas, baúles y banastas, había seguido a los carruajes fue descargado, y para llegar a sus habitaciones tuvieron que pasar por entre la multitud de mirones que cenaban en la terraza.

Antes de que los dejaran atrás, alguien llamó a Hunter.

—¡Vaya, pero si es sir Hunter MacDonald! Lo has conseguido.

Hunter se detuvo. Kat, que iba de su brazo, también se paró.

—¡Arthur! —exclamó Hunter. Se volvió hacia Kat—. Ven, querida, voy a presentarte a un buen amigo. ¡Enseguida vamos! —les gritó a los demás.

—Me encargaré de tu papeleo —le dijo Brian.

Kat lo acompañó, llena de curiosidad. La mesa a la que se acercaron estaban a la sombra, y el individuo sentado a ella lucía un traje blanco de aspecto informal y sombrero. Era de mediana edad, algo recio de complexión, y llevaba bigote. Tenía un algo familiar.

Se levantó.

—¡Vaya, Hunter! ¿Quién es ésta? —preguntó.

—Arthur, te presento a mi esposa, Katherine. Kat, éste es Arthur Conan Doyle.

Ella se quedó boquiabierta y al instante le horrorizó su falta de delicadeza. Se apresuró a cerrar la boca y miró a Hunter.

—En serio. Ya te dije que somos viejos amigos. Yo mismo he escrito varios libros —dijo él.

Ella miró al hombre que había ideado a su personaje literario preferido y escrito tantos relatos excelentes.

—Discúlpeme —dijo tímidamente—. No sabe usted el gran honor que es para mí conocerlo.

Doyle, que era un hombre muy amable, sonrió y les indicó que tomaran asiento.

—Querida mía, me siento halagado. Y emocionado. Pero no me diga que lamenta la muerte de Holmes, o me pondré a gritar.

Ella sacudió la cabeza.

—No tengo intención de decirle nada. Usted es el escritor.

—¡Me gusta esta chica! —le dijo él a Hunter.

—Yo también le tengo cariño —murmuró Hunter con sorna.

A Kat no le importó. Estaba en El Cairo, compartiendo mesa con Arthur Conan Doyle.

—Había oído decir que andabas por aquí —dijo Hunter—. ¿Y tu esposa?

Doyle suspiró suavemente.

—El tiempo es mejor aquí. Pronto la veréis. ¿Cuánto tiempo vais a quedaros en el hotel?

—Lord Avery se quedará aquí todo el tiempo. Nosotros también mantendremos las habitaciones durante toda la expedición, pero a mí me gustaría estar en el yacimiento mañana.

—Entonces tenéis que cenar con nosotros esta noche —dijo Doyle.

—¡Oh, sí! —exclamó Kat.

Hunter sonrió.

—Creo que mi esposa ha hablado. Y, siendo así, será mejor que nos vayamos ya a la habitación, Kat. Tardaremos un poco en preparar las cosas para el traslado de mañana.

—Desde luego —dijo ella.

Arthur Conan Doyle se levantó para despedirlos y convinieron en encontrarse a las ocho. Había un restaurante desde el que las vistas sobre las pirámides al anochecer eran increíbles, e irían allí.

Kat parecía flotar en una nube cuando entraron en el vestíbulo, donde los esperaban sus llaves. El empleado del mostrador los hizo detenerse amablemente.

—Sir Hunter, hay un telegrama para la señorita Adair.

—¡Soy yo! —dijo Kat, sorprendida—. Bueno, lo era —añadió rápidamente.

—Acabamos de casarnos —explicó Hunter.

El empleado asintió con la cabeza y les entregó el telegrama. Ella miró a Hunter con los ojos muy abiertos.

—Nunca había recibido un telegrama.

—Deberías leerlo —sugirió él.

Ella abrió el sobre con dedos temblorosos.

—¡Es de mi padre! Dice que me echa de menos, pero que quiere que sepa que Eliza y él están bien... ¡Uy! ¡Están solos! —dijo, sonrojándose de placer—. Por lo visto lady Daws se ha ido a Francia por negocios —suspiró, aliviada.

—Parece que no le tienes mucho aprecio.

Kat no pudo evitar sonreír. Todas las amenazas de lady Daws no significaban ya nada para ella. Gracias a Hunter.

—Me dijo que... —titubeó—..., en cuanto volviera del viaje, se ocuparía de que me mandaran a un internado en el continente.

—Pues ya no tiene ningún poder sobre ti —dijo Hunter.

—No, pero..., me aterroriza que se case con mi padre.

Hunter guardó silencio. Los dos eran conscientes de que eso podía ocurrir todavía. Él no intentó convencerla de lo contrario.

—No creo que se hubiera casado con él antes —murmuró Kat—, cuando era pobre. Pero la vida de mi padre ha cambiado mucho desde que os conoció a lord Avery y a ti.

—Siempre hay que pagar un precio —dijo Hunter en voz baja.

—Bueno, al menos de momento está en Francia. Y papá está trabajando por encargo. Tiene mucho trabajo. Naturalmente, no puede acabar el retrato de Margaret hasta que volvamos. ¡Oh, Hunter! Debe de irle muy bien. Antes no habría podido permitirse mandar un telegrama.

—Se merece el reconocimiento —dijo Hunter—. Pero, ahora, si quieres que cenemos con los Doyle, tengo mucho que hacer.

Sus habitaciones estaban apenas a medio trecho de escaleras del vestíbulo, al fondo del pasillo. Las maletas estaban pulcramente alineadas. Emma se había pasado un momento por allí, pues algunas cosas estaban ya desembaladas.

Al entrar en la habitación, Kat se volvió hacia él.

–¡Arthur Conan Doyle!

–¡Ojalá fuera yo él! –murmuró Hunter–. Nunca había visto tanta emoción en tus ojos.

–Oh, tú no lo entiendes. A veces, cuando acompañaba a mi padre mientras pintaba, me perdía en sus historias. Me parece brillante.

–Es un buen hombre.

Hunter alargó el brazo y le tocó la cara para quitarle una mota de la mejilla.

–Parece carbonilla –le dijo–. Bueno, mañana a estas horas estaremos de arena hasta las orejas.

–Ha sido un viaje muy largo, el barco, las horas en el tren... Me encantaría tomar un baño.

–Echa un vistazo al cuarto de baño, querida. Esto es el Shepheard's, al fin y al cabo.

Había una hermosa bañera. Kat la llenó, ansiosa por quitarse la mugre del viaje. Debería haberse sentido cansada, pero no lo estaba. De hecho, nunca se había sentido tan llena de vida como en los dos días anteriores.

Mientras estaba en la bañera, no pudo evitar preguntarse si el momento sería el conveniente y si su marido estaría interesado...

Pero entonces oyó ruidos en la habitación de fuera y comprendió que estaba ocupado. Sólo distinguía retazos de la conversación, pero al parecer Brian estaba con él y hablaban de la contratación de los camellos y caballos para el día siguiente. Kat salió de la bañera. Al día siguiente se convertiría en la mejor ayudante y secretaria que pudiera imaginarse.

Envuelta en una enorme toalla blanca, se acercó a la ventana. Un sentimiento de maravillado asombro la invadió de nuevo.

Allí, en el horizonte, estaban las tres grandes pirámides. Estaba de veras en Egipto.

Y pagaría gustosa el precio de estar allí. Al día siguiente.

Esa noche, iba a cenar con Arthur Conan Doyle.

Llamaron suavemente a la puerta del pasillo. Llena de curiosidad, Kat se acercó a ella.

—¿Sí?

—Soy Françoise, la camarera, señora.

Abrió la puerta. La muchacha que había al otro lado era muy bonita. Tenía el aire exótico de las egipcias, con el cabello negro y los ojos oscuros. Su uniforme era inglés, un sencillo vestido gris azulado adornado con un delantal. Llevaba un montón de toallas limpias.

—Pase, por favor —dijo Kat.

La muchacha entró y se dirigió al cuarto de baño. Cuando salió, Kat estaba de nuevo junto a la ventana.

—Buenas noches —dijo ella, lista para marcharse—. Y si necesita algo...

Sin duda se estaba comportando como la habían enseñado. Sin molestar a los invitados; simplemente, sirviéndolos.

—La verdad —dijo Kat— es que necesito un poco de ayuda —señaló por la ventana—. ¿Cuál es cuál, si me hace el favor? Pertenezco a una expedición, pero soy tremendamente ignorante. ¿Tendría usted la bondad?

La muchacha se acercó a la ventana. Parecía tímida, pero, viendo que Kat hablaba en serio, señaló con el dedo.

—Ésa de ahí, la más grande, es la Gran Pirámide de Jufu, o Keops. Ésa y ésa son las pirámides de Kefrén y Mikerinos. Jufu reinó hace unos dos mil quinientos años, en el momento de mayor esplendor del Imperio Antiguo. Algunos creen que la Esfinge formaba parte de su complejo funerario, pero... —se encogió de hombros—, los estudiosos siguen debatiendo sobre ello.

Kat la miró extrañada. La chica parecía muy culta e inteligente.

—Debería ser usted guía —dijo suavemente.

—Soy una mujer —murmuró ella—. Éste es un buen trabajo. Gracias, lady MacDonald —hizo una reverencia y se dispuso de nuevo a marcharse.

—Espere, discúlpeme pero... ¿es usted egipcia?

—Mi padre era francés —contestó con sencillez—, pero yo soy egipcia, sí.

—A mi padre le encantaría retratarla —dijo Kat con una sonrisa, sacudiendo la cabeza—. Tiene usted uno de los rostros más bellos que he visto nunca.

La muchacha se sonrojó y, azorada por el cumplido, señaló la ventana.

—Las pirámides se desarrollaron a partir de la plataforma, o mastaba, que cubría las tumbas anteriormente. La pirámide escalonada del rey Dyoser en Saqqara muestra cómo se construían los escalones, mastaba sobre mastaba. La pirámide de Keops es la joya de este tipo de edificaciones, claro está. Y, sin embargo, dicen que el desierto está plagado de tesoros aún por descubrir. Y por eso está usted aquí.

—Sí, formo parte de una expedición —dijo Kat.

La chica le ofreció una sonrisa.

—Su marido y usted van con los condes de Carlyle. Su marido ha venido muchas veces antes, y siempre se habla de lo que encontrará. No estarán muy lejos. Cuando las arenas del desierto amenacen con tragárselos, el hotel estará al alcance de la mano. Espero que le guste mi país.

—Ya me encanta —le aseguró Kat, y dejó que la chica se marchara por fin.

Más tarde, cuando acabó de vestirse y seguía esperando a Hunter, se descubrió de nuevo junto a la ventana.

Al mirar hacia abajo, vio dos figuras entre las sombras de los muros del edificio. Parecían haberse reunido furtivamente. Una miraba con nerviosismo a su alrededor.

Kat se dio cuenta de que era Françoise.

Intentó reconocer a la otra figura. Era un hombre. Estaban los dos muy cerca, susurrando. El hombre estaba a todas luces enfadado.

Kat profirió un gemido de sorpresa al ver que golpeaba a la chica.

Era imposible que la hubieran oído, pero los dos parecieron levantar la mirada. Kat se apartó de la ventana.

Ansiaba encontrar un modo de volver a hablar con la chica. Su corazón sangraba por aquella joven que parecía tan cruelmente maltratada.

Desde su mesa veían alzarse las pirámides desde la arena, y Arthur Conan Doyle se apresuró a informar a Kat de que los turistas podían trepar por ellas.

—¡Me muero de ganas de hacerlo! —exclamó ella.

—Pues tendrás que esperar un poco; hay muchas cosas que hacer —dijo Hunter, y vio que Kat ponía mala cara.

Louisa, la esposa de Arthur, se rió suavemente.

—¡Hunter! Tú has visto las pirámides muchas veces. A buen seguro recordarás lo mucho que te impresionaron la primera vez que las viste, lo abrumador que es su tamaño, su forma, su mera existencia.

Hunter pensó que Louisa tenía buen aspecto, a pesar de que se estaba muriendo. Sabía que Arthur la había llevado a varios médicos. El diagnóstico era siempre el mismo. Tuberculosis. Pero Arthur se negaba a aceptar el diagnóstico sin pelear. Louisa, él y a veces también los niños (su hija Mary y su hijo Kingsley) habían vivido en distintos lugares, buscando siempre los climas más benignos. Louisa ya había superado las previsiones de vida de los médicos. Era una mujer maravillosa y de dulce temperamento, y Arthur y ella se complementaban a la perfección. Arthur le había dicho una vez a Hunter que había sido muy afortunado en su vida privada, e incluso tenía la suerte de haber sufrido en carne propia la enfermedad, pues ello le había enseñado que no necesitaba desarrollar al mismo tiempo sus carreras como médico y como escritor. Últimamente, sin embargo, estaba algo amargado porque el público lo atosigaba para que resucitara a Sherlock Holmes.

Eso, teniendo que afrontar una auténtica tragedia en la vida real.

Esa noche, sin embargo, Louisa tenía buen aspecto. Y la alegría de Kat era tan contagiosa que todos se sentían dichosos.

De hecho, Hunter casi había olvidado que tenía motivos de preocupación.

—Dígame —le dijo en broma Kat a Arthur—, ¿es usted tan buen detective como su personaje?

Hunter dio un leve respingo, sabiendo lo que Arthur sentía desde hacía algún tiempo hacia su famoso personaje. Holmes lo estaba volviendo loco.

Pero, para su sorpresa, Arthur respondió a Kat.

—Querida mía, el mérito es por entero de un viejo profesor, el doctor Joseph Bell. Era asombroso. Entraba un paciente, y por su ropa y sus zapatos adivinaba cómo se ganaba la vida y dónde había estado. Podía mirar las manos de un hombre y saber al instante un montón de cosas sobre él. De ese modo diagnosticaba a sus pacientes con mayor rapidez. Era un tipo brillante. Yo, por mi parte, a veces me veo tentado a escribir «Watson» cuando tengo que firmar con mi nombre. En todo caso, como el doctor Bell, he aprendido a mirar el mundo y a los que me rodean de un modo distinto —miró a Hunter—. ¿Habéis presenciado algún acontecimiento misterioso últimamente?

—Sí, yo diría que sí —contestó Hunter.

—¡Cuéntanoslo! —dijo Louisa.

—¿Empiezo por el principio? —preguntó él, mirando a Kat.

Ella lo miró, indecisa.

—No estamos del todo seguros de que sean acontecimientos misteriosos —dijo él—, o más bien una serie de coincidencias realmente notables.

—Es curioso, Hunter. Por aquí ha habido también algunas. Contadme las vuestras, y yo os contaré lo que temo sea ya del dominio público.

Hunter miró de nuevo a Kat y luego dio comienzo a su relato.

—Veréis, conocí a mi esposa porque un joven, un hijo de lord Turnberry, se cayó al Támesis. Kat, que estaba en la barca de su padre, se lanzó a rescatarlo. Yo también me arrojé al agua. Más tarde, el joven le confesó a Kat que creía que le habían empujado. Después de eso... veamos... Ha desaparecido un mapa, a Kat posiblemente le dieron algo que la hizo enfermar la noche de nuestra fiesta de compromiso, una piedra enorme del Coliseo se cayó justo encima de donde estaban Kat y David, y, por último, pero no por ello de menor importancia, había una cobra en la habitación de Kat en Roma.

—¡Cielo santo! —exclamó Louisa—. Comprendo vuestro dilema. ¿Accidente... o coincidencia?

—Al principio —dijo Hunter—, no creí que alguien pudiera tener motivos para hacerle daño a David Turnberry. Y no se me ocurre razón alguna por la que alguien podría querer perjudicar a mi esposa.

Arthur lo miraba pensativamente, con el ceño fruncido.

—Creo que tenéis un auténtico misterio entre manos. ¿Quién estaba con ese muchacho en el barco el día que se cayó al río? ¿Alguno de vuestros acompañantes?

—Sus amigos, compañeros de universidad —dijo Hunter—. Robert Stewart, Allan Beckensdale y lord Alfred Daws, cuya madrastra, por cierto, es amiga del padre de Kat.

—Mmm —murmuró Arthur.

—Es ridículo pensar que esos jóvenes, compañeros de universidad, supongan un peligro los unos para los otros —dijo Kat.

—Querida mía —repuso Arthur—, dices ser una ardiente lectora de mis libros. Lo que has de hacer siempre es tachar lo imposible. Lo que quede, por improbable que sea, es cierto.

Kat miró a Hunter.

—Me temo que seguimos desconcertados.

—Entonces necesitáis más pistas. Y tendréis que encontrarlas. Y, lo que es más importante, debéis manteneros siempre ojo avizor —miró a Hunter—. Mantenme informado, ¿de acuerdo?

—Naturalmente. Parte de lo que te he contado es bien sabido, claro, pero...

—No diremos nada, por supuesto —le aseguró Arthur.

—¡Bueno! ¿Qué enigmas y chismorreos tenemos esta estación? —preguntó Hunter.

—Los de siempre en parte, por desgracia. Pero parece que están desapareciendo muchos tesoros de yacimientos de la zona de la llanura de Giza. Corre el rumor de que los yacimientos están malditos. Han desaparecido unos cuantos trabajadores, y algunos otros han vuelto a El Cairo dispuestos a suplicar, robar o pedir prestado antes que volver al desierto. Un pobre diablo, al parecer medio loco, decía que subían cánticos de la arena —sonrió a Kat con desgana—. Fue durante el Imperio Antiguo, la época de Jufu, cuando los reyes comenzaron a acentuar su carácter sagrado y su asociación con los dioses. Más adelante, los faraones se decían hijos de Ra, el gran dios del sol. A su muerte, el faraón se fundía con Osiris, el padre de Horus y dios supremo del mundo subterráneo. Los sacerdotes acumularon poder asegurándose de que el pueblo llano sintiera admiración y temor por los hombres endiosados que los gobernaban. Así pues, es fácil darse cuenta de cómo la gente de hoy puede creer que, de algún modo, hay todavía por ahí algunos que cantan y rinden culto a sus poderosos dioses-reyes.

—Sólo es el viento del desierto —dijo Louisa suavemente, y apretó la mano de su marido. Él le lanzó una sonrisa agridulce.

Louisa carraspeó y le guiñó un ojo a Kat.

—Los mesmeristas están haciendo furor en Londres, ¿no es cierto?

Arthur se puso rígido.

—Sólo son engaños..., aunque fascinantes.

—Arthur está interesado en ellos —dijo Louisa con un suspiro lleno de buen humor. Miró de nuevo a su marido. «Por favor, no me eches demasiado de menos. No me busques cuando me haya ido», podría haber dicho en voz alta.

—Bueno —murmuró Hunter—, sois los dos bienvenidos en el yacimiento cuando gustéis.

—Y si puedo hacer algo... —comenzó a decir Kat, mirando a Louisa.

—Estás aquí y la cena ha sido deliciosa —repuso ella—. Hace una noche preciosa. Bueno, querida Katherine, ¿qué te parece el hotel?

—¡Fascinante! —contestó Kat, y luego pareció preocupada—. Esta tarde hablé con una de las camareras. Era una chica muy interesante. Muy guapa, egipcia, aunque dijo que su padre era francés. Hablaba muy bien.

—Ah, sí, la he visto —dijo Arthur.

—Sí —añadió su esposa—. Y es encantadora. Imposible no fijarse en ella.

Kat titubeó. Hunter la miraba con curiosidad.

—Luego la vi otra vez, cuando por casualidad estaba mirando por la ventana. Estaba abajo, en una zona de sombra, entre los edificios, hablando con un hombre. La pegó. Yo... ojalá pudiera hacer algo.

Hubo un instante de silencio.

—Por desgracia, querida, hay hombres en Inglaterra que no le dan ninguna importancia a pegar a sus esposas. Aquí hay poco que puedas hacer.

Ella se sonrojó porque Hunter seguía mirándola fijamente.

—Es que está... mal —murmuró. Levantó la vista y lo miró a los ojos—. Está mal que una persona pegue a otra.

Una pizca de regocijo iluminó los ojos azules de Hunter.

—En efecto. Claro, que se puede ser cruel de muchas formas. Tal es la naturaleza de la bestia humana —repuso él.

Ella pensó que nunca se hallarían más cerca de disculparse el uno con el otro.

Y, aun así, el recuerdo de la chica la inquietaba. Pero era cierto. Había poco que pudiera hacer.

Era tarde cuando regresaron por fin al hotel. Aun así, Hunter tenía que repasar algunas notas, y, como estaba deseoso por llegar al yacimiento, no podía olvidarse de ellas. Estaba sentado al escritorio de la salita cuando Kat salió del dormitorio. Iba en bata, con el pelo recién cepillado y reluciente, suelto sobre la espalda.

Él la miró curvando una ceja.

Se sorprendió cuando se acercó a él, vaciló, y luego le quitó la pluma, se sentó sobre sus rodillas e introdujo los dedos entre su pelo.

Estaba tan sorprendido, de hecho, que estuvo a punto de dejarla caer.

Ella lo besó en los labios. Jugueteó con su boca, pasando la punta de la lengua sobre sus labios en seductores círculos. El deseo de Hunter se despertó como un rayo.

—¿A qué viene esto? —musitó.

—¡Te estoy tan agradecida! —dijo—. Tú... el señor Arthur Conan Doyle...

Hunter podría haberse vuelto loco, pero se sintió sacudido hasta la médula. Enfurecido. Se levantó, dejándola en el suelo.

—Señora, no quiero su gratitud.

—Yo... yo... —balbució ella, y luego lo miró con furia—. ¡Descuida! ¡No volverás a tenerla!

Lo dejó solo, con el pelo volando tras ella al salir por la puerta de separación.

La puerta se cerró de golpe. Con estruendo.

Hunter volvió a mirar el papel. Luego se levantó, se acercó a la puerta, la abrió y la cerró. Kat estaba en la cama, tumbada lo más al borde que era posible sin caerse al suelo.

Hunter apagó las luces y se desvistió a oscuras. Se tumbó a su lado y le tendió los brazos. Estaba tiesa como una estaca, pero pese a todo Hunter se inclinó sobre ella.

—Nunca vengas a mí —dijo, incapaz de ver su cara en la oscuridad—, como no sea porque me deseas. Ah, pero no soy el hombre al que amas y deseas, dirás tú. Aun así... ven a mí porque me deseas, no porque quieras darme las gracias o porque busques algo de mí, ¿entendido?

—¿Eso es todo? —inquirió ella.

—No.

Se inclinó y buscó sus labios. Ella intentó desasirse de su abrazo.

—Señor, éste no es el momento adecuado y no estoy interesada.

—Tú no perdonas y olvidas, ¿verdad, amor mío?

—Es extremadamente insensible por tu parte acercarte a mí en este momento.

—No, no lo es. Estoy aquí porque te deseo —dijo él muy suavemente.

Ella dejó escapar un leve suspiro. Y, cuando Hunter volvió a estrecharla entre sus brazos, al principio se resistió a él y después se relajó.

Cuando él le hizo el amor, ella comenzó a hacerle el amor a cambio. Sus dedos, tan delicados, sobre su espalda. Sus labios, un trozo del paraíso sobre su carne.

Y, a cada momento, más osados...

Más tarde, Hunter yacía a su lado, apretándola contra él. En silencio.

¡Cielo santo, cuánto amaba a su mujer!

La mañana fue caótica. Los guías y trabajadores egipcios estaban allí; había al menos una docena. Los camellos, a los que el bullicio parecía molestar, proferían largos bramidos.

–¡Eh! ¡Cuidado con ese grandullón! –gritó Allan al pasar Kat a su lado–. A mí siempre intenta morderme.

–Háblale con suavidad, Allan, y os llevaréis bien –le aconsejó Camille. Iba vestida con una camisa blanca y una prenda de color caqui que parecía una falda pero que era en realidad un pantalón ancho y ligero. Kat llevaba un atuendo similar; su blusa, sin embargo, era de color crema, y sus piernas iban enfundadas en un tono marrón. Se había puesto calcetines de hombre y unas botas muy feas, pero perfectas para el desierto, o eso le habían dicho. Llevaba también sombrero, como era de rigor, según le había asegurado Hunter.

–¡Kat! –gritó David.

Estaba con los caballos, y Kat se acercó a él.

–Hunter ha dicho que éste es el tuyo –le dijo David, señalándole una yegua baya–. ¡Es una preciosidad! –añadió, y le ofreció una sonrisa.

Ella se la devolvió. Ni siquiera David podía arruinarle el día.

—Es preciosa. Y bastante pequeña.

—Los caballos árabes no suelen ser tan grandes como los ingleses —le informó David.

—Ése de ahí es bastante grande —dijo ella, señalando otro caballo, un bello animal con el hocico afilado, tensa musculatura y un pelaje oscuro que relucía al sol.

—Sí, claro. Es la montura de Hunter —murmuró él. La miró fijamente—. Hunter siempre se lleva lo mejor, ¿no es eso?

A ella le desagradó la insinuación que contenían sus palabras. Era, de alguna manera, sexual.

—Todos los caballos parecen muy buenos. En mi opinión, hay que elegir un caballo y no buscar otro distinto a cada momento. ¿Cómo se llama la yegua?

—Alya —respondió él, visiblemente irritado. Apartó la mirada—. Ése de ahí es Abdul. Va a conducir la caravana.

Sobre uno de los camellos había montado un árabe muy guapo, dando instrucciones a voces a los trabajadores provistos de turbantes. Los camellos iban cargados con toda clase de cajas y baúles. Parecían bien equipados, sin embargo, para aguantar el peso.

Kat se fijó de pronto en la discusión que sostenía lord Avery con un nativo. Lord Avery parecía perplejo; el nativo se inclinaba sin cesar y se disculpaba profusamente, pero al mismo tiempo parecía empeñado en algo.

Mientras Kat los observaba, lord Avery sacó un fajo de billetes y se los dio al hombre. Éste comenzó a hacer reverencias otra vez, dándole las gracias a lord Avery.

Uno de los guías estaba montado a caballo cerca de Kat. Era joven, tenía un bello rostro y ojos almendrados. Notó que Kat miraba hacia él.

—¿Sabe qué está pasando? —preguntó ella.

Él se limitó a inclinar la cabeza, y Kat supuso que, o no la entendía, o no pensaba contestar por no corresponderle a él hacerlo.

—Soy Kat —dijo ella, acercando su caballo.

Él la miró con nerviosismo un momento, pero luego aceptó la presentación.

—Sé quién es usted, lady MacDonald. Yo soy Ali. A sus pies.

—Por favor..., soy nueva en esto.

Él suspiró.

—Es un simple malentendido. Los jóvenes a veces olvidan pagar sus entretenimientos —le dijo él—. Algunas personas de su grupo estuvieron anoche en el... restaurante de Rashid. Rashid le ha pedido a lord Avery que le pague. No pasa nada malo. Todo es cuestión de negociar, ¿comprende?

—Gracias —dijo ella.

Ali asintió con la cabeza, sonriendo un poco. A ella le agradó inmediatamente.

—¡A montar! —gritó Hunter de repente.

—¡Esperad! —gritó alguien desde la escalinata del hotel. Margaret, ataviada con un vestido rosa, el pelo rubio casi blanco bajo el sol, estaba allí, como la efigie misma de la belleza femenina. Se acercó corriendo y abrazó primero a Kat—. ¡Iré dentro de unos días! —prometió. Arrugó la nariz—. Cuando estéis instalados.

Lord Avery la había seguido del brazo de Lavinia para desearles buena suerte.

—Si ocurre algo... —les dijo a Hunter y Brian.

—Sólo estamos a un día de camino —le aseguró Hunter.

Lord Avery asintió con la cabeza. Kat vio que Margaret les había dado a los demás un breve beso y un abrazo. Con

David se demoró. Él agachó la cabeza hacia ella. Margaret le dio un beso en la mejilla y luego se alejó apresuradamente.

Kat montó sin ayuda a lomos de la yegua negra, lo cual la hizo sentirse orgullosa de sí misma. Hunter montó en el enorme caballo árabe como si hubiera nacido en una silla de montar, lo cual era casi cierto, desde luego. Después, mientras los camellos bramaban aún y la arena se agitaba a su alrededor, emprendieron la marcha.

La yegua era perfecta, justo del tamaño adecuado para Kat. Su paso era suave como la seda. ¡Y las vistas! Primero, las calles de la ciudad, infinidad de gente yendo a sus quehaceres, mujeres que sostenían en equilibrio cántaros de agua sobre la cabeza, niños, cabras, pollos...

Dejaron atrás la ciudad y salieron al desierto. La arena, dorada, refulgía. Las pirámides se alzaban majestuosamente, la Esfinge se elevaba con regio esplendor. Su magnificencia resultaba casi milagrosa. El sol jugueteaba sobre las pirámides, primero de un lado, luego del otro. Los colores cambiaban sutilmente.

Durante las primeras dos horas, el viaje fue mágico. Quizá incluso durante las tres primeras horas.

Luego, el calor comenzó a hacerse opresivo. La arena se le metía constantemente en los ojos. Ya no era dorada, ni refulgía.

Sólo era... arenosa.

La yegua era perfecta, pero a Kat le dolían las piernas.

Las pirámides ya no relucían. Sólo... estaban allí.

Pero estaba decidida a no quejarse. Tenía la garganta tan seca como una cuchilla oxidada. Quizá no volviera a hablar. Se sentía cocida por dentro y por fuera.

—¡Brian! ¡Hunter!

¡Gracias a Dios! Era Camille, que iba varios caballos por delante de ella, quien había gritado.

—Tenemos que parar... tenemos que descansar unos minutos, os lo suplico.

—Camille, un poco más adelante hay una pequeña charca, aunque no llega a ser un verdadero oasis. ¿No puedes aguantar cinco minutos?

—¡Cinco minutos! Claro.

Naturalmente, los cincos minutos fueron treinta en realidad. Al acercarse a la pequeña charca abierta en el suelo y rodeada de escuálidas palmeras datileras, Kat temió no poder apearse del caballo sin caer al suelo. Hunter estaba delante, con Brian y Abdul, el guía, mirando una hoja. Ella se dio cuenta con cierto nerviosismo de que era el mapa que ella había dibujado.

—¿Te ayudo a desmontar?

Kat bajó la mirada. Era David.

Dudaba que pudiera desmontar sola.

—Sí, gracias —dijo.

Él se mostraba circunspecto, la agarró por la cintura, le dio tiempo para que se equilibrara y luego la soltó. Le dedicó una de sus sonrisas.

—Gracias —repitió ella.

David le ofreció su cantimplora. Ella volvió a darle las gracias. Al sentir el primer roce del agua en los labios, deseó beber de la cantimplora hasta apurarla.

—¡Despacio! Tranquila —le advirtió él suavemente.

—Lo siento mucho —contestó ella, y se la devolvió.

David sonrió.

—Puedo volver a llenarla aquí. Pero tienes que tener cuidado. Aquí te puedes poner muy enferma si bebes con tanta ansia.

—Lo recordaré.

Se tambaleó levemente al acercarse a la charca, ansiosa por mojarse la cara. Camille estaba allí, encaramada al tronco de una palmera caída. Tenía el sombrero en la mano y se abanicaba con él la cara. Le ofreció a Kat una mansa sonrisa.

—Hace mucho calor.

—Y es invierno —dijo Kat.

—No será tan terrible cuando hayamos acampado —repuso Camille, y Kat tuvo que echarse a reír, preguntándose a cuál de las dos estaba intentando convencer.

—Camille, ¿estamos buscando un yacimiento basándonos en el mapa que dibujé? —preguntó, preocupada.

—No exactamente.

—¿No exactamente?

—Sabíamos aproximadamente dónde excavar. Pero el mapa daba pistas que no podíamos encontrar en ninguna otra parte. Mira. Mira por encima de la arena. ¿Qué ves?

—Arena.

Camille sacudió la cabeza.

—¿Ves cómo ondula?

—Creo que es el calor, que se levanta.

—No, no, me refiero a las ondas de la arena. Cuando se ven esas elevaciones, por leves que sean, significa que probablemente hay algo enterrado debajo. Piensa en la Esfinge. En realidad, no saben aún hasta dónde llegar en profundidad. Las arenas del desierto no tienen piedad. Pueden cubrir ciudades enteras, montes, barrancos, hasta los edificios más grandiosos. Verás, sabemos que hay una zona donde había barrancos. No auténticos acantilados, sino más bien cárcavas formadas por los cambios producidos a lo largo de miles de años. Esos barrancos constituían un abrigo natural para ciertas tumbas, del mismo modo que el Valle de los Reyes era un enclave natural perfecto, debido al terreno. Lo que estamos buscando está completamente cubierto, pero, una vez lo descubramos, debería ser un complejo con habitaciones que lleven a corredores que lleven a más habitaciones.

–Entiendo. Y podemos encontrarlo observando el terreno.

–Bueno..., ahí es donde interviene el mapa. Había indicios debido a los ángulos de las pirámides y a límites más naturales. Y ahí es donde entra en juego tu bosquejo.

–¡A los caballos! –gritó Brian–. ¡Es hora de seguir!

Kat no sabía si podría montar tan fácilmente por segunda vez. Estaba demasiado dolorida.

Miró a la yegua y de pronto se sintió observada. Se giró en redondo. Abdul, el guía cuyos ojos relucían, estaba allí. Inclinó la cabeza hacia ella y, con un movimiento suave, la levantó en vilo y la sentó sobre el caballo. Ella le dio las gracias y él volvió a inclinar la cabeza.

Partieron de nuevo. La arena volaba y, un instante después, Kat vio que el profesor Atworthy se había puesto a su lado.

Cabalgaba con su cuaderno de dibujo en la mano.

–Kat, deberías estar capturando estas imágenes.

–Lo siento, profesor. En este momento no estoy capturando nada, excepto arena. Pero le prometo que mañana lo haré.

Él meneó la cabeza y chasqueó la lengua.

–¡Ah, hay tantas cosas, tantas cosas! –se adelantó de nuevo.

En algún momento del camino se detuvieron a comer: queso dulce, pan y más agua.

Después, Kat se quedó parada junto a su yegua, Alya, mirándola fijamente por tercera vez. Sabía que le sería imposible montar de un salto.

Pero, de nuevo, cuando se dio la vuelta, Abdul estaba allí. Ella le ofreció una sonrisa desganada. Él asintió con la cabeza y la montó sobre la silla. Kat le dio las gracias otra vez.

Comenzó a oscurecer. Por extraño que pareciera, ya no tenía calor. Estaba helada. Esa mañana, no había entendido para qué iba a necesitar la chaqueta de loneta que Hunter se había empeñado en que llevara en su equipaje. Ahora la agradecía enormemente.

Al fin, Abdul les gritó algo a Brian y Hunter y se pararon. Los trabajadores comenzaron a desmontar a toda prisa. Los gritos resonaban en la oscuridad, y los animales de carga doblaron las rodillas.

Kat se quedó sentada sobre la silla, incapaz de moverse.

Esta vez, Hunter se acercó a ella y la miró con una sonrisa tierna.

—Te dije que necesitabas aprender a montar —le recordó.

Ella asintió con la cabeza.

—Sí.

—¿Quieres bajar?

—No puedo.

Él se echó a reír y le tendió los brazos. La sujetó con fuerza sobre el suelo, contra su cuerpo. Comenzó a apartarse, y ella se aferró de nuevo a él.

—¡Sólo un momento más! —le suplicó—. Hunter... ¡lo siento! Estoy hecha trizas. No podré ayudaros con las tiendas, con el equipaje, con los preparativos, con...

Hunter la agarró de la barbilla y le movió la cara, dirigiendo su visión. Ella abrió mucho los ojos. ¡Nunca había visto tanta eficiencia!

Habían llegado a una especie de pequeño oasis parecido a la charca donde se habían detenido esa mañana. Allí había más árboles. Y había también una extraña elevación en la arena que formaba casi una barrera natural.

Había ya montadas una docena de tiendas, cobijadas junto a la pared y alrededor del pequeño estanque.

—¡Oh! —exclamó ella.

—Comeremos algo y nos iremos a la cama —dijo Hunter.

—¡Estupendo! ¿Cuál es nuestra tienda?

Él señaló el extremo más alejado, donde había montadas dos tiendas más grandes conectadas por una extensión de loneta sobre el suelo y por otra que hacía las veces de tejado. No había paredes. Era como un porche o un patio, en cierto modo, un lugar compartido por los inquilinos de una casa.

Kat empezó a alejarse a trompicones de Hunter; sólo deseaba tumbarse y dormir. Pero él la retuvo.

—No. Primero, la cena.

Se encendieron hogueras y pronto se notó el delicioso olor de la comida. Kat no se había dado cuenta del hambre que tenía. Uno de los trabajadores estaba intentando girar un espetón en el que se estaba asando una pieza de carne y remover al mismo tiempo un puchero.

Kat se acercó al hombre.

—¿Puedo? —no sabía si él la entendía, de modo que echó mano del cucharón. El hombre frunció el ceño—. Por favor, tengo hambre —dijo ella—. Deje que le ayude.

Le ofreció una amplia sonrisa y tomó el cucharón. El hombre frunció el ceño, pero la dejó hacer y siguió atendiendo el espetón.

Abdul se acercó a ellos y empezó a hablar acaloradamente con el hombre, quien a su vez se encogía de hombros.

—Abdul, quiero ayudar. Aquí estamos todos juntos —dijo ella, no sabiendo que la entendía.

Oyó risas y a continuación algunas palabras en árabe.

Se giró. Hunter estaba allí, hablando con Abdul. Miró a Kat y se encogió de hombros. Abdul la miró y se encogió de hombros.

Ella se encogió de hombros y siguió removiendo. Abdul volvió a encogerse de hombros mirando a Hunter y se alejó, buscando al parecer unos cubiertos.

—¿Qué ha pasado? —le preguntó ella a Hunter.

—No están acostumbrados a que se los ayude, eso es todo.

—¿Pasa algo? ¿He ofendido a alguien?

Hunter se echó a reír.

—No, mientras te limites a remover esa olla. Pero, ven, Camille quiere ver si puedes añadir algo al mapa.

La ayudó a levantarse. Otro árabe se adelantó y siguió removiendo la olla. Un fuego ardía junto a las tiendas. Se habían sacado sillas al porche de loneta.

Camille estaba observando el cuaderno de dibujo. Al ver a Kat, se lo alargó.

—Haz lo que puedas.

—Está bien —murmuró ella. Se sentó, y de pronto se dio cuenta de algo que había visto en el mapa perdido, algo que no había entendido hasta ese momento.

Las pequeñas charcas. Tal y como aquélla. Tal como la charca en la que se habían detenido esa mañana.

—¡Ah! —exclamó, y comenzó a dibujarlas al tiempo que recordaba otras.

Pensó en lo que Camille le había dicho sobre las ondulaciones de la arena, y dibujó algunas ondas.

—Dios mío —dijo Camille—, esto mejora por momentos.

—Asombroso —dijo Brian, sacudiendo la cabeza.

Kat añadió unos cuantos toques finales; veía en su mente el original casi como si lo tuviera delante.

Levantó la mirada. Por encima de su cabeza, Hunter estaba mirando a Brian.

—¡Cien metros al este! —exclamó.

—Cien metros al este —repuso Brian.

Kat nunca llegó a saber qué había en la olla que había estado removiendo. Pero no le importó. Estaba delicioso, al igual que el cordero asado en el espetón y que el pan que le dieron. Bebió agua y una copa de vino, y cuando hubo acabado no le importó nada más.

Ni la falta de comodidades, ni la falta de un buen baño caliente, ni de sábanas frescas y almidonadas.

Entró en la tienda que compartía con Hunter, se metió bajo las mantas completamente vestida y se quedó dormida en cuestión de minutos.

Ninguna sombra perversa turbó sus sueños. Ni siquiera soñó con las infinitas arenas del desierto, ni con el bramido de los camellos, ni con su olor.

Soñó que estaba otra vez en el restaurante, bajo las estrellas, contemplando las pirámides. Y Arthur Conan Doyle estaba allí. Le sonreía, y sin embargo de pronto se ponía muy serio.

«Descarta lo imposible.

Lo que queda es lo posible, por improbable que sea.

Así pues... ¿cuáles son las posibilidades?».

Kat se despertó en medio del bullicio. Los ruidos parecían proceder de cierta distancia, y en realidad no quería que la molestaran.

—¡Arriba! ¡Arriba! —alguien la zarandeó con fuerza por el hombro. Abrió los ojos a regañadientes.

Hunter estaba allí. Parecía muy fresco, se había cambiado y, por extraño que pareciera, olía muy bien. Kat sintió el calor del día.

—Nos vamos —dijo él.

—¿Nos vamos?

—Las primeras excavaciones que hemos hecho indican que hay una estructura debajo. Parece una construcción.

—¡Una tumba! —exclamó ella, asombrada.

Él se echó a reír.

—No, pero seguramente era algún tipo de almacén. Es perfecto. Y significa que estamos en el buen camino. Vamos, levanta. Nos vamos de expedición.

Ella se levantó, se sacudió el polvo, sintió el sabor de la arena y deseó por un momento hallarse de nuevo en el Shepheard's.

Hunter advirtió su malestar y sonrió.

—No es tan terrible, de veras. Estamos bastante bien instalados. Hay una charquita más allá, y Abdul ha conseguido levantar una especie de empalizada. Vamos, tómate tu tiempo. Verás como las cosas mejoran.

Por lo visto, sus guías eran magos. Habían dispuesto una serie de lienzos alrededor de una porción muy pequeña de su preciosa charquita de agua fresca. Camille acababa de salir cuando apareció Kat, la cara radiante y limpia, el pelo suelto sobre los hombros. Llevaba unos pantalones y una camisa sencilla, y parecía dispuesta a implicarse por entero en la excavación.

—¡Buenos días! —dijo alegremente—. Tenemos que empezar. Bueno, la verdad es que ya han empezado, como verás. Nosotras haremos algunos de los trabajos menos pesados —frunció el ceño—. Pantalones. Necesitas unos pantalones sencillos. Yo tengo muchos. Espera, voy a traerte unos.

Quince minutos después, Kat estaba bañada y vestida. De nuevo la asombró la velocidad con que se movían los trabajadores. Las tiendas de loneta habían desaparecido. No muy lejos de donde habían acampado, había una profunda zanja recién excavada en el suelo del desierto. Unos vetustos escalones cubiertos de arena bajaban hacia una abertura.

Siguiendo a Camille, Kat miro a su alrededor con escepticismo.

—¿Cómo saben qué era esto? —preguntó—. ¿Y que no es una tumba?

—No hay pinturas en las paredes, ni inscripciones hablando de la gloriosa vida del más allá —dijo Camille. Señaló los símbolos desdibujados que había sobre la puerta—. Ese signo representa un trabajador, el constructor. Aquí se guardaban los suministros. Pero los suministros se guardaban por algo, así que creo que estamos donde debemos estar.

—Eso es maravilloso.

—Ven conmigo, vamos a subir a la zona de trabajo.

Antes de que pudiera seguir a Camille a la zona donde estaban trabajando los hombres, apareció Hunter con Thomas Atworthy a su lado. El profesor le puso un cuaderno de dibujo en las manos.

—Hay que documentar cada paso que demos —dijo.

—Kat —añadió Hunter—, ¿podrías trabajar aquí, en este hueco, en la entrada del edificio que hemos encontrado? Presta especial atención a los símbolos de encima de la puerta.

Ella asintió con la cabeza, y Atworthy habló de nuevo.

—Vamos, vamos. Hay un pequeño lecho de roca donde estaban excavando, un sitio perfecto para sentarse.

Y, de este modo, Kat pasó la primera mañana dibujando y, con Atworthy a su lado, haciéndole sugerencias, descubrió que todo cuanto hacía la contentaba. Estaba tan absorta en su trabajo que se olvidó de la hora hasta que el profesor le dio al fin una palmadita en el hombro.

—Van a hacer un descanso para tomar el té —le dijo. Le pasó una cantimplora y ella, dándose cuenta de pronto de que estaba sedienta, le dio las gracias. El sol estaba muy alto. Por suerte, Hunter había insistido en que se pusiera sombrero.

En el antiquísimo almacén, lejos del sol, hacía mucho más fresco. Dentro se habían dispuesto catres con sus sábanas y tiendas de lona; era casi como si tuvieran habitaciones separadas, pues la estancia era muy espaciosa.

—Puede que incluso haya túneles aquí abajo —comentó Hunter mientras se hallaban reunidos en la cámara, sentados en sillas de campaña, pasándose tazas de té, pan con queso y magdalenas inglesas sorprendentemente tiernas. Claro, que no habían ido tan lejos, a fin de cuentas, ni llevaban fuera tanto tiempo; sólo parecía que llevaban viajando una eternidad.

David bajó las escaleras quitándose el sombrero para enjugarse el sudor de la frente, seguido de Alfred Daws.

—¡Cielo santo! —exclamó Alfred—. Sir Hunter, lord Carlyle, permítanme decirles que me asombra que hayan hecho esto tan a menudo. Es agotador.

—Es por el calor. No estamos acostumbrados —dijo David, ofreciéndoles una tímida sonrisa.

—¿Dónde están Robert y Allan? —preguntó Camille.

—Ahora vienen. Robert está convencido de que, si excava un poco más, dará con algo.

—Podríamos cavar durante días, durante semanas..., durante meses —les advirtió Brian suavemente.

—Y, cuando hagamos un descubrimiento, habrá que cavar aún más despacio —añadió Hunter.

—¿Estamos buscando la tumba de ese sacerdote, ese tal Hathseth? —preguntó Kat.

—Exacto —respondió Hunter.

—¿No estamos en un lugar un tanto extraño para semejante enterramiento? —dijo ella.

—No —Camille se levantó y se acercó al pequeño escritorio que había junto a la entrada. Buscó la traducción que Kat había hecho en el museo—. «El que se sienta entre ellos». Creo que se refiere a los faraones que reposan en las grandes pirámides, porque continúa con «yacerá a la suave sombra de los que edificaron el reino».

—Además, tenemos el mapa —dijo Brian. Miró a su alrededor mientras hablaba con aire despreocupado. Kat tuvo la sensación de que estaba menos tranquilo de lo que aparentaba, y le pareció que Hunter y él se miraban.

Recordó entonces su conversación con Arthur Conan Doyle y su esposa. Eliminar lo imposible.

Pero... ¿dónde empezaba todo?

¿Había arrojado alguien a David del barco aquel día, confiando en que muriera?

Y luego...

Nada tenía sentido. Los únicos que se hallaban a bordo del barco eran Robert, Allan, Alfred y el propio David. Todos ellos estudiantes y grandes amigos. Quizá rivalizaran por los favores de alguna joven, pero de eso a intentar matarse los unos a los otros había un largo trecho.

—¡Caramba! —dijo Alfred Daws de repente, mirando los bosquejos que habían hecho esa mañana. Miró al profesor y luego a Kat—. ¿Estos...?

—¡Ah, el trabajo de mi protegida! —dijo Atworthy con orgullo.

Alfred Daws le lanzó a Kat una mirada penetrante y movió la cabeza con admiración y sorpresa.

—¡Están tan llenos de vida...!

—Eso es precisamente lo que consigue tu padre, Kat —dijo Hunter—. Algo de otra dimensión. La vida.

—Gracias —musitó ella.

—¿Y has conseguido recrear un mapa que viste... un par de veces? —preguntó David.

—A veces recuerdo exactamente lo que he visto. Pero no siempre, me temo.

—Aun así.

Robert y Allan entraron en ese momento, enzarzados en una ligera discusión.

—Te dije que no encontrarías una puerta esperándote si cavabas un metro más —suspiró Allan—. Ya se habrán acabado el té y no tendremos descanso.

—No tenías por qué quedarte. Pero te daba miedo que tuviera razón —replicó Robert.

—Disponéis de un cuarto de hora largo, muchachos —dijo Brian, riendo—. Y estáis perdiendo de vista el enfoque de esta expedición. Somos un equipo.

—¡Exacto! —dijo Allan.

Robert sacudió la cabeza y sonrió.

—No puedo evitarlo. ¡Quiero hacer el gran hallazgo!

—Bueno, entonces, hay que abrir la tumba y descubrir lo que hay dentro, ¿no es así? —preguntó David. Miró a Kat—. Creo que voy a seguir a la encantadora y flamante esposa de sir Hunter. Parece tener poderes que a los demás se nos escapan.

Kat no pudo remediar lanzarle una rápida mirada a Hunter. Pero las sombras ocultaban su rostro.

—Kat, según creo, estará dibujando mientras nosotros avancemos. No va a excavar.

Hunter dejó su taza y se dirigió a las escaleras.

Más tarde, ese mismo día, cuando habían acabado casi todas las tareas, Kat se acercó a la zona donde se guardaban los camellos y los caballos, no muy lejos de la pequeña charca u oasis. Encontró su yegua y le estaba acariciando el hocico cuando vio a Alí por los alrededores.

—Hola —le dijo alzando la voz.

Él la saludó inclinando la cabeza. Kat comprendió que estaba encargado de vigilar a las bestias. Se acercó adonde estaba, a la sombra de una palmera.

—Aquí, tan lejos de todo, ¿hay de veras peligro de que nos roben?

—Lady MacDonald, los pobres siempre envidiarán a los ricos. Y, del mismo modo, siempre hay quien desea beneficiarse del trabajo de otros —titubeó—. Cada temporada hay cierto número de excavaciones. Se encuentran pequeños sepulcros, muchos de ellos saqueados hace siglos, incluso milenios. Pero, de momento, la temporada está siendo muy dura. Los objetos que se encuentran de día, desaparecen durante la noche.

—Bueno —contestó ella, sintiéndose incómoda—, en cierto sentido hasta nosotros estamos robando las tumbas de los antiguos.

Alí la miró con sus ojos oscuros y almendrados, como si dudara en hablar. Luego dijo con cierto desdén:

—Yo he visto, lady MacDonald, a nobles ingleses enviar invitaciones para fiestas en las que se celebraba la retirada de las vendas de una momia recién encontrada. Los cuerpos se han usado para alimentar el fuego. Esa clase de robo me inquieta. Pero somos un país pobre. Los hay que vienen aquí buscando nuestros tesoros, sí, pero convencidos de que los importantes deben quedarse aquí y de que se debe compensar al pueblo por cuanto se saque del país. ¿Deberían quedarse todos los tesoros? Sí, pertenecen a mi país, a mi pueblo. ¿Podemos permitirnos que se queden todos? No. Y, por tanto, me alegra servir a hombres como su marido y lord Carlyle, que no ambicionan saquear a un país y a su pueblo. ¿Guardaré este puesto con todas mis fuerzas y energías? Sí, puesto que los ladrones, ya sean nativos o extranjeros, no roban sólo a los ingleses, a los franceses o a los alemanes, roban a mi país —dejó de hablar y se sonrojó—. Discúlpeme.

—No, no, por favor. Le agradezco mucho que hable conmigo.

—No es ése mi lugar.

Ella sacudió la cabeza.

—Alí... yo... no creo en las separaciones por la posición social, la clase o... —se detuvo, sonrojándose—. Permítame decir simplemente que lo considero a usted mi amigo, y le agradezco su confianza.

Él inclinó la cabeza.

—Trabajo para su marido con sumo placer.

—Gracias —repuso ella, y, despidiéndose con un ademán, regresó al campamento.

Camille estaba sola en la pequeña explanada que había delante del edificio que habían puesto al descubierto, bebiendo un té.

—Están todos dentro —le dijo a Kat—. Vosotros estáis al fondo de ese pasadizo —señaló con el dedo—. La verdad es que esto es ya un gran descubrimiento, aunque las paredes ofrecen poca información y no hay ningún tesoro. Estaba aquí sentada, intentando imaginar para qué se usaba este sitio exactamente. ¿Qué herramientas guardaban aquí? ¿Trabajaban aquí los arquitectos en su mesa, como hemos hecho nosotros? ¿Estaban las habitaciones repletas de contenedores para los tesoros, o incluso de tesoros? Puede que incluso se usara como alojamiento para los trabajadores más cualificados.

—Me temo que tú sabes mucho más sobre ese tema que yo —repuso Kat.

—Ah, pero sin ti, Kat, habríamos estado siglos dando tumbos. No puedes imaginar lo importante que has sido para nosotros. Yo recordaba el mapa, claro. Fui yo quien descubrió su significado en el museo. ¿Y quién iba a imaginar que desaparecería? Pero no tengo tan buena memoria como tú. Y creo que este descubrimiento será tremendamente importante. Lo siento, te estoy entreteniendo y pareces agotada.

—Bueno, creo que me acostumbraré a esto dentro de poco —le aseguró Kat. Sonrió y echó a andar por el pasadizo que Camille le había indicado, preguntándose, al igual que había hecho Camille, para qué se habría usado antaño aquel edificio. Vaciló en la oscuridad del pasillo y miró hacia atrás—. Gracias, por cierto. Muchísimas gracias.

—¿Por qué?

—Has hecho que me sintiera no sólo bienvenida, sino también útil.

—¡Oh, querida! ¿Es que no ves que eres perfecta para nuestro trabajo? Y para Hunter.

La sonrisa de Kat se borró ligeramente. Se alegró de estar a oscuras.

—Gracias —musitó de nuevo, y siguió andando.

El pasadizo estaba a oscuras y por un instante sintió miedo. Iba pisando por donde en otro tiempo habían pisado los antiguos, y ello le producía un leve desasosiego. De una cámara situada más adelante salía, sin embargo, el resplandor de una lámpara, y Kat apretó el paso hacia allí.

Al acercarse, no obstante, se detuvo. Oía la voz de Hunter. Pero no estaba solo. Estaba hablando con Alí.

—Señor, creo que es la misma pieza —estaba diciendo Alí.

—El prestamista fue hallado muerto, eso dice el periódico. ¿Es usted consciente, naturalmente, de que esta noticia nos llega bastante tarde?

—Sí, pero por lo visto creen que las piezas pertenecían a una colección privada y que habían llegado recientemente a manos del muerto. Creo que el escarabajo de la ilustración fue descubierto a principios de este año, en Dashoor.

—Bien, como usted mismo ha dicho, debemos mantenernos alerta.

—Mis hombres están bien entrenados —le aseguró Alí.

—Lo sé. Su padre y usted son de las mejores personas que conozco. Somos muy afortunados por tenerlos con nosotros.

Alí dijo algo en voz muy baja. Kat se dio cuenta de que había estado espiando su conversación. Atravesó el resto del pasillo con paso vivo, temiendo que la sorprendieran.

La luz se filtraba por un trozo de lona que habían colgado a modo de puerta. Kat apartó la tela y vio a los dos hombres, una cama y algunos bártulos. Un tosco colchón, cubierto de mantas y almohadas, había sido colocado contra una de las paredes, mientras que el baúl con su ropa y el que contenía la de Hunter se hallaban apoyados contra la pared de enfrente. Había una mesa de campaña con una lámpara de aceite junto a la cual se hallaban de pie Hunter y Alí, y un par de sillas de campaña.

—Hola —les dijo con una sonrisa.

Alí inclinó la cabeza.

—Buenas noches, señora. Disculpe la intromisión. Ya me iba.

—Buenas noches, Alí —él se marchó—. ¿A qué venía todo eso? —le preguntó a Hunter.

—Es lo de siempre. Hay que tener cuidado. Pero eso ya lo sabemos. Discúlpame, debo ver a Brian.

Se marchó. Kat vaciló y después se quitó las pesadas

botas, los pantalones y la camisa y dobló cuidadosamente la ropa, pues al día siguiente tendría que ponérsela otra vez. Buscó en su baúl una sencilla camisa de algodón y se la puso.

Hunter tardaba en regresar. Por fin, se metió en el catre, colocado sobre el suelo, y cerró los ojos. Volvió a abrirlos. La noche anterior, en la tienda de lona, bajo las estrellas, estaba exhausta y se había dormido enseguida. Esa noche, se sentía helada.

¿Qué habían hecho los antiguos egipcios entre aquellas paredes?

Hunter regresó al fin. Kat mantuvo los ojos cerrados y sintió un profundo escalofrío cuando él apagó la lámpara. Se sintió mejor al notar su calor a su lado.

Unos instantes después, sintió el contacto de sus dedos moviéndose levemente sobre su espalda. Se acercó a él, agradecida por aquella caricia.

Ansiosa.

Hunter la hizo darse la vuelta. Kat se deleitó en su beso, y hasta en los movimientos, algo torpes, con que tuvieron que desvestirse. Era asombroso que, en aquel pozo de negrura, se sintiera tan amada. No sólo deseada, sino también amada. Claro, que sabía que Hunter era muy ducho en aquel arte. Aun así, sentía sólo la deliciosa marea del placer, tan dulce, tan desesperada. Oía la respiración de Hunter, el pálpito de sus corazones. Sentía la resbaladiza humedad de su carne frotándose contra ella. Su fuerza al penetrarla, el estallido de gozo que los condujo a ambos al clímax, una maravilla en sí mismo.

Sólo cuando empezaba a adormecerse, se dio cuenta de que llevaba algún tiempo oyendo jirones de una conversación más allá de la entrada de su madriguera, donde se hallaban montadas las mesas y se reunían todos para tomar el té. Algunos miembros de la expedición estaban aún levantados, hablando de la excavación.

Robert... y luego oyó la voz de Ethan, preguntando si los jóvenes necesitaban algo antes de retirarse.

Sonó la voz de David, que le dio las gracias y le dijo que no.

Se sorprendió cuando Hunter habló.

—¿Te molesta? —preguntó. Su voz no parecía denotar más que una educada curiosidad.

—No —dijo ella llanamente, y se apartó de él, acurrucándose contra la pared.

Ignoraba cómo podía saber tal cosa, pero estaba segura de que Hunter creía que mentía. Deseó poder decirle que se equivocaba, que ni siquiera se había dado cuenta de que había gente más allá de su pequeño aposento.

Pero ello no habría cambiado nada. Hunter habría seguido sin creerla.

Además, estaba segura de que en realidad no le importaba.

Se acercaba el ocaso de su tercer día en el yacimiento cuando aparecieron unos jinetes en el horizonte.

Camille y Kat acababan de salir de su «baño desértico», como habían dado en llamar a su pequeña charca, y los caballos apenas se veían a lo lejos. Parecía ser un grupo grande, de al menos diez jinetes.

Subieron a la loma que había sobre el edificio donde habían establecido su campamento, desde donde Brian y Hunter observaban el horizonte.

–¿Quiénes son? –preguntó Camille.

Brian se volvió hacia ella y dijo:

–Creo que es lady Margaret.

–Pero son muchos –dijo Kat, sorprendida.

–Lord Avery no permitiría que se adentrara en el desierto sin escolta –contestó Hunter–. La mayoría de los jinetes serán guardias.

Su suposición resultó cierta. Los jinetes alcanzaron pronto el campamento. La mayoría eran hombres armados, cubiertos con túnicas y turbantes.

Emma había acompañado a lady Margaret y parecía incómoda y preocupada.

Igual que Arthur Conan Doyle.

Su llegada causó cierto revuelo. Los jóvenes se desvivían por asegurarse de que Margaret tuviera cuanto necesitaba. Emma no paraba de quejarse, naturalmente, y Alí se aseguró discretamente de que se le procurara una silla y un buen trago de whisky.

Tras abrazar a Margaret, Kat fue a saludar a Arthur, que parecía feliz de hallarse por fin en la excavación y se alegró de verla de nuevo.

—Es fascinante, sencillamente fascinante —les dijo a Hunter y Brian cuando le mostraron el edificio que habían descubierto.

—Creo que ya te estoy viendo escribir de cabeza un nuevo libro, amigo mío —le dijo Hunter, riendo.

—Bueno, la mente es en sí misma como un almacén, ¿no? —contestó Arthur.

Con los visitantes llegaron provisiones frescas, a pesar de que las suyas apenas habían disminuido. Cordero, que asaron en el fuego, y varios pasteles que parecían aún recién salidos del horno. Fue una velada agradable, casi una fiesta.

Los trabajadores, siempre vigilantes, prepararon un cuarto para lady Margaret en el edificio, con un catre y todas las comodidades que pudieron conseguir. Arthur dormiría con los hombres, y a Emma se le adjudicó un rincón más allá del antiguo portal de la estancia que ocupaba lady Margaret. Esa noche, Kat se quedó dormida nada más acostarse en su lecho, sobre el duro suelo. Ni siquiera se percató de la llegada de Hunter.

A la mañana siguiente, lady Margaret estaba sentada en la arena, en una silla de campaña, con un techado de lona tendido sobre la cabeza. A su lado había una mesita y un jarro de agua. Estaba observando los trabajos.

Cerca de ella, Kat dibujaba. Cada día que pasaba descubría que se sentía cada vez más fascinada por el arte del retrato, al igual que su padre. Los trabajadores tenían rostros tan maravillosos... El de Alí, tan bello y orgulloso; los de los demás, tan curtidos y nobles...

Luego estaban, naturalmente, sus compañeros.

Dibujó un boceto de Camille cavando en la arena y levantando la mirada hacia su marido, que se inclinaba hacia ella con una sonrisa. ¡Había tanta ternura entre ellos...! Kat miró con ojo crítico su trabajo y se alegró al ver que había logrado plasmar aquel sentimiento con su lápiz.

—¿Puedo verlo, Kat? —preguntó Margaret.

—Claro.

—Es precioso —dijo Margaret. Luego suspiró—. ¿Cómo lo haces? —musitó.

—¿El qué?

—¡Aguantar aquí! Es horrible.

Kat se sorprendió.

—No está tan mal, en realidad.

—El catre es un horror.

—Por lo menos tienes un catre —dijo Kat, riendo.

Unos metros más allá, donde los trabajadores estaban cavando, se oyó de pronto un grito. Kat se levantó de un salto.

—¡Han encontrado algo! —gritó.

Echó a correr, con Margaret a la zaga.

Uno de los trabajadores había golpeado algo con su pico. Gritaba en árabe con nerviosismo. Hunter y Brian corrieron hacia él, se agacharon y comenzaron a apartar la arena con las manos.

—¡Aquí hay algo! —gritó Brian.

—Puede que no sea más que una concha vacía, como

las que ya hemos encontrado —murmuró Hunter—. Claro, que puede que haya más. Margaret, nos has traído buena suerte.

—¡Qué maravilla! —exclamó ella. Se miró los zapatos y luego el bajo de la falda. Los tenía cubiertos de arena—. Voy a apartarme para que podáis continuar.

—Creo que lo mejor será tomar el té ahora y continuar luego —sugirió Hunter.

—¿Un descanso? —exclamó Robert Stewart—. ¡Pero sir Hunter! ¡Estamos a punto de descubrir algo!

—Y hay muchísima arena encima. No se irá sin nosotros.

De modo que hicieron una pausa. Kat, que llegó al campamento antes que los demás, encontró a Arthur sentado junto a la hoguera, donde ardía constantemente una tetera. Estaba tomando notas en un cuaderno.

—Han encontrado algo —le dijo Kat.

Él levantó la mirada alegremente.

—Ya he oído el alboroto.

—Pero no vino.

—Me parece que aún tardarán mucho en tener algo que mostrar —sonrió, y después un leve ceño arrugó su frente—. ¿Ha leído algún periódico estos últimos días?

—He oído decir que se ha encontrado un escarabajo muy raro y que un prestamista fue asesinado —contestó Kat.

—¿Ah, sí?

—¿No se refería a eso?

Él negó con la cabeza y, alargando el brazo hacia un lado, sacó un periódico escrito en inglés y editado, al parecer, para los turistas que pasaban la temporada en Egipto.

—Le han puesto nombre a un misterio —dijo.

—¿Qué misterio? —ella tomó el periódico.

Mientras le echaba un vistazo al artículo, Arthur le resumió la situación.

—Tiene que ver con el mismo sacerdote que están buscando, ese tipo que hablaba con los dioses. La policía de El Cairo sospecha que ha surgido una nueva secta. Sus adeptos se hacen llamar *hathsetianos*. Al parecer creen que el espíritu de Hathseth mora en las arenas del desierto y los está reuniendo para que defiendan Egipto. Sorprendieron a un tipo robando una caja en el museo de El Cairo. Mientras forcejeaba con la policía, gritó algo acerca de la venganza de los *hathsetianos*. Por desgracia, murió en el forcejeo, de modo que se sabe muy poco sobre esa secta.

—Qué extraño —dijo Kat, y sacudió la cabeza—. ¿Por qué robar en el museo de El Cairo si lo que intentan es conservar Egipto para los egipcios?

Los otros se estaban acercando. Arthur bajó la cabeza hacia ella.

—Exacto. Así que, si no se trata de eso...

—¿Puede pensarse que esa secta no pretende salvar Egipto?

—Eso mismo estaba pensando yo —repuso él, y añadió apresuradamente—: Así pues, yo diría que alguien, al menos, probablemente el organizador, el sumo sacerdote, actúa en provecho propio.

—Un grupo formado para robar tesoros y venderlos en el mercado negro —dijo Kat.

—Ésa sería una conclusión lógica —respondió él.

Luego guardó silencio. Allan Beckensdale acababa de entrar, sacudiéndose el polvo del pelo.

—¡Ah, qué emoción! ¡Es fantástico! ¡Maravilloso! —exclamó—. Pero, después de que hablara sir Hunter, me he dado cuenta de que hace falta alimento para soportar el sol, la arena y el viento y seguir cavando.

La conversación fue alegre y ligera mientras comían. Todo el mundo aventuraba una idea acerca de lo que habían encontrado.

—Recordad que creíamos que habíamos hecho un hallazgo en cuanto llegamos a este sitio —dijo Hunter.

—¡Pero apenas estaba enterrado! —dijo David—. Y, además, estaba vacío.

—Debía de ser un almacén —insistió Camille—. ¿Qué otra cosa podría ser?

—¿Una morgue? —sugirió Arthur.

—¡Oh! —exclamó lady Margaret, asustada.

—No, no, Arthur, no lo creo, de veras —dijo Camille.

—Piense, querida Camille. Todas estas pequeñas habitaciones, este pasillo... ¿Qué mejor lugar para almacenar cuerpos tras sacarles los sesos y... —al ver la cara de susto de Margaret, se refrenó—... y guardarlos en las diversas especias que usaban? Lo siento, querida. No se limitaban únicamente a envolver en vendas a los muertos, ¿sabe usted? Primero los dejaban secar, y eso tardaba unos tres meses.

—Entonces... ¿cree usted que cada uno de estos cuartitos era... un nicho para que se secara un cadáver? —preguntó Margaret con un gemido.

—Arthur —intervino Camille suavemente—, si eso fuera así, creo que las paredes estarían repletas de plegarias y representaciones de Horus y otras deidades.

—Creo que Camille tiene razón —añadió Hunter—. Lady Margaret, sin duda nos hallamos en un antiguo almacén, eso es todo.

Margaret pareció tranquilizarse un poco. David se levantó y se acercó a su silla. Le dijo algo en voz baja y tomó su mano. Parecía intentar calmarla. Kat sintió curiosidad por lo que le decía, pero nada más.

Pero, cuando apartó la mirada de ellos, vio que Hunter la estaba observando con expresión ilegible, y le dio un vuelco el corazón. Apartó la mirada de él.

Acabado el té, volvió a ocupar su puesto junto a lady Margaret. Intentando animarla, le hizo un retrato. Al mirar su propia obra, pensó en lo hermosa que era Margaret. A pesar de su elevada cuna y de sus riquezas, siempre había sido amable. La preocupaba sinceramente el bienestar de los demás. Era delicada, como una rosa en el desierto. En eso pensaba Kat mientras la dibujaba, aplicando el sombreado como la había enseñado Atworthy, buscando la profundidad.

El retrato acabado le pareció de lo mejor que había hecho. A Margaret le entusiasmó.

—¡Qué maravilla, Kat! —dijo, sonriendo—. ¡Me has sacado preciosa!

—Es que eres preciosa. Pero eso ya lo sabrás.

Margaret sonrió.

—Soy rica. Y no quiero que me quieran por mi dinero.

—Margaret, te aseguro que eres preciosa.

—Gracias. Pero... ¿ves a todos esos de ahí?

—¿Los trabajadores?

Margaret se echó a reír.

—¡No, los estudiantes! Allan, Robert, Alfred... y David. ¿Podrías dibujarlos tal y como los ves ahora... y como los ves con el ojo de la imaginación? Y con el alma.

Kat la miró, temiendo que hubiera descubierto los sentimientos que alguna vez había abrigado hacia David. Pero entonces se percató de que Margaret le había hecho aquella petición por motivos bien distintos. Su padre la estaba presionando. Y ella no sabía si iba a tomar la decisión acertada.

—Como quieras —murmuró Kat.

—Espera..., dibújalos así, en horizontal, una cara tras otra —dijo Margaret.

Kat empezó a dibujar.

Robert Stewart, primero. Rostro fino, grandes ojos, labios algo estrechos, una pizca de arrogancia, pero una sonrisa franca. Allan, después. Quizás el menos guapo del grupo en un sentido clásico, poseía sin embargo unos ojos de mirada honesta y un auténtico entusiasmo por la vida y por cuanto lo rodeaba. Luego, lord Alfred Daws. De nuevo, un poco de arrogancia. Cara enjuta, pómulos salientes, un aire desafiante y despreocupado que parecía decir «soy quien soy» y «soy el dueño del mundo». Por último, David. El bello David. Pero, mientras lo dibujaba, Kat se dio cuenta de que su mentón era algo débil, sus ojos escondían un miedo constante y sus maneras eran inseguras y vacilantes.

Le dio el cuaderno a Margaret al acabar.

Ella estudió minuciosamente los bocetos.

—Gracias —dijo.

Kat miró los dibujos por encima de su hombro. Había algo en su propia obra que la inquietaba, aunque no sabía exactamente qué era.

¿David? Había dibujado lo que había empezado a ver.

Allan. Quizás había hecho lo mismo. Allan era el que más le gustaba.

¿Robert Stewart? Bueno, Robert se creía semejante a la realeza.

Y Alfred. Alfred era lord Daws.

Su retrato era el que más desasosiego le causaba, cosa extraña, pues debería haber sentido cierta complicidad con él. A fin de cuentas, ambos despreciaban a su madrastra.

No odiaba a Alfred, del mismo modo que no odiaba a

David. En el fondo, creía que, aunque Hunter no hubiera llegado aquella noche, la habrían dejado marchar. David habría aceptado su negativa a ser su amante. Simplemente, se habían comportado como niños mimados.

Y eso eran, básicamente.

—Mmm —musitó Margaret. Miró a Kat—. ¿Has dibujado a tu marido? —preguntó.

—No.

Margaret se echó a reír.

—¡Debes hacerlo!

—Yo...

—Hazlo por mí, por favor. ¡Estuve enamorada de él tantos años...! —reconoció Margaret—. Naturalmente, nunca me atreví a decírselo a mi padre. Y para él nunca fui más que la adorada hijita de lord Avery, por supuesto. Era educado, tierno, cariñoso..., pero yo envidiaba a esas mujeres a las que miraba con cierto brillo en los ojos. Oh, lo siento, estoy hablando de tu marido. Naturalmente, nunca lo he visto con nadie como contigo. Excepto con...

—¿Con quién?

—Oh, da igual, no importa.

—¡Margaret! ¡Eso no es justo!

—Sí, lo siento, lo siento muchísimo. Las señoritas de buena familia no chismorrean de este modo.

—Yo en realidad no soy una señorita de buena familia en el sentido en el que tú lo dices, así que puedes contármelo todo.

Margaret se echó a reír otra vez.

—Eres tan decidida, tan apasionada... Por eso, sin duda, te quiere tanto.

—¡Margaret!

—Bueno, supongo que habrás oído algún rumor. Por

suerte, los rumores no significan nada para ellos. Toda Inglaterra sabe que Brian Stirling se convirtió en un ermitaño tras la muerte de sus padres. Decían que era un monstruo. Entonces fue cuando Camille lo conoció. En aquella época, Hunter pensaba que Brian había perdido el juicio. Y estaba aterrado por Camille. Intentó advertirla contra Brian. Estaba realmente preocupado. Es extraño, porque Hunter le prestó su ayuda cuando por fin se supo la verdad. Y pronto se hicieron grandes amigos. Tienen mucho en común. Pero, a decir verdad, nunca he visto a Hunter con nadie como contigo. Camille y él son grandes amigos, y creo que Brian y Hunter se respaldarían en cualquier situación. Así que... lo que he dicho no son más que chismorreos absurdos, nada más. Hunter te quiere muchísimo, Kat.

Ella guardó silencio. No podía decirle a Margaret cuánto se equivocaba.

—Gracias. Es muy bonito que digas eso.

—Dibuja a Hunter. Hazlo por mí. Verás, ahora también para mí es un gran amigo. Me gustaría mucho tener un retrato suyo.

Así pues, Kat dibujó a Hunter. Y plasmó en él cuanto había llegado a ver en su esposo. Aquella luz en sus ojos, cuando parecía burlarse de sí mismo. El recio mentón, que prometía cumplir todas sus promesas. Los pómulos, la frente, la leve sonrisa. Y también su arrogancia, su orgullo, su pasión y su fuerza. Era asombrosamente guapo, y quizá Kat no se había percatado de ello hasta que trazó su rostro con sus propios dedos.

—¡Es maravilloso! —dijo Margaret—. Verdaderamente maravilloso. Tienes que enseñárselo.

—¡No!

—Por favor... ¡Le encantará!

—No, Margaret, te lo suplico. ¡No debes enseñárselo!

Entonces Margaret la sorprendió con su sagacidad al decir en voz baja:

—Kat, estabas tontamente encaprichada de David, pero cualquiera puede darse cuenta de que ya has dejado eso atrás —apartó la mirada—. David también lo nota, y creo que tiene roto el corazón. Porque no puede decidirse —suspiró—. Seré amada por mí misma, Kat. No por mi dinero. Y jamás aceptaré como esposo a un hombre que me elija por ser la hija de lord Avery, porque soy rica.

Kat la miró con fijeza, conmovida y admirada por lo que percibía en aquella joven a la que había juzgado tan banal. Dejó sobre la mesa su cuaderno de dibujo y la abrazó con afecto.

—En fin, puede que esta vida sea para ti, pero no es para mí —dijo Margaret—. Mañana vuelvo al hotel. Y no hay más que hablar.

—Pero Margaret...

—Me encanta el Shepheard's. Y hay tantos huéspedes... Gente encantadora a la que conocer —dijo Margaret, y de pronto se estremeció.

Empezaba a refrescar, pensó Kat. Era asombroso, pasar tan bruscamente del calor al frío. Pero en el desierto ocurría muy a menudo.

La luz empezaba a desvanecerse, y era hora de recoger los lápices y cuadernos. Margaret la ayudó, y juntas regresaron al campamento.

Kat no sabía que Alí se había ausentado hasta que lo vio regresar a caballo por el desierto, a la puesta de sol. Margaret se había retirado a su aposento.

Hunter seguía sobre la plataforma rocosa que habían

excavado, y Alí se fue derecho a él. Desmontó con la agilidad de un jinete del desierto, y Kat pensó que también debía dibujarlo a él.

Frunció el ceño mientras los observaba. Fuera lo que fuese lo que Alí le estaba diciendo a Hunter, tenía que ser preocupante, pues su marido lo escuchaba con grave atención. Cuando hubo acabado de hablar, Hunter le pasó un brazo sobre los hombros y echaron a andar juntos.

—¡Kat!

Ella se giró. Camille estaba allí, con una pastilla de jabón y unas toallas en la mano.

—¿Te apetece quitarte el polvo del desierto?

—Eh... ¡Sí! —dijo, siempre feliz de desprenderse de la arena que la cubría casi por entero.

Miró a Hunter y a Alí. Hunter estaba hablando y Alí asentía con la cabeza mientras le escuchaba. Ella se dio la vuelta y siguió a Camille.

—He visto los dibujos —dijo Camille—. Los retratos. Es precioso, el que nos hiciste a Brian y a mí. Me encantaría quedármelo.

—Claro que sí.

Camille sacudió la cabeza.

—¿No sabías que fueras tan buena dibujando?

—El artista es mi padre.

—Sí, un artista maravilloso. Pero tú también lo eres.

—El profesor Atworthy me ha enseñado muchas cosas.

—Estoy segura de que sí, pero tus habilidades, tu talento, ya estaban ahí.

—Siempre me ha gustado dibujar y observar a mi padre. Él es mucho mejor que yo con el óleo.

—Bueno, yo creo que todo el mundo tiene algo único. Quizá tu don sea la memoria. Plasmar sobre papel lo que has visto antes.

Kat se rió con desgana.

—Como hoy. Se suponía que tenía que dibujar el yacimiento, y me puse a hacer retratos.

—Estoy segura de que no tiene ninguna importancia —dijo Camille. Les dio las gracias a los trabajadores que montaban guardia alrededor del biombo de lona que resguardaba su «bañera». Al entrar en el agua, poco profunda pero clara y fresca, se quitó los pantalones y la camisa y se agachó para mojarse bien el cuerpo y el cabello. Kat hizo lo mismo.

—¡Ah! —dijo Camille, levantándose—. ¡Te imaginas! Brian me ha hablado de yacimientos en los que no había agua y había que economizar hasta la última gota para beber. Pero supongo que podría soportarlo. Me gusta tanto todo esto...

—Es muy emocionante —dijo Kat.

—No para todo el mundo. Lady Margaret no está muy contenta.

—Piensa regresar al hotel.

—Es lo mejor. Nosotras también iremos de vez en cuando, ¿sabes? Este trabajo es muy lento. Muy duro y muy tedioso.

Se entretuvieron en el agua hasta que se hizo de noche, y luego se levantaron, se vistieron y regresaron al campamento. La cena ya estaba preparada, y los demás se disponían a comer o habían terminado ya y estaban devolviendo los cubiertos. Aunque sus trabajadores estaban acostumbrados a hacer toda clase de tareas, Brian y Hunter exigían que todo el mundo echara una mano y, por tanto, cada cual se ocupaba de su plato y sus cubiertos.

Kat y Camille habían acabado de cenar y estaban recogiendo cuando Hunter hizo un anuncio sorprendente.

—Mañana un grupo regresará al hotel —dijo—. Lady

Margaret va a volver para llevarle a su padre un informe completo de lo sucedido hasta ahora. El señor Doyle regresa con su esposa, y nuestros jóvenes amigos volverán también, con varios trabajadores como escolta. Ah, Kat, tú también irás con ellos.

—¿Qué? —estaba tan sorprendida que expresó en voz alta su incredulidad.

—Vas a volver —repitió él.

—Pero ¿por qué? —insistió ella.

Un silencio había caído sobre el grupo. Kat se dio cuenta de que todo el mundo los estaba observando. Camille fingía quitarse un hilillo de la falda. Arthur se rascaba la cabeza, mirando el fuego. Los demás no escondían su curiosidad.

—Porque yo lo digo —replicó Hunter.

Kat no quería discutir delante de los demás, pero tampoco quería obedecer mansamente.

Se levantó y se atusó el pelo.

—Lo discutiremos luego —dijo, y salió de la tienda.

Estaba atónita. ¿Por qué tenía Hunter tanta prisa por librarse de ella? Estaba tan ansioso, de hecho, que quería mandarla a El Cairo con David.

Debería haber imaginado que saldría tras ella. Apenas se había alejado veinte metros del campamento cuando sintió sobre el brazo su mano, deteniéndola y obligándola a darse la vuelta.

Estaba furioso.

—No vuelvas a desafiar mi autoridad delante de todo el grupo —le espetó.

—Pues no promulgues edictos de esa manera —replicó ella—. No quiero volver. Puede que Margaret esté incómoda aquí, pero yo no.

—Quiero que regreses al hotel.

—¿Por qué? No he hecho nada malo. Creo... creo que me he adaptado bien —dijo, titubeando un poco. Creía que Hunter disfrutaba del hecho de tener una mujer esperándole por las noches. Creía que... en fin, que, aunque no la quisiera, al menos había disfrutado de ella.

—Te lo explicaré. Al parecer, hay una secta que cada vez es más osada. Alí ha estado fuera, recogiendo información. Atacaron un campamento al sur de aquí, cerca del Nilo. Ese grupo estaba excavando las tumbas de unas reinas menores. Dos hombres fueron asesinados.

Ella sacudió la cabeza.

—Pero tú estás aquí. Y Brian también. Y tenemos a Abdul y a Alí... y, si no los envías de vuelta, también a Robert, a Allan, a Alfred y a David.

—Vas a volver —repitió él tercamente—. Y ellos también.

—¿Y Camille?

—No.

—Entonces, ¿por qué he de volver yo?

Hunter dejó escapar un profundo suspiro de exasperación.

—¡Porque lo digo yo!

—Pero...

—¡Kat! Pareces atraer los problemas como un imán. Quiero que vuelvas al hotel.

Ella se quedó de una pieza. Tragó saliva.

—No pienso volver.

—Volverás, créeme. De un modo u otro.

Hablaba en serio. Kat podía imaginarse la humillación de verse arrojada a lomos de un caballo y sacada a la fuerza del desierto. A Alí le disgustaría cumplir semejante cometido, pero lo haría. Y nadie cuestionaría la autoridad de Hunter.

Estaba furiosa y a punto de echarse a llorar. Sí, enviarla

lejos sin duda la salvaría de un posible ataque, pero estaba convencida de que la verdadera razón era que Hunter se había cansado de ella; que, en efecto, le parecía problemática. Se preguntaba qué había hecho para que se sintiera así.

—¿Me obligarás a irme? —preguntó.

—Desde luego que sí.

Kat echó a andar, pero se detuvo y dijo, arrojando las palabras por encima del hombro sin saber muy bien por qué:

—Eres repugnante, ¿lo sabías?

—Deberías alegrarte. Te irás con tu adorado David. Y ni siquiera estaré contigo.

—Sí, pero sin duda estaré vigilada.

—De eso puedes estar segura. Alí sería capaz de matar sin miramiento alguno. Aquí son muy estrictos son esas cosas.

Kat siseó una maldición y se dirigió al campamento, preguntándose aún qué había hecho que se volviera contra ella.

Se detuvo y contempló la hilera de tiendas y la luna, que brillaba en todo su esplendor a lo lejos, acariciando la mágica silueta de las grandes pirámides. La zona común estaba vacía; quizás estuvieran todos haciendo el equipaje. Todos, salvo Hunter y sus pocos elegidos.

Echó a correr por el pasadizo a oscuras, hasta su aposento. Ella también tenía que hacer el equipaje.

Pero no quería.

Tenía ganas de romper algo. No había nada que arrojar al suelo, excepto la lámpara, y no quería quedarse a oscuras estando sola. En lugar de hacerlo, se tumbó en la cama y se acurrucó de cara a la pared.

Permaneció despierta, con la mirada perdida, rabiando

por dentro. Hunter no tardó en aparecer. Kat lo oyó despojarse de la ropa, apagar la luz y tumbarse a su lado. Sintió sus manos sobre la espalda. Se puso rígida, intentando apartarse de él. Pero sólo podía pegarse a la pared.

—Kat..., tienes que irte —dijo él, y pese a las últimas palabras que le había dicho ella, no parecía enfadado.

Pero ¿por qué tendría que estarlo? Era él quien mandaba.

—Voy a irme porque quieres que me vaya. Eres tú quien decide —dijo.

—Boba, temo por tu vida.

—¿Y Camille?

—Camille no se ha visto envuelta en tantas situaciones peligrosas últimamente como tú. Y es Brian quien debe preocuparse por ella. Tú eres mi mujer.

—Y no quiero irme.

—Pero te irás.

—Entonces, haz el favor de quitarme las manos de encima.

Se sobresaltó al oír su risa, siempre tan ligeramente arrogante y, sin embargo, aún más amarga.

—De modo que para ti todo es un trato, ¿eh? —dijo.

—¡No! ¡Sí! Tal vez..., no sé. ¿Tú qué quieres que sea? —preguntó, enojada.

Hunter le hizo volver la cara. Ella era vagamente consciente de la energía que irradiaba su voz cuando dijo en voz baja:

—¿La verdad? Jamás me arriesgaría a decirte la verdad, amor mío. Pero no nos despediremos así.

Kat descubrió con asombro que la rabia podía ser un poderoso afrodisíaco. Ansiaba mostrarse impasible a sus caricias, fingir que su contacto no significaba nada para ella. Pero deseaba que su modo de hacer el amor quedara indeleblemente grabado en su memoria, hasta el último detalle: el olor de su piel desnuda, la resbaladiza sensación de su carne frotándose contra ella, su fricción, su ardor, el levísimo roce de sus dedos, cada uno de sus besos y caricias. No creía haber respondido nunca con tal ardor; se aferraba a él, se arqueaba, se movía, tocaba y saboreaba sus hombros, su pecho y más allá, pues de pronto le parecía que nunca antes había sido tan importante seducir y excitar.

Sólo rezaba porque un pequeño fragmento de ella quedara atrapado en el recuerdo de Hunter, en su alma o, al menos, aunque sólo fuera eso, en la memoria sensible de su carne.

Y, aun así, al final, encontró de nuevo aquella pared. Nada de palabras. Hunter no pensaba recular. Ella era vagamente consciente de que estaba tan despierto como ella. Pero, una vez gastada la pasión, permanecía distante. Ni siquiera la apretó contra sí.

Por fin llegó la mañana y Hunter se marchó a toda prisa.

Kat jamás sabría cuánto lamentaba verla sentada sobre la yegua, con la cabeza muy alta, negándose a dirigirle siquiera una mirada.

Ni sabría nunca lo preocupado que estaba. Le había hablado del ataque de aquella secta en el otro yacimiento.

No le había dicho lo peor.

Que Françoise, la chica franco egipcia, había sido descubierta en el desierto, degollada, su sangre empapando la arena. Kat lo averiguaría muy pronto. La noticia se gritaba a los cuatro vientos por todo El Cairo. Pero, para entonces, ya estaría en el hotel. Lord Avery le había enviado un mensaje, y él había contestado pidiéndole que velara por Kat como por su propia hija. Y Ethan también estaría a su lado.

Seguía sin fiarse de David y sus camaradas, pero había decidido junto con Abdul, Alí y Brian que también a ellos había que mandarlos de vuelta. Sólo sabían a ciencia cierta que los jóvenes no eran los responsables del ataque al otro campamento. Iba a mandar a las mujeres con una escolta formada por la mitad de los trabajadores, David y sus compañeros, así como Ethan y Alí. Haría falta una auténtica horda para detenerlos.

Kat seguía sin mirarlo. Se acercó a ella, de todos modos, y tomó la mano que tenía posada sobre la silla.

—Estaré allí dentro de una semana —dijo.

—¿Ah, sí? —preguntó ella con desinterés, apartando la mano.

—Kat, esto es necesario.

—No, no lo es.

—Bueno, entonces, cuídate, amor mío, y buen viaje.

No intentó darle un beso de despedida, se limitó a hacerle una seña a Alí. La caravana partió.

Mientras los últimos caballos se perdían de vista, Brian se acercó a él.

—Lo de la secta es grave —dijo—. No se trata de una suposición. Están cometiendo asesinatos abiertamente.

—¿De veras piensas que esa gente cree que un antiguo sacerdote los está llamando?

—No, ¿y tú?

—Desde luego que no. Creo que están organizados. Y creo que... —titubeó.

—¿Qué?

—Que algún británico ha creado esa secta.

—Sí, tal vez, pero lo que me preocupa es ¿qué relación

tiene con lo que ha pasado durante el viaje? Esa piedra en el Coliseo, la serpiente en la habitación de Roma... Hasta con lo que sucedió antes.

—No sé. Es una lástima que Arthur también se haya ido. Su capacidad de deducción nos sería de gran ayuda.

—No debes enfadarte —dijo Margaret, que cabalgaba al lado de Kat—. Es lo mejor.

—No estoy enfadada.

—Claro que sí. Estás absolutamente furiosa.

—Esto es absurdo.

—No, no lo es. Hunter cree que estás en peligro.

Kat sacudió la cabeza. Se disponía a hablar, pero cerró la boca. Margaret no podía entender lo que estaba sucediendo.

Alí cabalgaba en cabeza y, cada vez que se acercaba a una duna o a una pequeña obstrucción del camino, aunque fuera sólo un árbol, los hacía detenerse y enviaba unos jinetes a reconocer el terreno. Kat estaba segura de que a causa de ello el viaje sería aún más largo, pero Margaret le había dicho que no estaban tan lejos como creía; en el camino de ida, habían ido en camellos cargados con toneladas de suministros. Ahora eran un grupo reducido e iban a caballo. Se movían con mucha mayor rapidez.

—Bueno, creo que los chicos, con la posible excepción de Allan, se alegran de volver, aunque sólo sea por una noche —dijo Margaret—. Creo que prefieren la vida nocturna de El Cairo a la soledad de las arenas.

—Sí, seguro —murmuró Kat, lamentando no tener ganas de conversar. Margaret era muy amable. Y se esforzaba porque ella se sintiera mejor.

Acababa de volverse hacia Margaret, dispuesta a sonreír, cuando oyó un grito agudo. Había una duna a su izquierda. De pronto, aparecieron sobre ella unos jinetes.

Iban vestidos completamente de negro, con unos turbantes sueltos que les cubrían la cara. Sólo se veían sus ojos mientras descendían a toda velocidad hacia la caravana. Kat se quedó paralizada un instante ante la majestuosidad del ataque y el atronador descenso de los jinetes, perfecto en su precisión.

Alí bramó una orden. Sus hombres comenzaron a circundarles a Margaret, Arthur y ella.

—¡Santo cielo! —dijo David en voz baja tras ella. Luchaba torpemente por sacar su arma, una pistola. Llevaba otra arma atada a la silla. Kat acercó su caballo al de él.

—Dame la pistola.

—No. Yo dispararé. Os protegeré. Soy el hombre.

—¡Dame la pistola! —gritó ella y, alargando el brazo, la arrancó de la funda de la silla.

Pero, para entonces, a pesar de que estaba rodeaba por los hombres de Alí, la refriega se desató sobre ellos. La arena cegó sus ojos. Oyó gritar a Margaret y volvió su caballo hacia allí.

Quedó aturdida cuando un lazo la rodeó y, tirando de ella, la hizo caer al suelo. Se le llenaron los ojos y la boca de arena, y tosió, dando vueltas, enredada en la soga. Tiraron de ella, y rodó de nuevo. Entonces vio a un individuo ataviado de negro que se acercaba amenazadoramente a ella.

Levantó la pistola y disparó.

El hombre se desplomó.

Ella se quedó mirándolo un momento, asombrada por haber tenido el valor de disparar y por haber matado a un hombre. Pero no se atrevía a permanecer en la arena. Si no se movía rápidamente, podía morir aplastada por los cascos de los caballos, que estaban por todas partes.

Se levantó a trompicones, intentando distinguir algo entre la neblina que formaba la arena. Un hombre se precipitó hacia ella con la espada en alto.

Gritó e intentó disparar otra vez.

Pero la pistola se encasquilló.

Levantó la mirada. Aquel sujeto había bajado la espada y seguía aproximándose. En la otra mano llevaba una cuerda.

Kat dio media vuelta para echar a correr.

Por segunda vez voló un lazo.

Y ella cayó tambaleándose en la arena. Rodó. Y él estaba allí, todo de negro, agachándose hacia ella.

Camille estaba sentada a la entrada del campamento, observando los bocetos de Kat. Tenía la impresión de que Kat haría caricaturas satíricas excelentes para cualquier revista, pues sus rápidos bosquejos lograban captar la esencia de las personas. La alegraba comprobar que tanto a Brian como a ella los veía como personas amables y educadas, y la conmovió que hubiera logrado plasmar en la página la intensidad de su relación.

Tuvo que sonreír. Los chicos, los estudiantes. Todos ellos muchachos ricos de la alta sociedad. Era tan evidente... Se detuvo y frunció el ceño al ver el retrato de Alfred Daws. Intentó discernir qué era lo que la inquietaba en él, pero no lo consiguió. Sin embargo, estaba segura de que aquel desasosiego seguiría molestándola algún tiempo. Suspiró, lista para pasar al siguiente retrato.

—¿Se puede saber qué miras con el ceño tan fruncido, Camille?

Levantó la mirada. Hunter y Brian se acercaban a ella. Parecían cansados y cubiertos de polvo.

—Quizá vosotros podáis ayudarme. ¿Habéis visto estos retratos que hizo Kat?

—Qué interesante. El parecido es asombroso —dijo Brian.
—Es extraño —murmuró Hunter.
—¿Qué? —preguntó Camille enseguida.
—No lo sé exactamente —dijo él, y se encogió de hombros—. Hay algo en el retrato de Alfred Daws.
—Tienes razón —dijo Camille—. Pero ¿qué?
—Hay algo que me resulta familiar... —Hunter sacudió la cabeza—. Aunque es natural que me resulte familiar. Se acaba de ir.
—Sí, sí, pero no es eso —dijo Camille. Miró a Hunter—. A ti también te inquieta.
—Lo averiguaremos, sea lo que sea —dijo—. ¿Puedo?
Recogió los bocetos. Camille notó que los estudiaba con la misma atención que ella.
—David tiene ese aire quijotesco —dijo.
—Ha retratado admirablemente ese mentón tan huidizo —dijo Camille con cierta malicia.
—Mmm —dijo Hunter. Volvió la página—. Éste es precioso —dijo, señalando el retrato de Camille y Brian.
—A mí también me lo parece.
—Continúa. También hay uno tuyo.
—¿Ah, sí?
A Camille le pareció que volvía la página con cierto nerviosismo. Y que se sorprendía al ver el excelente retrato que le había hecho.
—Puede que no me odie tanto —murmuró—. O que no me odiara —se puso tenso al darse cuenta de que había hablado en voz alta.
—Sólo está enfadada porque la has mandado de vuelta —dijo Camille.
—Mmm —cerró el libro de golpe y se lo devolvió a Camille—. Se nos ha ocurrido explorar un poco por aquí —le dijo, señalando hacia el interior del edificio.

—Este lugar, fuera lo que fuese —explicó Brian—, quizá formara parte de un complejo. Ya que hemos encontrado todas estas habitaciones y corredores, vamos a inspeccionar los muros, a ver si hay alguna pared falsa.

—¡Excelente idea! —dijo Camille, levantándose—. Es posible que este edificio esté conectado con lo que hemos descubierto un poco más allá.

—Vamos a ponernos manos a la obra —dijo Brian.

Kat notaba la arena entre los dedos. Agarró un puñado y se lo arrojó a los ojos a su atacante, que gritó y se tambaleó.

Ella intentó desasirse de la cuerda. Mientras forcejaba tropezó con un hombre muerto. Sus dedos aún sujetaban una espada. Kat se la arrancó sin la menor vacilación. Cuando su atacante se abalanzó hacia ella, lanzó un mandoble. La hoja dio en el blanco.

Oyó un grito y se giró. Un jinete se precipitaba hacia David. Ella agitó de nuevo la espada. El jinete viró bruscamente.

Un momento después, sintió a alguien tras ella. Se giró, sacudiendo la espada. Oyó un grito.

Había vuelto a tener suerte.

Pero otro hombre a caballo enfiló hacia ella e hizo chocar sus espadas. La de Kat salió volando sobre la arena.

Estaba indefensa. Un hombre a pie profirió un grito y corrió hacia ella.

Kat sintió cabalgar un caballo tras ella y un instante después unos brazos robustos la levantaron en volandas. Sonó un disparo. El sujeto que corría hacia ella se desplomó, y Kat comprendió que había sido salvada.

Alí había ido a por ella. Su caballo reculó; estaba volviendo atrás.

Pero los caballos se alejaban ya. Sus asaltantes habían atacado con la velocidad del relámpago. Ahora, se alejaban con idéntica prisa. Desaparecieron en cuestión de segundos. Fue como si nunca hubieran estado allí.

Salvo por el caos que habían dejado a su paso. Había cuerpos dispersos por la arena. Alí ayudó a Kat a bajar, y ella corrió hacia un hombre que yacía en la arena, gimiendo. Allan. Él se incorporó, haciendo una mueca de dolor. Kat vio que tenía una herida en el costado de la que manaba sangre.

—¡Dios mío, Allan! —murmuró. Deseó entonces haber llevado una enagua, pero tendría que arreglárselas con una tira de sus pantalones. Rasgó el bajo e improvisó rápidamente un vendaje para colocárselo en el costado.

—Estoy bien. Creo —dijo Allan.

Había alguien a su lado. Kat levantó la cara. Era Alí.

—Dos de mis hombres han muerto. Este señor está herido. Tenemos que ponernos en marcha. Hay que llegar a El Cairo cuanto antes.

Arthur Doyle, con una espada todavía en la mano, se acercó a ellos.

—¡Lady Margaret! ¿Dónde está lady Margaret?

—¡Oh, no! —gritó Kat, poniéndose en pie de un salto. A su alrededor, los que aún podían moverse empezaban a levantarse. Gritaron una y otra vez el nombre de Margaret. Kat corría de un cuerpo a otro, buscándola desesperadamente.

No había rastro de ella.

—¡Hay que encontrarla! —le dijo a Alí. Pero sabía que no la encontrarían. Allan estaba sangrando. Había otros heridos. Su patético grupo no conseguiría dar caza a los salteadores.

—Conseguiremos ayuda en El Cairo —le dijo Alí.

Ella bajó la cabeza, pero asintió. Intentaba no perder la esperanza. Habían raptado a Margaret; no la habían asesinado. Debían de saber que valía mucho dinero; mucho más del que sacarían vendiendo alguna baratija. Pedirían un rescate, y lord Avery pagaría.

Tenía que aferrarse a esa esperanza.

Oyeron de pronto un sollozo.

—¡Margaret!

Era David. Sus gimoteos resultaban penosos.

Kat lo miró sin emoción alguna. Y se preguntó cómo podía haberse sentido alguna vez atraída por aquel hombre.

—Vamos —le dijo Alí suavemente.

Ella asintió con la cabeza.

Hunter utilizó una de las enormes sartenes de hierro forjado para golpear metódicamente sobre la piedra, buscando algún lugar que sonara a hueco. Era importante que siguiera avanzando, que se mantuviera distraído. Porque se estaba volviendo loco de tanto pensar.

Quizá no hubiera motivo para mandarla a casa. Ella tenía razón; allí podrían haberse defendido como en un bastión de cualquier ataque. Pero era tan testaruda... Quizá un día cualquiera se hubiera alejado en busca de algo. Podría haber encontrado un túnel, o haberse caído en un hoyo.

¿Se había equivocado? ¿Y por qué no lograba descubrir si había entre ellos una amenaza, una víbora en su propio nido?

Volvió a golpear la piedra con la sartén.

No lograba olvidarse de ella, no podía quitársela de la cabeza ni un minuto. La noche anterior... Un nombre podía vivir mil vidas sin llegar nunca a tener una noche como aquélla. La sensación de la seda envolviéndolo, la suavidad de su cabello, el susurro de su aliento sobre su piel, el modo en que lo acariciaba...

¡Slam!

Clunc.

Se quedó quieto y aguzó el oído. Golpeó de nuevo. El sonido que escuchó sugería claramente que había aire más allá de la piedra.

Brian y Camille se acercaron corriendo. Brian le quitó la sartén y lo intentó de nuevo.

Se miraron el uno al otro.

Luego Camille profirió un grito de júbilo.

—¡Voy a llamar a los trabajadores! —dijo.

—¡Picos! ¡Necesitamos picos! —dijo Brian—. ¡Hemos encontrado algo, viejo amigo! ¡Lo hemos conseguido! —exclamó, zarandeándolo por los hombros.

Hunter logró asentir con la cabeza.

Habían encontrado algo. Quizás fuera un gran descubrimiento.

Pero ¿qué había perdido él en el intento?

Lord Avery se mostraba inconsolable. Sí, quizá los hombres que habían secuestrado a Margaret la conservaban con vida, pues constituía una pequeña fortuna. Quizás así fuera. Pero quizá no.

Kat intentaba ayudarlo, se esforzaba por decir algo. Pero no se le ocurría nada. Emma lloraba sin cesar, convencida de que había fracasado. Ethan, que había resultado herido, estaba en cama. Allan fue atendido de sus heridas y también guardaba cama. El profesor Atworthy era el que peor parado había salido, y el médico seguía a su lado.

A pesar de las lágrimas que derramaron y de que habían informado a la policía, Kat tenía la sensación de que nadie hacía nada. Pero, al menos, como Ethan estaba en cama, no tenía a alguien siguiéndola a sol y a sombra. Alí, el único que parecía decidido a hacer algo, había regresado al campamento.

A la mañana siguiente, Kat se bañó rápidamente, buscó ropa adecuada y resolvió hacer lo que estuviera en su mano. Bajó al mostrador de recepción, pensando en preguntar por Françoise. También había decidido, aunque aún no se lo había dicho a Hunter, ofrecerle a la muchacha trabajo en Inglaterra.

El joven de recepción pareció angustiado cuando le preguntó por Françoise.

Carraspeó.

—¿No se ha enterado? —preguntó no sin amabilidad.

—¿Enterarme de qué?

—Françoise ha... ha muerto. La dejaron en el desierto —dijo él con tristeza.

Kat se quedó atónita.

—Yo la vi... Había un hombre... ¡la pegó! —logró decir al fin—. ¿Tenía marido? ¿Novio? ¿Alguien capaz de hacer algo así?

El recepcionista sacudió la cabeza y enrojeció.

—Tenía... clientes —dijo al fin—. El gerente había amenazado con despedirla. Aquí... en fin, éste es un establecimiento respetable.

—Entonces, ¿cree usted que era prostituta y que la mató uno de sus clientes?

—Yo no creo nada, señora MacDonald. No lo sé.

Kat dio media vuelta, profundamente impresionada por el asesinato de una muchacha tan dulce y bonita.

Caminó despacio hacia la terraza del café, sin pensar

en nada, sin saber qué hacía. Pero, al pasar junto al bar, vio que David estaba allí solo, bebiendo. Mientras lo miraba, él dejó caer la cabeza sobre la barra.

Kat entró y le dio unas palmaditas en el hombro.

—David...

Él se incorporó e hizo una mueca, como si se hubiera torcido el cuello.

—Katherine... ¡Kat, Kat, Kat! ¡Ah, qué necio he sido! —dejó caer la cabeza otra vez.

—Estás borracho, David. ¿Qué te ocurre? Tienes que asearte e intentar reponerte, y salir con los hombres que van a ir en busca de Margaret.

Él se echó a reír, y su risa la asustó.

—La tienen ellos. ¿Es que no lo ves? La tienen ellos. Moriré. Moriré. ¿Aún no te has dado cuenta?

—¿De qué estás hablando, David?

—Ayúdame, Kat. Llévame a la cama —le ofreció una sonrisa bobalicona—. Ah, es verdad. No quieres llevarme a la cama. Lo tienes a él. El todopoderoso. Dime, Kat, es una leyenda. ¿De veras es tan bueno?

—David, si no fueras tan patético, te pondría un ojo a la funeral. Por favor, dime de qué estabas hablando. ¿Quién tiene a Margaret? ¿Acaso los conoces?

—¡Por las dunas! —farfulló él—. ¿Cómo lo sabían? ¿Cómo sabían que vendrían por las dunas?

Estaba delirando. Kat hizo señas a uno de los camareros, le dio unas monedas y le pidió que llevara a David a su habitación. Hecho esto, regresó a la suya un momento.

«Por las dunas».

Fueran quienes fuesen aquellos jinetes, de pronto estaba segura de que su guarida tenía que estar al otro lado de la duna de arena desde la que habían lanzado su violento ataque.

Oyó ruidos en el pasillo. Titubeó y abrió la puerta ligeramente. Alguien, un hombre, iba caminando por el pasillo, vestido a la europea. Llevaba, sin embargo, un hato de tela en la mano.

¿Una túnica?

Observó su modo de moverse, se fijó en su altura y frunció el ceño.

Luego se quedó inmóvil. Acababa de darse cuenta de qué era lo que había visto en el retrato que había y que tanto desasosiego le había causado.

El eco de las palabras de la princesa Lavinia cruzó su memoria.

«El escándalo...

Ella lo conocía de antes...».

Kat se puso en acción. Si no, él se marcharía. Y si no encontraba un modo de detenerlo... ¿quién sabía qué podía ocurrir? Las piezas no encajaban aún del todo, pero, tal y como Arthur Conan Doyle había dicho, debía «eliminar lo imposible. Lo que quede, por improbable que sea, ha de ser cierto».

Había demasiadas coincidencias. Y estaba luego lo que habían visto, lo que sabían.

Salió al pasillo y lo siguió. No podía intentar explicar lo que creía, porque tardaría demasiado tiempo. La vida de Margaret corría peligro.

El hombre acababa de desaparecer por las escaleras.

Kat apretó el paso.

La pared se rompió, Hunter y Brian penetraron por el hueco con las linternas en alto. Camille intentó deslizarse tras su marido, pero Brian la detuvo.

—Cariño, no sabemos qué vamos a encontrar.

—Pero yo también quiero ir.

—Por favor —insistió Brian con mucha suavidad—. Vamos a ver primero adónde lleva.

Ella exhaló un profundo suspiro.

—Necesitamos que te quedes ahí fuera, Camille. ¿Y si viene alguien?

Ella miró a Abdul, que estaba a su lado y que era un hombre muy capaz. Él le hizo una mueca.

—Volved en cuanto encontréis algo, ¡inmediatamente!

—Claro que sí —dijo Brian.

Y de ese modo Camille se quedó atrás.

Brian y Hunter avanzaban despacio. Allí, las pareces aparecían recubiertas de pinturas. Brian se detuvo y levantó la linterna. Los muros estaban repletos de símbolos. Hunter siguió con la mirada el haz de luz y frunció el ceño mientras intentaba distinguir los signos y traducir de cabeza.

Y entonces lo vio. El jeroglífico que representaba el nombre de Hathseth.

—Ya estamos aquí —murmuró.

—¿En el templo? —preguntó Brian.

—Creo que eso es lo que dice. Vamos a seguir.

Delante y detrás de ellos sólo había oscuridad.

Brian lanzó un exabrupto de repente.

—¿Qué ocurre?

—¡Otro muro! —exclamó con un suspiro.

Y fue entonces cuando oyeron que Camille gritaba sus nombres.

Mientras bajaba a toda prisa las escaleras, aquel sujeto apretaba con fuerza el hato de ropa, intentando quizás ocultar lo que era, pensó Kat. Lo seguía con cautela, manteniendo las distancias, pues no quería que la viera.

Él se detuvo para saludar alegremente a alguien que estaba al otro lado de la puerta. Kat ignoraba a quién, ya que se había pegado a la pared del edificio. Cuando él se puso en marcha otra vez, se atrevió a salir de su escondite.

El hombre se encaminaba hacia los establos.

Ella volvió a seguirlo.

La voz de él sonó de nuevo firme y pausada; quizás algo preocupada al dirigirse a uno de los mozos.

—He de salir. Mira a ver qué puede hacerse, qué se puede encontrar.

Mientras los dos hombres se atareaban buscando una montura, Kat franqueó sigilosamente la puerta. Y, cuando ellos comenzaron a llevar al caballo fuera del establo, pasó a toda prisa frente a las muchas caballerizas, buscando a Alya, su yegua. Por fin la encontró. No había tiempo para ensillarla; le temblaban las manos cuando intentó ponerle la brida.

Él iba a irse.

Kat se agarró a la crin y de un salto se subió a lomos de la yegua, ajena al hecho de que la falda que llevaba se le arrebujaba indecorosamente alrededor de los muslos. Dejó que la yegua abriera de un empujón la puerta de la caballeriza e hizo caso omiso del mozo al pasar a su lado.

Fuera empezaba a oscurecer, pero las luces de la bulliciosa calle descubrían su presencia más adelante. Avanzaba a buen paso, pero no sin cautela. Parecía un refinado joven inglés empeñado en alguna misión, atento a las mujeres y niños que se cruzaban en su camino.

Después salió de la ciudad y partió al galope a través de la arena.

Era de noche, Kat apenas veía, y su misión era una locura. Pero ya no creía que aquellos hombres retuvieran a

Margaret sólo para pedir un rescate. Y, si no seguía a aquel individuo, quizá la joven muriera.

«Y, si lo sigo, probablemente moriremos las dos», se dijo, burlándose de sí misma. «Pero aun así...».

No tenía elección.

Alí había regresado. A pesar de que estaba consternado y se culpaba a sí mismo, pudo contarles con claridad lo sucedido.

—¡Dios mío, pobre Margaret! —exclamó Camille.

Hunter no pudo evitar agarrar con fuerza el brazo de Alí.

—¿Y mi esposa? ¿Y Kat?

—Luchó con nosotros, sir Hunter —Alí escupió en el suelo—. Mejor que algunos hombres. Y está bien. Se encuentra a salvo, en el hotel. La vi allí yo mismo. Y el otro caballero, el señor Doyle, también está bien. Su amigo Ethan está herido, pero el médico le estaba atendiendo. Hay otros heridos. Dos hombres muertos. Y lady Margaret, raptada. Siempre llevaré sobre mí ese deshonor.

—Tú luchaste, Alí. Hubo muertos. No hay deshonor en tu lucha —dijo Brian.

Hunter ya se había puesto en acción.

—He de ver a Kat —dijo cuando Brian hizo amago de detenerlo—. Alí vendrá conmigo. Mañana, en cuanto amanezca, Abdul, tú y el resto de los hombres debéis empezar la búsqueda.

Hunter se alegraba de contar con Alí. Aquel hombre veía en la oscuridad.

Kat no estaba muy segura de cómo podía haber seguido al jinete en medio de la oscuridad. Quizá fuera en parte porque sabía que aquel hombre estaba desandando el camino que ella misma había recorrido ese día. Y, por fortuna, la luna llena se levantó esa noche, bañando el paisaje con su pálido resplandor.

Tras los primeros minutos, llegó a la conclusión de que montar a pelo podía ser más fácil que montar con silla. Y, desde luego, mucho más fácil que montar a mujeriegas.

Aun así, le dolían las piernas. Daba gracias a Dios por tener aquella pequeña yegua, que se movía a un galope ligero y veloz, sin brusquedades. Pero, ¡cielo santo, cuán largo era el camino!

Por fin llegaron a la duna que recordaba. Se atrevió a llegar hasta su cresta, pero luego refrenó a la yegua, se bajó y caminó cautelosamente por la arena, llevando de las riendas al caballo para poder detenerse a mirar hacia dónde se dirigía aquel hombre.

Él, sin embargo, se había desvanecido en el aire.

Kat apretó el paso mientras bajaba por la duna, completamente perpleja. Entonces lo vio: una zona de pinos raquíticos, con el suelo cubierto de hojas de palma muertas, y una charca muy pequeña y reseca. Un paraje demasiado triste para llamarlo oasis.

Se apresuró hacia allí y comenzó a apartar nerviosamente las hojas de palma. Para su asombro, mientras lo hacía, una puerta se abrió en la arena.

¿Un ingenio antiguo? No, la puerta era nueva, de madera, y estaba construida con tanta astucia que se podía entrar y volver a bajar el camuflaje sobre el portón cerrado.

Vaciló y después le dio una palmada en el anca a la yegua.

—¡Vuelva a casa, pequeña! —susurró. La asustaba mucho más que alguien sospechara su presencia si veía el caballo que la posibilidad de que la atraparan una vez estuviera dentro.

El hueco se abrió ante ella. Los escalones de bajada eran muy antiguos. Dudó de nuevo. Demasiado tarde para cambiar de idea. La yegua se había ido.

Bajó la mirada hacia el negro agujero que se abría en la tierra.

Hunter estaba seguro de que habían llegado a El Cairo en un tiempo insólito. Temía haber estado a punto de reventar a su caballo, que estaba cubierto de espuma, pero imaginaba que, dejado en manos de buenos mozos, el animal sobreviviría.

Tenía que ver a lord Avery, pero primero a Kat.

Irrumpió en su suite gritando su nombre. No hubo respuesta. ¡Maldita fuera! Estaba enfadado con él y seguramente se sentía justificada, pero, si no contestaba pronto, la zarandearía hasta el día del juicio final.

—¡Kat!

Mientras miraba en las habitaciones, comprendió que no estaba allí.

En el pasillo se chocó con Arthur.

—¡Hunter! —exclamó éste.

—Mi esposa... ¿está contigo?

—Está claro que no. No hacen falta grandes poderes de deducción para descubrirlo.

—¿Dónde está?

—No tengo ni idea.

—Debe de estar con lord Avery.

—Acabo de estar con él. Y no estaba allí.

Hunter temía estar a punto de ponerse violento cuando Alí se acercó a él, lleno de nerviosismo.

—¡Se ha ido! Hassan dice que la vio salir de los establos montada a pelo.

—¿Qué? —exclamó Hunter, sintiendo que una gélida mano le atenazaba el corazón.

—Uno de los jóvenes ingleses fue al establo, le dijo a Hassan que iba a salir a caballo, que viera qué podía hacer. Apenas se había ido cuando lady MacDonald partió tras él al galope —explicó Alí rápidamente.

Hunter miró a Arthur. Y luego, de improviso, sin explicación aparente, lo que había visto en los bocetos de Kat cobró sentido.

—¿Qué joven era? —preguntó Arthur.

—¡Da igual! ¡Ya lo sé! —dijo Hunter, y corrió por el pasillo hacia las escaleras, seguido de Alí.

—¡Espera! ¡Yo también voy! —gritó Arthur—. He navegado hasta los polos, he servido en el ejército. Soy médico. ¡Soy fuerte y capaz!

—¡Ven, entonces! ¡Pero no espero a nadie! —replicó Hunter a voces.

Camille ya no se sentía excluida de las nuevas exploraciones. Su marido necesitaba que sostuviera la linterna.

—Brian, sabes muy bien que nadie me gana en entusiasmo —dijo—, pero queda mañana.

Él estaba otra vez tocando las paredes.

—¿Has tenido alguna vez una corazonada, amor mío?

—¿Qué?

—Una corazonada, un pálpito. Llama otra vez a Abdul. Necesito que traiga los picos.

—Brian, por favor, ¿de qué estás hablando?

—¡Hay que echar abajo este muro. ¡Esta misma noche!

Ella sacudió la cabeza. Estaba enferma de preocupación. No por sí misma. Abdul había apostado alrededor del campamento a todos los hombres disponibles, armados con rifles, y sus compañeros sabían disparar. Estaban alertados.

Pero se sentía enferma. ¡Margaret! La pobre y delicada Margaret. Y lord Avery. El pobre hombre debía de estar perdiendo la cabeza. ¿Cómo podía mostrarse Brian tan obtuso?

—¡Abdul!

Abdul estaba ya allí, con los picos.

Ella sostuvo la linterna.

Luego deseó poder empuñar un pico. Veía el rostro de Brian y sabía que él también estaba sufriendo. Y derribar un viejo muro debía de ser muy liberador.

—¡Es mi turno! —dijo ella al cabo de un momento, y Abdul se vio obligado a cederle su herramienta y a sujetar la linterna mientras ella se ponía manos a la obra.

El muro comenzó a desplomarse.

Los escalones llevaban a una antecámara. En las paredes ardían linternas apoyadas en soportes de hierro. Al llegar al rellano, vio que había mucha luz, pero que todo permanecía en silencio. Intentó rápidamente hacerse una idea de la disposición del sepulcro o templo en el que se hallaba, y al instante se fijó en los gigantescos pilares que llegaban del suelo al techo. Había leído el papiro que hablaba de Hathseth y sabía que estaba viendo su nombre, su escarabajo sagrado, allí donde miraba. Había representados otros dioses, y el sacerdote mismo aparecía como un dios. Oyó movimiento, un arrastrar de pies, un sonido de voces, y se escondió rápidamente en un estrecho corredor que había a la izquierda. Estaba mal iluminado por dos únicas linternas, y era un lugar perfecto para espiar desde las sombras.

Tres hombres ataviados con mantos rojos atravesaron el centro de la sala, donde los pilares se elevaban hacia lo alto. Se dirigieron hacia el oeste por otro corredor.

Kat comprendió entonces que el corredor llevaba en línea recta hacia el oeste bajo el desierto. En el subsuelo no había las enormes elevaciones y caídas de las dunas de arena. Derecho hacia el oeste, llevaría al campamento de Hunter. Kat ignoraba a qué distancia estaba de allí el campamento sin ningún accidente natural de por medio.

Habría sido una estupidez atravesar la sala abiertamente. Se deslizó a lo largo del estrecho y oscuro corredor. Al final había una luz muy tenue. Se encontró con otra estancia. Al fondo había una puerta, también nueva.

Delante de ella se paseaba un individuo vestido con aquel manto rojo.

Mientras permanecía allí parada, sin saber qué hacer, oyó un suave sollozo.

Margaret.

El tipo del manto rojo no le prestaba atención. Seguía paseándose.

Kat era consciente de que no tenía armas. Y seguramente disponía de muy poco tiempo. Pero sabía que era Margaret quien lloraba al otro lado de aquella puerta, y no podía escabullirse sin más. No le daría tiempo a pedir ayuda.

Tras meditar unos segundos, se dio cuenta de que el tipo del manto era un hombre de costumbres. Diez pasos adelante, diez pasos atrás. Diez adelante, diez atrás.

Dudó todavía un segundo y luego volvió sobre sus pasos por el estrecho corredor. Todo seguía en silencio. Asió una de las antorchas de los soportes de hierro y se quedó mirándola. No podría dosificar la llama; la mecha estaba empapada con algún tipo de combustible para que ardiera toda la noche.

Corrió de nuevo por el corredor hasta llegar a la estancia y se mantuvo oculta. El hombre iba hacia ella.

Diez pasos.

Dio media vuelta.

Ella echó a correr.

Rezó por tener fuerzas para golpearlo con suficiente energía. Quizá su desesperada plegaria fuera atendida. Le golpeó en la cabeza con todas sus fuerzas usando la antorcha, y se desplomó.

Su hábito se prendió fuego. Kat agarró precipitadamente los pliegues del manto y ahogó la llama. Se volvió hacia la puerta, temiendo que estuviera cerrada con llave. Pero no había cerradura, sino sólo un cerrojo. Descorrió despacio el pesado cerrojo de madera, intentando no hacer ruido. Se oyó un leve crujido, suficiente para que desde entro sonara un gemido atemorizado.

Abrió la puerta arrastrándola, con la antorcha en alto.

Dentro estaba oscuro. Al parecer, se habían limitado a arrojar allí a Margaret. Estaba en el suelo, cerca de la puerta.

Kat esperaba encontrarla cubierta por la arena del desierto, a causa de la pelea de esa mañana. Pero, para su asombro, Margaret iba vestida con una camisa de cuello dorado, unos pantalones finísimos, tobilleras y tocado.

Miró a Kat y su boca se abrió para formar un grito.

—¡Chist! —siseó Kat. Al verla, Margaret comenzó a llorar de nuevo. Kat alzó un poco más la antorcha, intentando ver cómo era la habitación en la que la habían tenido recluida.

Se quedó sin respiración. El corazón se le alojó en la garganta.

En las paredes había hileras e hileras de nichos mortuorios. Recordó lo que había leído y se sintió enferma. Había allí docenas de mujeres muertas. No estaban momificadas. Habían sido las esposas del sumo sacerdote, y, a su muerte, habían sido encerradas allí. Enterradas vivas. Habían ocupado los nichos que tenían asignados, se habían tendido sobre ellos y habían aguardado la vida del más allá.

Margaret se giró al ver su cara. Al parecer, no había podido ver el interior de la cámara donde la mantenían prisionera.

Ahora lo veía todo con excesiva claridad.

Se llevó una mano a la boca, pero no pudo detener el principio de un grito aterrorizado.

Kat maldijo para sus adentros. «¡Podríamos haber tenido una oportunidad!».

Demasiado tarde. Tenía que salvar lo que pudiera.

—¡Ayúdame! —le dijo Margaret con fiereza.

Kat puso la antorcha en sus manos y comenzó a quitarle el manto al hombre que yacía en el suelo. A pesar de lo asustada que estaba, Margaret tenía también instinto de supervivencia. Se acercó a Kat y, con la mano libre, intentó ayudarla. Parecía febril y desesperada. Kat sólo podía imaginar lo que había sufrido durante ese tiempo.

De pronto oyó pasos a lo lejos.

—¡Aprisa! —le dijo a Margaret. Le quitó el manto al hombre inconsciente y arrastró el cuerpo hasta la cripta. Echó mano del manto, dispuesta a ponérselo y a empezar a pasearse delante de la puerta otra vez.

—Tengo que cerrar la puerta. Sólo será un momento.

—¡No! —Margaret se aferró a ella.

—Margaret, voy a fingir que soy él...

—¡No puedes encerrarme ahí! ¡No puedes! —estaba

aterrorizada. La agarraba con fuerza de acero. Tenía tanto miedo que Kat comprendió que todo intento sería inútil.

—Está bien —dijo, dándole un vuelco el corazón. Ponte esta capa. Camina tranquilamente por el pasillo. Llegarás a una sala abierta. Debes subir por la escalera que hay al fondo. Cuando llegues arriba, empuja. Es una puerta.

—Me seguirán.

—No, no te seguirán. Vamos, voy delante de ti. Te llevaré hasta la escalera. Luego debes irte, ¿entendido?

Margaret asintió con la cabeza. Kat la condujo a rastras por el pasillo, hasta las escaleras y, por un instante, se atrevió a albergar la esperanza de que ambas pudieran escapar.

Entonces oyó pasos. Al darse la vuelta vio acercarse a unos hombres. Empujó a Margaret.

—¡Vete! ¡Que Dios me ampare! ¡Encuentra un modo de traer ayuda!

Margaret se marchó. Kat profirió un grito y pasó corriendo junto a las figuras que se acercaban a ella. Como esperaba, se volvieron, ansiosos por capturarla.

La sala era inmensa. Era joven y rápida, pero sabía que en algún momento la habitación acabaría.

Y así era. Una pared. Un muro muy alto. Y, delante de él, un trono digno de los dioses. No, no de los dioses, sino de un dios. Un dios al que se rendía culto.

Poco sospechaban quienes ingenuamente prestaban allí homenaje que en realidad servían al dios del dinero. Pero eso poco importaba.

Los hombres cubiertos con mantos iban tras ella. En cuestión de segundos la alcanzarían. La derribarían al suelo, si era necesario.

Pero no hacía falta que la detuvieran. No había dónde ir. Se detuvo y se quedó mirando a la figura sentada que, ataviada con ropajes propios de un dios, los ojos pintados de negro y oro en el pecho, sostenía un bastón en la mano.

Naturalmente, inclinó la cabeza y sonrió.

—Bienvenida, Kat.

El dios se echó a reír.

18

La luna llena bañaba el paisaje con un fulgor que les permitía seguir dos rastros.

El desierto, sin embargo, era siempre cambiante. En varias ocasiones tuvieron que volver sobre sus pasos y buscar de nuevo.

A medida que pasaba el tiempo, un miedo cada vez más intenso se apoderaba del corazón de Hunter. Pensaba en aquella muchacha, Françoise, brutalmente asesinada sólo porque había... ¿qué? ¿Fallado de algún modo? ¿Visto algo? ¿Amenazado a alguien?

Kat era, sin lugar a dudas, una amenaza.

Empezaba a preguntarse, pues mientras cabalgaba un incesante torbellino de ideas y emociones atormentaba su mente, si David Turnberry debía haber muerto realmente el día que se cayó del barco, o si aquello sólo había sido una advertencia. Estaba seguro de que, cuando aquella inmensa piedra se cayó en Roma, el objetivo era Kat.

Su mujer tenía que haber sido un tremendo incordio para ellos desde el momento en que se lanzó al río. Y luego, cuando él había dado con el plan que tanto agradó a lord Avery, debían de haberse mostrado incrédulos y quizás incluso haber confiado en que ello ayudara a su casa.

Sencillamente, no habían contado con su talento. No habían tenido en cuenta sus capacidades artísticas, ni su asombrosa memoria.

—¡Las dunas! —gritó Alí.

Y allí estaban, inmovilizadas por la luz de la luna.

A Hunter se le aceleró el pulso. Había pensado que la luz de la luna era un regalo del cielo. Ahora se daba cuenta de que era una maldición. Porque la luna llena era tradicionalmente, a lo largo de la historiad de la humanidad, un momento para los sacrificios.

Maldijo en voz baja y desmontó. Observó el terreno. Las huellas seguían duna arriba. Las siguió primero con los ojos. Y luego dejó escapar un gemido de sorpresa.

Sintió por un instante la brisa, el frío de la noche, y fue casi como si hubiera retrocedido en el tiempo. Había una mujer en lo alto de la duna. Iba ataviada con ropajes antiguos y adornada con oro y joyas, y al levantar los brazos el manto cayó. Estiró los brazos hacia el cielo, una sacerdotisa saludando a su dios.

Luego cayó al suelo. Y, mientras comenzaba a rodar por la duna, Hunter corrió hacia ella, la alcanzó a medio camino y la levantó en brazos.

Ella abrió los ojos al tiempo que Alí llegaba corriendo tras él.

—¡Oh, Hunter! ¡La tienen! ¡La tienen y...! ¡Oh, Dios mío!

El dios agitó la mano, y las figuras ataviadas con mantos se alejaron. Sonrió a Kat, divertido, como si le hubiera sorprendido en una novatada que le parecía extraordinariamente ingeniosa y quisiera explicarle cómo se había salido con la suya.

—Así que no te ha sorprendido verme. ¿Cuándo lo descubriste? —le preguntó.

—Cuando me di cuenta de que eras igual que tu madre —respondió Kat.

—Asombroso. Nadie se había dado cuenta. Naturalmente, como supondrás, no descubrí que era mi madre hasta hace un par de años —dijo Alfred, encogiéndose de hombros.

—Lo que no entiendo —dijo ella, ansiosa por prolongar la conversación, pues temía lo que vendría después— es por qué esa farsa entre vosotros. Está claro que sois cómplices. ¿Y cómo... cómo es que tu madre, la primera esposa de tu padre, quiero decir, adoptó al hijo de la amante de su marido?

—Eso, en fin... mi padre era lord Daws. Igual que lo soy yo. A ella le gustaba ser lady Daws. Supongo que recibió un ultimátum cuando se hizo evidente que no podía tener hijos. Y cuando se tiene dinero, posición y poder, bueno... hay mil modos de cambiar un registro y de comprar a la gente. Pero tú... ¡Ah, Kat! Perdón, lady MacDonald, quiero decir. Veamos, es asombroso cómo apareciste en escena. Yo suponía que alguien salvaría al pobre David aquel día. David empezaba a sospechar de mí, así que tuve que darle un buen escarmiento. Verás, lo único que tenía que hacer desde el principio era robar el maldito mapa. Pero tú te arrojaste al agua y lo salvaste. Cuando mi madre descubrió lo que habías hecho, y que lord Avery quería recompensarte, en fin... Pensé que iba a darle una apoplejía allí mismo. Lo estaba haciendo tan bien, esforzándose tanto por vender las obras de tu padre... Y, desde luego, ocupándose entre tanto de vender todos nuestros tesoros egipcios... Pero entonces apareciste tú y lo arruinaste todo al convertir a tu padre en un hombre famoso. A mí, al principio, me hizo todo mucha gracia. Por otra parte, si estabas dispuesta a vender tu alma por David, yo estaba dispuesto, naturalmente, a empujarte camino del infierno y a darle a David otra razón para recordar lo que me debía. Ah, Kat. Enseguida nos dimos cuenta, claro está, de que la expedición de lord Avery, lord Carlyle y sir Hunter los conduciría peligrosamente cerca de nuestro terreno de operaciones. Al fin conseguimos robar el maldito mapa. Y ellos podrían haber seguido dando tumbos sin fin. ¿Quién iba a imaginar que tenías tan buena memoria? –suspiró–. Lo siento. Era una joven sumamente extraña. Es una lástima que tu vida tenga que acabar de este modo.

–¿Por qué lo hiciste? –preguntó Kat–. Eras el único heredero de tu padre.

–¡Ay! Me encanta jugar. Por desgracia, me gasté mi fortuna con bastante presteza. Pero mi madre... en fin, ella se había visto envuelta en algún asunto ligeramente ilegal otras veces. Y, aunque nadie estaba al corriente de nuestro parentesco y todo el mundo creía que nos despreciábamos, la mayor parte del tiempo las cosas iban muy bien.

–¿Cuánto tiempo lleva tu madre metida en el tráfico de piezas egipcias?

–¿Te refieres a todo esto? Bueno, ha sido un montaje maravilloso. Empezamos la temporada pasada. Verás, el caso es que hay que repartir. No hace falta gastar una fortuna, sólo hay que hacer fluir el dinero. ¡Hay tanta pobre gente, Kat! Y cuando les haces creer que vas a darles el mundo, bueno... te conviertes en un dios. Y, por cierto, es mucho más divertido ser un dios que un simple lord –se echó a reír, complacido consigo mismo.

–¿Y Margaret? –musitó.

—Margaret. ¡Ah, es una criatura tan dulce y bella! ¡Tan pura e inocente! Todo el mundo la quiere. Por eso precisamente será un hermoso sacrificio.

A Kat le dio un vuelco el corazón. Comprendió de pronto que Alfred no sabía aún que Margaret había escapado.

—¿De veras vas a matarla? Lord Avery removerá cielo y tierra para encontrarte. No descansará hasta que seas... arrastrado y descuartizado.

—Ese castigo fue prohibido hace siglos, Kat.

—Pues él se ocupará de que sea reinstaurado. Hunter te matará, lo sabes, ¿verdad? —le dijo.

—¿Cómo? Hoy he sido atacado, como todos los demás.

Kat se echó a reír sin poder remediarlo, a pesar de que a él no le gustó.

—¿De veras crees que otros no verán lo que yo he visto, Alfred?

Su expresión se tornó hosca.

—¿Y qué?

—Está aquí, ¿verdad? —preguntó ella—. No está en Francia. Finge estar en el extranjero, vendiendo cuadros, pero ha venido aquí.

—Qué lista eres, Kat —dijo alguien tras ella. Kat reconoció aquella voz. Se giró bruscamente.

—Lady Daws —dijo. Isabella Daws estaba allí. Al igual que su hijo, iba vestida de blanco. Llevaba un tocado adornado con oro, sacado directamente de un retrato de Nefertiti. Estaba muy elegante y bella con aquel atuendo. Majestuosa. Y mortal.

—¿Sabes? —dijo Kat, intentando todavía adoptar un aire despreocupado—, la más lista de las dos es Eliza. Desde el principio se dio cuenta de que eras verdaderamente malvada.

—¡Eliza! —dijo lady Daws con fastidio—. ¡Pobrecilla! Sufrirá tanto cuando sepa que has muerto en el desierto que probablemente tenga algún terrible accidente. No quiero que ronde por allí cuando me case con tu padre. ¡Mira, Alfred! ¡Mira qué colorada se ha puesto! Está furiosa, a punto de estallar. Sí, querida, creo que me casaré con tu padre. Va a ser muy famoso. ¿Quién sabe? De haber sabido que iba a convertirse en un hombre rico, quizá no hubiera tenido que mezclarme en esta complicada estratagema. Claro que... a decir verdad, es divertido estar aquí. Que la gente te adore. Y el dinero que dan las piezas... es sencillamente asombroso.

Kat sabía que debía dominar su ira.

—Isabella, nunca pensé que estuvieras del todo en tu sano juicio, pero no creía que estuvieras loca.

—¿Loca? ¿Te das cuenta de lo que he conseguido?

—¿Y tú te das cuenta de que vuestra pequeña pirámide se está derrumbando, de que habéis ido demasiado lejos? —dijo Kat con suavidad—. Van a atraparos.

—¿Cómo, querida? ¿De veras crees que tus amigos, esos torpes arqueólogos, van a encontrar este sitio?

Estaba tan pagada de sí misma... Justo en ese momento, varias figuras embozadas entraron en la habitación. Cayeron de rodillas ante Isabella.

Kat no entendía lo que decían, pero se lo imaginaba. Habían descubierto al fin que lady Margaret había desaparecido.

Isabella se giró, llena de rabia. Se acercó a Kat y la asió por la garganta.

—¿Dónde está? —chilló—. ¿Dónde está?

Kat la agarró de las muñecas y le propinó un rodillazo en el estómago. Sabía que iba a pagar por ello, pero le hizo bien devolver el golpe, aunque sólo fuera un momento. Las figuras envueltas en mantos se abalanzaron sobre ella. Alguien le asestó una bofetada. Tan fuerte, que cayó de rodillas.

Otro la agarró de los brazos. La obligaron a ponerse en pie y la golpearon de nuevo.

El mundo comenzó a girar...

Era vagamente consciente de que Isabella gritaba que había que encontrar a Margaret.

La agarraron del pelo, le hicieron levantar la cabeza. Vio los ojos rabiosos de Isabella.

—Eres una pequeña bruja y no eres precisamente pura —siseó Isabella—, pero harás un bonito sacrificio. De hecho —acercó la cara—, disfrutaré matándote.

Margaret apenas lograba articular palabra, pero por fin Hunter pudo entender que habían estado bajo tierra.

—Hay muertos... cadáveres, huesos...

—¡Margaret! ¿Dónde?

Ella agitó una mano hacia la duna.

Hunter se levantó y miró a Alí.

—Hay una entrada escondida. Tengo que encontrarla.

—Junto a los árboles, Hunter —dijo ella—. Hay una palmera. Me tropecé con las palmas al salir. Está ahí. Creo... creo que tienes que levantar las palmas del suelo.

Hunter comenzó a alejarse, pero Margaret se incorporó de nuevo y lo agarró del brazo.

—¡No! Te matarán antes de que la encuentres. Son muchos. Rezan y... creo que... pronto... iban a matarme. ¡Hunter! ¡No puedes entrar ahí! ¡No puedes luchar contra tanta gente!

Él miró a Alí. Sabía que Margaret tenía razón, que no podría salvar a su mujer si moría.

Pero el tiempo pasaba.

Vio el manto que ella se había quitado.

—¿Esto es lo que llevan puesto?

Ella asintió con la cabeza.

—Tengo que entrar ahí —dijo, arrodillándose junto a Margaret—. Y Alí tiene que llegar al campamento y pedir ayuda. Margaret, debes tener valor. Tenemos que encontrar un lugar seguro donde dejarte.

—¡No! —gritó ella, aferrándose a él.

Alí miró a Hunter.

—Puede venir conmigo a caballo.

—Te retrasará.

Era cierto. Pero también era cierto que a Hunter le daba miedo dejarla sola.

Justo cuando pensaba que no había elección, otro caballo apareció acercándose por las arenas. Un solo jinete.

—¿Quién diablos...? —murmuró. Y luego sonrió—. ¡Es Arthur! Alí, voy a entrar. Dile a Arthur que se lleve a Margaret y vete al campamento. Trae a Brian, a Abdul y a los otros. Asegúrate de que estén armados. ¡Y volved lo más deprisa que podáis!

Subió corriendo la duna, se puso el manto y echó de nuevo a correr. ¡Allí! Las palmeras y, en la arena, tal y como las habrían dejado los elementos, las hojas muertas.

Se despertó a oscuras. Al intentar moverse, sintió algo pesado en la muñeca. Palpó, asombrada.

Entonces el mundo pareció aclararse. Había ocupado el lugar de Margaret en la tumba, junto a los cadáveres de las muchas esposas de Hathseth.

Aquella certeza la embargó en la oscuridad como una oleada de pánico. Intentó dominarse, boqueando en busca de aire, desesperada por calmarse. Se levantó con todo cuidado. Iba vestida con un tejido muy fino, con metal por todas partes, y llevaba algo en la cabeza. Palpó la pesada puerta y empujó. El cerrojo estaba echado. Y sabía que era muy pesado.

Comenzó a darse la vuelta, confiando en que hubiera otra salida. Pero le repugnaba alejarse de la puerta. Sabía lo que contenía la habitación.

De nuevo sintió que se ahogaba. Y, por un instante, temió deshacerse en llanto y caer al suelo, igual que Margaret.

Nunca la vida le había parecido tan bella, tan milagrosa, como en las semanas anteriores. Todo por causa de... Hunter. Y porque, en sus brazos, había descubierto lo que era el verdadero amor.

Hunter. Un pensamiento sólido y tranquilizador. Iría a por ella.

Pero no tenía ni idea de dónde estaba.

Sin embargo, Margaret estaba fuera, vagando por el desierto. A menos que la hubieran encontrado de nuevo, claro.

«¡Alguien vendrá!», pensaba a la desesperada.

Aunque quizá no. Tenía que encontrar un modo de escapar. Y, si eso significaba caminar hasta el fondo de aquella estancia negra como boca de lobo y repleta de esqueletos, que así fuera.

De ese modo comenzó a avanzar. Llevaba los brazos estirados por delante de ella para palpar por dónde iba. Se le erizaba la piel. Trastabilló, tocó algo que se desmoronó bajo sus dedos.

Huesos.

Hizo una pausa, inhaló y exhaló lentamente. Llegó a una pared. No había salida.

—No —musitó, casi gimiendo. Siguió la pared con desesperación, a trompicones. Nada.

Luego, de pronto, una puerta se abrió.

Nada menos que Isabella Daws en persona había ido a por ella.

—Kat, es la hora. Piénsalo de este modo: todas esas personas creen que te unirás con los dioses, que serás su esposa. Es una perspectiva agradable, ¿no te parece?

Su silueta se recortaba en la puerta. Kat pensó que podían tener al menos otra pelea antes de que todo acabara. Avanzó hacia ella, estiró el brazo hacia un lado para agarrar un hueso (uno sólido, esperaba). Pensaba rompérselo en la cara a Isabella.

Pero dos hombres fornidos entraron delante de Isabella en el momento en que agarraba el fémur en el que se habían posado sus dedos. Y, aunque golpeó con todas sus fuerzas el brazo de uno de los hombres, apenas le hizo mella. El hueso se convirtió en polvo al instante.

La risa eufórica de Isabella fue su recompensa.

Los dos hombres se abalanzaron sobre ella y la asieron por los brazos. Forcejeó salvajemente. Y comenzó a gritar.

¡Kat!

Su grito estuvo a punto de hacer que Hunter se delatara. Tenía que conservar la calma, debía esperar hasta que la viera, hasta que pudiera llegar a ella. Y luego...

Tenía que luchar. Y rezar.

Había docenas de ellos, hombres vestidos con hábitos y capas rojas, todos ellos entonando ridículos cantos. Oscilaban y cantaban, con las cabezas agachadas, ante el trono en el que se sentaba Alfred, vestido como un niño para una absurda mascarada.

Ante él, sobre una plataforma algo más baja, había un antiguo altar de piedra blanca provisto de argollas arriba y abajo. Hunter se había abierto paso hasta la parte delantera desde que se había introducido en medio del grupo, pero al ver a Kat chillando, retorciéndose y luchando como una tigresa mientras la llevaban a rastras, comprendió que debía actuar inmediatamente.

Pasó cuerpo tras cuerpo. Parecían hallarse en estado de trance. Nadie se fijó en que iba acercándose poco a poco al altar.

Lady Daws, con la cabeza alta y una leve sonrisa en la cara, como si realmente se creyera una reina egipcia reencarnada, o incluso una diosa, abría la comitiva. Kat, por su parte, no prestaba santidad a la ceremonia.

Estaba resplandeciente, con aquel corsé dorado que le cubría los pechos, una falda de gasa blanca y estrecha ceñida a las caderas con un cinturón de oro, y el pelo trenzado con adornos dorados. Llevaba las muñecas y los tobillos adornados con brazaletes.

—¿Estáis todos locos? —chillaba—. ¡Esto es un asesinato, no un sacrificio!

Gritaba con fuerza y con determinación, pero nadie le hacía caso. Los cánticos no se detuvieron ni un instante.

—Omm...

Hunter se abrió paso a empujones entre los últimos hombres (¡zombis!) que había delante de él. Kat estaba siendo arrastrada hasta el altar. Hicieron falta dos hombres, uno a cada lado, para llevarla hasta allí. Como pataleaba sin cesar, y consiguió propinar unas cuantas patadas en la cara a los hombres que la sujetaban, alguien gritó una orden. Al instante, el hombre que había a un lado de Hunter se adelantó de un salto y agarró una de las piernas de Kat.

Hunter se apresuró a unirse a él y la agarró de la otra pierna.

Necesitaba que viera su cara. Asió su tobillo y fingió deslizarlo en la argolla, rezando porque nadie lo notara... y porque Kat no volviera a propinar una patada hasta que estuviera listo.

El sonido de los cánticos cambió de improviso.

Los dos hombres que habían amarrado las muñecas de Kat retrocedieron.

Kat intentó desasirse de las argollas, chillando todavía, llamándolos estúpidos, idiotas, asesinos y cosas peores.

Entonces se oyó el redoble de un tambor.

Alfred se apartó del trono. Isabella se acercó a él, sujetando en alto un cojín sobre el que brillaba a la luz de las antorchas un cuchillo de larga hoja.

Alfred tomó el cuchillo. Isabella retrocedió con aire majestuoso.

Alfred se acercó al altar. Levantó el brazo.

Y Hunter no pudo esperar más.

Iba a morir, y jamás hubiera creído que un odio semejante pudiera arder en su corazón. ¡Tantas cosas deberían haber acariciado su espíritu con mayor fervor...! Su amor por su querido padre, y el temor por su futuro. Eliza. Lord Avery, que había sido tan bueno. Camille. Brian...

Hunter.

Le parecía que su cara flotaba ante sus ojos, que el dolor de su corazón era mayor porque lo amaba con toda su alma, porque...

«Deberíamos haber tenido una vida. Debería haber tenido la oportunidad de decirle que he ido enamorándome poco a poco de él desde que nos conocimos, que muy pronto me di cuenta de que era él a quien amaba, a quien deseaba...».

¡Otro redoble de tambor!

Alfred sonreía, listo para matarla, para deleitarse hundiéndole el cuchillo en el corazón.

Entonces...

Kat se dio cuenta de que tenía un pie libre justo en el momento en que una de las figuras arrojaba al suelo su manto.

Hunter.

Alfred se giró a medias. Hunter le propinó un puñetazo en la cara tan rápidamente que Kat oyó quebrarse el hueso de su nariz. Alfred se desplomó.

Se levantó un rugido.

Al instante, Hunter intentó liberarla de sus ataduras.

—¡Hunter! —gritó ella para advertirle que lady Daws, bufando de furia, se abalanzaba hacia él.

Hunter se dio la vuelta y la golpeó con el codo. Ella se precipitó hacia atrás hasta chocar con la pared.

—¡Aprisa! ¡Aprisa! —suplicaba Kat, una muñeca libre, un pie libre, mientras luchaba desesperadamente con la otra argolla.

Un tipo enorme se lanzó hacia Hunter profiriendo un grito. Hunter se llevó la mano a la cintura, sacó una pistola y disparó.

Se hizo el silencio por un instante, el tiempo suficiente para que Hunter liberara por fin a Kat de todas sus ataduras.

Ella saltó tras el altar, lista para enfrentarse a la multitud que se aproximaba.

Hunter no daba abasto. Vació el cargador de la pistola y sacó una espada. Kat vio el cuchillo sacrificial a un lado del altar y se lanzó a por él. Pero al incorporarse se topó con un hombre gigantesco que parecía dispuesto a estrangularla.

Hizo una mueca y le clavó la hoja.

Los hombres caían delante de Hunter y de ella, uno tras otro. Con la espalda pegada a la de él, lista para defenderse, para luchar a su lado.

Pero, cuantos más caían, más llegaban. Kat comprendió que iban a morir.

—¡Hunter! —dijo en un suave grito.

—¿Qué? ¡Estoy un poco ocupado!

—Yo... —su cuchillo quedó atascado en un brazo. Lanzó un puñetazo. Oyó un bufido.

—¿Qué?

—¡Te quiero!

—¿Qué?

Agitó salvajemente la espada y se volvió hacia ella.

—¡Cuidado, Hunter!

Él volvió a girarse justo a tiempo.

—Hablo en serio. Lo sé desde hacia mucho tiempo. Yo... ¡Oh!

Alguien la agarró por detrás. Unas manos grandes y toscas la rodearon.

Sonó un disparo. Luego otros. Se oyó un grito, alto y claro.

—¡Alto todo el mundo o moriréis!

Kat conocía la voz que había hecho el silencio en la habitación. Era la de Brian Stirling, el conde de Carlyle.

El individuo que la sujetaba fue apartado de ella. Unos brazos robustos se tendieron hacia ella.

Eran los brazos de Hunter.

Y, como llegados de ninguna parte, allí estaban sus amigos. A su izquierda, Alí vigilaba a un hombre a punta de espada. Delante de ella, empuñando un bastón con una pericia que habría hecho sentirse orgulloso a Holmes, estaba Arthur Conan Doyle. Abdul encañonaba a un grupo de hombres.

Allan, que apenas se tenía en pie, empuñaba también una pistola. Robert Stewart, con aspecto feroz, estaba a su lado.

David también se hallaba presente. Tenía el rostro macilento y le temblaba la mano.

Todos los trabajadores del campamento estaban allí. Luego aparecieron tras lord Carlyle unos hombres vestidos de uniforme. Eran policías egipcios.

Kat levantó la mirada hacia Hunter, que la sujetaba en un tenso y tembloroso abrazo mientras observaba la escena que se desarrollaba ante ellos.

De pronto se sintió muy débil.

—Vamos a vivir —musitó.

Y se desmayó.

En algún momento alguien le había procurado un manto.

Un manto negro, no uno de los que llevaban los miembros de la secta. Y habían regresado al hotel, aunque no recordaba el trayecto. Tenía un brandy en la mano, y estaban todos reunidos; salvo lady Daws y su hijo Alfred, por supuesto.

Kat había oído decir que lady Daws había sobrevivido y se hallaba en una celda, en alguna parte de El Cairo, gritando como una demente. Alfred había muerto. Había sido pisoteado hasta morir.

Emma había dejado por fin de atosigar a Kat, Margaret había dejado de tocarle la cara y de llorar y Camille, que había dicho que el brandy era lo mejor en ese momento, estaba sentada frente a ella, con una apacible sonrisa.

—¿Cómo conseguisteis llegar tan rápido? —musitó Kat al fin, deteniendo las voces que sonaban en la habitación.

—Podríamos haber reventado a los caballos —dijo Robert—, pero no fuimos los primeros en llegar. Hunter debió de cabalgar como un loco.

—Sí, pero...

—¿Puedo intentarlo yo? —preguntó Arthur. Se dirigió a Kat—. Katherine, tú seguiste a Alfred Daws. Hunter y Alí te siguieron a ti. Se tropezaron con lady Margaret. Hunter tomó la capa y el hábito y bajó las escaleras mientras Alí corría al campamento. Yo llegué un poco más despacio, pues traía conmigo a lady Margaret. Mientras todo esto sucedía, estaban pasando otras dos cosas. Lord y lady Carlyle habían atravesado las paredes... y el pasadizo subterráneo conducía al templo. Pudieron entrar todos desde allí. La policía, por su parte, llegó porque David Turnberry fue a decirle a lord Avery que creía que Alfred Daws estaba implicado en lo sucedido. Le contó también el porqué. Robert y Allan fueron avisados, nadie le dijo nada al pobre Ethan, que estaba aún malherido, y se alertó a la policía. Luego, un enorme grupo de búsqueda atravesó el desierto. ¡Y ya está!

Kat se volvió hacia Camille.

—Atravesasteis las paredes.

—Sí, es irónico, ¿verdad? Nuestro gran hallazgo conducía a un templo con el que lady Daws ya se había tropezado, seguramente gracias a sus contactos en el mercado negro, y que además estaba utilizando. Sin embargo, no encontró la tumba del sumo sacerdote. Creo que eso queda para nosotros.

—¡Bah! ¡Tumbas! —declaró lord Avery—. ¡Yo me vuelvo a casa con Margaret!

—¡Oh, padre! —protestó Margaret—. ¡Quiero quedarme!

—¿Y se puede saber por qué? —exclamó él.

—Porque mis amigos están aquí —dijo Margaret. Le tendió la mano a Kat—. ¡Mis verdaderos amigos!

—¿Y qué te hace pensar que Kat quiere quedarse aquí después de todo lo que ha pasado esta noche? —preguntó lord Avery.

—Bueno —le dijo Kat suavemente—, el peligro ya no existe.

—¡Umf! ¡Umf! —resopló él, mirándolas como si estuvieran locas—. ¿Creéis que lady Daws y ese condenado muchacho lo hicieron todo ellos solos? Hay otras personas implicadas, os lo aseguro. ¿Y cómo sabéis que atrapamos a todos esos locos de las capas rojas?

—Creo que la policía egipcia podrá arreglárselas sola a partir de ahora, Jagger —dijo Lavinia, sacudiendo la cabeza—. Son muy buena gente.

—Pero, pero...

—¡Vamos, Jagger! ¡Deja de rezongar! —ordenó Lavinia—. Pregúntales a los chicos qué quieren hacer. A mí me parece que, ahora que el peligro ha desaparecido, la temporada será un éxito. Si todos quieren quedarse, ¡que se queden!

—Bueno —dijo Camille con ojos brillantes—, creo que estamos a punto de hacer un descubrimiento verdaderamente grandioso.

—Amor mío, haremos lo que tú quieras —le dijo Brian.

—Lord Carlyle —dijo Robert—, yo me quedaré encantado, tal y como estaba previsto.

—Yo también —añadió David con firmeza.

—Yo también me quedo —dijo Allan Beckensdale, y miró a Kat con timidez—. Quizá... quizá podamos persuadir a su hermana y su padre de que se reúnan con nosotros.

—¿A mi hermana? —repitió ella.
—Sería un gran placer —dijo Allan amablemente.
—¿Hunter? —dijo Kat.
—¿De veras deseas quedarte? —le preguntó él.
—Sí, si tú quieres.
—Te estoy preguntando a ti.
—Pero...
—¡Oh, cielo santo! —exclamó Lavinia, levantándose—. Es hora de que salgamos todos de esta habitación. Jagger, creo que vamos a quedarnos. Además, Ethan no está en condiciones de viajar. Éste no es un grupo de cobardes. Somos súbditos de la reina Victoria. Pero, ahora, ¡todos fuera!
—Sigo sin entender cómo... —comenzó a decir Robert.
—Pues venga conmigo, muchacho —le dijo Arthur—. Se lo explicaré todo otra vez.

Fueron saliendo todos en fila, uno a uno. Y, al fin, Hunter y Kat se quedaron solos.

Ella estaba en un sillón, junto al fuego. Hunter permanecía de pie al lado del hogar. Hubo un momento de embarazoso silencio. Luego los dos hablaron al mismo tiempo.

—Hunter...
—¿Dijiste...?
—No fue sólo porque...
—Dilo otra vez.
—Sé que no lo creerás...
—¡Dilo otra vez! Por favor.
—¡Te quiero! —dijo ella.

Él se apartó de la chimenea y cayó de rodillas ante ella. Sus ojos, profundos y oscuros, parecían devorarla. La tomó de las manos y se las besó. Ella sacudió la cabeza. No encontraba palabras.

—Creo que empecé a enamorarme de ti en el instante

en que te conocí –dijo con voz suave–. Hace mucho tiempo que dejé de sentir algo por David. No hacía más que compararlo contigo. Sé... no creo que me rechazaras, pero... me alejaste de ti.

–Me aterrorizaba que te ocurriera algo. Eres tan osada...

–Hunter, yo sólo hago lo que me parece más sensato en cada momento.

–Bueno, sobre eso podríamos estar discutiendo eternamente. Y seguramente lo haremos. No, te prometo que discutiremos toda la vida sobre eso, pero... eso queda para el futuro. Así que... dilo otra vez.

–¿El qué?

–Que me quieres. Que quieres estar conmigo para siempre. Que no pudiste soportarlo cuando te aparté de mí. Que tuviste que fingir que no me querías.

Ella hizo una mueca y luego dijo:

–No sé exactamente qué sientes por mí.

–Debes estar de broma, cariño mío. Por lo visto, todos los demás se han dado cuenta.

–También podrías decirlo –sugirió ella.

Hunter sonrió, le tocó la mejilla y le alzó la cara.

–Te quiero. No, te adoro. Y seré feliz en cualquier parte del mundo, en casa o en el extranjero, donde sea, siempre que tú estés conmigo.

–¡Oh, Hunter! –se arrojó en sus brazos.

Él se echó un poco hacia atrás y carraspeó.

–Ejem. Qué traje tan... interesante.

–¿Interesante? –dijo ella.

–Sí.

Kat se echó a reír, saboreando la libertad de tocar su cara, de alisar su pelo.

–Bueno..., estamos aquí. En esta hermosa habitación. En esta habitación tan bonita y tan conveniente.

—¡Ah!

Él se levantó y la levantó con delicadeza, acunándola en sus brazos. Y, cuando la besó, Kat supo que nunca había conocido un beso semejante.

Cuando rayó el alba seguían despiertos, y Kat sabía aún muchas más cosas.

—Hunter...

—¿Sí, amor mío?

—Una vez me dijiste que sólo debía venir a ti porque te deseara. Que ésa debía ser la única razón.

—¿Y?

Se acercó a él rodando sobre la cama y se inclinó sobre su pecho.

—Hay una razón todavía mejor.

Él se echó a reír y la besó en los labios.

—Soy yo quien ha aprendido esa lección —le dijo—. Es el amor —añadió en voz baja.

El sol se alzaba sobre el desierto cuando la tomó de nuevo entre sus brazos.

Títulos publicados en Top Novel

La misión mas dulce – Linda Howard
¿Por qué a Jane...? – Erica Spindler
Atrapado por sus besos – Stephanie Laurens
Corazones heridos – Diana Palmer
Sin aliento – Alex Kava
La noche del mirlo – Heather Graham
Escándalo – Candace Camp
Placeres furtivos – Linda Howard
Fruta prohibida – Erica Spindler
Escándalo y pasión – Stephanie Laurens
Juego sin nombre – Nora Roberts
Cazador de almas – Alex Kava
La huérfana – Stella Cameron
Un velo de misterio – Candace Camp
Emma y yo – Elisabeth Flock
Nunca duermas con extraños – Heather Graham

www.ingramcontent.com/pod-product-compliance
Lightning Source LLC
LaVergne TN
LVHW030333070526
838199LV00067B/6265